老虎的妻子

Téa Obreht
The Tiger's Wife

蒂亞·歐布萊特——著
施清真——譯

書評推薦

這個故事美得讓人暈眩。波赫士最愛的老虎的神祕，流動，班斕金黃，像夢遊般穿過，輕輕撫攏所有創痛，其實是整個人類被現代性傷害而對峙靜止的「往昔」時光枯葉堆。聚落、失蹤的老人屍體、死不了的男人、老虎的妻子、崩解的歷史，這是福克納的《熊》之後，我讀過最棒的，以「動物神」為人類無言、卻啓動穿天入地，騙過時間刻度或死神眼皮，找尋失落之精神象徵的美麗小說。

——駱以軍（作家）

醫者的思維、醫者的價值，在戰線的邊緣，以瀕臨罪的姿態進行：死不了的男人，在咖啡渣的縫隙，行走於救贖的壕溝；動物園的老虎，在轟炸之後的出口，匍匐於更巨大的人間柵欄……《老虎的妻子》是一部企圖以戰爭翻轉所有的小說。醫者、死不了的男人、老虎，漸進地分線敘事，又漸漸從龐雜繁瑣的細節中，交集編織出無比迷人的故事。這般巧妙設計，完成如此精緻小說，令我顫動也羨慕。

——高翊峰（作家）

戰亂破毀、人潮逃難，瀕死的老虎從動物園中逃脫，孤單行經暴民之城、饑荒山野、冷寒之地，落腳在小村山頭上方的森林，當地人視這隻有黃色眼睛的西伯利亞虎為魔鬼。而這魔鬼與村莊的聾啞女孩之間有了愛。

作家歐布萊特在她的處女作展現了敘事魅力。背景設定在前南斯拉夫，敘事者的少女之眼與外公的視角神祕的連結，鄉野迷信與現實交織，無知與悲憫互融，雖是戰亂，凸顯的卻是儘管沒有戰爭，也在生活中日復一日發生的暴行。

書中幾個角色非常吸引人：有著夢之心的醫生外公、渴望藝術卻只能接續父業的同性戀屠夫、不死之人。我特別喜歡幾個描寫動物的驚人章節，除了老虎的遷徙，還有暗夜中，飢餓的大象離開馬戲團，一跛一跛地在空曠中走著。

於是，你分不清楚這些畫面，究竟是惡作劇的錯覺，是宗教的幻象，還是一個只有自己孤單奮力，才終能到達的神奇之境。

——李維菁（作家）

蒂亞・歐布萊特是近年來最令人欣喜的文壇新星。

——卡倫姆・麥坎（Colum McCann），美國國家圖書獎得主

《老虎的妻子》是一部文字優美、充滿想像力的傑作。蒂亞・歐布萊特是一位極具天賦的作家。

——安・派契特，美國筆會／福克納獎得主

在歐布萊特的嫻熟妙筆之中，書中的傳奇故事雖然發生在遙遠的國度，但感覺似乎相當熟悉，好像我們年少之時讀過的奇幻故事，那種把我們嚇得一讀再讀的黑色童話。

——《歐普拉雜誌》

《老虎的妻子》充滿活靈活現的細節，感覺親密，臨場感十足，全書出於作者的想像，而不是臨場觀察，更是令人讚嘆。

——《紐約時報》書評

全書闡釋情愛、鄉野傳奇與生死課題的省思，主題是如此豐富，意象是如此優美，今年的其他小說恐怕都差一截。

——《時代雜誌》

歐布萊特以天使之筆寫作……栩栩如生的章節充滿恰如其分的細節，精彩述說都市情景、鄉野風貌、私密的夢想，以及眾人皆知的難題。

——美國國家公共廣播電臺

目錄

獻給 Štefan Obreht

在我最初的記憶中，外公的頭光禿禿，像顆石子一樣滑溜，而且帶著我去看老虎。他戴上帽子，披上他那件大鈕扣的雨衣，我穿上我那雙亮漆皮鞋和天鵝絨洋裝。時值秋季，我四歲大。外公牽著我的手，電車發出高昂的嘶嘶聲，晨間空氣濡濕，我們在擁擠的人群之中走上山丘，前往碉堡公園，這個程序絕對錯不了。外公胸前的口袋裡始終擺著一本《森林王子》，書封金葉閃閃，陳舊的書頁已經泛黃。外公不准我把書拿在手裡，但他爲我朗讀書中故事時，《森林王子》整個下午都攤開擱在他的膝上。雖然外公沒有掛著聽診器，或是穿著白袍，入口處售票亭的女士依然稱他爲「醫師」。

入口處還有一個賣爆米花的小車、一個傘架，以及一個賣明信片和圖片的小亭子。我們走下階梯，行經聽力敏銳的貓頭鷹棲息的大鳥籠，穿過沿著整道城牆延伸的花園，城牆牆面上立著一個個獸欄。碉堡之中曾經住著一個回教蘇丹君王，如今面對街道的大砲窗口留有一道道溝渠，石縫之間的溝渠盈滿微溫的清水。獸欄的欄杆往外彎突，生鏽成了橘黃色。外公空著的一隻手裡拿著外婆幫我們準備的藍色袋子，袋中裝著過期六天、餵給河馬吃的甘藍菜頭，還有一些幫羊群、鹿群和野生公麋準備的紅蘿蔔和芹菜，那隻公麋可說是相當引人注目。外公還爲了那隻在園區拉車的小馬，在口袋裡藏了一些方糖，我倒不是基於懷舊之情才記得這回事，而是出於尊崇。

老虎們住在碉堡的外圍壕溝。我們爬上碉堡階梯，行經水鳥和蒸氣淋淋的猴欄欄窗，走過正在畜養冬季獸毛的野狼。我們經過翳兀鷹，走過成天睡覺的熊群，吸進潮濕的泥土味以及某種帶著死亡的氣息。外公把我抱起來，讓我站在欄杆上，這樣我才可以往下觀望，看看壕溝裡的老虎們。

外公從來沒有直稱老虎妻子的名字。他一隻手臂圈住我，我雙腳貼在欄杆上，外公或許說道：「我以前認識一個女孩，她好喜歡老虎，以至於自己也變成了一隻老虎。」我年紀還小，我對老虎的喜愛也直接來自於他，因此，我相信外公說的是我，爲我述說一個我可以自行想像的童話故事——而我也自行想像了好多、好多年。

獸欄面向一個中庭，我們走下階梯，慢慢走過一個個獸欄。園裡還有一隻黑豹，點點白斑讓油亮亮的豹皮變得黯淡；另外還有一隻浮腫、昏昏欲睡的非洲獅。但是老虎們精神振奮，神采奕奕，怒氣勃勃。老虎們在狹窄的石頭堤道之間走來走去，鼓起紋理分明的肩膀，與彼此擦肩而過。老虎們帶點酸臭，聞起來溫暖潮濕，充滿各種氣息。那股味道整天跟著我，即使洗了澡、上床睡覺之後，味道依然偶爾冒出來，有時在學校，有時在朋友的生日派對，甚至多年之後在病理學實驗室，或是從蓋里納開車回家途中，我依然聞得到那股味道。

我也記得一場紛爭。一小群人擠在老虎獸欄周圍，其中包括一個手裡拿著鸚鵡形狀氣球的小男孩、一個披件紫色大衣的女人，以及一個留了鬍子的男人。男人穿著動物管理員的褐色制服，手裡拿著一支掃帚和一個長柄的畚箕，清掃獸欄和外圍欄杆之間的區域。他走來走去，掃除果汁紙盒、糖果包裝紙，以及人們試圖丟向老虎的爆米花殘渣。老虎們跟著他走來走去，身穿紫色大衣的女人笑笑說了什麼，男人回以一笑。她有一頭褐色的秀髮。手執畚箕的男人停下來，倚著掃帚的把手，在此同時，一隻大老虎衝了過來，老虎一邊靠著柵欄磨蹭，一邊低聲怒吼，畚箕男子一隻手伸過柵欄，輕撫老虎的側腹。片刻之間，安靜無事。隨之一陣大騷動。

老虎撲向他，女人尖叫，忽然之間，畚箕男人的肩膀卡在柵欄之間，他扭動身子，拚命把頭扭開，想要伸手抓住外圍欄杆，好讓自己抓住某個東西。老虎咬住畚箕男人的手臂，好像是一隻狗叼住一支大骨頭，直直擱在兩掌之間，準備開始從頂端啃咬。兩個帶著小孩站在一旁的男人跳過欄杆，拉住畚箕男子的腰部和狂亂揮舞的手臂，試圖將他拉開。第三個男人把雨傘插進柵欄之間，不停用雨傘頂進老虎的肋骨。老虎發出怒吼，然後前腳朝天、後腳著地站了起來，抱住畚箕男人的手臂，虎頭左右晃動，好像被人用繩索拉來拉去。老虎的雙耳垂了下來，發出好像蒸氣火車的噪音。畚箕男人的臉色發白，從頭到尾沒有發出一點聲音。

然後，老虎忽然覺得不值得爭鬥，鬆開畚箕男人的手臂。三個男人摔到一邊，地上點點鮮血。老虎搖著尾巴，畚箕男人爬過外圍欄杆的下方，站了起來。紫衣女人已經不見蹤影。外公沒有掉頭離開。我四歲大，但他也沒有叫我走開。我看到事情的始末，日後，我了解他確實想要讓我看到一切。

畚箕男人朝著我們匆匆跑過來，一塊被扯爛的襯衫碎片飛過他的手臂。他滿臉通紅，怒氣騰騰衝向醫務室。當時我以爲那是恐懼，但是日後我才了解那是難爲情，也是羞愧。受到鼓噪的老虎們在獸欄裡走來走去，畚箕男人在碎石小徑上留下一道灰暗的足跡。他走過我們身旁時，外公說：「老天爺啊，你眞是一個笨蛋，不是嗎？」男人喃喃說了幾句我曉得自己最好不要重複的話語，以示回應。

我足蹬亮漆皮鞋，感覺自以爲是，況且外公握著我的手，因此，我反而細聲細氣地說：「外公，他是個大笨蛋，對不對？」

但是外公已經跟在畚箕男人的後面，一邊拉著我往前走，一邊大聲叫他停下腳步，好讓自己幫他療傷。

第一章 海岸

辭世之後的早晨，靈魂開始四十天之旅。踏上四十天旅程之前的那個晚上，靈魂直挺挺地躺在汗漬斑斑的枕頭上，看著人們雙手交握、閉上雙眼，房裡瀰漫著煙霧與沉默，人們藉此阻擋新生的靈魂接近房門、窗戶和地板的裂縫，這樣一來，靈魂才不會像河流一樣從屋中漂流而出。人們知道靈魂將在黎明之時離開，慢慢回溯過往的各個駐站——一所所年少之時的學校和宿舍，軍營和房舍，一棟棟被夷爲平地、而後重建的屋子，一處處勾起愛意和虧欠、艱困與肆意、樂觀和狂喜的地方，一個個除了靈魂之外，對任何人都不具意義的回憶——有些時候，這個旅程持續太久、走得太遠，以至於靈魂忘了回來。有鑑於此，人們暫且拋下生活作息：爲了迎接新生的靈魂，人們不打掃、不洗衣、不整理，四十天內，人們也不移動屬於靈魂的物品，人們企盼懷舊與渴慕之情會把靈魂再度引回家中，也會促使靈魂帶著一則訊息、一個信號，或是寬容之心回返。

如果誘導得當，隨著日子一天天過去，靈魂將會回返。它會亂翻抽屜、凝視櫥櫃裡面，它會重新檢視放置碗碟的架子、門鈴和電話，提醒自己這些東西的功能，藉此尋求生前觸覺的快感。它也會觸摸那些發得出聲音的東西，好讓住在家中的人曉得自己的存在。

外婆在電話裡跟我說了外公的死訊，同時輕聲提醒我這件事。對她而言，這四十天是個事實，也是個常識。她從雙親、姐姐、故鄉各個親戚和陌生人的過世當中承襲這番道理，每當外公失去一個格外悉心照顧的病人，外婆也會念誦這番說詞安慰他——他覺得這是迷信，但她年紀愈大，信念愈堅定，他也遷就她，愈來愈不反駁。

外婆震怒，因為外公的四十天遭到剝奪；基於他過世的狀況，這下他只剩下三十七或三十八天。他出門遠行的途中孤單辭世；前晚外婆幫他燙衣服時，她不曉得他已經過世，那天早上洗碗的時候，她也不知道他已與世長辭，她無法估算自己的疏失將造成什麼結果。他在札垂科夫的一家診所裡過世，札垂科夫在邊境另一端，是個默默無名的小鎮；跟外婆講過話的每一個人，沒有人知道札垂科夫在哪裡。當她問我的時候，我跟她實話實說：我不曉得外公在那裡做什麼。

「妳在說謊。」她說。

「外婆，我沒有。」

「他跟我們說他去找妳。」

「不可能。」我說。

我曉得他騙了她，也騙了我。他利用我這趟跨國之行悄悄溜走——外婆說上個禮拜，我剛出發之後，他就搭公車上路——我們兩人都不知道他為什麼遠行。他過世之後，札垂科夫診所的職員花了整整三天才循線找到外婆，告知外公的死訊，安排運送他的遺體。遺體那天早上送達市立殯儀館，但是到了那時，我已經離家六百四十四公里，站在通過邊界之前最後一個服務站的公共洗手間裡，公共電話緊貼著我的耳朵，我雙腳褲管捲高，手裡拿著涼鞋，光腳輕輕踩踏龜裂水槽下方的青綠磁磚。

有人把一節彎曲的水管接到水龍頭上，熱水水龍頭垂掛而下，水管開口朝下，對著地板吐出一道道細細的清水。這種情況肯定持續了好幾個鐘頭；地上到處都是水，清水淹沒磁磚凹槽，聚積在蹲式馬桶周圍，滴過臺階，流進陋屋後面的乾涸花園。洗手間管理員卻絲毫不受干擾，她是個中年婦人，頭上繫著一條橘色絲巾，先前我發現她在角落的一張椅子上打瞌睡，我給她一把鈔票，請她出去，外婆已經傳呼了七次，我還沒拿起聽筒就擔心這七通沒接到的傳呼代表著什麼。

我非常生氣她沒有告訴我外公離家。他跟媽媽和外婆說，他擔心我這趟慈善任務，不放心我前往布列耶維納的孤兒院幫孩童接種疫苗，打算過來幫忙。但是我若責備外婆，肯定也會洩漏自己的祕密，因爲她如果知道外公生病，她絕對會告訴我外公離家，但是我和外公都瞞著她。因此，我讓她講下去，隻字不提三個月之前、當外公發現自己的病情時，我跟他去了一趟軍醫學院，我也沒提那位跟外公共事了一輩子的腫瘤科醫師把掃描結果拿給他看的時候，外公把帽子擱在膝蓋上說：「幹你娘的，你想找隻小蟲，結果卻發現一頭驢。」

我再丟兩個銅板到投幣孔，電話呼呼作響。麻雀從洗手間磚牆的邊緣直衝而下，飛進我腳邊的積水之中，抖去背上的水滴。戶外的陽光熾熱，午間呈現凝滯，室內的空氣悶熱而潮濕，門口蒸氣騰騰，門外的柏油路直通邊界管制站，管制站附近的車輛沿著閃閃發亮的柏油路緊緊排成一列。我可以看到我們那輛最近跟牽引機相撞、左側凹了進去的車子，我也可以看到卓拉坐在駕駛座上、車門微開、一隻長腳抵著地面、拖拖拉拉緩緩前進，她愈來愈接近檢查站，回頭看看洗手間的頻率也愈來愈高。

「他們昨天晚上打電話過來。」這會兒外婆說道，她提高了音量。「我心想，**他們搞錯了**，我想等到我們確定之後再打電話給妳，以免那不是妳外公，讓妳白擔心。但妳媽媽今天早上去了殯儀館。」她默不作聲，然後繼續說：「我不明白，我一點都不明白。」

「我也不明白，外婆。」我說。

「他說他要過去找妳。」

「我不知道他要過來。」

然後她的聲調變了。外婆起了疑心，她懷疑我爲什麼沒哭、爲什麼沒有歇斯底里。講電話的頭先十分鐘，她說不定容許自己相信，我之所以保持冷靜，原因在於我在一間外國醫院執行任務，旁邊或許圍了一群同事。如果她知道我躲在邊界服務站的洗手間裡，以免卓拉無意中聽到我們的談話，她肯定早就對我發出質問。

她說：「妳什麼都不想說嗎？」

「我只是不明白，外婆，他爲什麼謊稱過來找我？」

「妳沒問那是不是個意外。」她說。「妳爲什麼沒問？妳爲什麼沒問他是怎麼死的？」

「我甚至不曉得他離開家裡。」我說。「我什麼都不曉得。」

「妳沒哭。」她說。

「妳也沒哭。」

「妳媽媽非常傷心。」她跟我說。「他一定知道。他們說他生了重病——所以他一定知道。他一定跟哪個人說了，是妳嗎？」

「如果他已經知道，他哪裡也不會去。」我說，暗自希望這話聽起來具有說服力。「他不會那麼不明事理。」一疊白色的毛巾整齊擱放在鏡子上方的鐵架上，我用其中一條擦了擦臉和脖子，然後又拿了一條，我臉頰和脖子的肌膚在一條又一條的毛巾上留下汙黑的印漬，最後我總共用了五條毛巾，室內沒有擱放毛巾的洗衣籃，所以我把毛巾留在水槽裡。「他們知道那個小鎮在哪裡嗎？」我問。

「他旅行了多遠？」

「我不知道。」她說。「他們沒有告訴我們，大概是在另外一邊的某處。」

「說不定那是一個專科診所。」我說。

「他兼程過去看妳。」

「他有沒有留下一封信？」

他沒有。我明瞭媽媽和外婆說不定以爲他不願退休，所以才離開家裡，就像他最近幫一位居住在市區之外、不便外出的病患看診——其實那位患者是我們編出來的，目的在於掩飾他到一個腫瘤科醫生朋友那裡看病。外公在一週一次的醫師午餐餐會結識此人，他幫外公注射某種藥劑，據說能夠減輕疼痛。藥劑五顏六色，外公回家之後跟我說，好像他自始至終都知道藥劑只不過是添加食用色素的清水，也好像這一切都已經無所謂。起先他多多少少維持健康的態勢，以便掩飾自己生病的事實；但我只看了一次他打了針之後的模樣，就威脅要告訴媽媽，而他說：「妳有膽就去講講看。」這事就此而止。

這時外婆問我：「妳已經在布列耶維納？」

「我們在邊界。」我說。「我們才剛搭船過來。」

外面車陣又開始移動。我看到卓拉在地上按熄香菸，把腳抽回車裡，用力關上車門。駕駛人先前聚集在碎石子路肩伸展筋骨、抽菸、檢查車胎、在噴水池裡注滿水瓶、一臉不耐煩看著隊伍盡頭、丟棄原本打算私運過去的糕點和三明治，對著洗手間一側小解，這會兒全都匆匆趕回自己的車裡。

外婆沉默了一會兒，我可以聽見線路嘎嘎響，然後她說：「妳媽媽想在這幾天舉行葬禮，卓拉不能自己去布列耶維納嗎？」

如果我把這事告訴卓拉，她一定叫我馬上回家。她會把車子交給我，拿起裝了疫苗的冰桶，招攬便車越過邊界，把校方眞誠的贈禮送達海岸邊布列耶維納的孤兒院。但我說：「我們快要到了，外婆，很多孩童等著這些疫苗。」

她沒有再問我。外婆只跟我說葬禮的日期、時間地點，即便我已經知道外公將安葬在斯垂米納山，我的高外婆薇拉婆婆也安息在這座俯瞰京城[1]的山上。她掛了電話之後，我用手肘扭開水龍頭，把隨身帶來的水瓶裝滿水，我先前以此作爲藉口下車。我在外面的碎石子路上洗洗腳，然後穿上鞋子。卓拉讓車子引擎運轉，跳到車外，輪到她沖洗雙腳的時候，我爬進駕駛座，卓拉比我高，我把座椅往前拉，調整一下身高的差異，我也把我們的駕照、證件、醫藥進口文件排列在儀表板上，確定順序無誤。在我們前面兩部車之處，一位身穿綠色襯衫、襯衫緊貼在胸口的海關關員正打開一對老夫婦車子的後座，關員小心翼翼探進車內，用戴了手套的手拉開皮箱的拉鍊。

卓拉回來時，我沒有跟她提起關於外公的任何事情。我們兩人這一年都不好過。我犯了錯誤，一月分罷工的時候跟著護士一起示威抗議，結果被沃依沃達加的診所施以無限期停職懲處。我窩在家裡賦閒了好幾個月——從某方面而言，這也不見得不好，因爲這樣一來，當外公得知他患了什麼病的時候，我才有機會陪在他身邊。他起先滿高興有我相伴，但是一逮到機會，他就因爲我受到停職懲處，嘲笑我是個容易受騙的大傻瓜。後來他的病情日漸嚴重，他愈來愈不常待在家裡，同時建議我也多多出門；他不想看到我板著一張苦瓜臉在家裡晃來晃去，當他半夜醒過來，還沒有戴上眼鏡時，他也不想看到我在他床邊徘徊，把他嚇得半死。他說我的舉動會讓外婆注意到他的病情，讓她起疑，她會猜想我們的沉默和對話是怎麼回事，也會懷疑這會兒我們祖孫一個退休、一個被停職，怎麼反而更加忙碌。他也要我思考一下我的專科，以及復職之後我打算做什麼——生物化學系教授塞爾傑恩，也就是那位外公口中，跟我「有些牽扯」的師長，並未在停職委員會上幫我美言兩句，對此，外公倒是不訝異。在外公的建議下，我回校擔任「聯合診所醫療計畫」的志工，自從戰爭結束之後，我就再也沒有參與這種義務工作。

卓拉利用這次的志工服務，避開軍醫學院的爆料事件。她拿到醫學學位已經四年，卻依然留在重傷中心。她原本希望見識各種不同的外科手術，藉此決定自己要專攻哪一科，很不幸地，四年當中，她大半時間都在重傷中心主任旗下工作，京城的人稱這位主任為「鐵手套」——當年他曾擔任婦科主任，據說他為病人做骨盆檢查的時候，竟然疏忽，沒有取下始終戴在手腕上的銀手鍊，因而獲得這個稱號。卓拉是個有原則的女性，也是個公開的無神論者。十三歲的時候，一位牧師跟她說動物沒有靈魂，而她說：「好吧，老傢伙，幹你娘的。」然後走出教堂；她跟鐵手套硬碰硬了四年，兩人的爭執在一樁意外事件當中達到頂點。卓拉受命於檢方，不能跟任何人討論此事，甚至包括我在內，但是根據我在醫院長廊之間聽到的零星片段，事件攸關一位鐵路工人、一樁意外，以及一個截指手術，手術進行當中，可能沒醉、也可能喝得醉醺醺的鐵手套說了諸如此類的話：「先生，別擔心——你如果

1 The City，應是指涉塞爾維亞首都貝爾格勒；本書中地名多是虛構，如蓋里納、薩洛波爾、札垂科夫及布列耶維納。

咬緊第一隻指頭，看著第二隻指頭被切下來就容易多了。」

患者當然提出告訴，檢方傳訊卓拉作出不利於鐵手套的證詞。鐵手套儘管聲譽不佳，在醫界依然關係良好，這下卓拉進退維谷，她應該給這個她憎惡多年的男人一點顏色瞧瞧，或是冒險失去她剛剛開始幫自己建立的事業與聲譽。生平頭一遭，沒有人能夠爲她指引出正確的方向——我、她爸爸、她最近一任男友都不行。我們表明意願之後，花了一個禮拜在「聯合診所醫療計畫」的總部聆聽簡報和受訓，在這整段期間，她對於我的好奇，以及檢方鍥而不捨的來電一概保持沉默，堅決不予理會。但是好死不死地，昨天她居然對我坦承，等我們一回到京城，她打算馬上徵詢外公的意見。過去一個月，她在醫院裡沒有碰到他，也沒看到他的臉色逐漸灰黃，包覆著骨頭的肌膚日漸鬆散。

我們看著海關關員沒收老夫婦兩個裝著海灘圓石的罐子，然後揮手示意下一部車子通過；檢查到我們的時候，他花了二十分鐘仔細查看我們的護照、身分證，以及校方出具的證明文件。他打開醫藥冰桶，把一個個冰桶排列在柏油路上，卓拉雙臂交疊，一邊在他身邊走來走去，一邊對他說：「這是冰桶，意思是裡面的東西對於溫度相當敏感，這點你應該明白吧——難不成你在你們鎮上的小學，沒有學到關於冷藏的常識？」她很清楚每樣東西都井然有序，她也很清楚他拿我們沒辦法。但是他覺得受到挑戰，結果又花半小時檢查我們的車子，搜尋武器、偷渡客、貝類海產，以及未經許可的寵物。

十二年前、戰爭開打之前，布列耶維納的居民曾經跟我們同一夥。當時大家把邊界視爲笑話，邊界不過是一種形式，你可以任意開車、搭飛機或是步行過關，經由森林、水路，以及空曠的田園皆可通行。通過邊界時，你可以送給海關關員三明治，或是醃漬的青椒。沒有人詢問你的姓名——結果卻證實每個人對此顯然相當敏感，大家自始至終在乎你姓什麼、叫什麼。我們之所以前往布列耶維納服務，目的在於重建某些關係。校方希望我們跟地方政府合作，共同協助幾所孤兒院重新運作，也希望吸引邊界另一端的年輕人重回京城。這是我們此行的長期外交使命——但是講得白話一點，卓拉和我過來幫那些父母死在我們自己士兵手下的孤兒消毒殺菌：檢查他們有沒有肺炎、肺結核和寄生蟲，幫助他們注射麻疹、腮腺炎、德國麻疹預防針，預防其他各種戰爭期間受到感染，以及戰後多年民生荒蕪所引發的疾病。我們在布列耶維納的聯絡人是亞騰修士，這位方濟會的修士一直相當熱心和善，他不時傳呼我們，確保我們一路平安，而且跟我們保證他爸媽期盼接待我們，一點都不麻煩。他的聲音總是開朗愉快，尤其是對一個花了三年的時間爭取經費的人而言。過去三年來，他四處奔走，興建設立海岸邊第一所正式的孤兒院，在此同時，他還想辦法把六十名孤兒安置在一個原本只容納得下二十位修士的修道院裡。

卓拉和我一同加入這項慈善任務，自此之後，我們將各自踏上不同的人生路程，相識二十餘年以來，頭一次各奔前程。爲了博取信任，以及塑立威嚇感，即便沒有執勤時，我們將穿著醫師的白袍。我們以身邊四個箱子壯膽，箱子裡裝滿小兒麻痺疫苗，以及麻疹、腮腺炎和德國麻疹三種混合疫苗，我們還帶了一盒盒糖果防止孩童哭鬧，因爲我們確信一旦開始注射疫苗，孩子們一定又哭又叫。我們手邊有張地圖，地圖多年之前就完全不準確，卻依然被我們留在車裡，我們以前每次旅行都使用這張地圖，地圖上密密麻麻的標示，充分顯現過去一趟趟旅程。有些區域被畫掉，開車前往某些醫學研討會或是其他會議的途中，我們最好避開這些區域。我們還在一處山間的度假中心上面畫了一個小人，小人手中握著隨便畫畫的雪橇，這個我們喜愛的度假山莊，如今再也不是我們國家的一部分。

我在地圖上找不到外公過世的札垂科夫。我也找不到布列耶維納，但我事先曉得地圖有此遺漏，所以自行把它畫進地圖裡。布列耶維納是個海邊的小鎮，位居新邊界東方四十公里之處。我們開車穿越一個個緊鄰大海的紅屋頂小鎮，駛經一座座教堂和牧馬場，經過一個個瀑布，瀑布從道路上方陡峭的岩壁沖瀉而下，耀眼璀璨。我們不時駛進森林，高聳的松林之中夾雜著橄欖樹和柏樹，林木沿著山勢一路傾斜而下，直到眼前出現大海，宛如刀刃一樣閃爍著光芒。道路的部分路段鋪得不錯，但有些路段輸跡累累，一段段碎石路早已年久失修。

車子顛顛簸簸，駛過路肩的車轍凹痕，我可以聽到冰桶裡的試管顫動。開到距離布列耶維納三十公里之處，我們開始看到較多旅館和餐廳的招牌，這些商家慢慢又開始倚賴離島島嶼帶來商機。我們也看到水果攤、風味小吃攤、販賣自製小餅乾和葡萄葉白蘭地的招牌、當地出產的蜂蜜、酸櫻桃和無花果果醬。我已經漏接三通外婆的傳呼，但是手機在卓拉那裡，卓拉人在車裡，我不可能回電給外婆。我們把車停在下一個休息站，休息站有公共電話，還有一家路邊烤肉攤，烤肉攤有張藍色的遮陽棚，洗手間設在旁邊的田裡。

攤子另一邊停了一輛卡車，一長排士兵擠在烤肉櫃檯前面。男人穿著迷彩裝，拿著帽子搧風，我下車、走向公共電話亭時，他們跟我揮揮手。幾個當地的吉普賽孩童幫一家布羅克新開的夜店發放傳單，孩童隔著車窗玻璃對我訕笑，跑到車子另一邊跟卓拉乞討香菸。

我從亭子裡可以看到布滿灰塵、防水布折起的軍用卡車，也看得到「波洛牛家」的烤肉架，架前有個魁梧的男人，說不定是波洛本人，正用一把大刀的刀柄翻煎漢堡肉、小牛肩肉和香腸。攤子後面、隔著田地不遠之處，有隻長相滑稽的褐牛被綁在一根插進地裡的桿子上——我忽然有種感覺，波洛說不定經常使用那把大刀屠牛切肉，也用同一把刀翻煎漢堡、切麵包，思及至此，我爲那位站在調味品櫃檯旁邊，舀了切碎的洋蔥鋪滿三明治的士兵，感到有點抱歉。

先前開車的時候，我沒有注意到自己頭痛，這會兒電話響了六聲、外婆接起電話時，頭痛卻向我襲來。先是她的聲音，然後是她助聽器尖銳的聲響，急急穿過電話線，直衝我的頭蓋骨。她把助聽器音量調低，機器輕輕嗶嗶作響。我可以聽到後方傳來媽媽的聲音，她的語調輕緩但是堅定，正跟某位登門拜訪的悼念者說話。

外婆歇斯底里。「他的東西不見了。」

我叫她鎮定下來，請她解釋。

「他的東西！」她說。「妳外公的東西。它們——妳媽媽過去殯儀館，他的西裝、外套和鞋子在那裡，但是他的東西，娜塔莉亞——它們全都不見了，它們不在他身邊。」

「什麼東西？」

「妳聽好，老天爺啊——『什麼東西』！」我聽到她合掌一擊。「妳聽到我在說什麼嗎？我在跟妳說他的東西不見了——診所的那些混蛋，他們偷了那些東西，他們偷了他的帽子、雨傘和皮夾。妳想想——妳敢相信會發生這種事情嗎？偷竊一個死人的東西。」

我在我們醫院裡聽過這類事情，因此，我敢相信確有此事。這事通常發生在沒有人認領的死者身上，而且很少受到懲戒。但是我說：「有時候會搞錯。外婆，那個診所的規模不可能非常大，說不定有點延誤，說不定他們忘了把東西寄回去。」

「他的手錶，娜塔莉亞。」

「拜託，外婆。」我想到他的外套口袋和《森林王子》，真想問問那本書是不是也丟了；但是據我所知，外婆還沒哭，我好怕說出會讓她掉眼淚的話。在那一刻，我肯定想著死不了的男人；但是這個念頭是如此模糊，以至於我後來才又想起。

「他的手錶。」

「妳有沒有診所的電話號碼？」我說。「妳打電話給他們了嗎？」

「我打了又打，」她說：「沒人接聽。沒半個人在那裡。他們拿走了他的東西，老天爺啊，娜塔莉亞，他的眼鏡——眼鏡不見了。」

他的眼鏡，我默默想著他擦拭眼鏡的模樣——他幾乎把整副鏡片擺進嘴裡、對著鏡片吹一吹、然後用擺在口袋裡的一小塊絲布擦拭——一陣僵冷的寒意悄悄爬上背脊，停駐在此。

「他過世的地方，那到底是什麼鬼地方？」外婆說，她的聲音嘶啞，開始哽咽。

「我不知道，外婆。」我說。「但願我知道他出門了。」

「這一切說不定都不會發生——但是你們非得說謊不可，你們這一對祖孫啊，總是講些悄悄話，他在說謊，妳也在說謊。」我聽到媽媽想要從她手中拿下話筒，外婆說：「不。」我看著卓拉從車裡出來，她慢慢伸展筋骨，鎖好車門，把冰桶留在乘客座的地墊上。吉普賽孩童靠在後保險桿上，輪流抽一根香菸。「妳確定他沒有留下字條？」外婆問我哪種字條，我說：「任何一種，任何一種信息。」

「我跟妳說我不知道。」她說。

「他離開的時候說了什麼？」

「他說他要過去找妳。」

這下輪到我起疑，我盤算哪些人知道哪些事，其中又包括多少無人知曉的事情。這些年來，我們一家人已經培養出一套模式，我們多半對彼此隱瞞自己的身體狀況，以及上哪裡去，以免對方擔心害怕，而外公正是仰賴這套模式；比方說那次媽媽從維里摩沃湖邊小屋的車庫上摔下來，跌斷了腿，我們卻告訴外公外婆，因爲屋子淹水，所以我們必須晚點回去，或是那次外婆在斯垂柯瓦克的診所接受開心手術，在那同時，我和媽媽依然渾然不知，高高興興在威尼斯度假，外公在電話裡撒謊，電話線路干擾甚多，只有我們家的電話才會發出這種雜音，而外公竟然堅稱他一時興起，帶著外婆到琉森享受芳療之旅。

「把札垂科夫那家診所的電話號碼給我。」我說。

「爲什麼？」外婆說，口氣依然帶著懷疑。

「給我就是了。」我外套口袋裡有一張皺巴巴的收據，我拿起收據，抵在玻璃窗上。我唯一的鉛筆磨到只剩下一小截；這是受到外公的影響，他習慣使用同一支鉛筆，直到鉛筆磨得幾乎握不住。我寫下電話號碼。

卓拉正對我揮揮手，指了指波洛、那堆牛肉，以及櫃檯前面的人群，我對她搖搖頭，滿心挫折地看著她走過路肩沾滿汙泥的車轍凹痕、站到隊伍裡一個藍眼士兵的後面，士兵頂多只有十九歲，我看到他大膽地上下打量卓拉，然後卓拉說了幾句我聽不到的話，藍眼小夥子周圍的士兵爆出一陣笑聲，笑聲大到在電話亭裡都聽得見。小夥子的耳朵發紅，卓拉對我露出滿意的神情，然後兩隻手臂疊在胸前，繼續站在原地，眼睛盯著黑板上的菜單，黑板掛在一幅圖畫的上方，圖畫裡的牛戴著一頂紫色的帽子，看起來很像那隻被綁在後面的褐牛。

「妳們現在在哪裡？」外婆說。

「我們天黑之前會抵達布列耶維納。」我說。「我們施打疫苗，然後直接回家。我保證我會盡量趕在後天之前回到家裡。」她一語不發。「我會打電話給札垂科夫的診所。」我說。「如果那裡在回家的路上，外婆，我會過去一趟，把外公的東西拿回來。」

「我還是不明白，」她終於說：「我們怎麼可能都不知道。」她等著我承認我知情。「妳在騙我。」她說。

「外婆，我什麼都不知道。」

她要我說我已經看出徵兆，卻予以忽視；她要我說我已經跟他談起此事；她要我說些減輕她憂慮的話語，讓她不必擔心儘管外公跟我們在一起，他卻始終一個人守著自己來日不多的祕密。

「那麼妳跟我發誓，」她說：「妳拿我的性命發誓妳不知道。」

這下輪到我一語不發。她等著聽我發誓，當我什麼都沒說的時候，她說：「那裡一定很熱。妳們兩個有沒有喝很多水？」

「我們沒事。」

一陣停頓。「如果妳們吃肉，確定肉的中間煮熟了。」

我跟她說我愛她，她什麼都沒說就掛了電話。我把斷線的聽筒貼在耳邊，貼了好幾分鐘，然後打電話給札垂科夫的診所。你始終聽得出那些地方相當偏遠，因爲電話好久才接通，接通時，聲音聽起來遙遠，而且悶悶的。

我兩度讓電話一直響到沒有聲音，然後又試了一次，最後才掛電話。我跟卓拉一起排隊，卓拉已經跟波洛吵了起來，她想點一份我們市裡餐廳所謂的「加料漢堡」，多加一份洋蔥，波洛跟她說這裡是布列耶維納，如果她要的話，她可以點雙份漢堡，但他從來沒有聽過「加料漢堡」，那究竟是什麼玩意？攤子四處都是裝了生肉的冰桶，鑄鐵的湯鍋裡溢滿某種油膩膩的褐色湯汁。櫃檯後面的波洛面無表情，而且他不找零，說不定因爲那份加料漢堡，所以給我們顏色瞧瞧。卓拉一手拿著她的三明治，另一隻手拿著我的，我則在她的外套口袋裡翻找她的皮夾。

「你聽過一個叫做札垂科夫的地方嗎？」我邊問波洛，邊拿著粉紅和藍色的紙鈔靠在櫃檯上。

「你知道那個地方在哪裡嗎？」

他不知道。

七點三十分，太陽緩緩沒入遠方藍色的雲層，我們望見布列耶維納，開下高速公路，轉上通往海邊的鎮道。鎮上比我預期的小，椰子樹林立的步道緊緊沿著海岸延伸，商店和餐廳朝著我們的方向蔓延，咖啡店的椅子和賣明信片的小攤子出現在路中央，騎腳踏車的孩童張開手掌拍打我們的車背。觀光旺季還沒開始，但是搖下車窗、慢慢開過修道院廣場的便利商店時，我可以聽到波蘭話和義大利話，廣場正是我們即將爲孤兒院設立免費診所之處。

亞騰修士已經告訴我們他爸媽家在哪裡。他們家潛藏在鎮上最邊緣的一叢白色夾竹桃之間，屋子面海，不算豪華，屋瓦有點褪色，窗戶裝了藍色的百葉窗，屋子坐落在山丘一處天然峭壁之上，距離大海約五十碼。屋前有棵高大的橄欖樹和一個看起來像是輪胎鞦韆的東西，屋旁有間雞舍，看起來最近幾年最起碼倒塌過一次，而後被人隨便重新整修，靠著一道低矮的石牆支撐，石牆沿著他們家土地的南邊一路伸展。兩隻雞在門口晃來晃去，一隻公雞坐在樓下窗臺上的花壇裡。這個地方看起來彷佛遭人遺忘，但是依然鬥志昂然。藍色油漆緊緊黏貼在百葉窗和大門上，一個擺滿薰衣草的破木箱緊靠在屋子一側，這些都給人某種不服輸的感覺。亞騰修士的爸爸伊凡叔叔是當地的漁夫，我們一走到從路上通往屋子的臺階頂端，他馬上衝過花園。他穿了一件褐色的吊帶褲、涼鞋和一件大紅背心，那件背心肯定讓他太太在賣毛線的攤子花了不少錢。他旁邊有一隻白狗，小狗的頭黑黑的，而且四四方方——那是一隻波音達獵犬，但是眼睛大大的，神情相當興奮，看起來跟一隻熊貓的功用差不多。

伊凡叔叔開口說：「哈囉，兩位醫師！歡迎、歡迎！」他邊說邊朝我們走過來，試圖一手拿起我們全部的行李。經過一番推辭，我們說服他只幫卓拉拿行李，他拉著行李箱走過矮樹叢和玫瑰花之間的碎石小徑，他的太太娜達站在大門旁邊抽菸等候，她一頭稀疏的白髮，青筋一路流竄到脖子和光裸的手臂。她淡淡地親吻我們的臉頰，爲了花園的模樣向我們致歉，然後按熄香菸，把我們趕進屋裡。

屋裡安靜溫暖，雖然已是傍晚，但依然明亮。我們放置鞋子的走道通往一個小小的客廳，客廳椅子裡擺著藍色坐墊，沙發和扶手椅的套布顯然有段歷史。家中的某個人是個畫家：窗戶旁邊擺了一個畫架，還有一幅尚未完成、看起來是隻獵犬的油畫，畫架旁邊的地上堆滿濺滿油墨的報紙。一幅幅加框的水彩畫沿著牆壁掛設，畫作之間的距離經過仔細丈量。我花了一會兒才看出這些畫作都是同一隻獵犬，也就是外面那隻頭黑黑的、笨得可愛的小狗。窗戶全都開著，夜晚振奮的蟬鳴，隨著戶外的熱氣飄進屋裡。娜達依然爲了家裡亂糟糟而道歉，她一邊喃喃說話，一邊帶著我們走向廚房，伊凡叔叔則趁機奪下我們所有行李——卓拉的行李箱、我的帆布袋，以及我們的背包——衝上走廊盡頭的樓梯。娜達把我們推進廚房，指給我們看看盤子和杯子擺在哪裡，麵包箱在什麼地方。她還打開冰箱，指出牛奶、果汁、梨子和培根在哪裡，並且請我們自行取用，我們什麼時候想吃都可以，每樣東西都盡量享用，甚至包括可樂。

一隻紅黃鸚鵡安坐在廚房窗戶和一幅水彩畫之間的鐵籠裡，水彩畫斜斜擺著，畫中又是那隻黑頭的小狗。打從我們一進廚房，鸚鵡就一臉懷疑地看著卓拉，這時牠忽然扯著嗓門大叫：「噢！老天爺啊！眞是了不得！」我們起先以為卓拉光裸裸的手臂和鎖骨逗得鸚鵡色心大動，所以爆出這番言詞。但是娜達拚命道歉，抓了一塊擦碗巾蓋住鸚鵡的籠子。

「牠喜歡唸詩。」娜達說，我們這才領悟鸚鵡先前試圖唸一首傳統史詩的序章。「我試過教牠說些『早安』和『我喜歡奶油麵包』之類的話。」

她帶著我們到樓上看看。卓拉和我將合住一個房間，房裡有兩張小床，小床鋪上青藍色的被毯。房裡有個擦拭得亮晶晶的木頭五斗櫃，櫃子幾個抽屜已經壞了，房裡還有一間小浴室，浴室裡有個老式的澡缸和一個抽拉式的馬桶，我們已被警告馬桶可能管用，也可能不管用，端視一天當中什麼時候而定。牆上掛著更多小狗的素描，其中一張小狗躺在無花果樹下，另外一張小狗睡在樓下的沙發上。從窗戶往外看，我們可以遠眺地產的後方，橘子樹和檸檬樹輕輕顫動，遠方一片平原緩緩下沉到山腳，田野之中盡是一排排低矮、隨風搖擺的葡萄藤。一群男人在葡萄藤之間挖地；我們依稀聽到他們的鐵鏟敲擊地面，以及他們對著彼此喊叫。

「我們的葡萄園。」娜達說。「別理他們。」她提到那些挖掘工，然後拉上其中一扇百葉窗。

等到我們把冰桶和箱子從車裡拿出來、疊放在房間角落時，晚餐已經準備好了。娜達炸了沙丁魚和兩條魷魚，烤了幾隻跟男人的頭一樣大的魚，我們只能擠在廚房的方桌旁邊，欣然接受她的款待，伊凡叔叔則忙著幫我們倒兩杯自家釀製的紅酒，擦碗巾依然蓋住鸚鵡的鐵籠，鸚鵡自言自語，偶爾尖叫一句：「噢！你是否聽見雷聲？那是大地驚動嗎？」而且不時回答自己的問題：「不！那不是雷聲！也不是大地驚動！」

娜達為我們送上黑麵包、切碎的青椒、水煮馬鈴薯混拌萘菜和大蒜。她大費周章，把所有東西仔細擺在藍色的瓷器上，瓷器說不定已在地下室窩藏好多年，以免遭到打劫，雖然缺角，但是擦拭得相當乾淨。來自大海的清涼晚風從低處的露臺緩緩飄來；沙丁魚堆得老高，抹上厚厚一層鹽，兩隻鱸魚閃爍著橄欖油的油光——「這是我們自己種的橄欖。」伊凡叔叔邊說，邊稍微舉起瓶子，好讓我聞聞瓶尖。我可以想像他當天稍早坐在小船上，小船在灣裡某處的海中上下漂搖，他拉拉手中細細的魚網，用他那骨節粗大的褐色雙手從網中挑撿海魚。

伊凡叔叔和娜達沒有問起我們的旅程、我們的工作或是我們的家庭。為了避免觸及政治或是宗教話題，談話的內容反而繞著作物打轉。春天很糟糕；大雨傾盆，溪水氾濫，洪水沖坍整個海岸的土壤，毀了萵苣和洋蔥。番茄的收成延誤，而且你到哪裡都買不到菠菜——我記得外公從市場買了一把農夫說是菠菜、其實是蒲公英葉的蔬菜回來，外婆一邊擀著塗上奶油、薄如紙張的蔬菜派派皮，一邊從外公帶回家的購物紙袋裡抓出一大把粗莖的葉菜，扯著嗓門大喊：「這是什麼鬼東西？」好幾個小時以來，我頭一次想到外公，這股突如其來的思念逼得我沉默不語。我靜靜坐著，心不在焉地聆聽伊凡叔叔堅稱今年夏天跟他預期的相反，天氣好得不得了：橘子和檸檬盛產，四處都是草莓、無花果成熟肥碩。卓拉說我們的情況也一樣，即便我從來沒看過她這輩子吃過半粒無花果。

我們幾乎吃光各自盤中的食物，而且不智地喝光杯裡的紅酒，我們想幫鸚鵡背誦詩句，而鸚鵡已將詩句牢記在心，遠遠勝過我們。這時忽然冒出一個小孩，她個頭好小，如果不是她一邊咳嗽、一邊走進來，我懷疑我們哪個人會注意到她——她帶著濃痰，咳得又猛又大聲，好像整個人被撕裂成一半，然後她從陽臺走了進來，瘦小、鼓著圓肚子的她站在門口，兩隻腳的鞋子不成對，頂著一頭亂蓬蓬的黃褐捲髮。

小孩至多五、六歲，她扶著門框，一隻手擺在身上那件黃色洋裝的口袋裡。她有點髒兮兮，雙眼稍微流露出倦意，我們因爲她的出現而暫停談話，因此，當她再度咳嗽時，我們全都看著她。然後她把一隻指頭伸到耳朵裡。

「哈囉，」我說：「妳是誰？」

「天曉得她是誰。」娜達說，然後站起來收盤子。「她是**他們**其中之一——葡萄園裡的那些人。」直到那一刻，我才曉得他們也待在此處。娜達對著小女孩彎下腰，非常大聲地說：「妳媽媽在哪裡？」當小孩什麼都沒說時，娜達對她說：「進來拿塊餅乾。」

伊凡叔叔在椅子裡往後一靠，伸手探進後面的櫥櫃，他抓了一個裝小餅乾的錫盒，打開盒蓋，遞給小女孩。小女孩動也不動。娜達從水槽旁邊走過來，試圖用一杯檸檬汁哄她進來，但是小女孩依然不爲所動。有人用磨損的緞帶把一個天鵝絨的小布包繫在她的頸間，她用空著的一隻手把小布包從肩膀一側晃到另一側，布包不時打到她的下巴。搖晃布包的同時，她還不停吸回從鼻子流出的青綠色鼻涕。我們可以聽到戶外傳來人們從葡萄園走回來的聲音，大夥扯著嘶啞的嗓門，鐵鏟鏗鏘作響，鏟子垂落在地面上，腳步重重踏上樓下的陽臺。他們正準備圍在外面一棵橄欖樹下方的桌旁吃晚餐，娜達說：「我們最好趕快結束。」然後動手收拾我們的餐具。卓拉想要起身幫忙，但娜達把她推回椅子上。外面的騷動勾起畢斯的興趣，這隻白色的獵犬搖晃著雙耳，邁開滑稽的步伐，略微好奇地用鼻子頂頂站在門口的小孩，然後被花園裡的某樣東西分了神。

一個瘦小的女人衝過門口，一把將小女孩摟進懷中，伊凡叔叔依然遞出餅乾盒。娜達走到門口，望向戶外。她轉過頭來，開口說道：「他們不應該在這裡。」

「甜食對小孩子不太好。」伊凡叔叔私下對卓拉說。「飯前吃甜食是個不好的習慣，害小孩蛀牙，但是我們還能怎麼辦？我們總不能自己把這些餅乾全部吃完。」

「讓他們住下來，實在是荒謬。」娜達邊說，邊把髒盤子堆在桌邊。

伊凡叔叔把餅乾盒遞給我。「以前啊，我下午沒事做，一個人可以吃下整個堅果蛋糕。但我的醫生說：小心一點！你上了年紀。他說，我得小心。」

「我說過會發生這種狀況——對不對？」娜達邊說，邊把一團團吃剩的馬鈴薯和蒸菜掃到一個盤子上，放低盤子，擺在地上。「兩、三天——已經一個禮拜。晚上四處閒晃，咳嗽咳到我的床單上。」

「他們這會兒立下了各種規矩。」伊凡叔叔說道。「別吃奶油，別喝啤酒，每天吃這麼多水果，」他伸出雙手，比劃出一個小桶子，「吃你的蔬菜。」

「一個比一個病得更嚴重。」娜達靠向門口，這句話說得特別大聲。「這些孩子應該上學，或是住院，或是跟那些有錢讓他們上學、住院的人在一起。」

「我跟他說，我吃了蔬菜，別跟我提到蔬菜；你在市場買蔬菜，我在我家裡自己種。」伊凡叔叔攤開雙手，數出番茄、青椒、萵苣、青蔥和大蔥。「我這個人懂得蔬菜——但我這輩子也每天吃麵包。我爸爸也是，而且每一餐都喝紅酒。你知道我的醫生怎麼說嗎？」我搖搖頭，擠出一絲微笑。

娜達說：「我跟你說了，我跟亞騰說了，我不要他們待在這裡——這會兒醫師們來了，他們依然待在這裡，在那邊做些天曉得的事情，把整個葡萄園弄得天翻地覆。這樣不對。」

「他說這樣會幫我活得久一點。哎，老天爺啊——我爲什麼想要活得久一點？」

「他們說這樣不危險。」娜達邊說，邊碰碰卓拉的肩膀。「妳跟我說，醫生，十個人待在兩個房間裡——五個人一張床，而且全都病得跟狗一樣，每一個人都生病。」

「如果我得吃米飯，以及諸如此類的東西，我幹嘛活得久一點？這叫什麼來著？梅子。」

「我不是暗示你們那邊來的人都像這樣擠在一起睡。五個人睡一張床——我可不是這個意思，醫生。」

「去他的梅子。」

「妳們可曾聽過這種事情？」娜達邊問我們兩人，邊在圍裙上擦手。「妳們聽過嗎？」

「沒有。」卓拉乖乖回答。

「這樣不對。」她又說了一次。「還有那些臭氣沖天的小布包。誰聽過這種事情——我們天主教徒不會這樣；回教徒也不會。」

「但是話說回來，這些人戴著布包，而且我們管不著。」伊凡叔叔說，口氣忽然變得嚴肅，從椅子上轉頭看著她。「他們待在這裡——我也不在乎。」

「這是我的房子。」娜達說。「我的葡萄園。」

「孩子們才是麻煩。」伊凡叔叔對我說，這下顯得嚴肅。「他們病得很重，而且愈來愈糟。」他闔上餅乾盒放回櫥櫃上。「有人跟我說他們還沒去看醫生——我當然不清楚。」他扮個鬼臉，在頸邊握住拳頭。「那些布包肯定沒什麼用，它們非常骯髒。」

「臭死了。」娜達說。

若非其中一個挖掘工過來要牛奶，他們肯定繼續說下去，那是一個褐色頭髮、被太陽曬黑、大約十三歲的男孩，他面帶羞澀地索討，他的出現平息了娜達所有的怒氣，甚至他離開之後，她都沒有回到先前的話題。

晚餐之後，伊凡叔叔拿出手風琴，爲我們彈奏他從他爺爺那裡學會的一些古老民歌。我們趁著兩首歌曲的空檔打斷他，請問他最近什麼時候做過身體檢查，同時主動開始幫他體檢，在他上床之前替他聽診、測量體溫和血壓。

後來樓上出現更迫切的問題：馬桶無法沖水，而且水槽裡只有冷水。家裡的鍋爐八成壞了。卓拉不願受制於不便的現況，放棄沖澡的機會，因而決定放膽一試。我站在窗邊，卓拉一邊沖澡一邊大喊，我已經看不見葡萄園，但我可以聽到鐵鏟再度鏗鏘作響，以及聽起來像是孩童說話的尖細聲音。窗下的夾竹桃花叢裡的知了拚命嘶喊，麻雀映著屋子光影振翅飛舞，一隻斑紋灰蛾畏縮躲在補蠅網的外圍角落。卓拉從浴室走出來，略微得意洋洋地大聲宣告，澡缸裡那隻生鏽的鉗子有其功用，你只要把鉗子往上扳，洗澡水就會流出來。她把潮濕的頭髮紮成一個馬尾，走過來站在窗邊。「他們整個晚上都挖地嗎？」

我不知道。「他們一定是工人。」我說。「伊凡叔叔肯定出於好意，所以採收季節過後還把他們留下來。」

她洗澡的時候，檢方又傳呼了她兩次。

「妳應該回電話給他們。」我說。

她正在抽根晚上的香菸，她空著的一隻手托住菸灰缸，拿起亮亮的香菸頭攪弄菸灰。「就我而言，直到我跟妳外公談了之前，我無話可說。」卓拉說。她對我笑笑，小心把香菸煙霧吹到窗外，伸手從我眼前撥去煙霧。

她即將問我出了什麼事，所以我說：「我們明天請他們一起去診所。」然後爬到床上。卓拉抽完菸，但是繼續走來走去，望向窗外。然後她檢查一下臥室的門。

「你想他們會把樓下的門鎖起來吧？」

「說不定不會。」我說。「大門說不定大開，引進一群副軍事部隊的強暴犯。」

她不情不願地關燈，久久默不作聲。她醒著，而且盯著我看，我等著她沉沉入睡，這樣一來，我才不必想此話題。

樓下那隻鸚鵡，鳥籠被毛巾蓋住，悶聲悶氣地說著：「清洗骨頭，取來屍體，留下心臟。」

第二章
戰爭

蓋夫朗．蓋列

你必須從兩個故事了解我外公這個人：一個攸關老虎的妻子，一個攸關死不了的男人。這兩個故事有如神祕的河流，貫穿外公生平其他情事——他的從軍歲月；他對我外婆的摯愛；他在大學執行手術、專制強勢的那些年頭。故事之一述說外公怎樣變成一個男子漢，我在外公死後才得知；另外一個述說外公如何重拾童稚之心，則是出自外公之口。

戰爭靜悄悄地展開。十年以來，我們戰戰兢兢，等著戰爭到來，因而減低了開打之時的聲勢。孩子們在學校裡說「隨時都有可能」，其實他們只是重複在家裡聽了好多年的話，並不明瞭自己說些什麼。先是選舉，然後是暴動，部長遭到暗殺，三角洲地區發生大屠殺，接著是薩洛波爾——薩洛波爾事件之後，某種情緒似乎鬆綁，彷彿是種釋出。

戰爭之前，自從我四歲以來，我和外公每個禮拜步行前往碉堡公園看老虎。始終只是我們祖孫兩人。我們經常從山底出發，從斯垂米納山的山脊走上去，行經京城西端、貫穿園區低淺河谷的古早驛馬車道，穿過數十處慢慢流經矮樹叢的清澈小溪，我曾在這些矮樹叢裡度過無數個小時，小時候爲了抓蝌蚪，我手執木棍，費勁撥除掉落在石頭上面的濡濕秋葉，結果依然一無所獲。外公肩膀下垂，手臂前後搖擺——**划船**，外婆經常一邊看著我們離去、一邊從陽臺上大喊，**醫生，你又在划船囉**——他跨著大步慢走，手裡拿著裝有農家貢品的袋子。他經常穿著背心、休閒褲、硬領長袖白襯衫，以及擦得亮晶晶的皮鞋，即便夏天爬上山坡，他也是這身行頭。我穿著破舊的球鞋急急跟在他後面，我個頭比他矮一呎半，再怎樣也只能在後追趕。我們穿過鐵路，行經那個我七歲的時候騎腳踏車摔跤之處——我頭朝下、從腳踏車上摔了下來，大人們用一塊浸了烈酒的布壓在我皮開肉綻的膝蓋上，半小時的治療過程中，我從頭哭嚎到尾——步道的坡度由此開始急速上升。

看到我落後時，外公常停下來、擦擦手肘說：「這是怎麼回事，這是怎麼回事？我只是個老人——拜託喔，妳的心臟是塊海綿，還是一個拳頭？」

然後我會加快腳步，一路喘氣走上山坡，外公則帶著極度寵愛的口吻抱怨我的聲音這麼嘶啞，如果我非得像隻馬鈴薯布袋裡的鼬鼠一樣氣喘吁吁、毀了他出外活動的好興致，他以後絕對不帶我出門。步道從斯垂米納山頂下降，緩緩穿過一塊花朵零星的長形草地。隔著草地朝東望去，你可以遠眺崩塌的羅馬石牆，石牆牆面已被古早的砲火燻得漆黑。你也可以隱隱看到舊城的鵝卵石大道，城裡多塵的窗戶抹上一縷縷陽光，屋頂帶著淺橘顏彩，烤肉的煙霧緩緩飄過咖啡館和紀念品商店色澤明亮的遮陽棚。鴿子擠成一團，數目多到從山丘上都看得到，一隻隻像是戴了頭巾的女人在街上四處走動。街道蜿蜒，一路彎向碼頭，河流在此交會，在半島的頂端日日夜夜沖積匯流。我們走到碉堡中庭，在動物園入口處付費，風景也就此打住——京城人週間午休，入口處始終只有我們兩人排隊，我們始終經過綠嘴的駱駝，以及漆了白鷺鷥的河馬區，我們也始終直接走向不停在鐵欄杆裡來回巡邏的老虎們。

到了我十三歲的時候，前往動物園看老虎已經變成相當惱人的例行公事。從動物園回家路上，我不停碰到認識的朋友，這些跟我同年齡的小孩，早就不跟他們的長輩出門。我經常看到他們坐在咖啡館裡，或是站在議會大廈門檻旁邊抽菸。他們看到我，也記得看到我，而且記憶力清楚到在學校裡拿這事嘲笑我。他們的嘲諷並非出於惡意，而是因爲剛好有這回事；我卻因而想到自己受制於一個我覺得已經沒有必要的儀式。當時我不明白，這個儀式不單單只是爲了我。

戰爭開打之後，政府幾乎馬上關閉動物園。從表面看來，此舉是爲了預防發生類似佐波夫爆炸之類的意外事件：一個大學生在即將成爲我們南方鄰國的首都佐波夫，朝著動物園一個賣東西的小攤子丟擲汽油彈，造成六人死亡。這是政府保安計畫的一部分，也就是爲了保衛京城和市民的防禦措施——政府刻意利用民眾的恐懼，同時故意誇大敵方的實力，藉此施行這套防禦措施。政府關閉了動物園、公車運輸系統，以及新近命名的國家圖書館。

關閉動物園一事，除了干擾到我早已準備放棄的童年慣例之外，幾乎不值得慌張。大家心裡都很清楚，正如政府也曉得，戰事在將近一千一百公里之外進行，京城幾乎不可能遭到攻占，況且我們已讓敵軍措手不及。我們認爲永遠不可能發生空襲，因爲我方幾乎六個月前就已摧毀馬拉漢的飛機工廠和跑道，但爲了預防萬一，政府依然實施宵禁，勒令晚上十點就熄燈。他們張貼告示警告民眾，敵人的眼線可能隨時隨地出現在你身旁，你和朋友們跟往常一樣出去喝咖啡之前，最好先想想朋友鄰居們叫什麼名字，若是受到背叛，你自己依然將因沒有通報而擔負刑責。

一般而言，大家照常過日子。我們班上六、七個學童幾乎馬上消失無蹤——沒有警告，沒有道別，就像難民經常會做出的舉動——但我每天早上依然帶著便當盒，拖著腳步去上學。當坦克車駛過大道、朝向邊界出發時，我坐在窗邊，演算加法。戰爭剛剛發生，而且相當遙遠，更何況我家裡的人不想讓我擔心這種事情，我自己也不特別在乎，因此，我照常上美術課、跟卓拉出去喝咖啡、參加生日派對、旅行購物。外公依然主持研習會，在醫院巡房，每天早上到市場買菜，削蘋果之前，他也仍舊用肥皂水清洗蘋果。但我後來才知道，他必須花六個鐘頭排隊買麵包。媽媽依然帶著她的幻燈片到學校教授藝術史，外婆依然轉到播放老片的節目時段，收看克拉克·蓋博對著費雯麗傻笑。

戰事距離遙遠，造成一切如常的假象，但是新規定卻引發態度轉變，而這種轉變卻有違政府的初衷。政府原本打算利用法令、管制和恐慌促使民眾屈從，結果卻造成社會鬆亂和失序。爲了唾棄宵禁，青少年把車停在大道上，有時一停停了十排，坐在車蓋上通宵飲酒。人們經常午餐時間關上店門，到酒吧喝酒，一喝喝了三天才回家。有時你出去看牙醫，途中卻看到牙醫穿著內衣、坐在某戶人家的臺階上、手裡拿著酒瓶，你要嘛加入他，要嘛掉頭回家。剛開始還算安寧——幾年之後才發生掠奪洗劫，副軍事部隊才獲致權力——人們共同瀕臨災難邊緣，卻依然不自覺時，就會過得如此痛快淋漓。

我們這一輩的小孩，還差幾年才會面對通貨膨脹的壓力，攜帶父母親堆在獨輪車裡的大把鈔票，前往麵包店購買食品，或是被迫在學校走廊交換襯衫。戰爭剛剛爆發的一年四個月，感覺幾乎不眞實，而這種感覺卻讓那一年四個月更加難以置信、無法抗拒，因爲某些可怕的悲劇正在其他地方登場，同時也可能發生在我們頭上，光是這一點，即使我們無法無天，也不會受到懲罰。姑且不論四百八十三公里之外，女孩們坐在防空壕裡，七歲就初經來潮。京城之中，我們就是沒有受到戰爭影響；我們大可裝模作樣，無動於衷。當你的爸媽說：**你給我滾去上學**，你大可回答：**戰爭正在開打**，然後掉頭走到河畔。當他們逮到你清晨三點溜進家門，你的頭髮散發出一股香菸的臭氣，因爲戰爭正在開打，所以你不至於被他們狠狠敲兩記。當他們從鄰居口中得知你的朋友們以時速一百九十三里在大道飆車，你也跟著不怎麼雅觀地攀住車頂的天窗，你只要一說**戰爭正在開打、說不定我們都難逃一死**，他們就吵不過你。他們覺得應該負責，而我們利用他們的罪惡感，因爲我們什麼都不懂。

儘管大家努力照常過日子，但在學校裡，即使戰事如此遙遠，我們依然無法忽視戰爭逐漸逼近：我們眼見同學缺席，教科書和豬胚胎也付之闕如（即使在那個時候，卓拉和我已經熱切期待解剖），這些都顯現戰爭的腳步已近。我們應當催生化學反應，進行基本解剖，但是我們沒有化學藥品，豬胚胎也被留置在不停變來變去的邊界某處，我們反而只能利用電線和小型燈泡，製作一組又一組電路。我們把舊幣制的銅板擱在雨中生鏽，然後用加了鹽和蘇打粉的沸水清洗。我們有幾張青蛙的解剖圖，也被迫努力記誦。不曉得爲什麼，我們還有一截馬腳，馬腳保存在一個注滿甲醛的長方形花瓶裡，我們一而再、再而三素描那截馬腳，直到哪天我們任何人若碰到一匹馬的馬蹄出了問題，說不定不需診斷就可以動手術。但是從早上八點到下午四點，我們大多高聲念誦教科書。

更糟的是，戰事迫使高年級搬到高樓層；換句話說，你年紀愈大，離學校地下室的防空洞愈遠，實在不公平。因此，滿十四歲的那一年，卓拉和我淪落到在水泥屋頂上的角樓上課，角樓方方正正，遠眺河流，裡面有幾扇龐大的窗戶，通常是幼稚園學童的教室。所有跡象都顯示對調教室的決定相當匆促：教室牆上貼滿畫著公主的水彩畫，窗臺上排列著裝滿泥土的保麗龍杯，有人跟我們說泥土裡最終會長出豆子，而有些杯子果真冒出豆苗。教室裡曾經掛著族譜畫，但是某人鑒於現勢，取下圖畫，黑板下方的牆上留下一片空白。我們坐在那裡，素描那截馬蹄，說著諸如**戰爭正在開打**、**如果他們轟炸我們**、**最起碼我們會比那些小小孩先死**之類的話，心裡卻一點也不在乎。從角樓教室的窗戶看出去，我們可以看到京城的全景，從北邊的高山到河對面的城堡，三百六十度景觀盡入眼簾，遠處山林起起伏伏，有如一條青綠的直線。你可以隱隱看見舊社區的磚瓦輪廓，以及遠處的煙囪吐出一陣陣宛如焦油一樣濃密的煙霧。你也可以看見學院山丘的教堂圓頂，圓頂上豎立著鮮豔、龐大的方正十字架。你還可以看見鐵橋——鐵橋依然矗立在城中，橋身幾乎沿著河面延伸，河中可見一顆顆小石頭。你還可以看見棄置在河岸、鏽跡斑斑的小艇，以及上游河流交會處的卡爾頓市，吉普賽人群聚於此，紙糊的牆壁濕淋淋，糞肥燃燒的焰火冒出縷縷黑煙。

那一年我們的老師是個名叫黛博拉薇卡的女士。她雙手緊張顫動，眼鏡老是往下滑，次數頻繁到她習慣扭動鼻子、把眼鏡往上推。我們日後得知，黛博拉薇卡女士曾是一位政治藝術家，我們畢業之後，她為了避免受到迫害，搬遷到其他地方。幾年之後，她鼓動一群高中學生編製一張反政府海報，結果害得學生入獄，她自己有天晚上從家裡走到街角的書報攤途中，也從此消失無蹤。但是當年我們完全沒有意識到她的決心與志向，我們也不曉得她缺乏教材、無法教授她想要傳達的議題，心中頗為挫折，更別提她對自己必須教授的課程也感到陌生，挫折感更是深重。這些我們都不知道，我們只覺得她非常有趣。後來她帶了一件禮物給我們。

那是一個熱得反常的三月天，天氣跟夏天一樣炎熱，我們來到學校，脫下鞋襪和毛衣，角樓像是一間暖房，我們把門開著，但身上依然因爲汗水以及天氣異常所引發的騷動而冒著濕氣。黛博拉薇卡女士遲到，她氣喘吁吁地跑進來，一隻手臂夾著一個錫箔紙包裝的大包裹，她打開包裹，兩對巨大的肺片頓時呈現在我們面前，肺片粉嫩、濡濕、有如絲緞般柔軟，肺片違反肉品限額管制，顯然是個違禁品。我們沒問她從哪裡得手。

「在外面的桌上鋪些報紙。」她說，鼻樑上的眼鏡馬上滑落。十分鐘之後，我們滿臉汗水，圍繞在她身邊，她則試圖用她帶來的廚房菜刀分解其中一對肺葉。刀子壓得肺片緊繃，肺片像個橡皮球一樣沿著刀刃兩側鼓脹。腐肉已經開始傳出異味，我們揮手趕走蒼蠅。

「說不定我們應該把它們冰起來。」有人建議。

但是黛博拉薇卡女士像是著了魔似地，她下定決心好好利用這個冒險之舉，她要讓我們看看肺部如何運作，她打算像是攤開布料一樣分解肺片，指出肺泡、肺泡塌陷，以及支氣管肥厚的白色軟骨。她奮力切下肺片的一角，切著切著，她的動作愈來愈激烈，我們全都後退一步，看著她猛烈襲擊肺片的一側。她的眼鏡一上一下，一隻手臂往下壓，另一隻手臂上下抽動，好像正從儲水槽汲水。

然後肺片從她手中滑落，一路飛過錫箔紙和桌子邊緣，掉到地上。肺片活生生、沉甸甸地躺在那裡，黛博拉薇卡女士低頭觀看，一看看了好幾分鐘，在此同時，蒼蠅馬上蜂擁而至，興高采烈地沿著導管開口處飛舞。最後她彎下腰，拾起肺片，放回報紙上。

「妳，」她指指我，因爲我剛好站在她旁邊，「從咖啡櫃裡拿支吸管，過來吹脹這個肺片。來，快一點。」

在那之後，黛博拉薇卡女士廣受大家尊崇，我對她更是敬重。那些肺片——她偷偷幫我們走私肺片的模樣，我們一個接著一個、輪流對著肺片吹氣之時，她在一旁監看的神情——鞏固了我行醫的志趣。

黛博拉薇卡女士也打動我們對於違禁品的情懷，當時整個京城已經開始迷上違禁品。對她而言，她一心只想偷運教學用品，我們也同樣重視違禁品，但是感興趣的東西卻不盡相同。忽然之間，因為我們無法擁有，也因為它們昂貴而且不易取得，所以我們想要一些以前根本不想要的東西，比方說仿冒的名牌包包、中國首飾、美國香菸、義大利香水等等足以令人誇耀的物品。卓拉先是用她媽媽的口紅，然後開始想辦法自己找門路購買。開戰六個月之後，她培養出對於法國香菸的喜好，拒抽其他國家的品牌。十五歲的她經常坐在革命廣場咖啡廳的桌旁，不屑地看著那些說不定花了好大功夫、想要用各種本地香菸討她歡心的男孩。她在一個我不記得自己去了的派對上結識布朗科，這個二十一歲的小夥子據說是個軍火走私販，我不太贊同他們交往，但是戰爭正在開打，再說後來我們發現他不過是個小癟三，最嚴重的罪行不過是偷竊收音機。

大部分的週末，卓拉和我開車到舊城城邊，把車停在碼頭。這裡是我們大學生廝混的地方，也是違禁品的中心，身材瘦長、肩膀瘦弱的男孩們沿著欄杆擺出一排排桌子和紙箱，陳列錄影帶、太陽眼鏡和運動衫。卓拉穿上她那條最短的短裙，引來一陣陣帶有顏色的口哨聲。她慢慢走向布朗科的攤位，翹著二郎腿坐下，布朗科一邊拉手風琴、一邊喝啤酒，隨著夜幕漸漸低垂，他不時暫停叫賣，在垃圾堆後面跟卓拉耳鬢廝磨。在此同時，我坐在車裡，搖下車窗，雙腳伸出乘客座的車窗，布魯斯·史普林斯汀〈慾火中燒〉歌曲的低音貝斯，輕輕敲擊我的脊背。

歐利就是這麼與我相遇——這傢伙販賣名牌標籤，他發誓可以把標籤縫在你的衣物、行李箱和服飾品上面，而且絕對看不出縫線。他十七歲，身材削瘦，面帶羞怯的竊笑，又是一個若非戰時、否則絕對不會吸引人的男孩。但他膽敢把頭探進車裡，問起我選聽的音樂：「妳喜歡這種歌曲？妳想要多買幾捲錄音帶嗎？」

歐利剛好問起我唯一不良的嗜好，而我幾乎控制不了這個嗜好。政府已經關閉所有電臺，而且堅持碩果僅存的兩家電臺重複播放一些連我外婆都覺得過時的古老民謠。到了戰爭的第二年，我已經聽膩了那些歌詠大樹和木桶的情歌。我沒有察覺自己多麼想念巴布・狄倫、保羅・賽門和強尼・凱許，只是好想聽聽他們的歌曲。歐利頭一次把我叫出車外時，他拉著我穿過碼頭，走到他那個歪歪斜斜、由他那隻笨狗看守的木箱旁邊，對我炫耀他的私藏品：一捲捲卡帶按照字母排列，歌詞胡亂譯寫，抄寫在紙片上，小心翼翼折疊擺放在匣中。奇蹟似地，他居然有臺隨身聽，光是這一點就幾乎值得與他交往。我們坐在他桌子後面的地上，一人戴上一邊耳機，他讓我聽遍他的收藏，悄悄把手擱在我的大腿上。

我存了幾個禮拜的錢，當我試圖購買保羅・賽門的《仙境》專輯時，他對我說：「戰爭正在開打，妳的錢沒有用。」然後吻了我。我記得他的吻令我大感訝異，他的嘴唇乾乾的，嘴巴裡面卻溫熱潮濕，兩者的差異令我驚訝，他親吻我之時，以及吻了我之後，我一直想著這一點。

我們又親親吻吻了三個月。在那段期間，我的音樂卡帶肯定增加了三倍。而後，歐利跟其他年紀差不多的男孩一樣消失無蹤。先前我借了他的隨身聽，我連著三個晚上跑到我們常去的咖啡廳，打算把隨身聽還給他——最後終於有人跟我說他走了，而他們不知道他是入伍從軍、或是逃避兵役。我留下隨身聽，抱在懷裡入睡，這肯定表示我有點想念他，但直到其他東西消失無蹤，我才慢慢意識到他眞的已經離去。

那幾年裡，我熱衷於戰爭所引發的各種無足輕重的叛逆之舉，外公則忙著說服自己戰爭很快就會結束，假裝一切如常。如今我知道失去動物園那些老虎，對他是個相當嚴重的打擊，但我不曉得他是不是因爲我的行爲，再加上拒絕相信他已經失去我——最起碼當時看起來是如此——所以擺出樂觀的模樣。我們很少碰面，雖然之後始終沒有談起那幾年，但我知道他依然保持其他生活習慣，沒有做出改變。邊看報邊吃早餐，然後喝一杯外婆幫他沖調的土耳其咖啡；處理私人信函，而且總是遵循那本地址通訊簿裡的字母排序一一回覆；走去市場買水果——或說，隨著戰事日漸激烈，市場賣些什麼，他就買些什麼，只要不至於空手而返；星期一和星期三下午到大學授課；吃午餐，然後睡個午覺；做些輕鬆的運動；坐在廚房餐桌旁邊吃零嘴，而且幾乎總是啃葵花子；跟媽媽和外婆在客廳坐幾個鐘頭，有時候聊天，有時候只是一起坐坐；吃晚餐，然後看一個鐘頭的書；上床睡覺。

我們有些互動，但總是冷冷淡淡，而且始終不願承認事情跟以前不同。就像那次他強迫我待在家裡參加聖誕節派對，而我整個晚上啜飲白蘭地，因爲我知道他不會在客人面前罵我。或是那次我清晨四點回家——我跟歐利在一架壞掉的販賣機後面廝混了好久，結果頭髮亂七八糟，睫毛膏也糊成一團——我發現外公站在我們家外面的路邊，他出門緊急應診，剛從患者家中回來，我看到他客氣地打發一位對他示好的長腿金髮女郎，而我很快就曉得她是個妓女。

「妳瞧，這是我孫女。」我走過去的時候聽到他說，聲調顯得束手無策。一看到我，他鬆懈了下來，笑逐顏開。以我當時那副模樣，我絕對不敢奢望他會做出這種反應。我一腳踏上路邊，站到他旁邊，他抓住我的手臂。「她在這裡。」他高興地說：「妳瞧，她在這裡。」

「滾開。」我對那個應召女郎說，同時也很清楚自己的胸罩快要掉下來，我的胸罩只剩下一個扣環紮實扣著，隨時可能鬆開，整個局面也將更加難堪。

外公給應召女郎五十塊錢。他打開樓下大門，我站在他後面，看著女郎拖著跟木棍一樣細瘦的長腿走向街道另一頭，一隻腳的高跟鞋比另一腳稍微低一點。

「你幹嘛給她錢？」我們一邊上樓、我一邊問他。

「妳對任何人都不應該那麼無禮。」他說。「我們不是那樣把妳扶養長大的。」我們走到門口時，他看也不看我就說：「因爲我不好意思。」

這種情況已經持續好幾年。雖然兩人都不願承認，但外公跟我的關係呈現膠著。他把我的零用錢調降到最低，我則關上房門，躲在被單裡抽菸，以示抗議。

一個春天的下午，門鈴響起，當時我正在胡思亂想，過了幾分鐘，門鈴又響了起來，然後再響一聲。我想我說不定大叫誰去開門，叫了半天沒人回應，我在臥室窗戶的窗臺外沿按熄香菸，自己過去開門。

我記得大門的窺視孔被一頂窄邊的黑帽遮住一大半，我沒看到男人的臉，但我急著回去我的房間，也很氣家裡沒半個人出來開門。

我打開大門，男人說他前來拜訪醫生。他的聲音細弱，臉孔浮腫，看起來好像被塞到帽子底下，或許因爲如此，所以他先前打招呼的時候並未摘下帽子。我覺得我見過他，我想他說不定是醫院的職員，我示意他進來，把他留在玄關。媽媽還在學校備課；外公外婆在廚房一起吃一頓稍遲的午餐。外公一隻手吃飯，另一隻手伸過桌面握著外婆的手腕。某事讓她露出笑容，我一走進廚房，她就指指爐上一鍋釀甜椒。

「吃點東西。」她說。

「等會兒再說。」我說。「門口有人找你。」我對外公說。

「那個傢伙是誰？」外公說。

「我不知道。」我跟他說。

外公吃了幾口釀甜椒，想了一想。「嗯，他以為他在幹嘛？叫他等等。我正在跟我太太吃飯。」

外婆把麵包遞給他。

我把黑帽男子帶進客廳，他在那裡肯定坐了二十分鐘，東張西望。我出去幫他倒杯水，這樣就沒有人能夠指責我無禮，但當我回來時，我看到他從公事包裡拿出一本筆記簿，而且一邊瞇著眼睛打量我們牆上的油畫、一邊草草列出某種清單。他的眼睛瞄過外公外婆的結婚照片、外婆的咖啡杯組，以及酒櫃玻璃門後面的陳年酒瓶。

他寫了又寫，而我意識到自己犯了大錯，讓他進門。我好害怕。然後他猛喝了兩口水，仔細盯著玻璃杯看看杯子是否乾淨。我看在眼裡，心中的恐懼全都化為震怒。我走回房間，把保羅·賽門的錄音帶放進隨身聽，戴著耳機回到客廳，假裝撢除灰塵。我把隨身聽夾在口袋上，故意讓他看見，我那捲違禁的卡帶透過隨身聽的小塑膠窗口急急轉動。我拿著濕毛巾擦拭電視、咖啡桌，以及外公外婆的婚禮照片，他坐在那裡對著我眨眨眼。我覺得自己八成給了他一點顏色瞧瞧，但他卻絲毫不為所動，繼續在筆記簿裡書寫，直到外公從廚房走出來。

「你有何貴幹？」他說，黑帽男子站起來跟他握握手。

黑帽男子說聲午安，表明他是徵兵處派來的官員。他把識別證遞給外公看看，我調低耳機音量，開始一本一本地撢除書上的灰塵。

「那又怎樣？」外公說，他沒有請黑帽男子再坐下。

「我想查證您的出生日期和服役紀錄，」黑帽男子說：「應徵兵處之請。」外公站在咖啡桌另一邊，雙臂交握在胸前，上下打量黑帽男子。「這是標準作業流程，醫生。」

「那麼你就進行吧。」

黑帽男子戴上眼鏡，把筆記簿翻到先前一直書寫的那一頁。他伸出一隻白白胖胖的手指劃過頁張，頭也不抬地詢問外公：「您是否出生於一九三二年？」

外公的頭點了一下。

「在哪裡出生？」

「蓋里納。」

「蓋里納在哪裡？」我自己也不曉得。

「我想大概是距離這裡六百四十三．七公里的西北方。」

「有沒有兄弟姐妹？」

「沒有。」

「一九四七到一九五六年之間，您曾在軍中服役？」

「沒錯。」

「您爲什麼離開軍中？」

「因爲我到大學服務。」

黑帽男子記上一筆，抬頭看看外公，露出微笑。外公沒有回以一笑，黑帽男子的嘴角垂了下來。

「有沒有小孩？」

「一個女兒。」

「她住在哪裡？」

「這裡。」

「有沒有孫兒？」

「一個孫女。」

「府上是否住著十八到四十五歲的年輕人？或是有沒有十八到四十五歲的男性將府上列爲住所？」

「沒有。」外公說。

「您的女婿呢？」

外公的舌頭舔過牙齒，嘴巴動了動。「沒有其他男性住在這裡。」

「嗯——對不起，醫生，這是標準作業流程——您的夫人？」

「我的太太怎樣？」

「她也在蓋里納出生嗎？」

「怎麼著？你打算徵召她入伍嗎？」

黑帽男子沒有回答。他看起來好像繼續瀏覽頁張，盤算著什麼。

「醫生，請問您夫人的全名？」

「醫生夫人。」外公說。他的口氣讓黑帽男子從筆記簿抬頭一看。

「誠如我先前所言，醫生，這是徵兵處的標準作業流程。」

「我不相信你，我也不喜歡你的問題。你拐彎抹角，問東問西，你乾脆直接問你想問的問題，我們打開天窗說亮話。」

「您夫人在哪裡出生？」

「薩洛波爾。」

「喔。」黑帽男子說。我已經停止撣除灰塵，這會兒拿著濕毛巾站在那裡，先看看外公，再看看黑帽男子。我可以想像外婆坐在門口另一邊的廚房裡，靜靜聆聽這番談話。我們已經聽說過這種事情；我把此事引進家裡。

「您夫人的家人住在——？」

「我太太的家人住在這棟屋子裡。」

「您夫人有沒有跟薩洛波爾的任何人聯絡？」

「當然沒有。」外公說。後來我才明瞭，他補了這句話所代表的意義：「你想想，那裡已經被夷爲平地，即使她想跟任何人聯絡，我猜也相當困難。」

「我的職責是提出問題。」黑帽男子露出優雅的笑容。這會兒他顯然試圖找尋退路，幫自己找臺階下。他對著客廳揮揮手。「您的家境相當富裕，如果尊夫人在薩洛波爾還有兄弟或是姐妹——」

「出去。」外公說。黑帽男子傻呼呼地對他眨眨眼。我的脖子變得僵硬，一滴滴冷水從毛巾流到我的大腿上。

「醫生——」黑帽男子開口，但外公馬上打斷他的話。

「你給我滾出去。」他已經把雙手交握在背後，踮起腳後跟往前搖晃。他的肩膀重重垂下，整張臉輕蔑地扭曲。「滾出我家。」他說。「出去。」

黑帽男子闔上筆記簿，把簿子收起來。然後他拿起公事包，擱在咖啡桌的邊緣。「這種誤會是沒有必要的。」

「你沒有聽見我說的話嗎？」外公說。然後他一聲不響、一溜煙地傾身向前，抓住公事包的把手往前拉扯。黑帽男子沒有放手，外公往前一跌，但依然緊緊拉住把手，咖啡桌上下翻轉，花瓶和桌上的舊報紙、舊雜誌全都散落到地上，公事包也被掀開，裡面的東西都掉了出來。黑帽男子滿臉通紅，跪在地上——**眞該死，您看看這團混亂，先生，您沒有必要這樣**——他試圖把所有東西塞回公事包，而外公像個卡通人物似地，忽然猛踢散落在地上的報紙、信件、雜誌和折價券。他的雙腳踢進一堆堆文件，一團團紙片隨之四散飛揚。他身穿西裝，雙腳瘦長，看起來荒誕可笑，他一邊瘋狂地揮舞雙手、一邊說話，聲調卻一點都沒有上揚：「出去、出去、出去、你給我滾出去。」等到黑帽男子胡亂把東西塞回公事包，外公已經打開大門。

三個月之後，政府嚴加整肅信譽卓著的醫生們。外公顯然不是唯一一個跟舊制度，以及鄉下親族扯上關係的醫生，聯合政府質疑五十歲以上醫生們的忠誠度，他們被迫暫停行醫，官方還發出書面通知，他們在大學的講座課程，也將受到嚴格監控。

雖然外公始終想要保護我們，但依然受制於我們的國民性格。這種特性經常被視為愚行，其實比較像是自以為是的憤慨。他打電話給一位曾經找他醫治膽結石的鎖匠，商請鎖匠在大門安裝一副我見過最複雜的門鎖。裝了這副門鎖，大門門內看起來像個時鐘，而且需要三把不同的鑰匙，才可以從外面開門進來。門鎖機件轉動的聲音，連死人聽了都會被嚇醒。被勒令停止行醫並不表示不能在大學授課，但是外公依然遞上辭呈。然後他打電話給那些依法他不准醫治的病人——飽受氣喘和類風濕性關節炎之苦的患者，癱瘓和抑鬱症病患，罹患結核炎的飼馬師，一位聲譽卓著、正在戒酒的演員——安排到他們家裡看病。他似乎總有看不完的病人，最起碼我覺得如此。

他打電話的時候，我坐在他書桌旁邊的扶手椅上，一臉不耐煩。我搞不懂他的決定是出自他對患者的承諾，或是某種我在我自己、卓拉，以及碼頭邊的年輕人身上看到的頑固。一想到外公說不定抱持同樣一股年少偏執，我頓時感到驚慌，但鼓不起勇氣提出質疑，也不敢問他是否為了一些我們看來極度反叛、他做起來卻顯得極度愚蠢的事情，甘願冒著失去一切的危險。我反而提出一個又一個可怕的狀況——我肯定已經好幾個月沒有跟他說這麼多話——他聽了卻一點都不操心：如果其中哪一個病人說溜了嘴？如果哪個人跟蹤你到病人家裡看診？如果藥局問起你為什麼開藥醫治一些你自己顯然沒有罹患的疾病？如果受到你照料的病人死了、中風、出血、患了動脈瘤——如果因為患者沒有上醫院求診，所以他們把病人之死怪罪到你頭上？如果你落得鋃鐺入獄、被控謀殺？我們會出什麼事？

「為什麼我非得扮演大人的角色？」我們坐在常坐的桌旁、等著布朗科對著麥克風大喊大叫的時候，我經常請問卓拉。「他做出一些瘋狂的事情，為什麼非得由我指出狀況？」

「我了解，」卓拉邊說，邊對著她的化妝鏡抿抿嘴唇，「真的。」

外公肯定已經察覺，過去兩年以來，他從來沒有像現在這樣常常見到我。他肯定已經注意到天亮之時幫他泡咖啡的人是我，而不是外婆；我們依然一邊吃早餐、一邊爭執最新報導，但是我們的爭執沒有隨著我揮揮手、喃喃說著**你還指望怎樣、戰爭正在開打**而畫下句點，而是延伸到樓下，祖孫兩人一起走到市場，繼續在街上爭辯；他肯定已經注意到外婆試圖鋪床、處理一些太硬的蔬菜，或是不睡午覺，反倒看起電視的時候，我會發出警告。他肯定已經曉得，當他每天晚上出門前往病人家中應診時，我坐在廚房裡做功課，他回來的時候，我還醒著做塡字遊戲。他肯定已經注意到這一切，但他對於我這套新近養成的生活習慣，卻始終不置一詞，他也始終不曾拉著我分享他的日常作息。這或許是一種懲罰，當時我以爲他懲罰我一時任性、或是開門讓黑帽男子進入我們家中，現在我才明瞭，其實他是懲罰我太輕易捨棄老虎們。

但是，最後我肯定贏回某些信任，因爲他跟我提起那個死不了的男人。

那是我剛滿十六歲的夏天。某個病人——我不記得哪一位——跟肺炎搏鬥了好一陣子，外公過去看診的次數從每星期一次增加到三次。我一心一意打算醒著等外公回來，強撐著做塡字遊戲，結果卻昏昏沉沉地睡著了。過了幾個小時，我一醒來發現外公站在門口，輕輕扭開桌燈，然後啪地一聲關掉。他一看到我坐起來就暫時停手，我在一片漆黑之中坐了幾分鐘。

「娜塔莉亞。」我聽到他說，然後意識到他正揮手叫我從沙發上起身。這會兒我看得到他，他依然戴著帽子，穿著雨衣，一臉倦容。我看到他回來，原本鬆了一口氣，但是他那副模樣讓我心中的舒緩轉變爲不耐煩。

「怎麼了？」我說，整個人彎下腰，昏昏沉沉。「怎麼了？」

他朝著大門揮揮手，然後說道：「別出聲，過來。」他把我的雨衣搭在手臂上，右手拿著我的球鞋。我顯然沒有時間換衣服。「怎麼回事？」我邊說，邊把腳塞進已經綁上鞋帶的球鞋。「怎麼回事？」

「妳等一下就知道。」他邊說，邊把雨衣遞給我。「來，快一點。」

我心想：**沒錯，終於發生了——他讓某人送了命。**

電梯會發出太多噪音，所以我們走樓梯。外面雨停了，但是雨水依然在排水溝裡竄流。雨水從市場沿著街道流下，帶著一股包心菜和枯萎花朵的味道。對街的咖啡館已經提早打烊，露臺用鐵鍊圍了起來，被雨淋濕的椅子搭起來擱在桌面。一隻非常巨大的白貓坐在藥房的遮陽棚下面，我們走過街道盡頭的電線桿時，貓咪帶著嫌惡的眼神對我們眨眨眼。到了這個時候，我已經放棄扣上雨衣的扣子。

「我們要去哪裡？」我說。「發生了什麼事？」

但是外公沒有回答。他只是沿著街道一直往前走，他走得好快，以至於我幾乎小跑步跟在他後面。我心想，**如果我開始哭，他會叫我回家**，因此，我緊緊跟隨。我們走過麵包店、銀行，和一家已經關門大吉的玩具店，我以前常在玩具店買貼紙，製作我那本始終沒有完成的小奇兵畫冊。我們走過那家賣甜甜圈的小攤子，攤子周圍始終縈繞著一股甜甜圈的糖香；我們還經過文具店和下一個街角的書報攤。走了三條街之後，我發現四周好安靜。我們已經經過兩家咖啡館和一家開到很晚的燒烤店，咖啡館都已經打烊，燒烤店向來人聲鼎沸，今天晚上卻只有一個服務生坐在一張八人桌旁邊轉銅板。

「到底是怎麼回事？」我問外公。

如果媽媽醒來發現我們祖孫不見了，我不曉得她會怎麼做。我們幾乎走到我們這條街的盡頭，再過去就是大道。我猜想我們安靜的腳步聲即將被電車的隆隆聲打斷，但當我們走到大道時，路上甚至連一部車子都沒有。從街頭到街尾，每戶人家的窗戶都一片漆黑，迷濛暈黃的月亮順著山丘那座老教堂的弧度緩緩爬升，爬升之際，月亮像是魚網似地捕捉了圍繞在四周的沉靜。四下寂靜無聲：沒有警車的警笛聲，沿著街道的一堆堆垃圾裡也沒有老鼠吱吱叫。外公停下來前後張望，他向左轉，沿著大道東行穿越柯諾亞尼可廣場，甚至連鞋子都沒有發出聲響。

「快到了。」他說，我趕上他，距離近到剛好可以看到他的臉。他在微笑。

「快到哪裡？」我上氣不接下氣、憤怒地說。「你要把我帶到哪裡？」我挺直身子，停下腳步。「除非你告訴我究竟是怎麼回事，否則我拒絕再往前走。」

他轉頭看看我，一臉怒意。「小聲一點，妳這個笨蛋，不然妳會引發某些動亂。」他輕聲斥喝。「妳感覺不到嗎？」他的手臂忽然在空中畫了一個大弧形。「這不是很棒嗎？除了我們之外，整個世界沒半個人醒著。」然後他又往前走。我在原地站了幾分鐘，我靜靜看著他前進，彷彿是個瘦高、無聲的影子。然後我心中忽然頓悟：他不需要我跟著他，而是想要我跟隨。在渾然不覺的情況下，我已受邀重新回到他的生命之中。

我們經過那些倒閉的商家和空蕩的櫥窗，行經路旁一座座陰暗無光的樓房，鴿群沿著防火梯，弓起背部棲息；一個乞丐睡得好熟，若非我已經察覺那個時刻逐漸逼近、促使一切安靜了下來，我說不定會以為他死了。

終於趕上外公之時，我說：「喂，我不知道我們在做什麼，但我想了解一下。」

他忽然在黑暗中停步，我的下巴撞上他的手肘。我被撞得往後退，但他很快伸手抓住我的肩膀，我則趁機穩住自己。我一隻手摸摸下顎，下顎發出喀擦一聲。

外公站在路緣，指向遠方空空蕩蕩的街道。「那裡，」他說：「妳看看。」他的手興奮地顫抖。

「我什麼都沒看到。」我對他說。

「有的，妳看到了。」他說。「妳看到了，娜塔莉亞，妳看看。」

我盯著街道，地面上電車長長、光滑的軌道閃閃發光。另一個路緣上有棵路樹，路燈上吊著一個快要熄滅的燈泡，路邊有一堆被翻開的垃圾。我正要開口說看到什麼，牠就赫然出現在眼前。離我們所站之處的半條街上，有個龐大的黑影正沿著街道移動，行進速度非常緩慢，朝向革命大道前進。起先我以為那是一部公車，但牠的形狀太笨重、太自然，更何況公車不可能移動得如此緩慢，幾乎沒有發出任何聲音。牠正搖搖擺擺、不急不徐地沿著街道往前走，一左一右、搖搖晃晃的姿態有如潮水一般，慢慢帶著牠離我們遠去。牠每跨出一步，電車軌道上就傳來輕緩的拖曳聲。在我們的注視下，那個東西吸了一口氣，然後發出深深的呻吟。

「天啊，」我說：「那是一隻大象。」

外公什麼都沒說，但當我抬頭看他之時，他臉上露出笑意。他的眼鏡在行走之時蒙上霧氣，但他沒有取下擦拭。

「來。」他說，牽起我的手。我們沿著人行道快步前進，直到跟牠平行、超越牠、停在距離牠一百碼之處，這樣一來，我們就可以看著牠朝向我們前進。

從那裡看過去，大象似乎占滿了整條街——牠的聲音和味道；牠的耳朵往後翻摺，緊緊貼著圓圓隆起的頭顱，雙眼明亮，眼瞼深厚；牠的脊骨成圓弧狀隆起，朝著臀部緩緩下滑；龐大的身軀移動之時，兩肩和膝蓋周圍的皺皮輕輕顫動。大象沿著地面拖著象鼻，捲曲的象鼻像個小拳頭，一個矮小的年輕人站在牠前方幾公尺之處，手中拿著一袋顯然對牠極有吸引力的東西，他慢慢往後退，細聲細氣地哄著牠往前走。

「回家途中，我看到他們在火車站附近。」外公說。「他肯定打算把牠帶回動物園。」

年輕人已經看到我們，他一邊沿著電車軌道稍微後退，一邊脫下運動休閒帽點頭微笑。他不時從袋子裡拿出某樣東西，朝著大象遞過去，大象從地面上舉起象鼻，接下年輕人送上的東西，慢慢把鼻子晃回黃黃的象牙之間。

日後我們讀到一些士兵在一個被棄置的馬戲團裡，發現這隻奄奄一息的大象；我們也讀到儘管動物園已經宣告破產和關閉，園主依然表示願意不顧一切把大象帶到動物園，孩童們總有一天會看到牠。連著好幾個月，報紙刊登大象的照片，骨瘦如柴的大象站在園中新設的獸欄裡，揭示著新時代的來臨，也為動物園的未來做出見證，決然顯現戰爭即將告一段落。

外公和我在公車站停步，大象受到年輕人手中食物的誘惑，慢慢地、優雅地走過。月亮投下一圈光影，照耀從象鼻裡面冒出來，以及象嘴底下的柔細長毛。大象嘴巴開著，舌頭像隻潮濕的手臂靜臥在嘴裡。

「絕對沒有人會相信這回事。」我說。

外公說道：「什麼事？」

「我的朋友們絕對不會相信。」

外公看看我，好像從來沒有見過我似地，彷彿不敢相信我是他的孫女。即使在我們不合的期間，他也從來沒有那樣看著我，在那之後，他也不曾對我露出那種神情。

「妳一定在開玩笑吧。」他說。「妳四下看看，花一分鐘想一想。現在是半夜，到處看不到半個人。這個時候，整個京城之中，連排水溝裡都沒有半隻狗。四下空空蕩蕩，除了這隻大象之外——而妳打算告訴妳那群愚蠢的朋友？爲什麼？妳想他們會了解嗎？妳想他們會在乎嗎？」

他丟下我，經過大象身邊，繼續往前走。我站在原地，雙手插在口袋裡。我感覺我的聲音不停穿透自己，我沒辦法把聲音召喚回來，根本無法告訴他、或是我自己任何事情。大象沿著大道慢慢前進。我跟在後面。走了一條街之後，外公在一張壞掉的長凳旁邊停了下來，等待大象。我先趕上他，然後我們兩人並肩站著，靜默不語。我的臉脹得通紅，他的呼吸幾乎難以聽聞。年輕人沒有再回頭看看我們。

最後外公終於說：「妳一定明瞭現在正是那些時刻，對不對？」

「什麼時刻？」

「那些保留在心中，只有妳自己知道的時刻。」他說。

「什麼意思？」我說。「爲什麼？」

「我們正在打仗，」他說：「這場戰爭的種種——日期、姓名、哪些人引發戰爭、爲什麼打仗——屬於每一個人。不單只是參戰的人們，而且包括報導戰事的記者、數千里之外的政客之類從來沒有造訪、或是聽過這裡的人。但是今天晚上的這件事情——這是妳的。它只屬於妳。妳和我。它只屬於我們。」他把雙手擺在背後，慢慢往前走。行走之時，他踢踢擦得發亮的鞋尖，誇張地邁開步伐，藉此放慢腳步。他不打算掉頭回家，只要大象和年輕男孩不介意，我們就沿著大道一直走下去。外公說：「妳得仔細想想，妳要在哪裡、跟哪個人提起這件事。誰值得知道？妳外婆？卓拉？當然不是那個跟妳在碼頭鬼混的笨蛋。」

這話聽來刺耳。「他消失了。」我輕聲說。

「我但願我說得出自己感到抱歉。」外公說。

「嗯，我確實感到抱歉。」我說。「他被徵召入伍。」這話令我內疚；我不確定他是否受到徵召。

我們兩人好一會兒都一語不發。大象的鼻息緩緩落在我們周遭。那種感覺宛如置身在引擎室裡，每隔幾分鐘，大象就發出一聲高分貝、沉悶迴盪而迫切的噓聲，不耐之中明顯帶著一絲威脅，大象一發出這種聲音，年輕人就趕快把食物遞過去。

然後我問外公：「你有沒有碰過類似這樣的事情？」

「現在有囉。」

「不，我是說以前。」我說。

我看到他想了一下。我們跟著大象同行之時，外公想了好久。若在不同的狀況下，他說不定會提到老虎的妻子，但他反而跟我說起那個死不了的男人。

＊

外公雙手放在背後，走在我們這隻大象的影子裡，緩緩説道：

那是一九五四年的夏末，不是一九五五年，因為我在那一年遇見妳外婆。我是第一連隊的驗傷副手，我的見習生，或是你們所謂的實習生多明尼克．拉茲羅是個聰明的小夥子——上帝保佑他安息。這個年輕的匈牙利人花了一大筆錢到我們大學讀書，而且完全不會講我們的話。天曉得他為什麼不去巴黎或是倫敦就學。他非常善於解剖，但對於其他事情卻笨手笨腳。總而言之，有個村莊打電話過來說村裡染上一種疾病，有些村民死了，那些還活著的人感到害怕——有些人咳嗽咳得非常厲害，早上醒來的時候枕頭上還沾了血。我可不覺得有什麼神祕之處，這就好像裝牛奶的碟子空了，房間裡卻有隻大胖貓，貓的鬍鬚周圍有一圈牛奶印，而大夥拚命詢問牛奶怎麼不見了，哪有什麼想不透的？

所以囉，我們乘車前往那個村莊。迎接我們的男人叫做馬瑞柯，他是鎮上大人物的兒子，也曾經在我們大學讀書，就是他打電報請我們過來一趟。他個子不高，矮矮壯壯的，他帶著我們穿過村莊，走進他父親的家裡。馬瑞柯的姐姐和顏悅色，長得胖胖的，恰恰如同妳想像中的模樣。她為我們送上咖啡、麵包和起司，我們最近在壕溝裡只吃稀飯，這下換個口味，真是令人欣喜。然後馬瑞柯說：「先生們，這裡有些新的發展。」我以為他會說：**傳染病更加嚴重，更多人死了，大家歇斯底里**。我只猜對了部分，尤其是歇斯底里的部分。

事情顯然是這樣：一個男人過世，辦了一場葬禮。在葬禮上，那個已經過世、名叫蓋沃[2]的男人從棺材裡坐了起來討水喝，太令人驚奇了。當時是下午三點，送葬的人跟著棺材走上教堂的墓地，前往下葬之處。大家起先聽到有人在棺材裡動來動去，後來棺材蓋斜斜滑開，大家赫然看到那個叫做蓋沃的傢伙，他臉色蒼白，泛著藍光，就像那天大家發現他肚皮朝上、溺斃在鎮上另一邊池塘裡的模樣。蓋沃穿著他那套燙得平整的西裝坐起來，手裡拿著帽子，胸前口袋裡擺著一條摺疊的紫色手帕，太令人驚奇了。他坐在棺材裡，被人高高抬起，好像一個坐在船裡的男人。他張開紅通通的雙眼，四下環顧送葬的人群，開口說道：「水。」如此而已。到了這時，抬棺的人已經曉得發生了什麼事情，等到他們放下棺材、像瘋子一樣奔逃跑進教堂之時，這個叫做蓋沃的傢伙已經躺回棺材裡。

這就是馬瑞柯告訴我們的新發展。

我們安坐在馬瑞柯的家中，從這裡透過開著的大門往外看，我可以看到通往田裡的小路，一眼望去就是教堂墓園。我這才注意到鎮上極爲空蕩，而且小教堂的門邊站著一個拿著手槍的男人——馬瑞柯跟我說那人叫做亞朗．達里克，他是喪禮的承辦員，已經六天沒睡。我心裡想著，幫幫這個叫做亞朗．達里克的傢伙，肯定有意義多了。

在此同時，馬瑞柯依然滔滔不絕。根據他的講述，那個叫做蓋沃的男人沒有再從棺材裡坐起來，不但如此，送葬的人群裡有個不知名的傢伙拿起一支軍隊手槍，趁著抬棺的人丟下棺材、蓋沃從棺材裡坐起來的時候，朝著蓋沃頭上開了兩槍，這下蓋沃更是再也無法坐起。姑且不論某人爲什麼如此隨意在葬禮中開槍，馬瑞柯喝了兩、三杯李子釀製的白蘭地之後才提到這一段。

我從頭到尾邊聽邊做筆記，心中猜想蓋沃這傢伙，以及我來這裡看病，兩者之間有何關連。馬瑞柯提到兩顆子彈時，我放下鉛筆說：「這麼說來，那個男人原本沒死？」

「喔，不，」馬瑞柯說：「蓋沃原本幾乎確定已經死了。」

---

2 Gavo，與後面出現的蓋夫朗．蓋列（Gavran Gailé）是同一人，原文中作者以不同名字指稱這名男子，中譯時同樣並列，以保留作者原意。

「兩顆子彈發射之前就死了？」我問他，因為我覺得這件事情似乎朝著不同方向發展，他們這會兒只是試圖捏造出一些事情掩飾謀殺。

馬瑞柯聳聳肩說：「我知道這聽起來令人驚訝。」

我繼續書寫，但記錄下來的話語沒什麼道理。馬瑞柯隔著桌子、饒富興味地上下顛倒看著我寫些什麼。多明尼克一心一意地瞪著我，尋求某種解釋。我猜他肯定完全不曉得這是怎麼回事。

我說：「我們必須看看遺體。」

馬瑞柯雙手擺在桌上，我可以看出他是那種緊張起來就咬指甲的人，而他最近顯然經常咬指甲。他對我說：「你確定有此必要嗎？」

「我們必須看一看。」

「醫師先生，我覺得不妥。」

我已經列出一張訪談名單——所有生病的人、這位幽魂蓋沃的家人，特別是神父和葬儀師，這兩人可能最清楚蓋沃中槍之前，病情究竟多麼嚴重。我對馬瑞柯說：「馬瑞柯先生，這裡很多人都有危險，如果這個男人病了——」

「他沒有生病。」

「你說什麼？」

「他身體好得很。」

多明尼克一臉愁容，困惑的眼光從馬瑞柯移到我身上。他認識我夠久，看得出來我臉上的表情稱不上愉悅，而且顯然不曉得發生了什麼事情。馬瑞柯看起來也不怎麼開心。我說：「好吧，馬瑞柯先生，我跟你說說我的看法。就你們村莊而言，蓋沃本人也包括在內，我確信我會診斷出肺結核——也就是肺炎。這個診斷跟你的描述相當吻合，比方說咳嗽帶血等等。我希望把所有生病的人集中到你們鎮上的醫院，而且愈快愈好，我也希望把這個村鎮列爲隔離區，直到我們可以評估病情嚴重到什麼程度爲止。」

說到這裡，他忽然口氣尖銳地冒出一句話，令我措手不及：「你說肺結核是什麼意思？」他看起來非常不安，我本來就預期他聽到肺結核會感到不安，但我以爲會看到他露出另一種警戒的神情——他看著我的模樣卻讓我感覺自己的診斷似乎不符合他的預期，好像不夠完備，對他而言也不夠嚴重。

馬瑞柯說：「有沒有可能是其他問題？」

我跟他說不可能，這些症狀、村民一個接著一個死亡、留下沾了血的枕頭，再再顯示不可能是其他問題。我跟他說一切都會沒事，我會派人送來藥物，也會商請護士們和另一位城裡的醫生過來幫忙。

但是他說：「好的，但是如果那些都幫不上忙呢？」

「我相信可以。」

「如果眞是肺結核，」他說：「如果你說得沒錯。」

「我百分之百確定就是肺結核。」

「如果你錯了——如果是其他問題呢？」馬瑞柯說。到了這時他已經非常激動，他接著說：「先生，我不知道你是否了解——我眞的懷疑你是否了解。」

「好吧，就當我不了解。」我說。

「嗯，」馬瑞柯說：「我們的枕頭上有血。而且……蓋沃外套的翻領上也有血。」

「因爲你開槍打他。」

馬瑞柯幾乎從他的椅子上摔下來。「我沒有開槍打他。」

我再度草草記筆記，幾乎只是爲了給人一種公事公辦的感覺。多明尼克滿心挫折，一頭大汗。我說：「我必須跟他的家人談談。」

「他沒有家人。他不是本地人。」

「那麼他爲什麼被葬在這裡？」

「他是那種從遠方來的小販，我們對他一無所知，我們想要好好料理他。」

對我而言，這整件事情愈來愈令人感到挫折——但我心想：**說不定這就是爲什麼他們忽然感染肺炎，說不定蓋沃受到感染，把肺結核帶進村鎮，即便他們覺得他看起來非常健康**。但是話說回來，他在這裡沒待多久，當然不至於讓全村村民生病——但是顯然已經足夠讓他們在他後腦勺開槍。「哪個人能夠准許我把遺體挖出來？」

「你不需要任何人的准許。」馬瑞柯扭絞雙手。「我們把棺材釘死，然後把他放在教堂裡。他還在那裡。」

我再度朝向門外看看，亞朗·達里克果眞依然站在教堂門口，手裡拿著一把手槍。想必是以防萬一。「我了解。」

「不。」馬瑞柯說。他幾乎哭了起來，這會兒他猛烈扭絞手中的帽子，多明尼克幾乎已經放棄。馬瑞柯說：「不，你不了解。衣服上沾了血的人從棺材裡坐了起來，然後到了早上，我們的枕頭上也沾了血，我相信你根本不了解。」

結果多明尼克和我站在畢斯垂納一間小小的石砌教堂裡，那位名叫蓋沃的男子的棺材也在教堂裡，棺材面對大門斜斜擺著，好像被人匆匆推了進來。木製棺材沾了灰塵，石砌的教堂安靜無聲，帶著檀香和蠟燭的氣味，大門上方有座馬利亞的聖像。窗戶是一片片藍色的玻璃。這是一座美麗的教堂，但是顯然已經很久乏人問津——蠟燭全都熄滅，蓋沃這傢伙的棺材上面有幾灘白色的印漬，住在鐘塔的鴿群顯然對著他拉了鳥屎。這幅景象令人難過，因爲在我看來，這位名叫蓋沃的男人沒有理由在自己的葬禮上中槍，而且後腦勺連挨兩槍。

我們進去之後，亞朗．達里克很快關上我們身後的大門。忽然之間，小教堂寂靜無聲，安靜了好久。我們拿著背包進來，也帶了一把鐵撬準備撬開棺材，這會兒我們逐漸意識到說不定不該只帶了一把鐵撬——或許我們也該帶一群牛過來幫忙，因爲棺材不僅只被鐵釘封死，棺材蓋上面還釘了幾根十字交錯的木板，而且棺材本身被一條看來像是腳踏車鏈條的東西纏繞了兩圈。或許出於後見之明，有人丟了一串大蒜在棺材上，一顆顆大蒜頭從薄薄的外皮冒了出來。

多明尼克勉強對我說：「丟人現眼，可怕的羞恥。」然後吐口口水說：「鄉下人喔。」

然後我們聽到某種幾乎聽不到的聲音。你根本無法辨識，因爲除非你親自體驗那個聲音迴盪在寂靜教堂之中，否則你不會相信這回事。有人沙沙移動，接著棺材裡忽然傳出一個聲音，有人直接了當、客客氣氣、悶悶地說：「水。」

我們當然嚇得無法動彈。多明尼克．拉茲羅站在我旁邊，發白的手掌緊緊抓著鐵撬。他的呼吸緩慢而微弱，小鬍子已經開始冒汗，而且一再口操匈牙利語低聲詛咒。我剛要開口說幾句話，那個聲音——聲調相同，非常被動，只是詢問——就說：「對不起；請給我水。」

接下來快、快、**他還活著、趕快打開棺材！**多明尼克．拉茲羅拿起鐵撬插進棺材蓋的邊緣，我則跪在地上試圖拉開腳踏車鏈條。我們拚命敲打棺材，彷彿打算把這整個東西打碎似地，多明尼克一隻腳踏在地上，像個瘋子一樣把整支鐵撬往下壓，我在一旁大喊：用力壓、用力壓、用力壓，其實卻幫不上忙。然後棺材蓋像一塊骨頭似地啪嚓裂開，那個名叫蓋沃的傢伙赫然出現在我們面前。他躺在軟墊上、口袋裡插著摺好的紫色手帕，身上沾了一點灰塵，但是除此之外似乎一切安好。

我們抓住他的兩隻手臂，拉著他坐直，事後想起來，你若碰到一個後腦勺被打了一槍的人，我可不建議你這麼做，因爲誰知道什麼因素保住他的性命。但是當時我心想，這可眞是了不得。我原本以爲這個男人年紀大一點，說不定一頭白髮，留著鬍鬚。

但是蓋沃是個年輕人，最起碼不超過三十歲。他有一頭柔細的黑髮，神情和藹可親。你很難相信一個在棺材裡待了好幾天、剛剛才被拉出來的人，看起來居然如此神采飛揚；但就是這一點了不得，他雙手擱在大腿上坐在那裡，看起來就是輕鬆愉快。

「你知道你叫什麼名字嗎？」我問他。我依然感到事不容緩，因此，我用手指撐開他的眼睛，仔細查看眼內。他饒富興味地看著我。

「喔，我知道。」他說。「蓋沃。」我摸摸他的額頭、測量他的脈搏時，他耐心地坐在原處。然後他說：「對不起，但我眞的想要喝些水。」

半分鐘之後，多明尼克奪門而出，跑過村裡，衝到井邊。據說他跑過馬瑞柯身邊，而馬瑞柯在他身後大聲喊叫：「我跟你說了，對不對？」在此同時，我打開我的醫藥背包，拿出我的東西，聽聽蓋沃的心跳，而他的心臟依然在瘦弱的胸腔肋骨裡穩穩跳動。他請問我是誰，我跟他說我是某某連隊的里恩卓爾醫生，請他不必擔心。多明尼克拿著水回來，蓋沃舉起水桶喝水時，我注意到棺材枕頭上有幾滴血，多明尼克和我不約而同看看蓋沃腦袋的一側。沒錯，蓋沃的頭上有兩顆像是金屬眼睛的子彈。現在的問題是：我們應該冒險移動他，還是當場動手術取出子彈——另外一點是，我們究竟該不該動手術，因爲如果我們取出子彈，他的腦漿卻像是沒煮熟的雞蛋一樣流出來，那該怎麼辦？這下我們果眞必須舉行葬禮，也必須把整個村子以謀殺罪送進法庭，我們可能也胡里胡塗受到牽連，每個人都遭殃。

所以我問他：「你感覺如何，蓋沃？」

他已經喝完一桶水，把桶子擱在膝上。忽然之間，他看起來神清氣爽，開口說道：「好多了，謝謝你。」然後他看看多明尼克，用匈牙利話謝謝他，同時稱讚他操作鐵撬的技術高超。

我審愼思量接下來該說什麼。「你的頭部中了兩槍。」我說。「我必須把你帶到醫院，這樣一來，我們才可以判定什麼是最佳的治療方式。」

但是蓋沃相當輕鬆愉快。「不，謝謝你。」他說。「時間已經很晚了，我應該上路。」然後他抓住棺材的兩側，把自己拉拔起來。沒錯，就是這麼簡單。一小團灰塵從他身上散落到地上，他在小教堂裡站了一會兒，抬頭看看彩繪玻璃窗和陽光，縷縷日光宛如穿越水面似地，從窗外緩緩流瀉而入。

我站起來，推著他再度躺下，然後對他說：「拜託別再這麼做，你的狀況非常、非常嚴重。」

「沒那麼嚴重。」他笑笑說。他把手往後一伸，手指摸摸後腦勺的子彈，整個過程當中，他一直像隻大笨牛一樣對我微笑。我可以想像他的手指沿著子彈摸索，他撫摸子彈之時，我一直伸手探向他的頭部，試圖阻止他，我可以想像子彈被推進腦袋裡，他的雙眼骨碌碌地轉動，從頭顱裡蹦進蹦出。情況當然並非如此，但你的腦海中依然浮現這種畫面。然後他說：「我知道你說不定相當驚恐，醫師先生，但這種狀況不是第一次發生。」

「你說什麼？」我說。

他告訴我：「我在普羅瓦泰打仗的時候，一隻眼睛曾經中彈。」

「去年嗎？」我說，因為普羅瓦泰去年曾經發生一次政治衝突，好幾個民眾喪命，除此之外，我認為他所謂的眼睛中彈是個口誤，因為他的兩隻眼睛都好好地。

「不、不、不，」他說：「打仗的時候。」

普羅瓦泰另一樁戰事大約是十五年前，因此，他這話根本不可能。更何況他的兩隻眼睛依然完好，因此，到了這個時候，我已經決定不理他，隨便他打算怎麼辦。我對自己說：沒錯，兩顆子彈確實已經把他的腦子打得稀爛。我跟他說我知道他正承受極大的痛苦，這種事情也很難接受。但他始終面帶笑容，以至於我住口，認真看著他。說不定是腦部受傷，說不定是受到驚嚇，說不定他是失血過多。簡單來說，他就是一派鎮定地看著我們，到後來多明尼克用匈牙利話輕聲問了他一個問題，連我都曉得他正在請問這個男人是不是吸血鬼。蓋沃只是笑笑——依然神情愉悅，客客氣氣——多明尼克看起來卻好像快要哭了。

「你誤會了，」蓋沃說：「這不是超自然現象——我死不了。」

我目瞪口呆。「你這話什麼意思？」

「我不准死。」他說。

「你說什麼？」

「我不准死。」他又說一次，那種口氣好像說：爲了我的身體健康，所以我不可以跳柯洛舞、或是娶個胖太太。

我覺得有點不對勁，於是我開口問道：「那麼你先前怎麼淹死了？」

「我沒死，正如你現在所見。」

「這個村裡的人會發誓說，當他們把你從水裡拉出來、放進那個棺材裡的時候，你已經死了。」

「他們人非常好。你跟馬瑞柯見過面嗎？他姐姐是一位可愛的女士。」他用雙手比了一個漂亮的圓弧形。

「如果誠如你所言、你沒有溺斃，怎麼可能二十個人全都誤以爲你死了？」

「當時我正在跟某位先生說話，我不得不跟他說一件事，他聽了不太高興，所以把我按到水底下。」蓋沃說。「我說不定昏了過去。有時候一緊張，我就容易疲倦。這種狀況不是不可能。」

「有個男人把你按到水底下？」我說，而他點點頭。「什麼人？」

「一個村民，不是什麼大人物。」

這事愈來愈複雜，但說不定也非常單純。於是我說：「他就是那個開槍打你的人嗎？」

但是蓋沃說：「我眞的不知道——子彈打中我的後腦勺。」他看到我盯著他的模樣，就說：「醫師先生，你我應該了解彼此，但我覺得並非如此。請聽我說，我並非不願意接受死亡，或說假裝事情沒有發生在我頭上，所以人還活著。我只是當著上帝和你這個匈牙利朋友的面前跟你說——那傢伙依然認爲我是個吸血鬼，所以不肯放下手裡的鐵撬——我死不了。這點絕對錯不了，就像我非常確定你現在坐在這個教堂裡。」

「爲什麼死不了？」

「我叔叔不准我死。」

「你叔叔？誰是你叔叔？」

「我寧願不說，尤其是我覺得你聽了會笑我。好了，」——他再度拍拍自己身上的灰塵——「時間不早了，一些村民肯定在外面徘徊，看看你們有何進展。請讓我站起來，我得上路了。」

「別起來。」

「拜託不要拉扯我的外套。」

「我不准你起來。你的腦漿被兩顆子彈堵在頭殼裡，如果其中一顆掉落，你頭殼裡的一切會像布丁一樣流出來，我瘋了才會讓你起來。」

「我瘋了才會待在這裡。」他不耐煩地對我說。「你的匈牙利朋友隨時會出去召喚其他人進來，然後牽扯出大蒜、木樁之類的玩意，即使我死不了，我跟你說啊，我可不喜歡自己的肋骨之間被插上一根搭帳篷的木樁。我已經碰過這種狀況，我不想再經歷一次。」

「如果我可以保證村民不會干預——如果我跟你擔保沒有人會大喊大叫，也沒有人使用木樁，你會受到眞正的醫生照顧，而且有張乾淨的醫院病床，你願意躺下、讓我執行我的職責嗎？」

他對我輕蔑一笑，我說我打算把他送到十二公里之外的戰地醫院，確保他得到妥善的照顧。我跟他說我會派遣多明尼克步行前往醫院，找一些人開車過來，我們會把他抬出棺材，確定他在車程當中舒坦。我甚至幽他一默，我跟他說就算他死不了，他最起碼考慮一下採用某種令人可以接受的方式走出教堂，確保自己不會再挨一槍。我覺得從某種層面而言，他怕那個開槍打他的男人，因此，我對他說出這番話，而他從頭到尾一臉同情地看著我——那種同情極爲眞摯，好像他覺得這整件事情非常有趣、我的舉動讓他非常感動、他深深感激我如此關心他被子彈堵住的腦漿。他說好吧，他願意待到醫護人員抵達爲止，我交代多明尼克步行前往戰地醫院，請他們開車帶著一副擔架，以及醫院其中一位外科醫生過來。多明尼克獲悉我打算跟一個吸血鬼待在教堂裡，不禁大爲緊張。我看得出來他不太情願摸黑步行十二公里，特別是他剛剛見證了這些狀況。但他同意走一趟。他決定馬上出發，途中他將下令哨兵站隔離附近的一座橋，這樣一來，村裡生病的民眾才無法離開，朝著這個方向前進的旅人，也不能過橋進入村裡。蓋沃握握多明尼克的手，多明尼克勉強對他擠出笑容，兼程上路。

這下我和蓋沃獨處，我點燃教堂裡的燈火，椽木上的鴿子咕咕叫，在我們頭頂上方的黑暗之中拍動翅膀。我捲起外套，把外套像個枕頭一樣擺在棺材裡，然後拿出紗布，動手包紮蓋沃的頭部，這樣一來，子彈才不會掉落。他非常有耐性地坐著，帶著那種跟牛一樣溫馴的表情看看我。我頭一次懷疑他是不是想要讓我感覺夠安心、夠輕鬆，好讓我沉沉入睡，然後我會被嚇醒，赫然發現他居高臨下俯視著我，像隻野獸一樣咆哮，兩隻眼睛像是患了狂犬病的小狗一樣暴凸。妳知道我不相信這種事情，娜塔莉亞，但在那一刻，我發現自己頗爲同情相信這類事情的多明尼克。

我問蓋沃關於溺斃之事。

「那個把你按在水底下的男人是誰？」我問。

「是誰都無所謂，」蓋沃說：「一點都不重要。」

「我想說不定有關係。」我告訴他。「我想他說不定就是那個開槍打你的男人。」

「那樣要緊嗎？」蓋沃說。「他沒有殺了我。」

「還沒有。」我說。

他耐著性子看看我。我正拿著紗布包紮他的一隻眼睛，這會兒他看起來像個電影裡的木乃伊。

「一點都殺不了我。」他說。

我不想再回到死不了的話題，所以我跟他說：「他爲什麼想要淹死你？」

他立刻回答：「因爲我跟他說他快要死了。」

這下我心想：老天爺啊，我正在幫一個殺人犯包紮，他來這裡殺害某人，他們試圖淹死他，而且基於自我防衛開槍打他，這就是整件事情的始末。多明尼克才離開半小時，我還得單獨跟這個男人耗一個晚上。天知道會發生什麼事？我對自己說，如果他朝我逼近，我可以重重打他的後腦勺，把他的棺材翻轉過來，飛快逃跑。

「你是不是來這裡殺他的？」我說。

「當然不是。」蓋沃說。「他會死於肺結核——我確信你在村裡已經聽到他們怎麼說。我只是過來這裡告訴他、幫助他、跟他一起面對死亡。拜託喔，醫師先生——枕頭上沾血、猛烈咳嗽。就算你沒有親自過來一趟，你會做出什麼診斷？」

這話讓我相當訝異。「你是個醫生？」

「沒錯，我曾經是。」

「現在呢？你是個神父？」

「不，倒不盡然。」他說。「但我決心陪伴那些瀕臨死亡，以及撒手西歸的人，我已經將之視爲我的工作。」

「你的工作？」

「爲了我叔叔。」他說。「爲了向我叔叔贖罪。」

「你叔叔是個神父嗎？」

蓋沃笑笑說：「不是，但他爲神父們帶來很多工作。」我已經幫他包紮好了，他依然不願跟我說他叔叔是誰。我開始懷疑他說不定是某個政治激進分子，或許是那些在北方煽動滋事的異議分子之一。如果眞是如此，我寧願不知道他叔叔是誰。

「你說不定想要指認那個試圖殺害你的男人。」我告訴他。「他可能傷害其他人。」

「我想絕對不可能。我懷疑還有誰會跟他說他快要死了。」

「嗯，好吧，我想知道他是誰，這樣一來，我才可以開藥給他。」

「他已經無藥可救。」蓋沃說。「我相當了解他爲什麼動手，我不怪他試圖淹死我。」他看著我把東西收起來，闔上醫藥箱。「發現自己快要死的時候，」蓋沃跟我說：「一個人會變得非常氣憤。你一定曉得這一點，醫師先生，你一定經常看到這種事情。」

「我想是吧。」我說。

「他們會表現得非常奇怪。」他說。「他們突然生氣勃勃。忽然之間，他們提出問題，想要盡力爭取。他們想把熱水潑到你臉上，或是用雨傘把你打個半死，或是拿塊石頭砸你的頭。他們忽然記起那些他們必須做的事情、那些他們已經忘記的人。種種駁斥，種種抗拒，多麼奢侈喔。」

我量量他的體溫，溫度正常，但我覺得他聽起來似乎愈來愈激動。

「你何不再躺下呢？」我跟他說。

但他說：「拜託，我想要再喝點水。」忽然之間，他掏出一個杯子，杯子原本說不定放在棺材、或是放在他外套口袋裡，小小的白色杯子有道金邊，他把杯子遞給我。

我跟他說我不會走到村裡的井邊，把他一個人留在這裡。他指指前庭，跟我說聖水也行。妳知道我這個人，娜塔莉亞，妳知道我不相信這些事情，但是我尊重那些相信這種事情的人，因此，我若走進教堂，也會在胸前畫個十字。在我看來，拿聖水給一個即將死在教堂裡的人喝，沒有什麼不對。因此，我在杯裡盛滿聖水，他喝了下去，然後我又幫他盛了一杯，我問他已經多久沒有小解，他跟我說他不太確定，但他現在肯定不想上廁所。我幫他量血壓，我幫他把脈，我幫他盛了更多水，最後他終於同意躺下。我靠坐在教堂其中一把木椅上，解開鞋子，想著可憐的多明尼克。我不想打瞌睡，但我想事情想得入神──我想著這些村民和村裡的傳染病，我想著那座鄰近河川上的橋樑，以及隔離提燈已經亮起。我想著我們爲什麼要隔離自己、哪個人會深更半夜跑到這個荒郊野外的小村莊。想著想著，時間過了一小時，說不定一個半鐘頭，蓋沃在棺材裡沒有發出半點聲音，所以我對著他彎下腰，看看棺材內部。有人躺在棺材裡往上看著你，那種感覺相當令人不安。他的雙眼又圓又亮，而且睜得好大，他對我笑笑說：「別擔心，醫師先生，我還是死不了。」我又回去靠坐在長椅上，從所坐之處，我看到他抬起手臂、稍微運動一下，然後兩隻手臂又落入棺材裡。

「誰是你叔叔？」我問。

「我不認爲你眞的想知道。」他說。

「嗯，我這不就在問你嗎？」

「跟你說也沒用。」蓋沃說。「先前我把你當作醫生同業，跟你坦然告白，但我看得出來你不相信我。如果你不願眞心誠意接受我說的某些話，我們聊再多也沒用。」

我很誠實。我跟他說：「我之所以想知道你叔叔是誰，原因在於你相信這可以解釋你爲什麼死不了。」

「確實可以。」

「那麼？」

「如果你不相信我死不了——即便有人把我按在水底下十分鐘，而且朝著我的後腦勺開了兩槍——我認爲你也不會相信我叔叔是誰。我看得出來你不會。」我可以聽到他在棺材裡翻來覆去，他移動肩膀，兩隻靴子踩踏棺材底。

「拜託躺直。」我說。

「我想喝點咖啡。」他說。

我當著他的面大笑，跟他說他瘋了嗎？——就他這種狀況，我才不會幫他泡咖啡呢。

「如果我們喝杯咖啡，我就可以跟你證明我死不了。」他說。

「怎麼證明？」

「你會曉得的，」他說：「如果你泡杯咖啡的話。」我看著他坐起來，他從棺材裡探出身子，看一看我旅行背包裡面，然後他取出咖啡壺和石蠟燈爐。我說看在老天爺的份上、拜託他躺下，但他只說：「來，幫我們泡杯咖啡，醫師先生，我會秀給你看。」

我沒有其他事情可做，所以動手沖泡咖啡。我用聖水煮咖啡，教堂裡面充滿石蠟燃燒的味道。他靠在棺材裡的天鵝絨軟墊上，翹起二郎腿看著我煮咖啡。我發現自己已經不再堅持要他躺下。我用一根壓舌棒攪拌咖啡，褐色的咖啡渣化為一團濃濃的雲霧，蔓延流經水中，他看在眼裡，依然微笑。

咖啡煮好之後，他堅持我們用同一個鑲了金邊的白色小杯子喝咖啡。他說他可以藉此證明他所謂的「死不了」是什麼意思。到了這個時候，我已經被勾起了興趣，因此我由著他從棺材裡伸出手，幫我倒杯咖啡。他叫我把杯子捧在手裡，不要對著杯子吹氣，直到咖啡夠涼、我可以一口氣喝完為止。捧著杯子時，我跟自己說我八成瘋了。**我坐在一座教堂裡**，我告訴自己，**跟一個頭上有兩顆子彈的男人一起喝咖啡**。

「好，現在把咖啡喝掉。」他說，我依言照辦。咖啡依然太燙，燙傷了我的舌頭。喝完咖啡時，我不禁咳嗽。但他已經從我手裡拿走杯子，專心看著杯裡。他把杯子朝我一歪，讓我也看看。杯底積了厚厚一層咖啡渣。然後我曉得這是怎麼回事。

「你在讀我的咖啡渣？」我說。我目瞪口呆，這是吉普賽人或是馬戲團魔術師玩的把戲。

「不、不。」他說。「沒錯，我確實用得上咖啡渣。從這堆殘渣裡，我可以看出你的死亡。」

「你肯定在開玩笑吧。」我說。

「不，我看得到。」他說。「答案就在咖啡渣裡。你留下了殘渣，這就是個不爭的事實。」

「當然是個事實。」我說。「那是咖啡，每個人都會留下殘渣，殘渣就是事實。」

「死亡也是。」他說。然後他抬起他的手，自行倒了一杯咖啡。他把杯子拿在手裡，我好氣自己，氣得說不出話來。我怎麼容許他說服我煮咖啡，結果卻受到這種嘲弄？過了幾分鐘，他喝掉他的咖啡，一抹細細的咖啡印漬順著他的脖子往下流。我想像子彈在他頭蓋骨裡顫動，暗自祈禱子彈不要移位——或說，就目前的情況而言，我祈禱子彈掉出來。

蓋沃把杯子遞給我，裡面空空如也。我看得到白色的杯底，杯子裡面乾淨得像是剛用毛巾擦過。

「滿意了嗎？」他看著我說，臉上的神情好像做了某件了不起的事情。

「你說什麼？」我說。

「我沒有留下殘渣。」他說。

「你在開玩笑。」我跟他說。

「絕對不是。」他說。「你看。」他用手指抹過杯底。

「你的咖啡杯沒有殘渣，這就可以證明你死不了？」

「當然可以。」他說，講話的語氣好像他剛剛解出一個數學方程式，好像我東挑西揀、不願承認某個事實。

「這是派對把戲。」

「不，這不是把戲。這是一個特別的杯子，我沒騙你，但這不是一個道具杯——杯子是我叔叔給我的。」

「什麼見鬼的叔叔。」我大喊。「你乖乖躺下，閉上嘴巴，直到醫護人員過來為止。」

「我不打算上醫院，醫師先生。」他斬釘截鐵地說。「我的名字是蓋夫朗·蓋列，而且我死不了。」

笑。

我搖搖頭，熄滅石蠟燈爐，收起咖啡盒。我想拿走他的咖啡杯，但我不想激怒他。他始終面帶微笑。

「我怎樣才能向你證明我說的是實話？」我想我聽出他語調中的無奈，我曉得他感到疲累，他已對我感到厭倦。

「你沒辦法。」

「怎樣才能讓你滿意？」

「你的配合——拜託嘛。」

「這事愈來愈可笑。」他居然厚顏無恥講出這種話，我訝異到不曉得該對他說什麼。他看起來像隻羔羊，張著羔羊般的雙眼坐在那具棺材裡。「讓我起來，我可以跟你證明我死不了。」

「世上沒有所謂的死不了，這將引發百分之百的大災禍。你會死，你這個頑固的笨蛋，而我會因為你去坐牢。」

「你想怎麼做都可以。」他說。「如果你願意，你開槍打我、拿刀殺我都沒關係。放火把我燒了也行。我甚至願意拿錢跟你打賭。我們可以採用傳統的方式——如果我贏了，我就提出條件。」

我跟他說我不會跟他打賭。

「你不喜歡打賭？」他說。

「喔，恰恰相反——我不會因為一場肯定會贏的賭注而浪費時間。」

「這會兒我看得出來你生氣了，醫師先生。」他說。「你何不拿起一根木板敲破我的頭呢？」

「躺下。」我說。

「太暴力了。」蓋夫朗．蓋列說。「好吧，換個方式。」他依然直直坐在棺材裡，四下觀望。「湖邊如何？」他終於說。「你何不在我腳上綁些重物，把我丟進湖裡？」

娜塔莉亞，這下妳知道我為什麼這麼容易生氣。妳知道我對笨蛋沒有耐性，更何況我被咖啡杯，以及那套咖啡渣的廉價把戲弄得非常火大——我居然容許自己受騙幫他煮了咖啡，而且還用了自己的戰地配額——我不管了，他想幹嘛，就讓他幹嘛，他想要上吊都無所謂。外面一片漆黑，時間已晚，我已經奔波了好久。我單獨跟這個叫我拿木板打他的男人在一起，這會兒他叫我把他丟進湖裡。我不同意，但我也不反對。說不定這整件事情有點不眞實——我不曉得。他看到我沒有叫他躺下，忽然之間，他起身從棺材裡走出來，而且對我說：「太好了，事後你一定滿意。」我跟他說我深有同感。

教堂旁邊就有一個湖，我們四處搜尋重物。我在祭壇下面找到兩塊巨大的空心磚，叫他搬著磚塊走下階梯。我暗自希望他會昏倒，但他卻好好的。腳踏車鏈條纏繞在村民幫蓋沃準備的棺材上，我解開鏈條之時，蓋沃重新調整頭上的紗布。他幫我收拾我的東西，臉上始終帶著笑意。我先出去，發現亞朗．達里克早就不見人影，說不定多明尼克叫他離開。時間非常晚，村裡已經全黑。我確定村民透過窗縫看著我們兩個，但我不在乎。我叫他出來，然後兩人穿過泥沼和苔蘚，走上一個小防波堤，防波堤延伸到湖面上方，村裡的孩童說不定在這裡釣魚。蓋沃似乎非常興奮，我叫他把雙腳擱在兩塊空心磚之間，然後用鏈條緊緊纏繞他的腳踝，鏈條繞穿空心磚，纏得又緊又複雜、直到甚至看不到他的腳丫子。

動手之時，我開始興起一陣罪惡感和恐懼。我不把自己當成醫師，反而只想憑藉科學精神，證明笨蛋就是笨蛋。**儘管如此，我對自己說，我可不想讓自己手上沾染這個笨蛋的鮮血。**

「好了。」我說。他抬起雙腳，先抬一隻，再抬另一隻，只是輕輕抬起，好像小孩試試直排輪鞋。

「做得好，醫師先生。」他說。

「我們必須採取一些預防措施。」我說。蓋沃看起來不耐煩。「我若沒有做些預防措施，逕自讓你跳進那個湖裡，等於是不負責任。」我四下觀望，試圖找出法子把他固定在岸邊。防波堤的一根柱子上有條繩索，我拿起繩索，把繩索的一端綁在他的腰上。他饒富興味地看著我動手。

「我要你答應我，」我說：「感覺快要淹死時，你就拉扯這條繩索。」

「我不會淹死，醫師先生。」他說。「但是你一直對我這麼好，所以我答應你。我這就拿某樣東西作爲賭注。」他花了幾分鐘想想，邊想邊拉拉腰間的繩索，確定結打得很緊。然後他說：「我用我的咖啡杯當作賭注，打賭今晚不會淹死，醫師先生。」他從胸前口袋裡拿出咖啡杯，把杯子像顆雞蛋一樣捏在手指之間遞給我。

「我不要你這個該死的杯子。」

「即便如此，我還是拿它當作賭注。醫師先生，你拿什麼打賭呢？」

「我爲什麼要下賭注？」我問他。「我不打算跳進湖裡。」

「跳不跳進去都無所謂，我還是希望你下個賭注。我希望你拿樣東西打賭我會不會死，這樣一來，下次見面時，我們就不必重複這個爭辯。」

聽來著實可笑，我環顧四周，打算隨便找個東西作爲賭注。他會拉扯那條繩索，我跟自己說，而且很快就會拉扯。我問他可不可以用石蠟燈爐作爲賭注，他面帶譏笑說：「你若拿這個東西下注，等於是嘲笑我。拜託，醫師先生，你必須拿某樣對你頗具價值的東西作爲賭注。」

我拿出我那本陳舊的《森林王子》——妳知道的，那本我擺在口袋裡的舊書——我把書拿給他看。「我用這個當作賭注。」我說。他饒富興味地看看書，然後身子往前一傾聞一聞，兩塊空心磚依然纏繞在他的腳上。

「我相信這是一件你絕對不想失去的東西？」

我忽然想到，既然我們都拿一樣對自己極具意義的東西作爲賭注，我最好把話說清楚，因此我說：「我拿這本書作爲賭注，打賭你今天晚上會溺水。」

「不是我會淹死？」

「不是，因爲你已經答應快要淹死之前拉扯繩索。」我跟他說。「你還有機會改變心意。」我說：「醫護人員說不定已經上路。」這是謊言，到了這個時候，多明尼克說不定才走到距離戰地醫院的半路上。但我試了。蓋夫朗．蓋列一再微笑。

他伸出手，當我跟他握手時，他把某樣冰冷的金屬品擺在我的手心。我曉得那是子彈。先前我忙著安排這趟湖畔之行時，他已經取出子彈。我低頭一看，子彈閃爍著血跡，沾滿簇簇髮絲。忽然之間，蓋沃朝向防波堤的邊緣後退。他對我說：「嗯，醫師先生，我們一會兒見囉。」然後他身子一傾，墜入湖裡。我根本不記得湖水濺起。

我可以聽到多明尼克對我說：「老天爺啊，長官，你把一個腦袋裡有兩顆子彈的男人送進湖裡，他的腿上還綁著石塊呢。」我沒有採取任何行動，湖面若有氣泡，我不會動手，湖面若再也看不見氣泡，我也不會動手。繩索往前挪動了一點，但是接下來動也不動。

起先我告訴自己，或許先前應該把蓋沃的手一起綁在腳踝上——既然雙手可以自由活動，他說不定大可自行解開鏈條，撥開淺淺的蘆葦叢，或是推開一片蓮花，背著我藏匿一個幫助吸氣的裝置，就像電影裡的羅賓漢一樣。然後我又想到，我的考慮不夠周詳，因爲如果他死在湖裡，他腳上綁了兩塊空心磚，不可能輕易浮上來。然後我又想到他先前因爲淹死而下葬，我告訴自己，這傢伙懂得憋氣——這傢伙懂得利用馬戲團的把戲愚弄誠實的人，這樣一來，大家都會相信自己必須爲他的死負起責任，而他可以帶著某種變態的勝利感離開，自覺已經愚弄了大家。

「我哪兒都不去。」我告訴自己。「我要等到他冒出來、或是浮出來爲止。」我在岸邊坐下，握住繩索。我取出菸斗，開始抽菸。我可以想像村民坐在變暗的窗戶旁，一臉驚恐盯著窗外的我——我這個醫生，我這個讓奇蹟生還者溺斃的醫生。終於過了五分鐘，然後七分鐘、十分鐘、十二分鐘。到了十五分鐘的時候，我已經抽菸斗抽得啪啪響，繩索也跟木板一樣僵硬。他不會冒出來，湖面沒有氣泡。我心想我誤判了湖的深度、繩索在他的腰際緊縮、勒斷了他的肋骨等等，我開始拉扯繩索，但是每隔幾分鐘才輕輕拉扯，這樣一來，如果老天爺有眼、他還活著，我才不會傷了他，他也會記得拉扯繩索。但是他沒有這麼做。到了這個時候，我百分之百確定他已經死了，我也上當，犯下大錯。他的屍體將會軟趴趴地浮起，我告訴自己，就像他被吊死，像個氣球一樣頭朝下、腳朝上漂浮。人類不是海豚，我心想：**一個人不可能在這種狀況下活命。一個人不可能想要減緩心跳，就能減緩心跳**。

過了一個鐘頭，我掉了幾滴眼淚，大多是爲了自己而哭，我也抽完所有菸草。我已經停止拉扯。我可以看到行刑隊。說不定我應該考慮躲到希臘某處的山洞。我心想自己該如何改名換姓。時間一分一秒過去，最後離天亮只有一小時，鳥兒已經漸漸甦醒。

這時發生一件最不可思議的事情。我聽到水裡有個聲音，我抬頭看看，繩索劃破水面，緩緩移動，濕漉漉地揚起。東方曙光漸露，我可以看到湖的對岸，那裡的林木一路往上延伸，直逼蘆葦叢。他就在那裡，蓋夫朗・蓋列——死不了的男人——他正濕淋淋、慢吞吞地從對岸爬出湖面。他的外套完全濕透，肩膀上沾滿水草。他腳上綁著空心磚，腰間繫著繩索，而且已經過了好幾個小時。我站起來，但我非常安靜。蓋夫朗・蓋列的帽子滴水，一滴一滴流下他的耳朵，他脫下帽子，甩掉湖水，然後他彎下腰，解開腳上的鏈條，看起來好像正在脫下鞋子，他接著解開腰間打結的繩索，任憑繩索滑落水中。

他轉個身子，果眞是他，果眞是他那張臉孔。對我說話之時，他和之前一樣面帶微笑、客客氣氣：「別忘了你的賭注，醫師先生——且待下回見囉。」他對我揮揮手，然後轉個身子，消失在林間。

第三章
挖掘工

待在伊凡叔叔和娜達家的頭一晚，我睡了三個鐘頭，在那之後，我的夢中充滿知了的鳴唱，我醒了過來，感覺被熱氣悶得喘不過氣。我的床面向窗戶，從窗戶看出去便是屋子後面的葡萄園。透過窗戶，我可以看見橘色的半月順著山脊緩緩落下。卓拉四肢大張趴睡在床上，她已踢掉床罩，雙腿懸吊在床尾；她的呼吸夾雜著鼾聲，一聲接著一聲落在她的手臂、頭髮，和枕頭之間。樓下的小女孩再度咳嗽，咳嗽聲黏膩，尚未歇止；她正試圖邊咳邊睡。層層噪音之中隱約聽得見大海的聲音，海浪在屋子另一邊的海灘上濺起泡沫般的浪花。

過了幾個月，四十天也已老早告一段落，當我開始拼湊出事情的始末時，我依然懷抱著希望入睡，期盼外公來到我的夢中，告訴我某些重要之事。我當然總是大失所望，因爲即使他眞來到我的夢中，他也總是坐在一張不屬於我們家的扶手椅上，身處一間我不認得的房間，嘴裡念叨著把報紙拿給我、我餓了之類的話，即使在夢中，我也知道這些不具半點他媽的意義。但是那天晚上，我還沒有把他想成是個已經過世的人，也還沒有好好消化那些感覺遙不可及、似乎不可能發生在我身上的消息，即便試著想想家中從此少了他，藉此拉近自己和那些消息的距離，我依然難以面對。

我想到我們的儲物櫃。那是一個巨大的木櫃，櫃子嵌進水槽對面的牆內，一扇扇乳白色的落地櫃門，打開櫃門時，茲拉坦糕餅店的塑膠袋在把手上輕輕晃動。我可以看見外婆的大奶粉罐，藍白相間的錫罐上有個頭戴廚師帽、神情愉快、面帶微笑的小蛋糕師傅。底層的架上放著塑膠袋、玉米穀片、鹽罐、攪拌缽、一包包橘紅色和褐色、購自街尾商店的咖啡。稍微往上、位居中間的架上，四個玻璃碗整整齊齊排成一列，橫跨儲物櫃的中段，碗中分別盛裝杏仁、葵花子、胡桃，和一塊塊切好的烘焙用苦甜巧克力。外公總是事先備妥他的零食。這些零嘴夠他再吃三十五天。

挖掘工們又回到葡萄園；黑暗之中，我看不到他們，但是他們確實在那裡，長長的影子在僅僅一支手電筒的燈光中移動，燈光似乎不停晃動，拿著手電筒的那人偶爾把手電筒擺到地上，動手繼續挖地，只有在這短短的幾分鐘，燈光才呈現靜止。

微亮的光束流瀉在葡萄藤之間，直到影子直直挺立，遮掩了燈光。偶爾有個挖掘工咳了兩聲；我觀望葡萄園之時，小女孩也一直咳嗽。

清晨四點左右，我穿好衣服，走到樓下。畢斯不曉得上哪裡去了，但是他的肖像在後門旁邊的傘筒上方盯著我。那幅素描高高掛在傘筒上方，畫家的手不太穩，畢斯的臉略微扭曲。客廳桌上有具古董電話，話機有個旋轉式的撥號盤，黃銅的聽筒結實厚重，撥號盤上的號碼已經磨損得難以辨識。我從口袋裡掏出那張皺巴巴的收據，上面寫著札垂科夫那家診所的電話號碼。我撥了號碼，起先電話忙線，我心中頓時燃起希望；我可以想像晚班掛號小姐，藍色的眼影遮住眼角的皺紋，一頭金髮散亂蓬鬆，冒著風險、心慌意亂地打電話給國外的男友，藉此保持清醒。但當我再打一次時，電話響了又響，甚至響個不停，最後我終於放下聽筒。在那之後，我坐在沙發上，直到灰亮的天光慢慢爬進百葉窗的葉簾。

咳嗽聲再度響起時，聲音聽起來黏稠而鄰近。我突然意識到那個小女孩已經慢慢晃出她的房間，但她不在廚房或是洗衣間，主樓層其他房間帶著未乾的油漆味，房裡堆滿蓋了白布的家具，小女孩也不在那些房間裡。我緊緊握住樓梯扶手，沿著牆壁摸索前進，以免在黑暗中一路跌下去。樓下空氣清涼，狹小走道的兩扇門都通往幾個房間，房裡只有床鋪和零散的物品：一疊疊毯子擱在地上，鐵鍋疊放在角落，菸灰缸裡擺著無數菸蒂。床邊有些水果白蘭地和啤酒的酒瓶，還有幾瓶某種藥酒，長瓶頸的酒瓶裡裝滿清澈的液體，其間夾雜一簇簇毛茸茸的枯草。男人們已經出門，娜達提到的那些男孩也不在。但是一個年輕女子和小女孩坐在第二個房間窗邊的扶手椅上，女子睡了，頭稍微歪向一邊，靠著軟墊。女子脖子上也繫著一個紫色的小布包，她抱起小女孩貼在自己胸前，身上圍著一條薄薄的床單，床單像是潮濕的紙張似地緊緊貼在小女孩的肩膀和膝蓋上。小女孩醒著，而且盯著人看。

小女孩看著我，眼神之中沒有畏懼，也無敬意。我踮起腳尖走了幾步，悄悄走進房間，從這個距離，我依稀可以聞到核桃白蘭地的濃郁酒香，床單曾被浸在醇酒之中；他們試圖降低她的熱度，他們想要快快讓她發冷，藉此幫她退燒。這是一種落後的療法，也是一個急就章的賭博，我們在急救診所看過好多次——那些新手媽媽依然相信她們母親的療法，怎樣也勸不聽。

我把手伸過女人身邊，把手掌貼在小女孩的額頭上。她暖暖的，但那是燒還沒退、濕濕黏黏的暖意。沒有人知道溫度什麼時候、或是會不會再度攀升，也不知道溫度會飆高到幾度，但她眼神之中毫無擔憂，而且根本沒有從她媽媽的頸際抬起頭來，我慢慢退出房間時，她只是心不在焉、無精打采地看著我。

我等著那些挖掘工回來，但是過了一個鐘頭，他們依然尚未回返。屋裡沒有一點動靜，顯然無人在家。小女孩已經睡了，鸚鵡先前暫且爬到籠底，聒噪了一會兒，這時已經安靜無聲。一片沉默之中，只有札垂科夫那家診所的電話鈴聲響個不停，然後我等煩了，我從木釘上拿下白色外套，出去找一找通往葡萄園的小徑。

沒有路通往伊凡叔叔和娜達家後面的山坡，因此，我朝北走向廣場，廣場之中，修道院的尖塔靜靜矗立在家家戶戶的屋頂之間。時值清晨，餐廳和商店尚未營業，烤肉架冰冰涼涼，空氣中充斥濃郁的海洋氣味。我走了大約二分之一公里，路上只有一棟棟房屋：亮晃晃的石砌海灘小屋窗戶大開，閃閃爍爍的霓虹燈用三、四種語言寫著「住宿旅館」。我走過拱廊，覆滿松樹針葉的遮陽棚掛著燦爛的黃色、紅色和藍色燈泡。布列耶維納山的露營營地沐浴在月光之中，營地是一片平坦的乾枯草地，四周圍上網狀的細鐵絲網。

一條石牆圍起的運河流經營地，這正是我選擇的路徑。綠色的百葉窗，窗臺上架著花壇，不時冒出一座車庫，車庫裡停了一部鋪上防水布的汽車，幾隻雞說不定擠在車頂。幾輛獨輪手推車堆滿了水泥、馬糞或是修補用的磚塊；一、兩戶人家設有剖魚的檯子，曬衣繩懸掛在一棟一棟房屋之間，床單、無領運動衫、一排排襪子壓得曬衣繩微微下垂。一隻鼻口毛茸茸的黑色驢子被綁在某戶人家前院的樹上，輕聲輕氣地呼吸。

我走到運河盡頭，看見葡萄園的入口鐵門。門上沒有標記，門面已被空氣中的鹽分鏽蝕得斑斑點點。大門一開，小徑直通柏樹密布的石灰石山坡。太陽緩緩上升，染白山頭的天空。我可以看見那些挖掘工在葡萄藤之間走來走去，男人們不時挺直身子舒展筋骨、打個呵欠、抽根香菸。七、八個手執鐵鏟的男人零星散布在山坡上，他們在柏樹的樹下、葡萄藤間胡亂挖掘，看起來似乎毫無章法。他們翻弄被霧水沾濕的泥土，幾乎一路挖到葡萄園的最高處。此處已無作物，而是一片低矮雜樹的荒地。昨天夜裡，他們鐵鏟的碰撞聲一路飄下山坡，不知怎麼地，在這裡聽起來卻不太大聲。再上去一點，有個男人引吭高歌。

我踉踉蹌蹌走在泥土鬆軟的山坡地，到處都是小土堆和淺淺的坑洞。我的眼睛已經適應半明的光線。踏越一排排葡萄藤之時，我碰到離我最近的一個男人，那人體格魁梧、戴頂帽子、坐在幾公尺之外的地上，他轉身背對我，斜斜靠在他的鐵鏟上，動手扭開一個看似扁平酒壺的東西。我剛想開口跟他打招呼，一隻腳卻滑入地上一個坑洞裡，整個人跌了下去。

他看到我的時候，我正試圖從洞裡爬出來。他屏住呼吸，跌跌撞撞往後退，雙眼大張，嘴唇泛藍，下巴顫動。「聖母喔！」他大喊，我曉得他正在胸前劃十字。一時之間，我以爲他打算拿起鐵鏟打我。我一邊舉起雙手，一邊大叫我是醫生、我是醫生、不要打我。

他花了一分鐘鎮定下來，依然氣喘吁吁。「幹你娘的。」他說，依然在胸前劃十字。我倆碰面的騷動引來其他男人，他們朝著我們跑來，這會兒葡萄藤之間不時冒出人頭和鐵鏟，臉孔卻難以辨認。有人拿著手電筒往前跨一步，光束猛然蒙上我的眼睛。

「你有沒有看到她？」那個被我嚇到的胖子問其中一個男人。「度瑞，你看到她了嗎？」

他對著一個矮小的男人說話，那人剛從山坡下、角落間的一排葡萄藤裡冒出來。「我以爲你找到了什麼。」矮小的男人說。他非常瘦，一對耳朵令人稱奇——那對從臉頰兩側冒出來的耳朵，朦朧之中看起來像是鍋子的把手——臉上的汗水劃穿牢牢貼附在眼睛和嘴巴周圍的細白塵沙。

「但是，度瑞，你有沒有看到她？」

「沒關係，」度瑞邊說，邊拍拍胖男人的肩膀，「沒關係，」然後對著我說：「妳到底在這裡做什麼？」我無以應答。「妳不曉得最好不要半夜偷偷跑上來嗎？妳有什麼毛病？」

「我是個醫生。」我說，感覺很愚蠢。

他斜眼看看我的白色外袍——這會兒袍子沾上灰塵和某些我希望是泥土的東西——然後搖搖頭。「老天爺喔。」

「對不起。」我跟那個身材魁梧的男人說，他對我嘟囔了一些令人費解的方言，肯定不是接受我的道歉。然後他拿起他的酒壺，搖搖擺擺走入葡萄藤間，嘴裡喃喃自語，發出那種我先前在屋裡聽到的咳嗽聲。群聚四周的男人開始散開，回到先前在葡萄藤間的工作崗位。度瑞在他那件灰色連身工作服上撢除手上的灰塵，然後點燃一根香菸。他似乎不怎麼想知道我爲什麼在這裡，或是我爲什麼還沒走開，最後他終於轉身走下山坡。我走在葡萄藤間跟著他，一路跟到他拾起他的鐵鏟。他把鏟子用力插入葡萄藤下的硬土，我站在他後面觀看。

先前我的雙手制止了跌勢，這時我發現自己的雙手擦傷，沾了黏膩的鮮血，泥土深深埋進指甲縫裡。

「你有水嗎？」我對度瑞說。

他沒有，但他有水果白蘭地。他看著我把一壺蓋的白蘭地倒在手掌上。「這酒是自家釀造。」他跟我說。白蘭地聞起來像是黃杏，而且感覺刺痛。

「我是醫生。」我說。

「妳一直這麼說。」度瑞邊說，邊把酒壺拿回去。「我是個機械工。站在那邊的度里是焊接工，我叔叔挖糞討生活。」他旋開壺蓋，把酒壺微微傾斜。

「我住在伊凡叔叔家。」我說。「我想跟你談談那個小女孩。」

「她怎麼了？」

「她是你女兒嗎？」

「我太太是這麼說。」他最後再吸一口那根已經逐漸燒成灰的香菸，把菸扔進一堆他球鞋旁邊慢慢堆高的泥土裡。

「她叫什麼？」

「這跟妳有什麼關係？」他把水果白蘭地的酒壺擺回灰色連身工作服的口袋裡，隨手揮下肩膀上的鐵鏟，插進土裡。

「那個小女孩病得很嚴重。」我說。

「真的嗎？」度瑞說。「我還需要妳告訴我嗎？妳以爲我出來這裡做什麼？運動嗎？」

我把雙手插進口袋裡，看著遠方的陽光慢慢攀升到山頭。娜達先前對那些孩子所發出的評論是正確的——兩個頂多九歲的男孩跟其他男人一起挖土，男孩們臉色蒼白，眼瞼烏黑腫脹，兩人正你一口、我一口，共抽一根香菸。我暗自心想，**外公八成會擰斷他們的耳朵**——這個念頭一閃而過，我赫然意識到我再也沒有機會告訴外公，我站在原地，乾裂的泥土四處飛揚，山丘柏樹上的知了反覆吟唱刺耳而憂傷的曲調。

我問度瑞：「那邊那些小孩多大？」

「他們是我的小孩。」他對我說，雙手停都沒停。

「他們在抽菸。」我說。其中一個小孩的一個鼻孔裡流出一道長長、黏膩的鼻涕，挖土之時，他偶爾舔去黏液。「他們也病了嗎？」

度瑞豎起鐵鏟，鏟刃朝下，用力壓進土裡，然後挺直身子看看我。「那不關妳的事。」他說。

「這不是普通感冒，聽起來嚴重——小女孩可能患了百日咳或是支氣管炎，最後可能轉變爲肺病。」

「她不會。」

「她有沒有去看醫生？」

「她不需要醫生。」

「那兩個男孩呢？他們也不需要看醫生嗎？」

「他們會沒事。」度瑞說。

「我聽說你下午的時候叫他們出去，你知道如果有人發高燒、卻在大熱天出門，結果會怎樣嗎？」

「喔，妳聽說了，是嗎？」他說。他笑著搖搖頭，他身子往前一傾，那副模樣讓他的笑聲聽來沉重。「我們做我們該做的事，醫生。」他說。「用不著妳操心。」

「我確定你在農忙的時候急需人手，」我試圖讓自己聽起來語帶體恤，「但你肯定不需要小男孩幫忙吧。」

「這事跟工作沒關係。」度瑞說。

「叫他們過來一趟。」我繼續催促，不管他說什麼。「我們是從大學來的——我們幫聖帕撒柯爾新設立的孤兒院帶來藥品。那裡會有一間免費診所。」

「我的孩子不是孤兒。」

「我知道。」我說。「那無所謂，藥是免費的。」

「那無所謂，妳有什麼毛病？」他又說了一次。「妳以為我想讓我的小孩跟孤兒們混在一起嗎？」

「嗯，他們生了病，你還叫他們出去工作。」我大聲說。葡萄園裡的某個人輕輕吹了一聲口哨，男人們隨後爆出一陣笑聲。

度瑞絲毫不動搖。他從頭到尾沒有停手，我可以看到他瘦弱的肩胛骨在灰色連身工作服裡起起落落。外公若進行同樣的對話，到了此時說不定已經大發雷霆。

「我會照顧他們。」我說。

「這是家務事，」度瑞跟我說：「他們已經有人照顧。」

我忽然非常生氣。我壓下衝動，強迫自己不要問一問度瑞想不想跟我那個聯合診所總部的警官朋友談談——我朋友體重一百五十公斤，剛剛花了六個禮拜監督拆毀一棟沒有自來水的三流醫院，如果他過去教訓一下度瑞，度瑞會做何感想？但是我覺得這樣或許招致反效果，所以當度瑞點燃另一根香菸、繼續挖土之時，我只是站在一旁。他不時彎下身子，手指摸摸泥土，小心檢視，然後挺直身子，挺直身子的舉動——而非香菸，也不是水果白蘭地——終於幫他逼出帶著痰意的咳嗽聲。

我說：「你以為那條浸了白蘭地的床單能夠派上多少用場？還有其他那些愚蠢的療法——難不成你打算用毯子遮住他們的鼻子、在他們的襪子裡放馬鈴薯皮？」他已經不聽我說話。「他們需要藥物。你太太也是。如果你也得吃藥，我可一點都不訝異。」

葡萄園另一邊傳來一陣喊叫。其中一個男人找到某個東西，大家一陣騷動，想要盡快把東西挖出來。度瑞邁步走過去，他說不定以爲把我丟在一邊，就能擔保我會立刻走開；他想得美呢。我沿著葡萄藤追過去，然後轉個彎，走到一個年輕人站立之處，這個削瘦的年輕人跪在地上一個深深的土堆裡，男人們圍在土堆旁邊，我站在他們後面，踮起腳尖觀看。

度瑞彎下身子，伸出空著的一隻手摸摸泥土。葡萄園已經沐浴在蒼白的日光中，大地潔白濕潤。他站直，手掌心裡躺著某樣東西——某個尖銳、泛黃、跟手指一樣長短的物品。骨頭，我曉得。他把東西在手掌間翻轉，低頭看看土堆裡。

「妳怎麼說，醫生？」度瑞邊說，邊轉身把東西遞給我。我不知道他問些什麼，蠢蠢地瞪著那個東西。

「我想妳也說不出個所以然。」他說，然後把東西丟回土裡。「某種動物。」他對那個發現東西的挖掘工說。

其中一個小男孩靠在鐵鏟的把手上，站得離我很近。他一張大臉、一頭褐色亂髮，不打哈欠的時候喉嚨就發出黏膩的噪音，而且舌頭往裡吸吮，試圖壓住發癢的喉頭。光聽到這種聲音，我的眼睛就蒙上一層淚光。當他轉身準備離去時，我伸手按住他的太陽穴。

「他在發燒。」我跟度瑞說，他正回頭走向他自己在葡萄園低處的小土堆。

但是黎明已至，暈黃的日光已經越過布列耶維納山山頂，慢慢順著另一邊山嶺而下，照向葡萄園、屋子，以及夾竹桃花叢後面的樓上窗戶。屋頂遠方的大海平靜無波，閃閃發光。我覺得自己已經醒了好多天。我沒辦法在凹凸不平的地面上跟上度瑞，於是我朝著山坡低處、對他大喊：「他病了，而且未成年，你犯法。」

是。」

「我在我自己的國家。」

這是天大的謊言。他那種懶洋洋的口音，顯示出他來自距離我們京城東邊不遠之處。「你不是。」

「醫生，妳也不是。」

「就連這裡也有一些機構會毫不考慮——」

但是度瑞已經聽夠了。他對我衝了過來，速度快到我們幾乎相撞。他脖子上青筋暴露，我位居高處，但他拿著鐵鏟，雙眼通紅。「妳以爲妳是第一個跟我講這種話的醫生嗎？」他非常小聲地說出這話。我可以聞得到他呼吸之中刺鼻的黃杏味。「妳找人過來干涉、帶走我的孩子，妳以爲我沒有聽說過這種事情嗎？妳請便，我們看看得花多久的時間。」

「他已經在外面待了一整晚——讓他回家吧。」

我們提及的男孩自始至終聆聽我們談話，他站在我們上方、岩石累累的地上，瘦弱的肩膀往前低垂。度瑞把鏟子靠在大腿腿側，從口袋裡掏出一雙工作手套，把烏黑而多繭的指頭套進去。「馬爾可，」度瑞大聲說：「醫生勸你回家。」他看也不看那個男孩。「你自己決定。」

男孩猶豫了一會兒，四下看看葡萄園。然後他一句話都沒說就掉頭繼續挖土。

度瑞帶著一種我無法歸類的微笑看看他，然後轉向我。「我不能再跟妳浪費時間，這裡地底下埋著一具屍體，我得把屍體挖出來，這樣一來，我小孩的病情才會好轉。」他轉身，拖拉鐵鏟。「我小孩的病情好轉，醫生——這樣聽起來可以接受嗎？」

他走下山坡，試圖在碎石之間找到立腳之處，我看著他稀薄的頭髮，他頭髮平滑地往後梳，蓋過頭上光禿禿的部分。「我不明白。」我說。

「我們有個表親埋在這個葡萄園裡，醫生。」他攤開手臂，指指從這端到另外一端的葡萄藤。「十二年前下葬。打仗的時候。」他非常認眞。「他不喜歡這裡，而且讓我們大家生病。我們找到他之後就會離開。」

我太累了，我心想，而且感覺自己快要笑出聲。他已經無話可說，竟然採用這種說詞打發我。但是坑洞不深，而且雜亂無章——我曉得他們沒有打算種植任何作物。他們也不是除草，或是打碎田鼠的頭蓋骨。我試圖開開玩笑：「你們有沒有檢查一下橋基？」

度瑞看了我一會兒，神情嚴肅，眼睛眨也不眨。然後他說：「當然，那是我們最先查看之處。」

第四章
老虎

詳查每一樁關於老虎之妻的事情之後，我只能告訴你這麼一些事實：一九四一年春末，在毫無預警或是宣告的情況下，德軍開始轟炸京城，而且一連轟炸了三天。

老虎不知道那些是砲彈。牠什麼都不知道，只曉得頭頂上飛過的戰鬥機發出尖銳的噓噓聲，飛彈墜落。碉堡另一頭的熊群放聲咆哮，鳥兒忽然默不作聲。煙霧四起，溫暖得嚇人，一個灰灰的太陽似乎在幾分鐘之內升起落下，老虎狂亂不安，口乾舌燥，繞著生鏽的獸欄跑來跑去，像頭公牛一樣低鳴。牠孤單而飢餓，再加上數以千計的隆隆砲聲，令牠強烈感覺到自己的死亡。牠直覺感到死亡逐漸逼近，牠甩不掉，卻也不想屈服於這種感覺。牠不曉得該如何面對。牠的飲水已經乾涸，吃剩下的骨頭散置在石床和獸欄角落之間，牠在骨頭之間滾來滾去，發出那種老虎們獨有的悲哀、綿長的聲響。

踱步了兩天之後，牠再也走不動，牠不得不四肢一攤、病懨懨地躺在自己的糞便裡。牠已經失去移動的能力，發不出聲音，也做不出任何反應。一個流彈打中碉堡的南牆——砲彈激起一陣令人窒息的煙霧和灰燼，片片碎石隨之飛濺到牠頭部和側腹的肌膚之中，接連好幾個禮拜，小小的碎石啃嚙著牠的血肉，直到側著身子翻滾，或是靠在樹上磨蹭時，牠已經感覺不到隱約的刺痛感——牠的心臟說不定自此停止跳動。空中炫麗奪目，牠感覺自己的皮毛像是受熱的紙張一樣往後捲縮。接下來是漫長的沉默，沉默之中，牠蜷縮在獸欄的後方，看著碉堡石牆的破裂一側。這一切都大可讓牠送命。但牠心頭閃過某種情緒，熱血忽然沸騰，促使牠站起來，走過石牆的缺口。那股動力是多麼宏大喔。（不是只有老虎受到影響；多年之後，人們將會報導狼群在街上跑來跑去，一隻北極熊站在河裡。他們也會描述成群鸚鵡在城市上空盤旋了好幾個禮拜，一個著名的工程師和他的家人靠著一隻斑馬的殘骸撐了整整一個月。）

那天晚上，老虎越過城市往北前進，來到碉堡後方的河岸。昔日的通商港口和猶太人區散布在河岸，一堆堆平坦的磚牆沿著河岸延伸到多瑙河畔。河流被火光照得發亮，墜河的人們被河水沖到老虎站立的岸邊，牠考慮是否要游過去，在最理想的狀況下，牠說不定會放膽一試，但屍體發出的味道讓老虎轉身，逼牠回頭走過碉堡的山丘，進入遭到摧毀的城市。

人們肯定看到牠，但在瀕臨砲轟之時，牠在人們眼中是個惡作劇、腦袋不清楚的錯覺，或是宗教的幻象，怎麼說都不是一隻老虎。身型龐大的牠在舊城的巷弄之間靜靜晃蕩，走過一間間遭人擊破的咖啡館和糕餅行，行經一部部插穿展示櫥窗的汽車。牠沿著鐵軌往前走，爬過路上一輛輛翻倒在地的電車，走在一條條貫穿城市的電線之下，故障的電線懸掛在空中，好像叢林爬藤一樣汙黑。

等到牠抵達凱茲帕垂夫之時，洗劫的暴民已經擠滿大道。人群經過牠身邊、走在牠前面、跟牠並排走，人人手中拿著貂皮大衣、一袋袋麵粉、一包包白糖、天花板燈飾、水龍頭、桌子、椅腳，以及從老房子牆上扯下來的織毯，這些土耳其老房子已在突襲行動中坍塌。牠全都不予理會。

天亮之前的幾小時，老虎發現自己來到卡立尼亞的廢棄市場。十五年之後，外公外婆就在距離這裡兩條街之處，買下他們第一棟公寓。死亡的氣息黏附在風中，從北方飄散過來，聞起來不像市場廣場小圓石之間散發出的濃郁臭味。牠低頭行走，盡情嗅聞各式各樣難以辨識的氣味——番茄和菠菜濺灑一地，黏在路面的縫隙之間，破雞蛋、海鮮殘渣、一層層凝結在肉攤兩側的殘餘肥油、起司攤四周散發出的濃烈氣味。老虎餓得發狂，牠貪婪飲用賣花女郎水桶裡的噴泉泉水，然後把鼻子湊上一個嬰孩的小臉，沉睡的嬰孩裹著毛毯，被人留在賣薄餅的攤子下。

老虎走過下城一個個不敢闔眼的鄰里，第二條河流的聲響縈繞在牠耳際，最後終於攀爬小徑，進入君王的森林。我寧願相信牠沿著我們那條昔日的馬車車道而行。我想像早在我出生之前的好多年，牠那大貓似的爪子印在碎石路上，牠晃著寬厚的肩膀，有氣無力地沿著我童年行走的小路前進，我喜歡這麼想，但事實上，矮樹叢比較容易穿越，牠那被京城石子路割破的爪子，走在苔蘚地上也比較輕鬆自在。牠一步步走上山丘，樹叢拂過牠的脊背，感覺涼爽，最後牠終於抵達山頂，遠離燃燒中的城市。

老虎在墓地裡度過下半夜，黎明之時離開城市。有些人親眼看見牠離去。起先有個挖墓的工人看到牠，那人眼睛幾乎全瞎，也不太相信自己看到一隻老虎撐起後腿，亂翻教堂庭院的垃圾堆，在晨光之中咀嚼薊草。接下來有個小女孩也看到牠，小女孩坐在家中馬車的後座，注意到牠的身影閃過樹木之間，以爲牠是一場夢。城市的坦克車指揮官也看到牠，三天之後，指揮官舉槍自殺，而且在寫給他未婚妻的最後一封信中提到老虎——**今天我從聖馬利亞修道院的池塘裡撈出一個女人發黑的乳房和胃腸，他寫道，即便如此，我也從來沒有見過麥田裡出現老虎這種怪事**。最後一個看到老虎的人是個農夫，農夫站在城市南方三公里的一小塊農地，正在花園裡埋葬自己的兒子，老虎離他太近時，他還丟擲石塊。

老虎漫無目標，只是憑藉腸胃深處、持續湧起的自衛本能。這股與生俱來的本能隱隱告訴牠尋找什麼，支撐牠一直往前走。接連好幾天，然後是好幾個禮拜，眼前只有漫長焦黑的田野和一望無盡、疊滿死屍的沼澤地。路邊的屍體堆積如山，屍身從樹梢垂掛而下，穿腸剖肚，死氣沉沉。老虎在樹下等著屍體掉下來，然後啃噬殘餘的屍體，直到感染疥癬、掉了兩顆牙齒才繼續前進。牠沿著河川逆流而行，走過春雨氾濫的山丘。河面蒙上泛藍的薄霧，蒼白的日光在霧氣之中逐漸黯淡，老虎在空空蕩蕩的平底船裡沉沉入睡。牠避開人們居住之處，小小的農莊傳來牛群的聲音，招引牠從樹叢裡走了出來，但一望無際的天空和隱隱的人聲嚇壞了牠，因此，牠沒有久留。

牠在河岸某處發現一座廢棄的教堂，教堂的鐘塔半邊長滿了長春藤，藤間擠滿漫步而行的鴿子。牠在教堂待了幾個禮拜躲避風雨，但是那裡沒有東西吃，中庭裡的屍體早已腐爛，除了水鳥鳥蛋和沖到岸邊的鯰魚之外，牠找不到東西吃，所以牠終究繼續前進。到了初秋之時，牠已經在沼澤地待了四個月，藉著啃食漂流而過的動物殘骸，以及捕抓河床沿岸的青蛙和蠑螈維生。牠身上爬滿水蛭，其中數十隻停駐在牠腿間和體側毛皮上，好像一隻隻小眼睛。

一天早晨，在濛濛的霧氣中，牠看見一隻野豬。肥壯的褐色野豬被橡果分了心，老虎展開畢生頭一次的追逐獵殺。牠不加思索，發出怒吼。牠把頭抬高，鼻息有如霧號般粗嘎。野豬頭也不轉，甚至沒有看看誰在後面追趕，一溜煙消失在秋天的樹林中。

老虎敗北，但最起碼是個開始。牠在吉普賽人馬戲團的稻草堆裡出生，一輩子食用碉堡獸欄裡一排排肥滋滋、白蒼蒼的獸骨。生平第一遭，獸性令牠在睡夢中伸展利爪，以前那股把獸肉拖到獸欄角落的衝動，如今經過盤整，化爲某種說不上是挫折的情緒。爲了生存，牠慢慢卸除被馴養的惰性和笨拙。牠的本性日易甦醒，逐漸強化，磨練出慵懶、貓般的反射力；那股失去已久、如西伯利亞虎的直覺把牠拉向北方，進入寒冷之地。

外公成長的小村莊蓋里納，在地圖上不見蹤跡。外公從來沒有帶我去過那裡，他很少提起，也從來沒有表示好奇、渴求，或是想要回去。媽媽無法告訴我任何事情，因為外婆也從來沒有去過蓋里納。布列耶維納的疫苗接種工作告一段落之後，我終於啓程探訪蓋里納，外公早已下葬，我單獨前往，沒有告訴任何人我要去哪裡。

若想造訪蓋里納，你黎明時分就得離開京城，朝向西北方、貫穿郊區的高速公路前進，企業家在這些郊區興建夏季別墅——一排排沒有庭院的磚房高高豎立，卻始終沒有完工。正門入口後方的各扇門窗大開，空空蕩蕩，瘦弱的小貓零星坐在堆滿泥土的獨輪車上。四處可見戰後重建的跡象：油漆店的海報，釘在樹上的五金行宣傳單，浴室磁磚專賣店的公告，木工的廣告旗幟，家具大賣場，水電行。一個岩壁曝露的採石場，一部無人操作、等著白天開工的黃色推土機；一個巨大的廣告看板上有隻插在烤肉串上、焦痕點點的烤羊，號稱是世界最美味的烤肉。

這條公路完全不像我和卓拉開往布列耶維納的公路，即便路旁也有一處處閃爍著青黃色澤、朝向大海延展的葡萄園。老年人在你面前步行橫越道路，後面跟著成群剛剪完毛的綿羊，老人家慢條斯理，停下來招手驅趕胖胖的羔羊，或是脫下鞋子找一找掉進鞋子裡、困擾了他們好幾個鐘頭的小石頭。他們不太在乎你趕時間；在他們看來，你若匆忙趕路，這就表示你事先計劃得不夠周詳。

公路逐漸變窄，變成一條單線道，而且開始爬坡——起先坡度不高，森林圍繞著牧草地，車子一開過彎處，眼前赫然開展，冒出亮晶晶的綠意。從山上開下來、迎面而來的車子不大，車裡擠滿一家大小，悄悄駛進你的車道。你的收音機已經接收到邊境另一邊的新聞，但是收訊相當微弱，聲音受到靜電干擾，接連好幾分鐘一片靜默。

你失去日光，忽然之間，你駛過一層低垂的雲堤，濃密的雲層緩緩蓋過你眼前的公路。公路指向你上方的松樹和岩石，一路延伸到高低起伏、一望無盡的牧草草原。搖搖晃晃的破舊房屋零星散布在公路兩旁，依稀可見缺了門的旅社和遠方無名的小溪。你發現你已經好幾公里沒看到任何車輛。你有張地圖，但是地圖派不上用場。你開過一座灰黑而靜默的教堂，教堂的停車場空無一人。加油站裡，沒有人可以告訴你接下來往哪裡去，加油站已經好幾個禮拜沒有接獲任何補給。

一路空蕩的公路上，有個路標為你指出正確的方向，你一不注意就會錯過。白色粉筆在路標上草草寫著聖丹尼諾，還有一個歪斜的箭頭指向下方山谷的碎石小路。路標沒有明示，但是一開上小路，你等於就得在路上過夜；你八成沒辦法一天來回；你得花八個小時在車裡，膝蓋頂著下巴，背靠著車門，你擺在後車箱的手電筒無人使用，也派不上用場，因為倘若想要拿取手電筒，你就得走出車外，而你絕對不會想要下車。

小路陡峭而下，劃穿籬笆圍起的麥田和黑莓田，牧草草原之中，大樹再度林立，在青綠的草地上撒下潔白的花朵。你偶爾經過一隻無人看管的大胖豬，胖豬在小路旁邊的土堆翻尋食物，牠抬頭看看你，通常顯得無動於衷。

二十分鐘之後，小路變窄，你在這裡轉彎，過一會兒就可以看見對面山谷冒出耀眼的光芒；沉靜、濃密的松樹樹林遍布山谷之中，陽光投射在聖丹尼諾修道院碩果僅存的窗戶上，散發出耀眼的光芒。這是修道院依然存在的唯一跡象，人們也將之視爲一個奇蹟，因爲只要有陽光，一天當中無論什麼時候，你在同一個地方都看得到耀眼的反光。

再過不久就開始出現房屋：起先是一座鐵皮屋頂的農舍，一扇扇高大的窗戶面向小路開啓。農舍無人居住，黑色的藤葉已經蔓延到花園裡，侵占了果園的上方。你轉個彎，眼前赫然出現第二棟屋子，你會看到一位白髮男子坐在陽臺上，一看到你的車子，他馬上站起來走回屋裡，速度快得驚人；你知道剛才五分鐘裡，他始終聽著車胎輾過碎石，他也故意讓你看到他用力關上大門。他名叫馬爾柯．帕洛維奇——你日後會慢慢曉得他是誰。

行經一道小瀑布之後，你就來到村子的中心。十或十二棟灰紅的屋子三三兩兩圍繞著村子的水井，以及獨臂的聖丹尼諾黃銅雕像，每個村民都坐在小酒館陽臺的板凳上；每個人都會看到你，但是沒有人會看著你。

外公在一棟覆滿長春藤和艷紫花朵的石砌屋子裡長大。屋子已經不存在——空屋矗立了二十年，然後村民一塊接著一塊拆卸石磚，使用磚塊修補馬廄的牆、塡補閣樓的缺洞、固定家中的大門。

外公的媽媽難產身亡，爸爸早就過世，外公對他甚至完全沒有印象。外公反倒跟著自己的外婆長大，她是村裡的產婆，已經撫養六個孩童長大成人，其中一半是村民和鄰居的小孩。村民對她敬愛有加，尊稱她爲「薇拉婆婆」。她只留下一張照片，在這張照片裡，薇拉婆婆是個神情嚴峻的中年婦人，她站在一棟石砌屋子的屋角，屋後是一大片果園，果園朝著下坡延展，慢慢消失在遠方。她的雙手交握在前面，一看就知道常做粗活；臉上的表情似乎顯示拍照的人欠她錢。

當年的屋子只有三個房間。外公睡在壁爐旁邊、一張鋪著稻草床墊的小木床。屋裡有個乾淨的廚房，廚房裡擺著錫罐和鍋子，屋椽上垂吊著一串串大蒜，整齊的儲物室存放泡菜桶、甜椒醬、洋蔥、玫瑰果果醬、自家釀製的水果白蘭地。冬天之時，薇拉婆婆升起一爐爐火，爐火日日夜夜燃燒，從不熄滅；夏天之時，一對白色的鸛鳥在壁爐焦黑的煙囪頂端築巢，鸛鳥聒噪不休，一吵就是好幾個鐘頭。從花園望出去是青翠的高山和河谷，高山俯瞰整個村裡，河谷之中有條亮晶晶的大河，大河沉靜寬闊，繞過河岸才開始變窄，岸邊矗立著一座紅色尖塔的教堂。屋子旁邊有條泥土路，小路從河邊的菩提樹林通往梅樹果園。薇拉婆婆在花園裡種了馬鈴薯、萵苣、紅蘿蔔，和一小叢玫瑰花，她對這一叢玫瑰花所投注的心思，可說是遠近皆知。

據說在中古時代，村子環繞著聖丹尼諾修道院，朝向四方發展。興建修道院的工匠善於繪製草圖和藝術設計，但他卻忽略了一點：軍隊繞過山脈東方進入河谷，不斷干擾修士們的清修。結果愈來愈多農夫、牧人和山民朝向修道院圍攏，這些人雖然有辦法長期與熊群、大雪、祖先的幽靈和食人婆婆纏鬥，但是他們卻慢慢發現，一旦出現土耳其的遊騎兵，他們孤零零住在東邊的山坡上，不方便跑到修道院的牆邊避難。他們終於發展出自己一套經濟體系，大約二十戶人家各操各業，自給自足。他們的地產世代相傳，即使修道院毀於一次世界大戰的戰火之中，他們依然偏好離群索居，強烈抗拒外來者。除了夏天偶爾出現的流動市場，以及從山的另一邊嫁到村裡的新娘之外，村民不歡迎外人。

薇拉婆婆的家族始終牧羊，她孤家寡人，一輩子在這一行投注了好多心力，致使外公似乎也會順理成章走上這一行。因此，他在羊群裡長大，羊咩咩的輕嘆、濃重的羊騷味、淚汪汪的羊眼睛、綿羊春天剪毛、光禿禿的蠢樣子，伴隨著他長大。他也從小到大看著羊群的死亡，連同見證羊兒春天遭到宰殺、屠宰、販售。薇拉婆婆善於操刀：她下手又狠又準，就像她做任何事情一樣。從煮飯燒菜到幫他織毛衣，薇拉婆婆絕不拖泥帶水，精準明快。這種生命的韻律已經融入薇拉婆婆的天性，她希望我外公也能謹遵此等韻律：春去秋來，生老病死，皆是直接了當、符合邏輯的過程，無需不必要的感傷。

薇拉婆婆跟所有紀律嚴明的母系家長一樣，堅信外公終究將會聽命行事，因此，她相當信任他的能力——說不定過於信任，因爲他六歲的時候，她就交給他一根牧羊人專用的小木棍，叫他帶著一群老羊到田裡吃草。在她看來，老羊不會招惹太多麻煩。這是個試煉，外公很高興擔負起新的責任。但他當時年紀太小，以至於日後只記得接下來的零星片段：晨間田野安靜無聲，羊群雪白的側腹彈性十足，他忽然失足跌入一個地洞，他在裡面待了一整晚，孤零零躺在深深的地洞裡、往上凝視一臉困惑的羊群，幾個鐘頭之後，洞口出現薇拉婆婆關切而盈滿晨光的臉龐。

外公只說了幾樁童年往事，這是其中之一，另外一個是醫學小故事，不失他的醫生本色。成長過程當中，他有一個名叫蜜瑞卡的朋友，她家和外公家只隔幾棟房子。年紀大到不單只會拉扯對方頭髮、互相叫罵的時候，兩人開始扮起家家酒，倒也不失是個中規中矩的遊戲。一天下午，外公扮演木匠丈夫，他喃喃自語，手裡拿著一隻玩具斧頭，沿著街道往前走；在此同時，蜜瑞卡謹遵教誨，牢牢記取一個盡職的太太應該怎麼做。她幫他準備了晚餐，在一棵樹的樹樁上，爲他送上盛放在夾竹桃葉裡的井水。問題不是出在遊戲本身，而是遊戲應該怎麼玩：外公乖乖喝下夾竹桃葉的井水湯，馬上劇烈嘔吐。

一個鐘頭之後，村裡的藥師前來催吐，而且幫外公洗胃，我們現在把洗胃視為一道不雅的程序，當時更粗蠻。我已經聽過那些認識藥師的人形容他：他雙手非常巨大，一雙大眼睛非常嚇人，眼睛上方還配戴一盞小型頭燈。我想像外公年紀很小就受到蠱惑，深深迷上令人又敬又怕的醫學專業。

那些年頭，藥師愈來愈常登門造訪。他過來施打吐根，接合斷骨，當外公跟一個雲遊四方、他不准與之來往的吉普賽小販偷偷買了硬硬的糖果，藥師也得過來幫他拔掉一顆斷裂的臼齒。民間與鄂圖曼土耳其日趨緊張之際，外公揮舞手中那把將就湊合的斧頭，揮得有點太過頭，結果綁在斧頭頂端、周邊尖銳的鐵片飛了出去，打中鄰家男孩達夏的額頭，藥師也得趕過來縫合這道深及骨頭、差一點就劃破頭皮的傷口。外公當然從來沒有提到他自己生了重病的那個冬天，高燒席捲全村——儘管藥師竭盡全力，全村十二歲以下的孩童只有外公活了下來，跟他同一輩的六個小孩全都埋葬在白雪之中，甚至包括奉上夾竹桃葉的蜜瑞卡。

我想那些童稚時期的記憶，肯定有些讓人難以忘懷之處。終其一生，外公始終記得站在藥師暖和的店裡、心中升起的悸動，也會記得自己凝視著藥師那隻朱鷺的籠子，體型龐大的朱鷺靜默而嚴肅。藥店代表一種了不起的秩序，那種美妙的均衡感，就是勝過你一隻不缺、把羊全都趕回家的成就感。外公一隻鞋高、一隻鞋低站在櫃檯下，抬頭仰望一排又一排罐子，藥瓶瓶身低矮，瓶瓶都是治病良方。外公眼帶尊崇，欣賞一劑劑精心調配、保證帶來健康的藥方。小小的金色量秤、藥粉、草藥、香料、藥師店裡令人舒坦的氣味，再再揭示出另一個世界，而藥師——既會拔牙，又會解夢，調配藥方，而且飼養了一隻華美高尚的朱鷺——更是一位可靠的魔術師。外公始終只仰慕這一種魔術師，因為如此，從某些方面而言，這個故事始於藥師，也以藥師作為終結。

說來或許令人驚訝，但是牧羊有助於研究學問，也可能助長外公的學業。他一個人出去，久久無人干擾。蓋里納山間的田野青綠沉靜，蚱蜢和蝴蝶棲息其間，亦是紅鹿的牧草地。一個男孩管六十頭羊，所有的樹蔭都歸他所有。田間牧羊的頭一年夏天，他教會自己閱讀。

他閱讀字母書，那是孩童學習的起步，也是我們接觸的第一套原理——語言是多麼單純，一個字母看起來怎樣，念出來就是怎樣。然後他閱讀藥師致贈的《森林王子》。連著好幾個禮拜，外公坐在長莖的草叢裡，仔細鑽研那本紙張柔細泛黃的小說。他讀到黑豹巴希拉、大熊巴魯、老狼阿凱拉。書封裡面是個小男孩，瘦弱的男孩挺直身子，拿著一根火柱襲向一隻身型龐大的方臉大貓。

有人告訴我，老虎在十二月底的一場暴風雪中，首度出現在村子高處的山崗上。誰曉得牠已經在那裡待了多久，躲藏在倒下大樹的中空樹幹裡；但在那特定的一天，牧人瓦拉狄薩在暴風雪中丟了一頭小牛，上山搜尋。在濃密的矮樹叢裡，他撞見老虎。老虎澄黃的雙眼跟血紅的月亮一樣閃亮，嘴裡叼著那隻已經沒有氣息的小牛。一隻老虎。對瓦拉狄薩這麼一個男人而言，這代表什麼意義？我曉得**老虎**，因為外公以前每個禮拜帶我去碉堡園區，為我指出**老虎**；因為我們經常在博物館度過寧靜的午後，館中有些牌子標示出**老虎**；因為外婆護膝油膏的瓶蓋上，有些錯綜複雜、龍飛鳳舞的中文字樣寫著**老虎**。**老虎**代表印度，亦是懶散暈黃的下午；吉卜林筆下的虎群匍匐而行，彎下身子在殺手老虎的背上留下標記，而遭到獵殺的水鹿雙眼大張、頸子斷裂、倒臥在紅樹林中扭曲掙扎。但當年在外公的村子裡，一隻老虎——那究竟是什麼東西？一隻熊，一隻狼，沒錯。但是一隻老虎？這引來多少恐慌喔。

人們不相信可憐的瓦拉狄薩，即便大家看到他衝下山坡、臉色跟鬼一樣慘白、雙手在空中揮舞、沒有帶回小牛。當他癱倒在村裡的廣場上、驚嚇過度、累得喘不過氣來之時，大家不相信他。他上氣不接下氣，勉強喃喃說著這下完了、魔鬼來到蓋里納、趕快請神父過來，大家依然不相信他。他們之所以不相信，原因在於不曉得應該相信什麼——這麼一個全身橘黃、背上跟肩膀烙印著火花的東西，究竟是什麼？如果瓦拉狄薩跟大家說他碰到食人婆婆，而且食人婆婆那棟骷髏頭搭建、架在一隻雞腳上頭的茅舍，惡狠狠地追著他奔下山坡，大家說不定比較知道如何應付。

外公和薇拉婆婆跟著其他人被瓦拉狄薩的喊叫聲引到廣場，老虎的妻子肯定也在那裡，但大夥當時還不知道這回事。外公很快衝出屋子，連外套都沒穿，薇拉婆婆拿著他的外套跟在後面，她一邊賞他一巴掌、一邊強拉著他穿上外套，然後祖孫兩人站在一邊，鐵匠、魚販、和賣鈕扣的男人則扶起雪地裡的瓦拉狄薩，給他一些清水。

瓦拉狄薩說：「我跟你們說啊，魔鬼！魔鬼過來抓我們囉！」

對外公而言，很多東西都可能是魔鬼。魔鬼可能是那個叫做列西的妖怪，你在牧草草原碰到他，他跟你要銅板——你若不給他，他就把森林轉個方向，使之天旋地轉，而你也永遠走不出來。魔鬼可能是頭上長角、召喚黑暗的邪惡之神。如果你不乖，老人家就把你送交魔鬼；你也可以把別人送交魔鬼，但只有等到年紀非常、非常大的時候才輪得到你。魔鬼可能是食人婆婆的二兒子黑夜，黑夜騎著一匹黑馬，穿過森林。有些時候，魔鬼可能是徒步而來的死神，他說不定在轉角等著你，說不定藏匿在某扇大家一直警告你不要打開的門後面。但當外公聆聽瓦拉狄薩哭哭啼啼講述橘黃色皮毛和條紋之時，他愈來愈確定森林裡的這個東西不是魔鬼本尊，也不是某個妖魔，但說不定是另外一種他略知一二的東西。當他開口時，他的眼睛八成閃爍著光芒：「但那是邪惡老虎謝利。」

外公身材瘦小，一頭金髮，一雙大眼睛——我看過他的照片，在那張扇形花邊的黑白照片裡，他神情嚴肅盯著相機，學童襪往上拉到膝蓋，雙手插在口袋裡。他鎮靜自若，聲調平穩，魚販、鐵匠和其他幾個從村裡跑過來的男人肯定覺得非常奇怪，大家全都困惑地看著他。

但是藥師也在場。「你說得或許沒錯。」藥師說。「我給你的那本書在哪裡？」外公跑進屋裡取書，他一邊往外跑、一邊瘋狂地翻著書頁，因此，等他跑到匍匐在地的瓦拉狄薩身邊時，他已經翻到那張他最喜歡的畫片，也就是毛克利和惡虎謝利。他對著飽受驚嚇的群眾舉起圖片。瓦拉狄薩看了一眼，馬上昏了過去。就這樣，村民弄清楚什麼叫做老虎。

如果這隻老虎跟其他老虎有所不同，打從一開始就性喜獵食，牠說不定會早一點下山來到村裡。牠從城市長途跋涉，結果卻只停駐在山崗，連牠自己也不確定爲什麼選擇留在此地。如今我可以辯稱，大風和深深的積雪對牠都不算什麼，說不定牠可以繼續奮力前進，抵達另一個村莊，村裡有另一座教堂，說不定有另一批比較不迷信的村民，其中某個實事求是的農夫說不定一槍打死牠，把牠像個空空的皮囊掛在壁爐上方。但是那個山崗困住了牠——山間一叢叢宛如弓箭般彎起的小樹，一堆堆交錯倒下、橫倒在地的樹木，山壁陡峭，洞穴散布其間，冬日的野生禽鳥餓得雙眼大張，顧前不顧後。

近來牠的感官愈來愈敏銳，山崗下的村子隱約散發出熟悉的氣味，牠置身山崗上，不知如何是好。

牠整天沿著山崗上上下下，任憑各種味道飄向牠，聞起來並非完全陌生，令牠大惑不解。牠沒有忘記碉堡園區的歲月，但是園區的最後幾天，以及其後的掙扎卻深深掩蓋了回憶。牠只記得自己走得好辛苦，芒草、木刺、和玻璃刺痛牠的爪子，發脹的屍體吃在嘴裡感覺水綿綿。到了此時，牠的腦海之中只是隱隱存在一種感覺：很久、很久以前，有人每天兩次丟擲新鮮的生肉餵牠，天氣熱得令人難以忍受時，有人還在牠身上噴水。山崗下傳來的味道有時讓牠想起這些往事，當牠在林間晃蕩，看到兔子和松鼠馬上直覺猛撲之時，那些味道也令牠煩躁不安。那些味道相當獨特，令人舒坦，每一種味道都不一樣：綿羊和山羊濃烈、綿密的氣味；柴火、柏油、油蠟的味道；屋外廁所散發出的古怪異味；紙張、生鐵、人們獨特的氣味；燉湯和燉肉的香味，烤肉派的油香。那些味道也讓牠愈來愈意識到自己的飢餓、獵食技巧的不足，以及已經多久沒有吃東西。牠想到那個酷寒的下午，牠看到一個男人轉身狂奔，也想到當時一隻小牛跌跌撞撞跑到牠面前。小牛的滋味相當熟悉；男人的身影也不陌生。

那天晚上，牠邁步下山，走到半路時，牠停在一個斷崖上，此處的林木彎彎曲曲，圍繞著一處結冰的瀑布底。牠駐足在此，看了又看下方山谷冒著暖意的窗戶，以及白雪覆蓋的屋頂。

幾個晚上之後，一股新的味道飄揚在空中。牠以前到處都聞到那種味道——鹽巴和木炭迸出香味，夾雜著濃濃的血腥味。味道落在牠的胃裡，讓牠渴望小牛的滋味，迫使牠躺在地上翻滾，一頭埋進雪裡，不停大聲呼喊小牛，直到鳥兒顫抖地離開巢穴。那股味道幾乎每晚在黑暗之中緩緩飄向牠。牠站在剛剛飄落的白雪中，一口一口吸吐那股味道，樹枝彎彎垂落，輕輕拂過牠的身旁。有天晚上，牠站在距離空地半公里之處，觀看一隻落單的公鹿——公鹿的大限之期不遠，而老虎已經等待多時，好多天之前就已察覺死神的腳步——飢餓、酷寒再加上年邁，公鹿終於不支倒地。老虎看著公鹿四膝一軟、往前一翻，僅存的一隻鹿角應聲斷裂。後來當牠撕裂公鹿的腹部時，就連公鹿內臟散發出的暖意也無法驅散村裡飄來的味道。

有天晚上，牠下山來到村中，站在牧草草地圍欄的旁邊。只要越過田野和一棟棟沉靜的房屋，走過穀倉和空蕩的豬舍，經過一棟陽臺上積滿白雪的房子，燻肉房就在田野的另一邊。沒錯，就是那股味道，幾乎近在眼前。老虎在籬笆柱子上磨蹭下巴。連著兩天，牠沒有再回到村裡，但當牠回來之時，牠發現了肉。有人趁牠不在的時候來到此地。籬笆的一根木柱被扯了下來，木柱下面擺著肉，肉乾乾、硬硬的，但充滿那股讓牠發狂的味道。牠把肉挖出來帶回林中，在林間啃食了好久。

兩個晚上之後，牠冒險走近，以便再找到一塊肉；肉藏在一個破裂的木桶下等著牠，木桶被人棄置在田野中，距離燻肉房的門口只有幾公尺。又過了幾個晚上，牠小心翼翼回到原處，發現一塊更大的燻肉，然後是兩塊、三塊，最後燻肉房的門檻上擱著一整塊肩胛肉。

隔天晚上，老虎走上燻肉房的坡道，把肩膀搭在門口，大門頭一次被人推開了一個大口，牠可以聽到羊群在遠處的馬廄裡咩咩叫，牠的存在顯然讓羊群大爲驚慌；關在柵欄裡的狗兒們瘋狂吠叫。老虎嗅聞空氣；牠聞到肉味，也聞到屋裡那人濃郁而難以抵擋的味道，牠已經在燻肉附近聞過那人的味道，現在牠可以看到她坐在燻肉房後方，雙手捧著一塊肉。

在此同時，蓋里納的村民各自忙進忙出。年終下了一場嚇人的暴風雪，積雪及膝，雪花好像流沙一樣飄進飄出家門。四下一片沉寂，感覺悶悶的，流竄著某種恐懼。大雪掩埋了各個山口，戰爭的消息也跟著受到阻絕。山崗某處、蓋里納高聳濃密的松林之間，有個顏色鮮紅、不曉得是什麼的龐然大物慢條斯理地走上走下，伺機而動。村民有一次發現牠確實存在——樵夫有天不甘不願、硬著頭皮前往山腳下的林間，赫然發現一顆公鹿的頭。鹿眼泛白，鹿毛糾結，灰白的脊椎好像骨頭編成的辮子，沿著地面滾動——這樁事件再加上瓦拉狄薩意外碰見老虎，已經足以勸阻大夥不要離開村子。

時值冬日，村民的牲畜要嘛已被宰殺，要嘛就是關進馬廄，直到春天來臨。冬令季節給了大家一個藉口，促使大家躲在室內，而大家也曉得待在室內保平安。至於老虎嘛，大家都希望牠熬不過冬天。但從另一方面而言，老虎可能意識到自己撐不下去，說不定照樣跑下來到村裡獵食——村民原本就想不透，如果老虎來自遙遠的叢林，或是象草田原，那麼牠究竟如何跑到這裡？因此，他們在家中升火，希望阻止老虎離開山崗。外面天寒地凍，他們已經暫延所有葬禮，等到地面解凍之後再說——反正那年冬天只有三個人過世，因此他們實在非常幸運——他們在葬儀師的地下室堆滿冰磚，同時採取額外的預防措施，用布料從外面把窗戶堵起來，以防任何腐屍味外洩。

好一陣子沒有老虎的蹤跡。他們幾乎勉強說服自己，這整件事情不過是個笑話，瓦拉狄薩看到自己心中的某個鬼魅，說不定在山上忽然中風；或許公鹿遭到一隻熊或是野狼肢解牠。但是村裡的狗兒——牧羊犬和大獵犬，隻隻雙眼發黃，皮毛濃厚，善於狩獵，既是屬於家家戶戶，卻也不屬於特定哪一家——確知老虎仍在山上，而且時時提醒村民。狗兒聞得到虎貓的腥臭味，那股刺鼻的味道逼得牠們發狂。牠們焦躁不安，拉扯自己的鍊繩，對著老虎狂吠。狗犬低沉迴盪的嚎叫瀰漫在夜空之中，村民裹著他們的睡衣和毛襪，睡睡醒醒，躺在床上發抖。

但外公依然每天早上走到村裡的水井旁，每天晚上布下捕捉鵪鶉的陷阱。他必須確保他和薇拉婆婆有東西吃——除此之外，他也希望瞥見老虎一眼，而他從頭到尾始終心懷期盼。他走到哪裡都帶著那本有張惡虎謝利畫片的發黃書本；雖然那個冬天他始終走不了太遠，但一個九歲男孩的興奮之情肯定相當眞切，因爲興奮之餘，他注意到聾啞女孩。

她是一個年紀大約十六歲的女孩子，住在村邊的屠夫家中，在肉店幫忙。外公在市場上或是節慶場合偶爾看過她，但他的觀察力並非十分敏銳，從來沒有特別注意到她，直到那年冬天、聖誕節慶典之前的某幾天，她一早羞怯地攔住他，當時他在前往麵包店的路上，正從外套胸前的口袋掏出他的書，自從老虎來了之後，他就一直把書擺在胸前口袋裡。

外公一輩子都會記得那個女孩。他會記得她烏黑的頭髮，以及一雙饒富興味、表情達意的大眼睛，他會記得當她翻到書裡折角、畫著惡虎謝利的那一頁，她露出微笑，下巴出現一道小小的細痕。外公把他那頂灰色毛帽拉下來遮住耳朵，蓋住頭顱，他聽到自己的聲音變得含糊不清：「老虎看起來就是這副模樣。」然後他指指村子裡冒煙煙囪上方的山崗。

女孩什麼都沒說，但她仔細研究畫片。她只有一隻手套，冷風之中，她沒戴手套的那隻手已經凍得發紫。她有點流鼻水，外公看了也用外套衣袖的背面抹抹自己的鼻子，而且盡量不要讓她注意到。女孩依然一語不發，他忽然想到，說不定她不好意思，因爲她不識字——因此他開始興奮地解釋誰是惡虎謝利，以及他跟毛克利複雜的關係。外公也說到書中毛克利剝了虎皮，把虎皮披蓋在議會岩上，但是後來惡虎謝利卻又毫髮未傷地出現，實在相當奇怪。他講得好快，嚥下一口口冷空氣。女孩依然沒說什麼，她耐著性子看看他，幾分鐘之後，她把書遞還給他，繼續往前走。

外公特別記得自己感到尷尬，他當著她的面大談老虎、問了她幾個問題，她卻沒有回答。他滿心困惑地走回家，跟薇拉婆婆問起那個女孩。他記得當她邊賞了他一巴掌、邊跟他說話時，自己的耳朵感覺多麼火辣。薇拉婆婆說：「別煩她，她是路卡的太太，那個女孩又聾又啞，而且是個回教徒——你離她遠一點。」

路卡是鎮上的屠夫，擁有牧草地和村邊的燻肉房。他身材高大，一頭濃密的褐色捲髮，雙手通紅，身上那件連身圍裙幾乎永遠浸滿鮮血。那件圍裙讓村民隱隱感到不自在。大家多多少少都有資格當個屠夫，而他們不明白如果路卡必須屠宰豬羊、在戈契沃擺攤維生，他爲什麼不能最起碼換件衣服做生意，或是盡量不要讓自己帶著牛羊內臟的酸臭。當時外公九歲，而九年當中，他只碰過路卡一次，但他清楚記得那次會晤。兩年前在一場短暫卻嚴寒的暴風雪之中，薇拉婆婆差遣外公去肉店買一隻羊腿，因爲她自己的雙手已經凍得僵硬發痛。屠夫家中的前房充滿肉味，外公站在那裡，四下看看燻火腿、吊掛在椽木上的香腸、熬湯的大骨頭、冰櫃裡的一塊塊厚厚的培根，以及剝了皮的羊，血紅的羊躺在砧板上，露出小小尖銳的牙齒，在此同時，路卡動手爲羊腿去骨，他那副眼鏡垂掛在脖子上。外公往前一傾，觀看櫃檯後面的罐子，瓶瓶罐罐之中裝滿一團團用鹽水浸泡的某種東西。看著看著，屠夫對他笑笑說：「這些是豬腳，很好吃喔。其實啊，它們看起來很像小孩子的腳。」

外公不記得當初有沒有看到那個女孩；說不定那時她還沒有嫁給路卡。直到耶誕夜的前一天，他才又見到她。那天薇拉婆婆的雙手痛到連睡夢中都發出呻吟，他幫不上忙，深感不知所措，因此他出去提幾桶水，讓她洗個澡。

外公穿上羊毛外套，戴上毛帽，拿著空水桶走到井邊。水井跟村裡其他大部分的設施一樣，皆是鄂圖曼帝國時期所興建。如今水井依然存在，但已經乾涸了數十年。那天晚上，尖尖的井塔覆滿白雪，外公奮力穿過村中廣場，一陣陣夾帶著雪花的狂風在他腳邊盤旋。他深深察覺無月的夜晚是多麼淒冷，路途之中，一扇扇窗戶冒出微弱的火光，只有自己慢慢吞吞的腳步聲伴隨他前進。

他剛放下水桶、抓住繩索，這時，他抬頭一看，看到牧草地邊緣傳來一道微弱的亮光。外公站著，雙手握著凍僵的繩索，試圖望穿一片漆黑。他可以看見屠夫家中的火光慢慢消逝，這表示路卡說不定已經熟睡。但是那道亮光不是來自屋裡，也不是來自屠夫飼養牲畜的穀倉。亮光來自燻肉房；木門開著，裡面透出亮光。

外公不是過去那裡找麻煩；他只想到可能是某個旅人或是吉普賽人找到一處隱蔽的地方過夜，惹得路卡生氣，或是他們說不定碰到了老虎。思及至此，他提起水桶，勉強走向燻肉房。他想要警告入侵者、這裡有隻老虎，他也不想讓別人先看到他的老虎，一想到某個流浪漢比他先看到老虎，他心中就充滿說不出來的濃濃妒意。他小心翼翼地越過空蕩蕩的羊欄，謹慎地穿過牧場。

煙囪冒著煙，空中飄著燻肉的味道。一時之間，他心裡想著，不知道能否拜託路卡，幫忙燻炙那隻希望明天將會誘捕到手的鵪鶉。然後他躡手躡腳走向坡道，雙手握住兩旁的鐵桿，把自己拉抬上去。他撿起水桶，站在門口往裡看。

裡面比他原先預期的暗多了，他幾乎看不清楚。屋裡吊著內臟被掏空的豬牛，一排排豬牛延伸到角落的一個小房間，房裡擺著屠夫的砧板。味道很香，他忽然感到飢餓，但是空氣之中有一股他先前沒有注意到的味道。那是一股濃郁、強烈的麝香，他一意識到這一點，光線馬上熄滅。在忽然而至的黑暗中，他聽到一個低沉、厚重的聲音，好像有人在他周圍呼吸。那個低沉的隆隆聲讓他血管緊縮，打從心眼裡顫抖。一時之間，聲音迴盪在他腦海裡，自行盤據一角。然後他悄悄潛入小小的屠宰室，爬到角落的防水布下，坐在地上不停發抖，手裡依然抓著水桶。

外公感覺那個聲音依然迴盪在空中，跟他自己狂亂的心跳聲一同持續確然。他的心跳聲足以蓋過一切，唯獨遮掩不了那個聲音。那股味道也依然縈繞四處，揮之不去——那是某種野生動物的氣味，或許是狐狸，或許是獾，但是體型比較大，而且更強壯、更野性，他說不出牠是什麼，卻可以在其他多種東西身上辨識出牠的形跡。他想到他書裡、床上和家中的畫片，這會兒他家似乎感覺好遠，而不僅只是跑個二十秒、經過幾戶他認識的人家就到得了。

有個東西在黑暗之中移動。屠夫的吊鉤沿著椽木懸掛，成排吊鉤相互碰撞，鏗鏘作響。外公知道那是老虎。老虎正在走動，天鵝絨般的虎爪落在地上，一爪在前，一爪在後，外公分辨不出前爪後爪，他只聽到柔柔、緩緩、重重的腳步聲。他試圖平息自己的呼吸聲，但他發現辦不到。他在防水布下急速喘氣，而防水布愈湊愈近，颼颼亂響，指出他的所在。他可以感覺到老虎就在身旁，隔著一條條木板，那顆鮮紅、巨大的心臟在肋骨間噗通跳動，重重的心跳聲穿透地板。外公的胸部劇烈起伏，他已經可以想像老虎撲向他，但他想到《森林王子》——毛克利在議會岩挑釁惡虎謝利，他手執火炬，一把抓住跛腳虎的下巴，藉此制住牠——他一隻手伸出防水布，摸摸行經他身邊的粗毛。

就像那樣，老虎走了。外公感覺到一陣強勁、火熱、急促的心跳擦身而過，然後消失無蹤。他滿身大汗，坐在原地，兩個膝蓋之間夾著水桶。他聽到腳步聲，過了一會兒，聾啞女孩走進這個擺著屠夫砧板的小房間，跪在他旁邊，把他從防水布裡拉出來，拂去他額頭上的髮絲，眼神之中帶著擔憂。

她那雙掃過他臉頰的手帶著濃濃的老虎氣味，充斥著白雪、松樹和鮮血之味。

而後遠處傳來薇拉婆婆的尖叫聲：「我的孩子！魔鬼抓走了我的孩子！」

外公後來才知道薇拉婆婆感覺他已經出門好久，因此，她踏出家門，從他們小屋的階梯上看到老虎離開燻肉房，越過田野奔騰而去。廣場周圍的房子一間跟著一間打開大門之時，她依然放聲尖叫。男人紛紛跑到街上，追到牧草地邊緣。眾人先是大聲喊叫，接著擠在火光大亮的門口，就連穿著睡衣、足蹬拖鞋、手執切肉刀的屠夫看起來都非常生氣。聾啞女孩扶著外公站起來，把他帶到門口。從燻肉房的坡道上，他可以看到黑暗、空曠的田野，重重黑影在田裡起起伏伏：村民的身影，隨風飄落的雪花，田邊的柵欄，但是沒有老虎的蹤影。老虎已經走了。

「他在這裡，他在這裡。」外公聽到有人說，薇拉婆婆忽然伸出冰冷的雙手緊緊抓住他，整個人上氣不接下氣，結結巴巴。

戶外的雪地上有些腳印。腳印又圓又大，富有彈力，看似一隻大貓穩穩漫步。外公看著雜貨商喬沃跪在雪地上，伸出一隻手貼在其中一個腳印上，喬沃曾經徒手屠獾。腳印跟晚餐餐盤一樣大，從林間越過田野——腳步不急不徐，毫不遲疑——奔向燻肉房，然後再往回跑。

「我聽到燻肉房裡發出聲音，」外公跟每個人說：「我以爲是哪隻牲畜逃跑，但那是老虎。」路卡站在附近，遙望燻肉房的大門，他一手緊緊抓住聾啞女孩的手臂，女孩的肌膚被他抓得發白。她看著我外公，露出微笑。

他求助於聾啞女孩。「妳也聽到老虎的聲音，所以妳才出來，對不對？」

「這個賤貨是聾子，聽不到任何聲音。」路卡跟他說，然後帶著女孩越過田野，走進屋裡，關上大門。

村裡只有一支槍，多年以來，槍始終存放在鐵匠家裡。那是一支古老的鄂圖曼步槍，槍口尖銳修長，像隻長矛，槍管鍍銀，瞄準孔之下雕著一個騎在馬鞍上前進的土耳其騎兵，一條褪色、毛絨絨的流蘇懸掛在槍托上，桃花心木雕製的槍托漆黑油亮，槍托的側邊粗糙，上面原本刻著第一位土耳其槍主的姓名，後人經過深思，已將之刮除。

步槍轉了幾次手才落到村民手中，轉手過程幾乎可以上溯到兩百年前，而且每個人講述的版本都不一樣。據說步槍最初在列斯提卡之役現身，後來消失在一位禁衛軍的騾車隊之中，這位禁衛軍原本是蘇丹的私人護衛，後來逃跑，轉業成爲一個雲遊四方的小販。數十年來，他帶著步槍漫遊山區，叫賣絲綢、炊鍋和異國精油。步槍終於被馬札爾大盜偷走，日後，大盜在情婦家的外頭被騎警軍射殺，騎警軍從大盜的屍身下面拖出步槍的時候，情婦的罩衫沾滿了大盜的鮮血，鈕扣甚至還沒扣上。騎警軍一邊移開她情人的屍體，情婦一邊苦苦哀求留下步槍，後來情婦把步槍掛在她酒吧吧檯上方的牆上，她穿上喪服，而且養成清槍的習慣，好像依然有人使用步槍似地。多年之後，情婦已是一位六十歲的老婦人，她把步槍送給一個幫她把牛奶抬上樓的男孩，這樣一來，當男孩加入推翻土侯的行列時，步槍才可以保護男孩。但動亂很快就遭到鎭壓，結局慘烈，男孩的頭顱被插在城牆上的一支長矛上，步槍則落入土侯手中。土侯把步槍掛在冬宮的戰利品室，步槍兩旁各是一個嘴歪眼斜的豹頭。步槍在冬宮待了六十年，歷經三代土侯，靜靜懸掛在山貓標本的對面——而後，隨著時光演進，山貓標本旁邊多了蘇丹最後一場戰役的軍服、一輛蘇俄皇后的馬車、一套紀念某次軍事聯盟的銀茶具組，最後再加上一部貴賓車，車子曾經隸屬一位土耳其富商，富商遭到處決不久之前，已將全部財產獻給土侯。

土侯的城堡在世紀初淪陷，步槍被一個柯瓦許的打劫者搶走。他遊走於村鎮之間叫賣咖啡，身邊始終帶著步槍。後來農民與土耳其軍隊發生衝突，步槍在衝突之中數度易手，最後被一個沒有送命的年輕人帶回家，這人就是鐵匠的祖父。那是一九〇一年，從那之後，步槍就一直掛在鐵匠家壁爐上方的牆上。步槍只用過一次，目標是一個企圖強姦羊隻的男人，但鐵匠自己從來沒有開過槍。如今外公得知，這把老步槍將用來獵殺老虎。

鐵匠據說非常勇於開槍，但他沒有透露——說不定他應該坦承——自己其實不曉得怎麼用槍。他依稀知道如何使用火藥、槍彈、上了油的紙質襯墊、推彈桿，他覺得自己對村子負有責任，也應該緬懷他的祖父。他雖然從未見過祖父，但據說祖父曾幫蘇丹的馬匹釘上蹄鐵。出獵的那天傍晚，鐵匠坐在火邊，看著他太太取下步槍，她慢慢地、溫柔地、耐著性子擦拭槍身，擦亮槍蓋，撢去流蘇的灰塵，然後拿塊上了油的氈布擦拭槍的內部。

外公看著他們準備出獵。他們預計隔天天亮之前的昏暗時刻動身。他不知道怎樣解釋他在燻肉房的偶遇，但當鐵匠從家裡走出來、手臂裡夾著那支受人敬重的步槍時，他不禁喉頭一緊。鐵匠身邊還跟著兩個男人：路卡和喬沃。他們也帶了狗犬同行——一隻雙耳軟趴趴的矮胖獵犬和一隻紅色的老牧羊犬，牧羊犬的一隻眼睛被馬車車輪弄瞎了。

那是耶誕夜，整個村子都出來目送獵人們出發。大家沿著路邊排成一長排，鐵匠手執步槍經過的時候，大家伸出雙手摸摸步槍祈求好運。外公心懷愧疚站在薇拉婆婆旁邊，他拉下衣袖蓋住雙手，輪到他摸槍的時候，他伸出一根被袖子遮住的指頭，用指尖輕輕碰一下槍管，而且只碰了一下下。

那天下午，靜待男人們回來時，外公用同一隻指頭在爐灰上畫圖，心裡好恨山崗上那些男人。他原本就討厭路卡，因爲當年的豬腳事件，也因爲他罵他太太賤貨的那副德性。但這會兒他憎恨那幾個男人，也討厭那兩隻狗，因爲他百分之百、全心全意相信，就算他早一秒鐘或是晚一秒鐘走進去，就算他一走進去就發現老虎在另一端目光灼灼地瞪著他，老虎也會饒過他。他已經可以想像男人們回到村裡，老虎懸掛在他們手中的竿子上；或者只是老虎的頭，頭顱擱在他們其中一人的背包裡。他好恨他們。

其實鐵匠相當害怕，如果外公知道這個不難猜出的事實，說不定就不會憎恨他們。鐵匠爬上山崗，雙膝陷入積雪之中，具有光輝歷史的步槍沉甸甸地頂著他的肋骨。鐵匠堅信他這下完蛋了，他跟每個村民一樣有些迷信，他出差之前給乞丐一些錢，擺些銅板在十字路口的聖母祭壇上，自家小孩出生的時候，他對著孩子吐口水。但不同的是，他有一個眾所皆知的缺憾。他出生的那一年收成不好，沒有人在他枕頭下擺金幣。更糟的是，據說有個跟他們家不合的姑姑把他從嬰兒床裡抱起來，當眾感謝老天爺他是多麼可愛、漂亮、胖嘟嘟、紅通通、受人疼愛——這下他注定將會永遠孤苦，諸事不順，而且將在某個意想不到的時刻，承受魔鬼可怕的攻擊。

厄運當然還沒降臨，但他無法想像什麼東西會比老虎更可怕。如今他三十九歲，婚姻愉快，膝下五名子女，即將啓程跟魔鬼碰面。不管他做了多少預防措施，不管他做了多少禱告，不管他丟了多少銅板給吉普賽人、馬戲團戲子和缺了腳的士兵，不管晚上單獨走在路上時、他在胸前畫了多少次十字，過去種種努力全都被一個單純的事實所抵銷：步槍就跟霉運一樣，天生隸屬於他，因此，不管合不合格，他都注定執槍抵禦老虎。

鐵匠跟他的同伴們一樣不知道會碰到什麼狀況。說不定他會發現老虎只是一隻有雙大腳、聰明狡猾的小貓，說不定他會發現撒旦騎在老虎背上——不管撒旦頭上長角、腳上有蹄，或是披著黑色的披風——繞著森林裡一個巨大的火山口打轉。他當然希望他們根本不會碰到老虎。他希望自己當天晚上就回到家中、吃著燉羊肉、準備跟太太做愛。

天色時陰時晴，山脈起起伏伏，穿過一個個長滿松樹的山谷。他們沿著山崗而行，耳邊傳來公鹿發情的吠叫，聲聲迴盪在山谷之中。晚間下了一場冰冷的陣雨，大樹的樹枝被寒冰壓得歪歪曲曲，整座森林化爲一串串纏結的水晶。狗兒們噗踏噗踏地跟著走，來回奔跑，嗅聞樹木，隨處小便，似乎沒有意識到此行的目的。路卡打起精神，他拿起草耙當作拐杖，邊走邊說他的計畫——鐵匠覺得他講話太大聲——等到春天德軍出現時，他打算抬高肉價。喬沃邊吃起司、邊丟幾片餵狗，而且咒罵路卡是個下流的賣國賊。

走到半山腰的山崗時，狗兒們愈來愈興奮。牠們不耐煩地嗅聞雪地，低聲嗚咽。一塊塊黃色的印漬融入雪中，偶爾可見一灘動物糞便。最重要的是，結了冰的小溪旁邊有一叢荊棘，一簇褐色的皮毛牢牢沾附在荊棘叢裡。喬沃斬釘截鐵地告訴鐵匠，老虎已經越過小溪。他們繼續追蹤，穿越冰層往山上前進，沿著濃密的松林穿過多石的山口，山口的積雪已被陽光融化。走著走著，他們碰到一處狹窄的山縫，他們必須把嗚嗚哭嚎的狗兒綁在背包上，相互扶持穿過山縫。鐵匠考慮提議掉頭。他不了解喬沃爲什麼如此鎮定，也不明白路卡爲什麼一臉決然。

看到老虎的時候，時間已是傍晚。老虎坐在冰封池塘旁邊的空地上，背後映著燦爛的日光，耀眼而眞實。狗兒們先看到牠，說不定只是感覺到牠的存在，因爲老虎稍微被一棵樹的陰影遮住。鐵匠看到老虎站起來、豎起耳朵、露出白森森的虎牙、迎向狗兒們，心裡暗想自己剛才搞不好經過老虎身邊。瞎了一隻眼睛的牧羊犬愚笨而膽大包天，率先走到老虎面前，鐵匠感覺內臟揪成一團，牧羊犬跟老虎頭尾相撞，老虎猛然撲向牧羊犬，以其龐大的重量把狗壓在地上。

喬沃抓住另一隻狗抱在懷裡。他們站在池塘的另一端，看著老虎痛宰抽搐顫抖的紅色牧羊犬。雪地上已見血跡，老虎先前正在啃食某樣東西，留下點點血跡，那東西看來像是豬肩肉，路卡一邊審愼觀察著，一邊抓緊手中的草耙。

事後路卡和喬沃將在村裡讚揚鐵匠的毅力和決心。他們提到鐵匠勇敢地把步槍舉到肩上。他們一再告訴村民，鐵匠開槍，槍彈卡在老虎雙眼之間，逼得老虎冒出一聲聲粗嘎的怒吼。老虎發出聲音，聽起來好像大樹斷裂。老虎勢不可擋，他們眼睜睜看著老虎縱身而起，一下子越過池塘，一陣腥紅血光之中，鐵匠不支倒地。啪嚓一聲，宛如雷鳴——然後寂靜無聲，只見鐵匠的步槍橫躺在雪地裡，死狗倒臥在池塘對面。

事實上，在那一刻，鐵匠動也不動地站著，有如石塊般僵硬，盯著蕨叢裡那個黃色的東西。黃色的東西張著黃色的眼睛回瞪他。牠蹲踞在池畔，紅色牧羊犬倒臥在牠身下。鐵匠看在眼裡，忽然覺得整塊空地變得極爲璀璨，那片璀璨也慢慢蔓延過池面，步步逼向他。路卡對著鐵匠大聲示警，催他趕快開槍。白癡喔。喬沃已經嚇得嘴巴大張，脫下帽子、拿著帽子猛打自己的臉。碩果僅存的那隻狗則躲在他的腳邊，好像強風之中的蘆葦一樣顫抖。

默禱兩句之後，鐵匠確實把步槍舉到肩上，扣下扳機。步槍確實開火，如雷的槍聲搖動空地，鐵匠的雙膝一陣痙攣。但當槍火的煙霧散去、槍砲的噪音慢慢沒入他的胸腹之間時，鐵匠抬頭一看，發現老虎站了起來，快速衝向冰封的池塘中央。寒冰、獵人和槍砲聲都嚇阻不了老虎。他從眼角瞄見路卡丟下草耙、奔逃躲藏，鐵匠雙膝跪地，雙手在口袋裡的毛球、鈕扣和麵包碎屑間胡亂搜尋，慌張地找尋包起來的槍彈。找到槍彈時，他用顫抖的雙手把它塞進槍口，笨手笨腳地摸索推彈杆。他感到強烈的恐懼，雙手似乎不聽使喚，胡亂抖動。老虎有如彈簧般輕快跳動，幾乎已經越過池塘。他聽到喬沃喃喃說：「我靠。」語中充滿無助，接著傳來喬沃跑開的腳步聲。鐵匠已經摸出推彈杆，急急將杆子推入槍口，氣急敗壞地一再推拉。他一隻手搭上扳機，準備開槍。老虎幾乎已經衝到他面前，虎鬚觸手可及，看來異常閃亮而粗硬。很奇怪地，他卻相當鎮定。最後槍砲終於上膛，他把推彈杆丟到一邊，爲了確保無誤，他朝著槍身裡面看看，結果槍聲轟然一響，自己的頭被炸得開花。

大家絕對猜想不到步槍走火。沒有人會想到路卡和喬沃躲在他們先前匆匆爬上的樹枝之間，看著老虎驚訝地往後一退、困惑地四下張望。大家絕對猜想不到他們兩人躲在樹上，直到老虎咬下鐵匠的雙腿，拖著雙腿離去。他們一直等到天黑才從樹上爬下來，從鐵匠的殘骸旁邊拾起步槍，即使多年之後，人們發現鐵匠覆蓋著衣物的亂骨，大家依然猜想不到兩人如此怯懦。大家也絕對猜想不到他們甚至沒有埋葬倒楣的鐵匠，鐵匠的腦漿終於被烏鴉吃光，老虎也一再回來啃食屍體，直到新鮮的人肉讓牠了悟到一點：這會兒在雪地裡大啖人肉，滋味不同於夏日暑氣裡的腐屍。

第五章
孤兒院

畢斯躺在樓上露臺的臺階上，好像患了氣喘病似地打呼。牠被我的腳步聲嚇了一跳，然後像隻麋鹿一樣低聲咆哮，一直叫到我走到牠身邊爲止。我用膝蓋頂牠一下，走過牠身邊，牠跟著我走到樓上的走廊，我在走廊的樓梯頂坐下，遠眺外面的大路。畢斯逗留了一會兒，牠那濕潤的臉頰鑽進我的臂彎之間，打了個噴嚏，顯然很高興這麼早有人作伴；過了一會兒，牠判定我懶洋洋、沒什麼用，然後轉身跑下去衝過大路，消失在延伸到沙灘上的棕櫚樹之間。過了幾分鐘，我可以聽到牠濺水玩耍。天還沒亮，一層淡淡的粉彩飄浮在空中，好像魚身一樣半透明。整個湖面上依然閃爍著扎沃康納的燈火。

黑影從湖邊漸漸後退，聚積在大路路邊。這時，伊凡叔叔從樓上走下來，腳步緩慢，雙腳同時踏上每一階樓梯。他看了我一眼——我褲管捲起、外套沾滿泥土、手掌上有血——開口說道：「看來妳剛才去過葡萄園囉。」

我主動探訪葡萄園，似乎迫使他不得不與我交心。他問我要不要去捕魚，我說不要，但我後來還是放棄堅持，跟著他往下走到他的船邊。那是一艘藍色小平底船，船身兩側的油漆已經剝落，綠色和黃色的藤壺貝緊貼在船底，好像某種漁獲。伊凡叔叔腳上套著膠鞋，手臂夾著兩個大木箱和一個空水桶，跟我說他在岸邊布設了一些捕龍蝦的鐵籠，也在遠處撒下了一張捕捉角鯊魚的小魚網，海灣正中央還有一張大魚網，亞騰修士忙完孤兒院的事情之後，經常過來幫忙收起大網。他一邊跟我解釋、一邊伸出一隻手臂，攤平手掌比劃出一個個等距離的長方形。

然後他跟我聊到那些挖掘工。他們兩個禮拜之前出現在家門口，兩車子的人，車上堆滿鍋碗瓢盤，以及伊凡叔叔所謂的不值錢小玩意。他起先以爲他們是吉普賽人，當時他不知道他們病得多麼嚴重，只有度瑞進來屋裡，他站在伊凡叔叔的廚房裡，跟他們說葡萄園裡有具屍體。度瑞說那是一位遠房表親的遺體，戰爭之時，度瑞背著表親下山，卻不得不丟下他，把遺體埋在葡萄園裡。房子遭到棄置的幾個月裡，表親的遺體始終塞在上頭那塊土地的地底下。這會兒整個家族都病了，而且沒有人幫得上忙，直到村裡的某個醜老太婆告訴他們，那具遺體害大家生病，遺體大聲吆喝，要求臨終聖禮，好好將他安葬。他們無論如何都得找到他；今年年初，他們一位姑媽已經因病過世，現在他們付了錢，在此挖掘。

「娜達不管這麼多。」他一邊跟我說、一邊解開小船的繩索。「但是最要緊的是：他們帶著小孩。再說，我們要不要讓一具屍體留在葡萄園裡？」

他上個禮拜一直觀察他們，而且愈來愈不自在。「妳看過那些布包。」他邊說、邊指指脖子。「他們——我不曉得——他們在布包裡裝了乾草和死掉的東西驅除疾病。」

他們帶來好多瓶子，以至於伊凡叔叔懷疑他們是否順便做些小生意；那些都是非常罕見的水果白蘭地，說不定是家族祕方釀製。但是年輕女子已經告訴他，瓶裡裝滿一處聖泉的泉水——聖泉位於度瑞和我這邊的領土——以及治病用的草藥和乾草。

「但是他們還沒有找到他？」我說。

「喔，他早就不見了。」伊凡叔叔咧嘴笑笑說。「我一直跟他們說——早就不見囉。這裡的土質堅硬，地洞不深。他不該被埋在這裡——洪水可能把他沖走，野狗可能把他挖出來，誰曉得呢？」

伊凡叔叔把木箱放在小船上，即使他搖搖手叫我走，我依然幫他把船推離岸邊。畢斯已經在船上，他的尾巴搖得好厲害，臀部和整個後半身隨之劇烈晃動。伊凡叔叔跳到船上，然後，肯定已經八十歲的他自己動手，親自把小船搖到先前停泊在積水處的汽艇邊、換一艘船、把畢斯從小船抱到汽艇上，畢斯像根桅桿似地站在潮濕的汽艇船頭，一人一狗就這麼劃穿清晨沉靜的湖水，沿著岸邊揚長而去。每隔幾百英公尺，畢斯就回頭跳下汽艇、咧開大嘴、露出狗兒失心瘋的微笑、消失在浪花之間，伊凡叔叔關掉汽艇引擎，緩緩漂動，等著小狗兒趕上來，或是乾脆把汽艇掉頭，開回去接他。

卓拉一早就打電話給檢察官的助理，講不到兩分鐘，她就大罵對方是大笨牛。前往修道院的路上，我告訴她那些挖掘工的事情，試圖藉此紓解她的心情。我跟她說到疾病和死去的表親，這人的屍骨說不定埋在葡萄園某處，而且據我所知，挖掘工一找到他，馬上就會把遺體移到另外的地方。

卓拉戴著太陽眼鏡扮了個鬼臉，什麼都沒說。她正拉著一部娜達借給我們的推車，娜達提供兩部小推車，方便我們搬運疫苗到修道院的孤兒院。先前娜達推開箱子和木箱、尋找推車的時候，我們兩人乖乖站在花園小屋的門口——兩部推車鏽跡斑斑，車輪幾乎已從車軸脫落，推車靠在小屋的後牆上，前面堆了一個故障的洗衣機和一些用白紙包起來的油畫，我們猜想這些肯定又是小狗的畫像。

卓拉和我拉著小車，慢慢穿越鎮上，行經剛剛開始營業的紀念品小店，經過一個農產品攤位，一個瘦小、曬得焦黃的老人站在攤位旁邊，忙著把手寫的標價掛在一箱箱瓜果、番茄、亮麗的青椒和萊姆上。幾個打著赤膊的男人已經動手拆卸田野的石牆，田野一片空曠，起起伏伏，田野之中盡是枯黃的野草和黑色的矮樹叢，矮樹叢四處生長，在山丘和道路上投下一方方陰影。我們在渡船碼頭碰到一小群孩童，孩子們大概是孤兒院的孩童，正朝著我們走來，每個人緊緊拉著一條毛茸茸的紅繩，紅繩的兩頭各繫在兩位女老師的腰上，老師們同時嚷嚷，警告孩子們不要走到街上，也不要輕打對方。

走到修道院時，我們使勁把車輪歪斜的推車推上入口處的樓梯，行經一處葡萄藤架，藤葉好像蜘蛛似地攀爬在頭頂上的格形欄架之間。一位在中庭觀光客諮詢處工作的年輕小姐告訴我們，亞騰修士在花園裡。我們把推車交給她，走到花園找他。花園在低矮石砌隧道的另一邊，面向大海，周圍盡是柏樹和薰衣草。園中有個金魚池，咧著大嘴的蕨草冒出水面，遮掩住一塊長滿青苔的岩石，有人在岩石上頭擺了一個烏龜笑臉的菸灰缸。四處可見孩童留下的跡象：丟在一邊的水桶，藍綠運砂車，路中央一輛輛塑膠火車，一個只穿了一隻鞋的無頭娃娃，一張捕蝶網。花園後方有一塊空地，空地上種了一排排密密的香料植物、番茄和生菜，我們就在這裡找到亞騰修士。他披著長袍，正拿著一把剪刀剪香料。他挺直身子時，我們看到他戴了眼鏡、綁著馬尾辮、兩顆大門牙略微重疊。他神情自在地對我們笑笑，詢問我們有沒有看到那隻叫做泰新的烏龜。他大笑，我們也跟著笑。當他彎下腰收拾他的東西時，卓拉嘴巴一噘，吹了一個無聲的口哨，而且在胸前畫個十字。

他幫我們把推車拉到修道院的內部中庭。我們穿過小教堂，走上通往鐘樓的樓梯。鐘樓的大銅鐘正猛烈搖擺，傳送出陣陣鐘聲到山間。孩童們被安置在距離內庭遠一點、亞騰修士所謂的「博物館」，此處是一道白色的長廊，廊內有一扇扇小小的高窗，窗戶與教堂的至聖所相互平行。一個個空睡袋捲起來，整齊疊放在長廊兩側。亞騰修士解釋，等到孤兒院落成、孩童們遷過去之後，這道長廊將用來陳列舊圖書館的歷史文件，以及地方藝術家的作品。

「地方藝術。」他面帶驕傲地眨眨眼，跟我們指指一面牆。牆上掛了更多畢斯的畫像，這些都是蠟筆畫，狗兒站著，呈現出各式各樣奇怪的造型：狗腿細瘦、三隻眼睛、兩隻腳、看似蟾蜍等等，而且畫在餐巾、報紙和衛生紙上。精心掛上這些畫作的人，身高顯然比畫畫的小傢伙們高多了。長廊盡頭有顆嵌入牆內的砲彈，砲周圍的石膏和油漆呈蜘蛛網狀擴散。

「那是一顆砲彈。」卓拉不帶感情地說。

「沒錯，」亞騰修士說：「威尼斯戰船發射過來的砲彈。」他指指外面的大海。

孩童們在一間沒有窗戶的房間裡上課，房間看似古早的廚房，裡面有座巨大、空蕩的黑色壁爐，角落的木箱裡有個手紡車，一個木架上面擺著一塊塊世紀初的烙鐵，鐵塊似乎是某種器具，你可以用它把人擊斃。石碗疊成小小的一堆，一堆堆沿著多層壁爐架排放。一張舊魚網對折掛在門的上方，一隻骯髒的藍色布偶魚被困在網中。亞騰修士的孩童們彎腰駝背坐在房間中央的板凳上。一個個裝了鉛筆和蠟筆的玻璃杯散置在桌上，孩童們用來練習寫字、折紙飛機和小鳥、坐在屁股底下、在上面打噴嚏的紙張，張張迸發出一團亂七八糟的顏彩。最奇怪的是房裡安靜無聲。我們站在門口，宏偉的鐘聲迴盪在外面的中庭，但房裡只有擤鼻涕和紙張的摩擦聲，偶爾有個孩子搔搔頭。他們全都一臉白淨，個頭不高，雖然削瘦，但是結實。他們跟著一位名叫帕爾索修士的男子一起上課，他理個大光頭、一臉鬍鬚，是個義大利人。他沒有對我們微笑。

我們原本打算把糖果留到打完針之後發放，藉此贏得孩童們的合作。我們打算利用糖果安慰他們不要哭，哄騙他們吸幾口氣，幫助那些昏倒的小孩醒過來，賄賂一下在我們手裡身子一軟、像鰻魚一樣滑到地上的孩子們。但是那裡好安靜，再加上孩子們蹲伏在一大疊紙張前，似乎觸動卓拉的心弦。她卸下最上頭的盒子，當場把盒子擺在地上，大聲宣布：「我們有糖果。」話一出口，孩童們簇擁在她身旁，大家依然安靜，但是圍在她旁邊亂轉。孩子們探頭看看冰桶裡面，拿著一包包奇奇軟糖走開，他們說不定從開戰之後就沒吃過奇奇軟糖，有些小孩說不定根本從來沒吃過。卓拉坐在通往房間的樓梯上發糖果，我退後站著，直到有個眼光坦率、一頭濃密褐髮的小男孩過來拉著我的手，帶我走進去看看他畫的圖。他的臉色有點蒼白，但看起來受到悉心照顧。當他指指他的畫作、把頭靠到我身邊時，頭聞起來也很乾淨。他也畫了畢斯，這點我倒是不驚訝；但他在狗的身上畫了青綠色的乳頭。

「那隻狗眞漂亮。」我跟他說。我從眼角可以瞥見卓拉悄悄檢視冰桶裡剩下多少糖果，她八成正在估算多少個孩童嘴裡已經塞滿糖果、或是手裡握著糖果四處晃蕩，同時試圖盤算她能不能把大家叫回來再分一次。

「那是亞洛的狗。」小男孩說，他看也不看我。

「誰是亞洛？」我說。

男孩聳聳肩，然後慢慢走過去索討更多糖果。

我一整天都惦記著外公，但不容許自己多想。這會兒我坐在悶熱、潮濕的房間裡，眼前散置各種形狀、五顏六色的小狗畫像，忽然記起打仗的那些年裡，他收拾我的舊東西——洋娃娃、嬰兒服、書籍——送到市中心的孤兒院。他經常搭乘電車過去，而且總是走路回來。當他回到家的時候，我知道最好不要吵他。外公外婆也曾痛失孩子：一男一女，都是死胎，而且相隔一年。這又是另一件他們絕口不提的事情，我從來沒有聽說過，但不知怎麼地，我曉得有這麼一回事，這事好久以前就被埋藏起來，他們絕口不提，以至於多年以來，我也將之拋在腦後。每當想起此事，我總是訝異他們熬了過來，這事只有他們兩人知曉，其他人都被瞞在鼓裡，然而他們依然相互扶持、照料媽媽、出門度假、一同歡笑、扶養我長大成人。

我動手準備打針，卓拉興高采烈地發完糖果之後，也過來跟我一起。晨間課程已被打斷，因此，孩童們在門口徘徊，看著我們在長廊盡頭的空房間擺設裝備。亞騰修士和其他幾個修士從酒窖抬了塑膠桌子上來，我們拉開桌腳，鋪上桌布，把一盒盒疫苗和消毒過的血液試管疊放在陽光照不到的角落，設定體重器，拿出毛巾、水盆和一盒盒蝨子檢測站的藥霜，然後卓拉擺出我們帶過來、準備發放給年紀較大女孩的避孕藥，因而跟帕爾索修士起了爭執。準備就緒之後，爲了以防萬一，我們把帶過來的醫藥補給品交給修士們，其中包括體溫計、熱水瓶、一盒抗生素、碘酒、咳嗽糖漿，和阿斯匹靈。孩童們等著更多糖果，卓拉眼見準備不周，愈來愈急躁。她已經曉得這裡沒有適當文件——修士們沒有孩童們過去的醫療紀錄——因此診療過程中，我們必須親自編寫紀錄。

那個幫狗畫上綠色乳頭的小男孩站上體重器，乖乖伸出舌頭量體溫，把頭歪到一邊量耳壓。我們叫他深呼吸，他也依言照辦。他不想知道如何使用聽診器。卓拉雖然堅稱自己絕對不要小孩，卻始終很會哄小孩，她一邊戴上手套幫他檢查頭蝨，一邊跟他說蝨子就像戰士，而且全副武裝、裝備齊全準備禦敵，他聽了也無動於衷。檢查結果發現他沒有頭蝨。小男孩不太熱衷地看著我鋸掉針頭、注滿針筒、拿起沾了酒精的棉花擦拭他的手臂。當我把針頭插進去時，他看著他皮膚上受到壓迫的小點慢慢凹進去，眉頭皺也不皺。當我在他另一隻手臂上打針時，他根本看都不看，只是坐在綠色的塑膠椅上，雙手擱在膝上，兩眼瞪著我。我們事先預訂兒童用的OK繃，上面印了海豚和一個身穿黃色蜘蛛裝的冒牌蜘蛛人，我問他要貼哪一種，他聳聳肩，我在他手臂上各貼兩片，他想貼幾片，我都無所謂。當時我眞擔心此地所有的孩童都像這樣無視疼痛，我們家鄉的孩童吵就吵，你叫他們做某些事情，即使心甘情願，他們照樣唱反調，這裡的孩子似乎無動於衷，怎樣都無所謂。思及至此，我心中一陣驚恐。我又拉了一個小孩過來打針，他在我的小腿上踢了一腳，我這才放心。

孩童受到驚嚇的哭嚎極具傳染性：一個小孩一放聲大哭，其他六個馬上跟進，修道院各個廳室更是強化音效，結果我們連碰都沒碰第二個小孩，整個地方就充滿痛苦和憤怒的哭叫聲。我們早已預見孩子們做得出什麼小把戲，他們會拚死拚活抵抗，甚至急著咬人。頭先半個小時，修士們一臉驚恐地站在一旁，後來他們終於出手相助，壓住孩子們的大腿和手臂，做出懲罰的威脅，答應用糖果作爲獎賞。一聽到會得到更多糖果，有些小孩受到哄騙，放棄抗拒，走了過來。但是我們先前犯下嚴重的策略錯誤，已經發放大部分糖果：在目前的情況中，糖果是我們唯一的籌碼，我們卻心懷絕望，看著糖果一塊塊、一條條地消失，心裡很清楚隨時即將所剩無幾。

下午兩點，家裡的年輕女子出現了。我抬頭一看，發現她在門口徘徊。我不知道她已經在那裡站了多久。爲了上教堂，她用一條大圍巾裹住肩膀和頭，小女孩纏繞住她的臀部，頭靠在她的肩上沉睡。當我示意她進來時，她轉身走回中庭，等到我料理了下一個孩子、走出去追她時，亞騰修士已在門口攔下她。我看不到她的臉，但我可以聽到她在說什麼。他們已經找到遺體。

她握著一個發黃的信封交給亞騰修士。她把信封斜斜遞過去，他舉起雙手，拒絕碰觸。「之後。」他說。「之後再說。」我等他注意到我站在門口，然後指指年輕女子懷裡的小女孩。他笑笑，推推年輕女子轉向面對我，拉起她的手肘，示意她跟我走進去。但她一邊搖頭、一邊從他身邊往後退，我們兩人站著看她離去，覆滿藤葉、通往街上的遮陽棚在她肩上投射出一道道陰影。

卓拉拿著一個空盒子出現在我旁邊。「我們撐不下去了。」她邊說邊把盒子遞給我。「糖果全沒了。」

午餐時間已到，因此，我們利用機會重新布局，制定出一套維持秩序的新策略。卓拉先前把呼叫器關掉，但是檢察官那天早上已經傳呼了六次，因此，她過去修道院辦公室回電話，我則留下來處理文件。幾個睡眼惺忪、綁著繃帶的流浪漢在陽光熾熱的中庭晃蕩；我試著把他們趕到陰涼之處。等到我再回到檢查室時，亞騰修士已經在裡面按照字母順序整裡孩童們的文件。

他注視著我的量血壓計，我笑笑跟他說，他得照顧六十個孩童，血壓肯定相當高。他捲高長袍的袖子，輕輕拍一下手臂內部，我聳聳肩，指指椅子。他坐下，我把壓脈帶套在他的手腕上。他的臉頰瘦長，一張娃娃臉。後來娜達告訴我，他是那種抓了黃蜂關在罐子裡、然後把黃蜂仔細黏在卡帶黑膠條上面的小男孩，他小的時候，人們經常看到他走在大街上，黑膠條在陽光下東搖西晃，幾十隻黃蜂好像小汽球一樣在他頭上瘋狂飛舞。

「我聽說今天早上妳在葡萄園引起一陣騷動。」他說。

我正打算坦承先前跟度瑞講話的時候太過挑釁——但我也得爲自己辯護，我聽到小女孩咳嗽咳了一晚上。但是亞騰修士反而提到我隆重登場的模樣。「妳把他們嚇得靈魂出竅。」他說。我套緊他前臂上的壓脈帶，不知道他怎麼用了靈魂出竅這個字眼。他露出微笑。「妳想想：你正在挖地尋找一具屍體。已經挖了整天整夜。天快亮了，你也快要找到你在尋找的東西，這時忽然出現一個身穿類似白色壽衣的女人，你當然會嚇得半死。」

「我跌到地洞裡。」我邊說邊戴上軟耳塞，把聽診器輕輕貼在他的胸前。

「大家是這麼說。」他說。「但是從他們的角度而言，妳覺得妳會怎麼想？」

「我會想：爲什麼我要叫我的小孩幫忙挖一具我自己埋在這裡的屍體？」

他看看我，似乎無法決定信不信得過我、該不該跟我說出他必須說的話。我居高臨下站在他旁邊，一隻手幫壓脈帶充氣，他坐著，長袍往下折到兩膝之間。我鬆開閥門，看一看指標，聽一聽他血液流動的砰砰聲。

「我們這裡有一個，妳知道的。」

我不知道。

「一個神出鬼沒的神靈，」他說：「他們稱之爲『魔拉』，一種精氣。」

「我們得再來一次。」我說，然後重新開始。

「每個人聽到屍體這回事都嚇了一跳，但是大家忘了魔拉已經追隨了我們一百年。我們在死者的墳上放置銅板和貢品，因爲魔拉會拿走這些東西。大家都說挖掘工村裡那個老太婆大概曉得我們的魔拉，所以她才叫他們把屍體當作貢品。」

「她怎麼曉得？」

「那只是大家的傳言。」亞騰修士說。「我不會假裝我覺得這些全都言之成理。」

我也不覺得有道理；度瑞和他的家人來自京城附近，我們不缺各種類型的魔拉和神靈，你偶爾瞥見他們飄渺而過，他們索討墳邊貢品，結果貢品總是落入看管教堂中庭的工友，或是行經此地的吉普賽人之手。

「這麼說來，晚上發生了什麼事？」

「我不確定。」他說。「度瑞說村裡的老太婆告訴他：『清洗骨頭，取來屍體，留下心臟』。」度瑞偷偷把這番話告訴伊凡叔叔，結果還是傳遍全鎮，只過了一個禮拜，那些在拱廊商店街閒蕩的男孩子就面帶邪惡、逐字逐句地加以複誦，雜貨店的婦女們輕聲議論，那些回家途中經過葡萄園的酒鬼也把這話掛在嘴邊。」

「連你們家的鸚鵡都知道。」我說。「你當然知道一具已經埋在這裡十二年的屍體，體內實在不可能還有心臟吧。」

「這不關我的事。」亞騰修士無可奈何地笑笑說。「他們請我監督，所以我會過去看看，但是除非今天晚上魔鬼本尊從葡萄園裡蹦出來，不然我才不管那具屍體會如何。」

「我很驚訝你居然默許這種事情。」我說。「這聽起來不像天主教儀式。」

「沒錯——這也不全然是東正教的儀式，但我確定妳曉得這一點。」他露出微笑。「他們不得不請我幫忙，以防萬一。」他說。「其他修士甚至連想都不願意想。」

「你媽媽——她曉得你將主持儀式嗎？」

「她知道。」他的微笑蒙上一層愧疚。「身為一個修士，你不必徵求你母親的同意，自己便可執行聖職，作為修士就有這個好處。」

「我聽說葡萄園那邊的事情讓她不太開心。」

「沒錯，她很難接受。先是葡萄園裡有具屍體，現在你們那邊來的人——對不起，醫生，但是他們的確來自你們那邊——把整個地方挖得亂七八糟。」他推推鼻梁上的眼鏡，看看我。「當他們挖掘的時候，她希望我最好不要靠近葡萄園。不單只是因爲那具屍體，或是葡萄藤被弄亂——山上的田裡可能發生各種意外。」我放棄幫他量血壓，專心聆聽。「地雷。」他說。「那邊仍然埋了地雷，甚至連山上的舊村子附近也到處都是。大部分的地雷已被清空，但是依然有些尚未拆除，等到有人踩到才曉得。說不定是個牧羊人或是農夫，說不定是哪個人的小孩，抄近路穿越沒有鋪上柏油的地區。出事之後，上頭就趕著把消息壓下來。」他看著我捲起壓脈帶和管帶。「甚至上個禮拜，札垂科夫就有些男孩子出事。」

我起先聽錯他的話，或是沒有注意到那個地名，因爲他的念法跟外婆的念法不一樣。說不定我之所以沒有聯想起來，原因在於我絕對想不到他會說出這番話，也絕對料想不到他會提起那個地名。戶外陽光燦爛，透過橘子樹照進室內，亞騰修士坐在這個明亮小房間裡，忽然之間竟然扯上外公之死，除非我問清楚，不然實在說不通。

亞騰修士已經繼續下一個話題，等到我開口發問時，他已經提及舊村子附近的地雷，鄰居田裡也有一顆尚未引爆。我說：「哪裡？」

「隔壁。」他指指窗戶外面說。

「不——那個地方，」我說：「你剛才說哪裡有些男孩出事？」

「札垂科夫。」他說。他拿下眼鏡，用長袍的前擺擦一擦。「那裡甚至比這裡更鄉下，但是那裡有家診所。」他邊說邊抬頭眨眨眼，眼睛迷濛。「多年以來，他們始終把這種事情壓下來。這事發生在上個禮拜。兩個青少年深夜從雷雅柯瓦克回家，穿越自家的萵苣田的時候被地雷炸到。」他以爲我是因爲驚訝、害怕、或是遲遲不敢詢問男孩們的狀況，所以默不作聲。「戰爭結束已經十二年，地雷卻始終埋在他們自家菜園裡。」他站起來，拍掉長袍上的灰塵。「那就是爲什麼挖掘工是個禍端。」

「那裡離這裡多近？」我說。

「札垂科夫？札垂科夫在半島上。」他說。「說不定一個鐘頭的車程。」

我說我要出去買一些糖果，卓拉沒有起疑，當我跟她說我一小時或是不到一小時就會回來，她也盡信不疑。她原本想要同行，但我說我們如果一起離開，看起來肯定不可靠。我堅持一個人去，同時堅稱這樣比較快。當她問我爲什麼需要開車、爲什麼不能走到鎮上的便利商店買糖果，我不予理會。

布列耶維納北方的公路鋪得相當平整，低矮的草叢尚未超過路面，所以路面嶄新而平穩。白森森的峭壁高高矗立，一棵棵帶刺的樹木點綴其中。一朵周邊亮晶晶的砧狀雲停駐在海邊，雲朵被風吹得扁平，灰白的中心朝向明亮的周邊延展。車子行經柯拉克和葛洛格兩個村莊，面海的山坡上新蓋了多處旅館，粉紅色外觀，圓柱石造型，窗戶大開，衣物直直吊在陽臺的曬衣繩上。隨後出現半島岔道的路標，先是十二公里，然後是七公里，最後眼前終於出現半島，半島坐落在海岸和灣外各個小島之間，一側是松林、一側是浪花拍打的峭壁，像個船頭一樣劃穿海灣。亞騰修士先前預測不到一小時就可以抵達札垂科夫，但是半島距離之近，依然令我相當驚訝。

看起來外公似乎果眞過來找我；但是卓拉和我挑了遠路，通過邊界之前，我們還得先到聯合診所總部報到，旅程受到干擾，在此同時，外公直接搭巴士過來，但不知怎麼回事，抵達札垂科夫之後，他就沒有繼續前進。說不定不曉得什麼緣故，他聽說那兩個男孩的事情，決定留下來幫忙。

過去幾天，我置身遠方，也不了解外公爲什麼過世，因此，外公之死感覺相當不眞實——我不容許自己想像那間他過世的診所，或是那個侵占他私人物品的陌生人，但是這下我的思緒全繞著這些事情打轉。

抵達札垂科夫之前的最後六公里沒有標示，泥土小路往左彎繞，穿過三三兩兩的角豆樹，攀爬進入一片柏樹林，開著開著，樹林忽然變得稀疏，小路沿著山坡一路直下海邊。半島與陸地交界有片礁湖，陽光已將湖面染成璀璨的深綠。冷氣愈來愈不管用，一縷縷日光透過樹梢不停閃爍，令我暈眩。我開過另一個山嶺，駛離樹林，開上一段蜿蜒而下的山坡路。路旁的杏仁樹無人看管，不如馬纓丹茂盛。我可以看見遠處午後粼粼的光影，村裡平坦的屋頂也出現在正前方。

即使隔著這段距離，我也看得出來札垂科夫爲什麼如此偏僻：村裡多爲臨時搭蓋的陋屋，唯一的大街周圍冒出一棟棟三夾板和鐵皮搭建的簡陋小屋，有些小屋沒有窗戶，有些靠著臨時架起的磚爐支撐，家中各種廢物溢向門口，湧到枯黃的草地上，其中包括鐵架床、汙漬斑斑的床墊、生鏽的澡盆，以及一臺歪歪躺下的販賣機。街上有一攤無人看管的水果攤，攤上的瓜果堆成金字塔狀，隔個幾戶人家，有個中年男子坐在自家那棟鐵皮屋頂外頭，腿翹在一疊磚塊上，坐在搖椅上睡覺，開車經過時，我發現他少了右腳，膝蓋下方是一截耀目的紫色殘肢。

診所位於小鎭邊緣，是一棟兩層樓的灰色建築物。放眼望去只有這麼一棟磚房，所以不難找到。如多年之前，診所說不定結構穩當，四面牆壁整齊清潔，中庭鋪上小圓石，還有一排排巨大的花壇。如今花壇已經空空如也，雨水也在牆上留下一條條褐紅的汙漬。

停車場空空蕩蕩，診所的百葉窗拉下。我下車，石砌的階梯上到處都是樹葉和菸蒂，階梯通往二樓的大門，門上漆著一個方方正正的綠色十字架，十字架下方的牌子上寫著「榮民中心」。我用指關節敲敲門，然後改用拳頭。無人回應。即使我把耳朵貼在門上，裡面也沒有任何聲音。我試試門把，但是門把動也不動。我沿著狹小的通道走走，窺伺診所的角落，百葉窗遮蔽了面向山谷的窗戶。

下方的街道是條死巷，巷子盡頭有一塊被踏平的蒼白草地，草地邊緣有一座無網的足球門框。一個溜滑梯和幾個輪胎鞦韆架設在麥田邊緣，麥田捕捉了午後的陽光，綻放出燦爛奪目的光芒。過了麥田是墓園，一個個白色的十字架面向大海。風勢減緩，路上空空蕩蕩，只有一隻雜色的山羊。山羊被綁在一棟方型建築物的欄杆上，建築物位於診所對面，看起來像是一個龐大的金屬盒子。一個寫著「啤酒」的招牌靠在遮陽棚下面的油桶上，如果招牌足以採信，那麼這棟建築物就是個酒館。

我過街，朝裡面看看。天花板相當矮，裡面唯一的光線來自敞開的大門，以及一個龐大的點唱機，點唱機的聲響被冰箱的嗡嗡聲壓過，黃色的冰箱看起來好像從放射性廢料場撿來的。四個男人圍坐在角落唯一一個酒桶的高腳椅上喝啤酒，雖然裡面只有他們四人，但是他們卻讓酒館感覺狹小。當我走進去時，其中一個挺直身子，這人身材高大，臉色蒼白堅韌，灰髮日漸稀薄。他沒有招呼我，也沒有請我自行坐下，但我沒有走開，所以他也沒有坐回去。

我終於說：「診所休息了嗎？」這話逼得他繞過木桶走向我。一節義肢虛軟地在他手肘的金屬關節上晃動。

「妳是記者嗎？」他說。

「我是醫生。」我說。

「如果妳為了那些男孩子而來，他們已經死了。」

「真是遺憾。」我說。

酒保驚訝地看看其他男人。「我無所謂，他們被抬走的時候，總是已經沒命。」

「我不是為了這事而來。」我等著他做出反應，但他沒有開口，於是我說：「有人值班嗎？」

我已經說得夠多，足以讓他聽出我不是當地人。這會兒他瞄了其他人一眼，藉此驗證自己猜得沒錯。其中一個男人一頭棕髮，臉上一條條燒傷的疤痕，而且戴了一隻眼罩；另外兩個人似乎肢體健全，但是金髮男子的一隻眼睛眼神渙散。他們瞪著我的模樣，讓我猜想自己多快可以跑到車上，如果其中哪個人真的判定我無意離去，車子可以跑得多快。

「兩天都沒半個人過來。」酒保邊說邊把完好的那隻手放進口袋裡。

「有人可以讓我進去嗎？」

他拿起啤酒罐，一口喝下剩餘的啤酒，把酒瓶放回木桶上。「妳需要什麼？」

「我需要跟診所的人談談。」點唱機換上新單曲，安靜了下來，冰箱繼續發出猛烈的嗡嗡聲。

「我大老遠從布列耶維納開車過來。」我告訴他。為了呈現最佳形象，我接著說：「我從那裡的孤兒院過來。」

酒保從口袋裡掏出電話，撥了號碼。在這個偏僻的地方，他居然有支手機。我沒有；我只有呼叫器，說不定兩、三張當地的鈔票。他留話的時候，我站著聆聽，他只說了一句：「我們這裡有人找你。」然後就掛掉電話。「他們會回電。」他對我說。「坐吧。」

酒吧另一端有張兩人桌，我跳上桌子後面的高腳凳，點了一杯可樂，酒保打開可樂瓶，嘶嘶聲隨及掩沒室內。我付錢。他又拿了四瓶啤酒走回木桶邊，其他人正等著他。我扣緊身上的白外套，試圖隱藏自己不願就著瓶口喝可樂。我也試著不要多想那通電話，他可能打給一位護士，但也可能打給其他任何人，或是根本沒有打電話給誰。**我們這裡有人找你**——不管怎樣，他已經打電話請求支援。沒有人知道我在哪裡；亞騰修士在地圖上指出札垂科夫的位置，但我沒有跟他說我打算過來，尤其我大白天的時候應該幫孩童們注射疫苗，更不可能無緣無故離開。

「妳是從另一邊來的？」眼罩男子對我說。

「我只是個醫生。」我說得太急躁，雙手擱在膝蓋上。

「我沒說妳不是，對不對？不然妳會是誰？」

「閉嘴。」酒保說。

「我沒說她不是。」眼罩男子說。他站起來，推開高腳椅，用一隻手拉下他的襯衫。他慢慢走向點唱機，四下只聽見他的腳步聲。他沿著控制板按下按鍵，一張張單曲唱片霹霹啪啪翻轉，似乎顯示點唱機某個地方壞了。

「妳喜歡惡女薇卡？」他對我說。「妳聽過她嗎？」

按照常理判斷，我最好**什麼都不說**，但我無法假裝他不在那裡，更何況另外三個傢伙坐在木桶旁邊，我更是不能忽略他。「我沒聽過。」我說。

他把身體重心從一隻腳移到另一隻腳，清清喉嚨。「妳喜歡巴布·狄倫？」

「我比較喜歡史普林斯汀。」我說，非常訝異自己說出這種蠢話。

他按了更多按鍵。「沒有他的歌。」他說。

點唱機嗖地一聲恢復生機，播放一首狄倫的歌曲。我不知道這首快節奏歌曲的曲名。眼罩男子從點唱機旁邊慢慢走開，朝著酒吧中央前進，邊走邊隨著樂聲微微左右搖擺。當他踏著腳底板輕輕移動的時候，我看到他頭皮周圍有圈燒焦的傷疤，右耳後方也留下一塊歪歪斜斜、赤裸鮮紅的血肉。其他人看著他。酒保半坐在吧檯後面，一隻腳靠在高腳椅的橫木上，另一隻腳著地。金髮男子露出微笑。

眼罩男子慢慢轉身，轉了三百六十度，一隻腳和一隻手臂輕輕打節拍。然後他停下來，對我伸出手。

「不，謝謝。」我笑笑說，搖頭指一指我的可樂。

「來吧，醫生。」他說。我又喝了一口可樂，再度搖頭。「來吧、來吧。」他笑笑說，一邊示意我站起來，一邊伸出雙手幫自己搧風。「別讓我一個人跳舞。」他說。他拍拍手，然後雙手攤平。我沒動。「這是真的，妳知道的。」他指指那隻眼罩。「這可不是作秀。」他從角落掀起眼罩，眼罩之下的血肉濡濕發燙，縫合之處起皺，又紅又白。

「坐下，你這個白癡。」酒保說。

「我只是秀給她看。」

「坐下。」他又說一次，然後站起來拉著眼罩男子的手肘，把他帶離我的身邊。

「我只有這麼一隻。」

「我相信她看過更糟糕的狀況。」酒保說。他把眼罩男子推回木桶邊的高腳椅上，然後又拿了一瓶可樂給我。

我沒有傳呼服務，到了此時，卓拉說不定已經不疑有他，心裡猜想我他媽的上哪裡去了、為什麼還沒回來。我可以想像孩童們已經重新聚集在修道院的長廊上，小朋友們吃了午餐，身上的襯衫沾了湯汁，睡眼惺忪，昏昏欲睡。卓拉則憤憤地列出她打算跟我說些什麼，其中肯定不乏罵人的粗話。交通堵塞，我會跟她說。路上有個車禍。我迷路了。商店關門，我得等到店裡下午輪值的人回來。

酒保的電話響了。他把手機舉到耳邊，稱呼對方「天使」。然後他揮手叫我過去，把手機遞給我。

「醫生下個禮拜才會來。」電話裡的年輕女子馬上說。「這是緊急事件嗎？」

「我不需要醫生。」我說。我跟她說我想看看一位患者的出院紀錄，這位病患幾天前過世，遺體已被送回京城。木桶旁邊的四名男子緘默不語。

「喔，對。」她淡淡地說，沒有講出我以為她可能說出的話，比方說外公是個好人、他過世了眞是可惜等等。

「我來這裡取回他的衣服和私人物品。」

「那些東西通常跟著遺體一起送回去。」她冷冷地說。

「東西沒有送達。」我說。護士那邊依稀傳來嗡嗡噪音，似乎是音樂和彈珠檯的乒乒聲。她聽起來好像患了感冒，每隔幾秒鐘就對著聽筒輕輕抽鼻子。她的口氣讓我覺得她說不定正逍遙自在地坐在跟這裡差不多的酒吧裡。

「我眞的什麼都不知道。」她說。「我那時沒有上班。妳得跟笛雅達談談。」我聽到她點了一支香菸，深深吸了一口。她的聲音聽起來乾澀。「但是笛雅達現在人在土耳其。」

「土耳其。」

「度假。」

然後我說謊：「他的家人需要那些東西幫他下葬。」

「我禮拜天才會過去那裡。」

「葬禮是禮拜六，我從京城開車過來的。」

她聽起來無動於衷。「禮拜天才有人開車載我過去，況且沒有醫生簽字，我也不能給妳驗屍官的報告。」

我跟她說我不需要報告，我知道報告裡說些什麼，我需要他的手錶、結婚戒指，以及他戴了一輩子的眼鏡。這會兒圍著木桶而坐的四名男子全都看著我，但我不在乎。「我不知道妳是否了解這個狀況，但那位先生已經患病多時，然後他離開他的家人，前往一個離家很遠的地方靜靜等死。家人非常傷心。他們想要討回他的東西。」

「垂死的人會做出一些奇怪的事情——我相信妳已經跟他的家人提過。妳知道他們有時候會離開，就像動物們知道自己快要死了的時候也會走開。」

「我需要他的東西。」我說。

她正在喝某種飲品；我聽到她杯裡的冰塊叮噹一聲碰上她的牙齒。她說：「叫波楊過來聽電話。」酒保又叫了她一聲天使。當他走到冰箱旁邊、打開冰箱胡亂搜尋的時候，她依然不停講話，他走出去外面的時候，她還是講個不停。我靠在門口，看著他穿過街道、爬上診所的階梯。

「喂？」他從階梯頂端對我說，手機依然貼在他的耳邊。等我過了馬路，大門已經打開，依然沒有燈光，裡面空氣沉悶，地面蒙上一層白白的灰塵，候診室的椅子和接待櫃檯也沾滿灰塵。先前人們來來去去，在灰塵上留下足跡，足跡消失在一張綠色簾幕的後面，簾幕橫跨室內，已經掩起。

「來、過來這裡。」酒保說。他推開簾幕，慢慢從室內這一頭走到另外一頭，邊走邊推開簾幕。簾幕後面是個白晃晃的醫務室，牆邊一排排油漆剝落的鐵床，床上空空如也，平滑的床單緊緊塞在床墊之下。房間只興建了一半，房裡後方少了一道牆，取而代之的是一張巨大而不透光的落地防水布，午後的陽光照在防水布上，散發出昏沉的黃色光澤。戶外風勢漸起，防水布的下緣被風吹起，啪啪作響。

「在這裡等等。」酒保說。他打開房間另一頭的第二扇門，我聽到他走下樓梯，最後我再也聽不到他的聲音。

我頭頂上的電風扇壞了，一隻死蒼蠅垂掛在其中一扇葉片上。我穿過房間拉起防水布，我緩慢行進，試圖不要打破沉靜，但是鞋子依然在磁磚上發出聲響。酒保似乎已經離開了好久，我試著回想外公過世的那一天、自己正在做些什麼，我終究又是怎麼來到此地，置身在外公過世的房間裡——這個房間完全不如我的想像，也完全不像家鄉腫瘤科泛黃的病房——我試圖記起我最後一次跟外公說話時、他的聲音聽起來如何，我記得當時他拿起我的皮箱遞給我，但那或許不是我們最後一次道別，而是之前某個時候互道再見，我卻將之想成眞正的訣別。

這個房間和村子感覺有點熟悉，一股抑鬱的悲傷悄悄潛入我的心中，但我並不是頭一次興起這種感覺，就像一首我聽得出曲調、卻不曉得曲名的歌曲，感覺既是熟悉，又是陌生。我不知道自己在那裡站了多久才想起死不了的男人。一想起他，我立刻明瞭外公前來尋找的不是我，而是死不了的男人。我也懷疑我們之所以隱瞞他的病情，原因是否在於他打算偷偷尋找死不了的男人。我熱得受不了，頹然坐到其中一張鐵床的床緣。

酒保重新現身，右手手臂夾著一個淺藍色的塑膠袋。我看著他鎖上樓梯口的門，朝我走過來。一顆顆雞皮疙瘩讓他的手臂的肌膚顯得黯淡。

「就是這些嗎？」他問我。袋子折了起來，用釘書針釘上。

「我不知道。」我站起來。

他把袋子翻過來，看看標籤。「史坦泛諾維克？」

我伸手過去拿袋子，但是袋子冰冷，從我手裡掉了下去。酒保晃動那隻殘缺的手，站起來拾起袋子，當他遞過來的時候，我在他面前打開我的背包，他把袋子疊放進去。

他看著我拉起背包的拉鍊。「我只知道他倒了下去。」酒保終於說。

「在哪裡？」

「酒吧外面。大概是他們把那些男孩送過來、過了兩個晚上之後。男孩子死了之前。」

「護士們在場嗎？他們有沒有花很多時間幫他？」

酒保搖搖頭。「沒有很久。」他說。「沒有很久。他們起先以爲他說不定喝醉了。但我跟他們說他沒醉。我告訴他們他只點了一杯水。」

「水？他自己一個人嗎？」

酒保抹去凝聚在他兩鬢的迷濛汗水。「我不確定。我想是吧。」

「一個高高的傢伙。」我說。「戴著眼鏡和帽子，穿著外套。你完全不記得他跟任何人坐在一起？」

「不記得。」

「說不定跟一個年輕人？」

他搖搖頭。

「他們可能在吵嘴。」我說。

「這是老兵的貧民區，妳以爲大家成天在做什麼？」

某樣東西在我們地底下的冰庫翻轉，發出空洞的鏗鏘聲。

「呃，」酒保說：「很多我不認識的人在那裡晃蕩——護士、助手、兩個醫生、那些把男孩們從田裡送過來的人。自從戰爭結束之後，我從來沒有看過這裡擠滿了人。那天下午，整村的人都在酒吧裡。我只知道那個老先生倒了下去。我幾乎不記得他，更別提他跟誰在一起。」他繼續說：「醫生，換作是我，我不會在這裡挨家挨戶詢問哪個人看過他，尤其是妳那種口音。」

我把背包扛到肩上。「妳最好簽個名。」他補了一句，四下看看哪裡有紙。這裡沒有表格，所以他把一張生理食鹽水的收據翻過來，遞給我一支筆，看著我簽下「娜塔莉亞·史坦泛諾維克」，我故意慢慢簽名，希望他會聯想到外公。但是他的眼神告訴我，他早就自己想出來了。

第六章 大火

蓋夫朗·蓋列

每個星期天下午，即使在戰爭最激烈的時候，京城最著名的醫生總是聚集在舊城一家餐廳的露臺上抽菸飲酒，緬懷往事。大夥約好下午三點吃午餐，交換令人訝異、難以醫治的病例，讚許彼此的診斷和機智，六年以來幾乎從不間斷。

醫生們包括教授、腎臟科醫師、心臟科醫師、大學的系主任、腫瘤科醫師，以及骨科醫師，這些退休人士的成就雖然已是數十年以前的往事，但在醫學界依然具有相當影響力。他們熟知彼此的往事，但是依然邊吃邊聊，喝著胡桃白蘭地，享用熱麵包、大蒜紅椒，和一盤盤烤肉，提醒彼此過去是多麼艱苦。他們倒不介意暢談過去，因爲承蒙口耳相傳，如今他們的事蹟已在歲月之中留下印記，而且只會更加令人稱奇。

外公始終與他們同在。這些老先生跟他一起熬過年輕時候在醫學院的種種煎熬，共同力爭上游；雖然他對自己的成就始終謙遜，但我猜他也需要提醒自己他是誰，以及曾是何等人物。他沒有創辦癌症診所，或是贏得全國學術研究獎，但他憑著眞本事行醫，廣受各方讚譽，大家都知道他任職於大學的時候診斷無誤，開刀技術精良，也知道他為赤貧的鄉下村民爭取醫療服務，更重要的是，大家知道他救過元帥一命——不管是好是壞，只有幾位蘇黎世的外科醫生跟他共享這種聲譽。

外公向來不吝於誇耀我的成就，卻不喜歡自吹自擂，因此，直到上了醫學院，我才了解那段往事的始末。以前我只曉得外公書桌最上層的抽屜裡，擺著一封元帥親手書寫的致謝函，我也曉得自從有記憶以來，外公酒櫃的最裡面就擺著一瓶元帥致贈的溫桲白蘭地，這瓶頂級醇酒是元帥自家果園的果實所釀製，始終沒有開封。

最後終於有位助教告訴我事情的始末，這人是我第一學期病理學的助教，非常仰慕外公。根據他第六、七、甚至第八手的轉述，三十多年前的夏天，外公幫軍醫學院腫瘤科主任，在我們家波羅沃湖畔的別墅舉辦喜宴派對。

「維里摩沃。」我更正他。

「喔，沒錯。」助教說。

好吧，喜宴派對。傍晚時分，派對進行得正熱鬧，這時，隔壁村子的旅館老闆忽然氣急敗壞沿著車道跑過來。當時的場面看來奇怪：醫生們和醫生太太喝得醉醺醺，隨著村裡伸縮喇叭樂手的樂聲起舞；實習醫生和實驗室助理酒酣耳熱，躲在屋子後面的森林裡親嘴；爛醉如泥的皮膚科醫生們懸躺在露臺欄杆上；大學的整個醫學系擠在我們家舊別墅和花園裡；外公皺著眉頭，一臉怒氣在旁守候，親自動手把跌到玫瑰花叢裡的風濕科主任拉出來。旅館老闆一邊揮舞雙臂、一邊從路上跑過來，嘴裡念叨：**我們需要一個大夫，哪裡有醫生——老天爺啊，拜託賜給我們一個醫生**，有人快死了！奇蹟似地，外公是在場唯一沒有喝醉酒的醫生，他急急披上外套，走進村裡，及時否決草藥師的診斷。這位嚇得發呆的草藥師顯然是村裡唯一合格的醫護人士，他已經誤判病症爲食物中毒，命令病人服用生薄荷。

病人當然就是元帥本人。元帥正前往威洛戈瓦克開會，先前吃了太多海貝和大蒜濃湯，這會兒身體不適。他的私人醫生沒有隨行，於是被緊急送往最近的醫療診所——一棟只有兩個房間的陋屋——隨行還有三十名護衛，每個人都是全副武裝。旅館老闆嚇壞了，因爲海貝是由他的旅館烹調。等到外公抵達診所時，病人看起來已經一隻腳進了棺材，外公憑直覺就曉得不是食物中毒，也不是諸如此類的毛病。

外公看了一眼病人——病人的臉色發青，讓人認不出是誰。「你這個狗娘養的笨蛋。」這句話沒有特定對象（但是據說在場每個人立刻嚇得尿濕褲子）。「你爲什麼不乾脆在他頭上開一槍算了？這樣還比較快讓病床空出來。」十五分鐘之後，病人意識模糊地躺在手術臺上，小腹部位的拉鍊被拉開，外公則從元帥體內拉出三十公分又三十公分的腸子。他把一圈圈受到病菌感染、腫脹發紅的腸子繞在肩上，幾位旁觀者站成一排——旅館老闆、不同的警衛人員，說不定還有一、兩名護士，個個被我外公的怒氣嚇得乖乖聽話——大夥戴著護目鏡，外套沾滿鮮血，輕拍病人的腸子，試圖清除盲腸的膿汁。

我記得助教講完之後、一臉期盼地看著我，他等著我做出回報，跟他說些比他剛才所言更神奇、更精彩的外公事蹟。

大學錄取名單公布之後，卓拉和我看了好幾次，確定我們擠進前五百名。外公問我為什麼想要當醫生，他已經在醫生們的午餐聚會炫耀一番，也跟幾個病人提起，我實在不知道他要我說些什麼，所以我說：「因為這樣做才對。」

這是眞話——我大多是受到罪惡感的鼓舞，跟我同一輩的年輕人都感到愧疚，促使我們想要幫助那些出現在新聞報導裡的人。我們不斷聽到他們的遭遇，也將之用來解釋我們內心的掙扎、界定我們的爭辯、為我們小小的反叛辯護。

多年以來，我們盡力裝出對戰爭無動於衷的模樣，如今戰爭突然結束，居住在京城的我們甚至尚未受到波及。我們心中頓時升起一股憤慨，每樣事情都成了目標，值得努力爭取。我們在生物學、有機化學，以及臨床病理學的課堂上奮戰；我們爭相適應學校的種種儀式，大至考試之前的狂飲，小至那個中庭裡的吉普賽女人，她利用考生迷信的心態，威脅大家倘若不給她錢，就會走霉運。更重要的是，我們極力向大眾證明自己有資格活得理直氣壯，力抗日漸高漲的媒體臆測，證明戰後的京城青年絕對不是注定失敗的世代。十七歲的我們對所有事情都感到憤怒，因為我們只知道戰爭已經結束，除此之外不曉得怎麼辦。戰爭打了這麼多年，之前又花了那麼久的時間等待開戰。戰事起於某種衝突——我們因為衝突而大怒，我們不假思索地暢談衝突為何而起，我們以衝突做為理由，藉機聲明自己為什麼哪裡也去不成、什麼事也做不好、什麼人都當不成——我們不見得了解，但衝突始終是一切事情的中心。它逼著我們根據自己無法掌控的情況做出決定，我們緊緊抓住它，將之視為與生俱來的權利，而且迫不及待想要為它付出代價。

有段時間，我想要幫助婦女——那些受到性侵的女人，那些丈夫穿過布滿地雷的田野時、在家中地下室生產的女人，那些在戰時被毆打、毀容、變成殘廢的女人，而下手的通常是我們這邊的士兵。但是到了我有資格幫助她們的時候，她們卻已不需要我的幫忙，實在令人難以接受。年方十七歲之時，諸如此類的事情讓你覺得自己很有正義感。你不知道戰爭引發的強烈震撼。年紀再輕一點的時候，我們意興闌珊，不甘受制於戰事；如今我們身不由己，無法與戰爭告別。我們假定戰爭不會結束，我們也將永遠受到戰爭影響，所有重大決定不免植基於這種想法。你若想要當個骨科醫生，大家說不定認爲你沒有志氣——你必須想要當個專攻截肢復健的骨科醫生。整型醫生更是想都別想——除非你想要專攻臉部重建。

期中考一個禮拜之前的傍晚，外公問我有沒有想過專攻哪一科，好像答案就在角落等著我似地。我只能回答：「小兒科外科。」

當時我翹著二郎腿坐在廚房桌子前面，我那本二手分子生物學教科書擱在餐巾紙上，以免弄髒白色的亞麻桌布。外公直接從小錫罐裡拿葵瓜子吃，他向來在小錫罐裡翻撿瓜子，這跟外公其他的習慣一樣，也是有套程序。他通常從小烤箱裡拿出烤盤，把烤盤放在兩個軟木塞杯墊上，攤平一張紙巾放瓜子殼。開始嗑瓜子之前，他會先仔細翻撿，沒有人知道他爲何這麼做，連外婆都不曉得他在找什麼。翻撿之時，他會皺起鼻子，把他那副方方正正的大眼鏡推到適當位置，好讓自己看得清楚一點。這種神情讓他看起來好像是個鑽石鑑定專家，也讓他看起來有點多疑。

「這麼說來，妳不會把天主拖下水。」他說。

「你這話是什麼意思？」我說。我記不得他上回是什麼時候提過天主。

但他回頭繼續翻撿瓜子。他不時挑出一顆嚼嚼，大多是用門牙嗑咬；他最後總是嗑得一顆不剩，整個翻撿的過程也因而毫無意義。他過了好久才問道：「妳常跟小孩子在一起嗎？」

他沒有看著我，所以沒看到我聳聳肩。過了一會兒，我又聳聳肩，用鉛筆輕敲我的書。最後我終於問道：「爲什麼？」

他坐直，從桌旁推開椅子，揉揉雙膝。「人們過世的時候，心中充滿恐懼。」他說。「他們從妳身邊拿走所有需要的東西，身爲醫生，妳必須全數奉上，安慰他們，握住他們的手，這是妳的職責。但是孩童過世的時候，心裡懷抱希望，就跟他們面對生命一樣。他們不曉得發生了什麼事，所以也不要求什麼。他們不會要求妳握住他們的手──反倒是妳需要他們握住妳的手。面對孩童時，妳只能靠自己。妳了解嗎？」

當年我們竭力競爭的所有事情當中，最激烈的一項莫過於哪個人最爲惡名昭彰。大家都想掙得某種口耳相傳的壞名聲，藉此博得尊敬、認可，以及刀子手米卡的協助。最後這點更是重要，因爲這個肥胖的醫技助理負責準備解剖用的大體，他就像是妳還沒碰面的丈夫、或是在市政府幫你辦理護照的代表，早在眞正見到他之前，你就必須把他納入你的規畫。

這是一項令人膽怯，但是非常重大的使命。你的名下若有哪些令人印象深刻的事蹟，或是廣受好評的舉動，讓他板著臉孔讚美兩句，那就是你的獎賞。你非得在二年級解剖學之前贏得他的注意不可，當他操著濃濃的尼古丁嗓音、頭一次在實驗室地下室點名的時候，你必須讓他想起你是誰，這就是關鍵所在。如此一來，當他點到你的名字時，他會朝著你揚起眉毛、開口說道：**波格達諾維奇**──

你不就是柯畢拉克之旅躲在房裡吸大麻的那個傢伙嗎?消防隊抵達的時候,你還把毛巾裹在頭上辯稱你洗澡間的水蒸氣觸動警鈴?你聽了點點頭,謝天謝地,刀子手米卡也會微微一笑,然後你就保證每個禮拜都能得到一具大體,即使連著好幾個禮拜、大體短缺之時也不例外,而這會兒戰爭已經結束,大體短缺更是可以預期。

你若得不到大體,每個禮拜沒有大體可供練習,你在醫學院剩下的幾年簡直等於完蛋了。置身擦洗得乾乾淨淨的房間,眼前擺著準備周全、看似潮濕炸肉排的大體,可說是一種特別的殊榮。你必須超前你的同學們一步,事先做好心理準備,讓自己熟悉一具死屍,你可以看著屍體,眼睛眨都不眨,也不會大吐特吐或是昏倒在地。爲了做到這一點,你必須忘卻對於遺體的尊重,如果助教提到遺體生前的姓名,你也必須抗拒那股昏倒的衝動。你必須是那種幫死屍畫上綠色眼影、心中卻無動於衷的人。因此,你每個禮拜都需要一具大體。你需要刀子手米卡的認可。你需要他的認可,這樣一來,你才可以跨出第一步,準備淡然面對死亡。

「妳到底有什麼好擔心的?」一些學長對我們耳提面命時,卓拉對我說,學長們爲了獲得我們的感激,特別透露我們頭一年就得花時間博得米卡的注意。「妳不是已經繼承了那個元帥腸子的奇聞嗎?」

在博得刀子手米卡注意的過程中,許多方式碰不得,而我們很快就發現靠著家人出名便是其中之一。除此之外,你最好不要是個現行犯,或是犯下某種醫療方面的大錯,你不可以當眾出醜,或是說溜了嘴,讓自己看起來像個白癡,而非一個前程似錦、值得敬重、大體定期一具具湧向你的學生。你最好也不要讓大家認爲你傲慢無禮、不尊重前輩,而我們第一學期的時候,卓拉就享有這種名聲。爲了保障未來的人脈，卓拉神勇地擊敗八百名申請者，贏得一個聲名卓著的實習機會，獲准在生命科學系實習。你若說這個職位頗為低下，絕對不是誇張；她的工作項目包括拖地。開始實習的第五天，她抱著一箱文件從儲藏室走出來，走著走著，撞上一個駝背的老人，老人沿著走廊朝著她慢吞吞地走過來，他攔下她，而且建議她那漂亮的小屁股應該穿上裙子，因為穿了長褲表示她不夠溫婉。卓拉高高站在老人身邊，手裡抱著箱子，說不定想把箱子丟到老人的頭上，她沒好氣地回了一句：「別那麼他媽的鄉巴佬。」這個老人當然正是生命科學系的系主任。剩下來的整個學期，她都待在地下室整理文件，在此同時，她那桀驁不遜、違逆師長的名聲則傳遍全校，一個五年級的助教甚至製作印有「別那麼他媽的鄉巴佬」字樣的運動衫，運動衫在十月的募款餐會大賣，她的名聲也更廣為流傳。

在刀子手米卡的眼中，我的名聲一樣糟糕。我每星期兩天在生物系實驗室打工，賺點小錢貼補費用。工作了三個禮拜之後，教授請我幫忙一個實驗室助教準備學術研究的腦部樣本。很不幸地，我們必須從一群老鼠寶寶身上採取樣本。我說服自己，小型哺乳動物不在我的同情名單之列，更何況實驗室助教的雙眼非常迷人，因此，我請問助教怎麼解決小老鼠。助教解釋說我們可以採取兩種方式：我們可以把牠們鎖在盒子裡、等著牠們悶死，我們也可以拿把指甲刀，喀嚓剪斷牠們的頭。他直接動手示範第二種方式，而非只是描述。卓拉並未親眼見證接下來發生什麼事，但她聽了好幾種精彩的原樣重現。過了兩天，當我們坐在齒顎矯正診所、等著牙醫幫我修補一顆昏倒在地、摔得破裂的牙齒時，卓拉也一五一十轉述給我聽。

學期於十二月結束，一想到各自的潰敗，我們深感羞愧，我們也百分之百確信，到了秋天，我們不得不跟米卡碰面的時候，這些事情肯定造成影響。但是後來春季班的解剖學需要複製的頭蓋骨，大家展開期待已久的搜尋。你八成以爲戰後不缺頭蓋骨，肯定足夠大家使用；但是這些頭蓋骨彈痕累累，或者必須被埋在地底下，這樣一來，他們心愛的人將來才能夠把頭蓋骨挖出來、清洗乾淨、好好再度下葬。

大家幾乎不可能找到頭蓋骨。禁運尚未解除，學校先前取得醫藥補給的管道——其實原本就不太合法——如今更是難上加難。前幾屆的學長透過口耳相傳打廣告，以貴到荒謬的高價出售第四、五手頭蓋骨。我們無計可施。後來有個朋友的朋友跟我們提到一個叫做亞威葛斯汀的男人，專門製作人體各部位的塑膠複製品，賣給牙醫、整型外科醫生，以及美容整型醫生——當然全都透過黑市販售。

我們跟爸媽說謊，花了四個小時沿著白雪覆蓋的公路行駛，經過一輛輛堵在對面車道、緩慢行進的大卡車；我們面帶微笑開過兩個邊境關卡，對著六個不甘不願的海關關員微笑，這樣一來，我們才可以跟亞威葛斯汀在他的辦公室碰面。他的辦公室在羅馬尼亞邊境的小鎮，從窗戶可以俯瞰格拉瓦河的碼頭和結冰的河畔。他個子矮小、禿頭、臉頰方正，他端出東西請我們吃午餐，而我們回絕。我們緊緊站在一起，聆聽他跟我們描述他爲我們取得的頭蓋骨。這些顯然都是同一位魔術師頭顱的複製品，魔術師是一九四〇年代的人，名叫神奇的費德瑞茲。那是個標本，亞威葛斯汀說，而且花了好大功夫才取得。這部分或許是事實，但他沒有提到他不得不跟守墓人討價還價，他也沒有提到他說不定賄賂守墓人、讓他得以挖掘這位神奇魔術師的墳墓。但是神奇的費德瑞茲過世已久，墳墓裡只剩下一堆白骨。在世之時，這位魔術師顯然曾在威尼斯登台演出——直到一九四二年，一個德國觀眾突然發現自己的女友顯然也跟神奇的費德瑞茲有一腿，那些令人咋舌的魔術表演才戛然而止。

「情聖唐璜的頭蓋骨。」亞威葛斯汀邊說邊跟卓拉眨眨眼。我們起先不知道他爲什麼跟我們提到這些，最後他終於拿出包在塑膠泡泡棉裡的複製品。頭蓋骨頂多只是形似，而且我們馬上看得出來，那個殺死神奇費德瑞茲的德國人偏好舊派的打鬥方式——他使用酒瓶、或是警棍打人，也可能是油燈或是槍托。

「你難道不能最起碼在裂縫上抹上石膏嗎？」卓拉邊說邊指指頭蓋骨左側稍微凹下去的部分，塑膠複製品上冒出一道道溝槽。

除了裂縫之外，白森森的頭蓋骨有模有樣，可供臨床使用。頭蓋骨的下巴一張一合，而且不會發出尖銳的噪音，光是這一點就符合我們所求。我們設法讓亞威葛斯汀打個九折，我們離開之時，他一再警告我們不要把頭蓋骨從盒子和包裝紙裡拿出來——盒子上標示著「皮鞋」。但是後來排隊通過入境海關的時候，我們重新考慮了一下；他們在搜查大家的車廂，而我們有兩個看起來可疑的盒子，盒裡還裝著我們的黑市物品。於是我把我的神奇費德瑞茲放進背包裡，卓拉則把她的那一個放進後座座椅下的急救箱。結果情況不佳，但是最起碼我們被本國的海關人員攔下，而非羅馬尼亞的海關——海關人員搜查車子，然後持槍攔下我們，沒收我的背包，拿走神奇的費德瑞茲。

日後我們經常開玩笑說，神奇的費德瑞茲在格拉瓦河谷與海關人員共事，說不定開心多了。但是當時我從邊境駐站打電話，擔心不曉得該跟外公說什麼——我也當然希望能夠說服他搭火車過來解救我們——實在一點都不好笑。

「外婆，」外婆接起電話時，我說：「請外公過來聽電話。」

「怎麼回事？」她問，語氣急促而尖銳。

「沒事，請他來聽電話就是了。」

「他不在。妳出了什麼事？」

「他什麼時候回來？」

「我不知道。」她說。「他在動物園。」

卓拉和我在邊境駐站的審問室等了六小時，最後他終於過來幫我們善後。在那整段時間裡，不曉得為什麼，我腦海中始終縈繞外公一個人坐在動物園裡的模樣。我可以看到光頭、戴著一副大眼鏡的他，坐在老虎獸欄前面的綠色長椅上，一隻膝蓋上擱著闔上的《森林王子》。他穿著外套，身子微微往前傾，雙腳踏在地面上，雙手緊扣，對著經過他身旁的孩童父母們微笑。他的口袋裡擺著捲起來的空塑膠袋，他已經把袋子裡的東西餵給小馬和河馬吃。思及至此，我覺得羞愧。我從來沒有想過動物園可能已經重新開幕，雖然我已經沒有時間陪他去，外公說不定重拾造訪動物園的習慣。我告訴自己以後問問他，但是後來我始終沒有找到合適的時機開口。說不定我只是不好意思，不願提出任何問題，讓人感覺我在質疑這個讓一位老人家心安的習慣。

外公當然架勢不同，他旋風似地衝進邊境駐站，脖子上掛著大學名譽教授的牌幟，披著白袍，手裡拿著帽子，大聲要求釋回他的孫女和她那個「抽菸的朋友」。

「頭蓋骨是醫學所需。」外公對那個把我們當作犯人的海關人員說。「但是這種事情絕對不會再發生。」

「進口限制是邊界另一頭的規定，醫生，我才不管她們帶進來六具屍體或是一整櫃的烈酒，」海關人員說：「但是我兒子的生日確實快到了。」

外公付給他一筆錢，建議他把錢花在他兒子的道德教育，然後示意我們走到卓拉車子的後座，一語不發地開車載我們回家。他的沉默比他的怒氣、失望、擔憂更令人不安，用意在於讓我有足夠的時間做好準備，想一想如何面對我們回家之後、他將對我說些什麼。我已經大到不能隨便受到懲戒，接下來我肯定會聽到一番措詞謹慎的訓示，你聽了之後會對自己的無知、無能和愚蠢深感羞愧，也會覺得自己怎麼笨到做出超乎能力範圍的事情。但我滿腦子只想著動物園——他去了動物園，孤孤單單一個人，思及至此，我覺得有點心痛。

上路一個小時之後，卓拉傾身向前，從急救箱裡拿出我們那個僅存的頭蓋骨放在我們座位之間。她對我笑笑，希望安撫一下我的心情。外公從後視鏡裡看看。

「那是什麼鬼東西？」他說。

「神奇的費德瑞茲。」卓拉淡淡地說。後來我們共享那個頭蓋骨和那次冒險經歷，最終也一起得到米卡讚許的一笑。

戰爭扭轉一切。分裂之後，那些構成我們舊國家的種種事物失去原有的意義。過去的歲月中，它們隸屬完整的整體，各有特性，如今特性已不復存。從前屬於兩方的人事物——地標、作家、科學家、歷史學家——如今必須由新領導人重新畫分。那個諾貝爾獎得主不再屬於我們，而是他們那邊的人；我們以我國那位瘋狂的發明家幫機場命名，而發明家已不再是兩方共同的英雄。在此同時，我們卻始終告訴自己，一切終究會恢復正常。

在外公的生活中，戰前的種種習慣到了戰後都必須重新修正。他這輩子隸屬於同一個整體——不單只是其中一部分，而是組成分子。他出生在這邊，在那邊受教育。他的名字顯示他來自這一邊，他的口音卻顯示他來自那一邊。戰爭之前，這一切都無所謂；但是隨著時間的流逝，軍醫學院再也沒有正式邀請他回校行醫，他的職業生涯顯然不可能恢復正常，而他也只能私下看診，直到他決定退休的那一天爲止。有了這番領悟之後，他一心只想重新造訪已經失落的地方，恢復過去的生活習慣。動物園就是其中之一。

維里摩沃的湖畔之屋也是其中之一。我十一歲之前，我們每年都到維里摩沃度過夏天，現在那裡卻屬於邊界的另一頭。那是一棟漂亮的石砌房屋，位於一個大湖的湖畔，距離連接薩洛波爾和柯爾米洛的主要公路不遠。沿著碎石小徑往下走幾步，你就走到維里摩沃湖畔，青綠的湖水來自亞莫瓦卡爾卡山。將近七年以來，我們家中沒有人去過那裡。家人一致默認房子或許已經坍塌，說不定遭到掠奪，一進門就會被某個士兵不小心留下來的地雷炸得一飛衝天，而士兵很可能是你的同胞。但是大家也一致認爲必須有人過去看看，評估一下受損程度，做個決定。媽媽和外婆想要看看我們的鄰居斯拉瓦可有沒有出賣我們，當初他答應保護房子、直到戰爭結束爲止。她們想知道他有沒有食言、放棄了我們的房子。但是對外公而言，他急著重溫過去的歡樂時光，將之融入現在的日常生活，好像什麼事情都沒發生似地。

「如果車庫陽臺上的藤蔓還在，那不是很好嗎？」停火協定一年兩個月之後，他跟我說。三天之前，南向的火車才剛剛恢復運行。他正打包準備搭火車前往維里摩沃：他那個內建式號碼鎖的藍色小皮箱攤開了放在床上，他正把幾件灰色的棉質長褲和白色內衣摺好放進皮箱裡。我坐在床腳邊，我原本打算過來告訴他別傻了、乾脆把房子賣掉，但他臉上帶著笑意，就像以前我們去動物園看老虎的時候一樣開心。我忽然覺得自己怎麼如此悲觀，頓時不知所措——我哪有資格告訴他什麼該做、什麼不該做？他想讓這麼多事情照著他的想法進行，我哪有資格阻止他？因此，我反而主動提議跟他一起去。出乎我意料之外地，他居然答應。如今回想起來，我才明白他當初是多麼任性，他好像以為只要答應帶我一起去，他就能擔保一路上夠安全、我跟著去也沒問題。

我們一起做的事情都有一套程序，這回也不例外。我們打算評估毀損的程度。假定房子還沒坍塌，我們就打開大門，讓房間透透氣，看看哪些家具遭到竊取或是毀壞，重新補給儲藏室的貨品。我們打算卸除麻雀連年夏天在露臺牆上興築的層層鳥巢，修剪沿著車庫上方遮陽棚生長的亮綠藤蔓，摘下所有成熟的橘子和無花果，這一切都是為了迎接外婆到來，而外婆也已同意下個禮拜加入我們的行列。我們也將視情況而定，幫忙這隻新買的小狗適應湖畔生活。

那是一隻個頭很小但是非常肥胖的小白狗。外婆在京城的週日市場買下這隻小狗，她被當時的狀況所矇騙，因為小狗狗欄裡只剩下一隻小狗，飼主是個農夫，他從一早就蹲坐在炎熱的太陽下，身旁擺了一欄身上長了蟲、臭氣沖天的農場小狗，小狗們全都在彼此身上嘔吐撒尿，最後他一臉絕望地舉起那隻小狗說：「我想我大概只能把你給吃了。」外婆剛好在這時經過，她付給農夫一筆遠超過小狗身價的錢，把小狗包在她的帽子裡帶回家，農夫八成買了一些脆皮豬肉，從此再也沒想過這事。

小狗好久以來始終沒有名字。牠喜歡被人抱著，當火車飛馳經過乾枯的鄉間時，牠裹著一條粉紅色的毛巾，坐在我的大腿上。火車沿著河流而行，經過麥田以及一個個高踞在岸邊、護城河圍起的小鎮。快要接近湖區之際，火車駛過高聳的青綠山脈，山上盡是低矮的樹木以及一叢叢萌芽中的薰衣草。我們訂了包廂，包廂是六人座，裡面只有我們兩個人，因為外公不想讓其他乘客在邊境檢查的時候看到我們的護照。窗戶關著，松林的氣味飄了進來，濃烈刺鼻。

外公坐在我旁邊，睡睡醒醒。他偶爾驚醒，然後從肚子上抬起右手、拍拍小狗，小狗睡不著，焦慮地透過窗戶往外看。外公一邊輕輕拍著小狗，一邊喃喃地說：「你是一隻狗！你是一隻狗！你在哪裡？你是一隻狗！」那種聲音讓他聽起來像是兒童節目裡的某個木偶，小狗聽著聽著吐吐舌頭，膝蓋弓了起來。

這樣搞了幾個小時之後，我說：「老天爺啊，外公，我曉得了，牠是一隻狗。」殊不知僅僅過了幾年之後，我在街上每看到一隻狗犬就會提醒牠是一隻小狗，也會問問牠在哪裡。

房子距離火車站走路五分鐘，我們慢慢走著，兩人都四肢僵硬，沉默不語。午後炙熱，我們還沒走到車道，我的襯衫已經黏在身上。然後房子出現在眼前——車道，主屋，覆滿藤蔓的車庫。籬笆生鏽，我忽然記起湖畔屋裡的東西多麼容易生鏽，我也想起很久之前，外公每年都會重新油漆籬笆。他不急不徐，一絲不苟，輕鬆優雅地站著，足蹬木底鞋，穿著襪子，骨瘦如柴的膝蓋上塗了防曬油，膝蓋變得白燦燦。

我們的鄰居斯拉瓦可站在門廊上，看到我們的時候，他站了起來，雙手在長褲上搓揉。我不太記得小時候在湖邊度假的時候見過他，但媽媽經常提到他；他們幾乎一起長大，不知道從什麼時候開始，媽媽開始穿牛仔褲，聽強尼・凱許的歌曲；在斯拉瓦可和其他一些當地男孩子的眼中，這些舉動讓大家把她劃入「不良少女」之列，也使她成爲前青春期少年偷窺的目標。這會兒，我看得出來他帶著愧疚的眼光注視著我們。他的臉刮得乾乾淨淨，洗臉洗得破皮，一頭灰色的捲髮貼在額頭上。這副模樣再加上一雙大腳、圓滾滾的肚子，以及垮到胸前的肩膀，讓他看起來像是一隻超大的企鵝，有點嚇人。

斯拉瓦可拿了幾個派過來給我們當晚餐，這會兒他雙手不停搓揉長褲，神情緊張。一時之間，我以為外公說不定會誇張一點，給他一個擁抱，但是他們只是握握手，然後斯拉瓦可叫我一聲「小娜迪亞」、謹慎地揉揉我的肩膀，我也勉強跟他笑笑。他帶著我們看看房子。開戰之後，士兵幾乎馬上進犯，拿走一些值錢的東西，比方說我高外婆的瓷器、一位遠房姨媽的畫像、一些土耳其黃銅咖啡壺和鍋子、洗衣機。房子大多時間乏人維護，有些門窗已被拆卸下來，流理臺上都是灰塵和天花板脫落的石灰，外婆的起居室沙發組露出黃色的海綿墊，我們很快就發現一些難纏的飛蛾已在沙發上築巢。洗手間裡的馬桶不翼而飛，鋪在地板上的小小藍色磁磚已被降格為一幅殘缺不全的馬賽克拼圖。

「山羊。」斯拉瓦可說。

「我不明白。」外公說。

「他們必須敲碎磁磚，」斯拉瓦可說：「這樣一來，他們的山羊才不會在磁磚上面滑倒。」

我們跟著斯拉瓦可巡視房子的時候，我抱著小狗，不停查看外公是否流露出失望、受挫的表情，或是任何一絲準備放棄的跡象。但他始終保持笑容，我自己反倒感到悲觀，那股揮之不去的愧疚感再度浮上心頭，強烈感覺自己沒辦法跟外公一樣正面思考。外公跟斯拉瓦可說，過去幾年麻煩他幫我們照顧房子，希望不至於對他造成困擾。斯拉瓦可緊張地笑笑，連聲說不、不、當然不會。他說村裡每個人都記得外公，幫忙這麼一位聲名卓著的醫生照顧房子，怎麼會稱得上麻煩？

斯拉瓦可離開之後，外公轉身對我說：「這比我預期的好多了。」我們取出行李箱裡的東西，散步走過果園。外婆的玫瑰花已經枯萎，但是樹上的橘子和無花果豐碩肥美。外公一直往前走，這裡踢踢，那裡踢踢，仔細搜尋某樣東西。他不時會看到一個不該出現在泥土裡的東西，比方說螺絲釘、子彈、看似鐵撬或是框架的金屬碎片。在地產的後方，我們找到我們的抽水馬桶，說不定某人沒辦法把馬桶抬上坡度較陡的斜坡，所以將之棄置於此。我們還發現一些動物的屍骨，小小的骨頭支離破碎，跟玻璃一樣尖銳，外公拾起頭蓋骨檢視一番，頭蓋骨有角——說不定是隻山羊——但外公只是慢慢遞過來，對我說：「這可不是神奇的費德瑞茲。」

外公把馬桶搬進屋裡的時候，我夾著掃帚，爬上階梯走向車庫，掃除堆積在龜裂石塊上的枯葉。啤酒罐和菸蒂散落在地上，說不定是最近的事情，而非來自戰時。我還發現幾個用過的保險套，我用掃帚的尾端偷偷摸摸把保險套掃到圍牆另一端的鄰居院子裡。傍晚時分，外公和我拿幾個箱子充當桌子，坐在車庫陽臺上吃晚餐，冷掉的派餅把我們的手弄得油膩膩的。湖面平靜澄黃，偶爾出現幾隻從東方飛來的海鷗。我們每隔幾分鐘聽到汽艇的聲音，最後終於有對情侶踩著腳踏船慢慢經過。

我們像這樣坐著——外公跟我講到必須修理的東西，以及必須從鎮上購買的物品，比方說我們得幫外婆買臺冷氣機，我們也需要一部小電視，當然也得購買新的百葉窗，說不定窗戶全都換新，我們還需要一扇比較堅固的門、一些小狗的跳蚤藥品、重新幫玫瑰花園播種——聊著聊著，山坡上開始起火。這絕對不是維里摩沃的第一場火災，我們後來才知道這場大火跟其他火災的起因相同：一個醉漢加上一支香菸。我們可以看到古老礦坑所在的山頂冒出一波波黑色煙霧，大約一個鐘頭之後，燦爛的火舌沿著山丘而下，追隨順著山脈的風勢，沿路吞噬小徑兩旁的乾枯的野草和松果。斯拉瓦可過來跟我們一起在車庫上觀看火勢。

「如果風朝東吹，我們明天早上就得從房屋的灰燼裡撿拾瓷器了。」他警告我們。「你們最好注意觀察。」

有那麼一會兒，外公確信來自湖面的風將使火勢停滯在山丘高處，遠離那片像棵聖誕樹一樣著火的矮樹林。他的信念是如此堅定——而當時我相信他的想法過於天真——以至於他叫我上床休息，他自己熬夜守候，一邊打掃階梯、一邊檢閱儲藏室，而且不斷跑到外面看看。

午夜左右、當火勢蔓延到林木線以下的山脊時，外公把我拉下床——小狗和我已經在床上搶占空間，透過窗戶追蹤火勢的進展——我站在走廊上，看著外公穿上鞋子。他叫我去拿我們的護照，離開屋裡。他要幫忙鎮上的男人滅火，這表示大家必須穿過火光四濺的田野，火勢已由樹上延燒到田裡，他們得用外套和鐵鏟拍打低矮的火苗，這樣一來，花園、草坪，以及一排排人們栽種的李子樹和檸檬樹才不會起火燃燒——但是我記得，即使他知道他整個晚上都將與泥土和灰燼奮戰，他還是擦亮鞋子。我記得他的雙手和他握著擦鞋布的模樣，也記得他拿著碎布前後擦拭鞋尖，看起來好像拉奏小提琴。小狗慌亂地跑來跑去，外公用擦鞋布碰碰小狗的鼻子。然後他帶我走到戶外，來到房子後方，露臺的後牆在此處碰上果園的斜坡，山丘上的火光已經照亮乾枯的玫瑰花園、橘子樹和無花果樹。

「拿著這個。」他說，他一邊把澆花的水管擺在我手裡、一邊扭開水龍頭。「開始澆水，一直把水澆到房子上，保持牆壁和窗戶潮濕。不管妳打算做什麼，絕對不要讓門開著。如果情況變糟——娜塔莉亞——如果火苗濺到牆上、房子開始起火，妳就跑向湖邊。」然後他把外婆早已遺失的長柄深鍋蓋在我的頭上——過去十年來，這個蘋果紅、來自義大利的舊鍋子始終不見蹤影，那天晚上外公檢閱儲藏室時，鍋子頭一次重新冒了出來，外公肯定認爲鍋子會提供某種特殊保護——逕自轉身離去。我記得他的鞋子踏在碎石上，以及入口柵門被拉開的聲音，我也記得他只有那麼一次讓柵門開著。

媽媽總說害怕和痛苦是立即的，但當它們消失之時，我們腦中只剩下朦朦朧朧的概念，而不是眞正的記憶——不然的話，根據她的推論，母親爲什麼願意再經歷一次生產過程？當我回想起失火的那天晚上，我想我了解她的意思。我多多少少知道大家承受極大傷痛，熾熱的大火從山丘上的舊村莊一路延燒，橫掃斯拉瓦可的農地和我們家的橘子果園，呑噬無花果樹和杏仁樹，大火熊熊，松果好像餘燼一樣嘶嘶悶燒，感覺似乎燒了好久，最後才砰地爆裂，令人難以忍受。你若感覺呼吸困難，著實一點都不誇張；我知道當火苗穿過松林直直落下、急急飛向磚牆之際，我光裸的雙臂上已經毛髮豎立；我知道我站在那裡，身體一側面向大火，水珠點點灑落在牆壁、門扉，以及百葉窗緊閉的窗戶上，我心想，水氣這麼快就揮發，有時候甚至似乎還沒碰到房子就消散，愈想愈訝異。但我眞正記得的是自己荒謬滑稽的身影：我足蹬紅色夾腳涼鞋，身穿下緣脫線、印有「天生跑者」字樣的貼身運動衫，頭上頂著外婆最寶貝的長柄深鍋，雙手叉腰，腋下夾著那隻歇斯底里的小胖狗，小狗的心臟貼著我的手腕，宛如板球一樣撲通撲通猛跳，水龍頭噴出的水嘶嘶地噴灑在屋子背面，以防屋子起火。

但我卻百分之百記得隔壁的女子。那天晚上某個時候，我轉身發現她站在她家門口看我澆水滅火。我記得她穿了一件小碎花的家居服，鈕扣扣上，她的白髮已從高高的髮髻中鬆落，和著汗水垂落在火光之中的臉頰上。我不知道她已經在那裡站了多久，但我以爲說不定認識她。我確定她即將伸出援手，我也肯定自己對她笑笑，因爲她忽然對我說：「笑什麼笑？妳這隻大母豬！」

我回頭繼續澆水。

即使是那天晚上，大家最終也有辦法苦中作樂。人們向來就是如此。大家經常笑談那場大火，拿斯拉瓦可家的烤肉大餐開玩笑——時間愈來愈晚，豬隻、雞群和山羊在畜欄裡漸漸燒成灰燼——絕對沒有人會提到，隨著火勢逐漸逼近，他們只有五、六個鐘頭把動物趕出來，制止牠們發出慘叫，而動物的尖叫聲終究壓過大火震耳欲聾的噪音。絕對也沒有人會提到，當時大家都非常確定將會發生更多戰事，以至於他們寧願讓家禽家畜在畜欄裡燒成灰燼，也不願出手解救，以免到後來只是眼睜睜看著我們的士兵回返，再度從他們手中奪走一切。

到了早晨，火勢已經熄滅，或是延燒到其他地方，但是太陽逐漸升起，到哪裡都躲避不了熱氣。屋裡件件家具都蒙上白濛濛的灰燼，我打開電風扇，拉下百葉窗，阻隔凝滯在房子黑色斜坡上頭的朝陽。

外公天亮不久之後返家。他穿過柵門走進來，氣喘吁吁，隨手帶上柵門，走進屋裡。他沒有抱抱我，只是伸出一隻手擱在我的頭頂上，一擱擱了好久。灰燼已經悄悄飄入他臉上的皺紋、他眼角的魚尾紋，以及他嘴邊的細紋。他梳洗一下，然後在廚房的小桌子旁坐下，一邊掏出指甲縫裡的煙塵，一邊抱著小狗在他大腿上彈跳，《森林王子》攤開放在他前面的一條手帕上，我則在一旁準備煎蛋、吐司，和一片片西瓜當作早餐。

接著他又跟我提到死不了的男人。

＊

外公拿著他的手帕輕拍《森林王子》灰白的書角，緩緩說道：

一九七一年，離這裡不遠的一個村莊發生了一樁奇蹟。有些小孩在瀑布附近玩耍，白色小瀑布的清水流入懸崖下面一個深邃的坑洞。有一天，孩子們在那裡玩耍時，看到水中出現聖母馬利亞。馬利亞只是站在那裡，張開雙臂，孩子們跑回家告訴爸媽，忽然之間，大家盛傳這是奇蹟之水，孩子們每天跑到瀑布旁邊觀看聖母馬利亞，大家忽然將教堂重新命名爲「聖水馬利亞教堂」。人們從各方蜂擁而至，打從西班牙、義大利、奧地利前來瞻仰這個小小的水洞。眾人坐在教堂裡看著孩子們，而孩子們成天坐在水邊、盯著水裡說：「沒錯，我們看見她——她還在那裡。」一些主教很快前來爲聖水賜福，忽然之間，不知道從哪裡冒出巴士團，醫院和療養院組團來訪，安排病人過來參觀瀑布，在水裡泡一泡，治療疾病。我說的是貨眞價實的患者——那些腦性痲痺、心臟出了問題、得了癌症的病人。其中很多人來自肺結核診所，然後甚至來了一些無法行走的病人，那些人只剩下最後一口氣，被人抬著送過來。有些人已經病了好多年，沒有人知道他們哪裡出了問題。聖水教堂分發毯子，那些病人全都坐在教堂周圍，花園和中庭擠滿了人，甚至一路延伸到人行道上，大家只是坐著等候，在那種大熱天裡，蒼蠅繞著病人飛舞，病人把腳浸在水中、把臉埋在水裡，而且拿出瓶子裝水回家。妳知道我這個人，娜塔莉亞——一個缺了雙腳的男人自個兒慢慢爬下陡峭的懸崖懺悔告解，好讓自己坐在水洞裡，說服自己會好起來。對我而言，沒有任何事情比這幅景象更能影響我的心情。

因此，學校請我召集一小群人，馬上過去看看。他們認爲此行有些風險——這些人全都奄奄一息，危在旦夕，心情想必始終緊繃。校方希望我設置一個診療中心，說不定提供一些免費藥物。我帶著大約十二位護士過去，我們一到就明瞭這座聖水瀑布距離任何地方都非常遙遠，而且附近唯一的建築物是教堂，村裡大小事情全都繞著教堂打轉，或是發生在教堂之內。附近沒有醫院，沒有旅館——再等二十年才會有這些設施。聖水奇蹟發生得太快，大家還來不及想辦法藉此撈一筆。教堂安置那些垂死之人，但是教堂只能讓他們待在地窖裡。聖壇下面有一扇門，你下樓梯往下走，樓梯直通石砌的地窖，死人像磚塊一樣疊在地窖的牆邊，在這裡你也可以看到垂死之人躺在地上，身上裹著毯子，那股臭氣足以讓你想要自殺，因爲除了生病的氣味之外，這些垂死之人還食用教堂供給的食物：他們吃當地農夫從小島另一邊帶過來的蘋果和橄欖，他們也吃麵包，整個地方充滿酸臭的味道，這股味道鑽進你的衣服和頭髮裡，而且你到哪裡都躲不了。

更糟的是，除了垂死之人前來祈禱之外，本島的人也搭乘渡輪過來慶祝，大家飲酒作樂、大吃大喝，向聖母馬利亞致敬。神父們晚上經常發現五、六個醉漢倒臥在教堂附近，神父們把這些醉漢安置在與地窖相連的小房間，好讓他們睡個通宵醒酒。神父們沒有其他地方安置醉漢——他們把醉漢關起來，這樣一來，醉漢就不會出去四處閒蕩。但是你可以想像當醉漢半夜醒來、發現自己躺在一間黑暗的石頭房間裡的時候，會做何反應。醉漢從頭到尾不停發出噪音，你整晚都可以聽到他們叫囂啜泣，那些擠在圓柱周圍、躺在洗禮池前方睡覺的垂死之人，也可以聽到醉漢在地窖裡的哭嚎，他們一定覺得聽起來像是死者正在召喚他們回家。

不久的將來，你會知道周圍都是垂死之人是什麼感覺。他們始終等待，尤其是在睡夢之中，等得最爲心焦。你跟他們在一起的時候，你也跟著等待，自始至終估量他們的呼吸和嘆息。

我跟妳講的那個晚上，隔壁關醉漢的小房間比平常安靜一點。我讓護士們休息一個晚上，好讓他們到本島享用週末晚餐，我想他們隔天早上才會回來。我不可能休息，但是我一個人靜一靜，其實也還好。沒有人跟我一起值班，提醒我照顧那些垂死之人。我有一盞小油燈，我偶爾站起來走一走，巡視一排排熟睡中的病人，摸摸他們的臉頰。有時候有個病人發高燒、或開始嘔吐，我拿藥給他們吃，提著油燈站在他們旁邊。他們覺得燈光比藥物更讓人心安。有個男人咳得非常厲害，我對他不抱太大希望，時候到了，我也不確定怎麼幫他，但是只要附近有燈光，他的咳嗽聲就變得稍微輕緩。

我就這麼前後巡查，走著走著，我聽到有人說：「水。」

當時非常暗，我辨識不出聲音從哪裡來，於是我輕聲說：「誰在講話？誰要喝水？」

好一陣子沒有答覆，然後我又聽到聲音，有人非常小聲地說：「拜託，水。」

我舉起油燈，放眼望去都是裹著毯子睡覺的人，我只看到他們的背、他們的臉。沒人舉起手來叫我，也沒有人睜開眼睛看我、跟我討水喝。

「哈囉？」我說。

「是的——這裡。」那個聲音說。「對不起，但是——水。」

那個聲音非常微弱，聽起來幾乎像是被人高高抬在空中，遠遠在我頭頂上方，所以其他人都聽不到。我舉起油燈，轉了一圈又一圈，看看是誰在說話，然後那個聲音又說：「醫師先生，過來這裡，拜託，水。」語調非常有耐性。這下我聽出聲音來自關醉漢的小房間。起先我心想：八成是哪個酒鬼醒來，不知道怎麼回事跑了出來，這會兒幫我製造麻煩。但是門緊緊關著，我拉一拉，門沒開，聲音又說：「我在這裡——醫師先生，我在下面。」我伸出手摸摸牆壁，終於在靠近地板附近的石頭之間摸到一個小洞，此處的石頭被挖出來、或是被敲開，露出一道非常小的缺口。我抬高油燈，但我只看到裡面一片漆黑。我把臉貼近洞口說：「你在裡面嗎？」

那個聲音說：「是的，醫師先生。」講話的人坐在洞口旁邊，朝著洞外跟我討水喝。我不知道怎樣把水透過這麼小的缺口遞給他，但我打算試試看。但我還沒來得及告訴他，那個聲音就說：「醫師先生，這眞是一個令人愉快的驚喜。」

「對不起？」我說。

「眞高興又見到你。」那個聲音愉快地說，然後等著我回答。我非常困惑，試圖想想講話的人是誰。我跟自己說：**哪個我在家裡附近認識的傢伙會專程跑到這個荒涼的小島，結果卻落得被關在醉漢拘留所？**我想這人八成是妳母親的某個白癡男友，既然這樣，我打算把他留在那裡，也不會拿水給他喝。但是這種討水喝的狀況，以及這人跟我討水喝的語氣，讓我隱約感覺好像認識講話的人。我默不作聲，那個聲音也容忍我的沉默。過了好一陣子，那人又說：「你一定記得我。」但我還是不記得。「已經過了十五年，醫師先生，但你一定記得咖啡渣、腳踝上的鏈條，和湖邊吧？」然後我才知道那是他——那個死不了的男人——我依然默不作聲，因爲這下我不知道該說什麼。他一定認爲我之所以不說話，原因在於我不記得他，所以他繼續提醒我：「你一定記得我，醫師先生——你記得那個棺材裡的人吧。」

「當然記得。」我說，因爲我已經相當吃驚，而且我也不想聽他提起任何有關鏈條和湖邊的事情。對我而言，那是一場可鄙的夢，也是多年之前、年輕愚蠢的我所冒下的天大風險。我沒辦法這樣隨便想起。「你是蓋夫朗・蓋列。」

「喔，我眞是太高興了。」他說。「醫師先生，我好高興你記得我。」

「嗯。」我說。「這可眞是不尋常。」跟蓋夫朗・蓋列這個傢伙在黑暗中面對面，看不出他是眞是假，感覺相當奇怪。妳得了解啊——一個男人沉到湖裡，在水底待了大半夜，結果卻沒死。親眼看到這種事情是一回事，試圖解釋又是另一回事。你不會想要跟自己提出解釋，因爲你知道你絕對不會再碰到這種事情。你也絕對不會再遇見另一個兼具肺魚功能的男人。誠如我先前所言，你不會想要對自己提出解釋，你當然也不會跟其他人說明，然後你就愈來愈不想了解那是怎麼回事，直到你幾乎將之遺忘。

好吧，死不了的男人想要喝水，但我手邊的水瓶或是勺子都無法穿過洞口，於是我們兩個人啊、死不了的男人和我，沉默地坐在那裡。他非常口渴，但是妳知道嗎？他從來不焦躁，也不抱怨。他問我在這裡做什麼，我跟他說我來這裡照顧垂死之人，他說眞是太巧了，他也是爲此而來。

我正打算不要多問、根本不談此事，他就開口：「他死了沒有？」

「誰？」我說。

「那個咳嗽的男人，他快死了。」

「今天晚上沒有人會死，謝啦，我相當確定。」

「你錯了，醫師先生。」他說，聲調熱切。「今天晚上會有三個人走。那個咳嗽的男人、那個患了肝癌的男人，以及那個看起來好像消化不良的男人。」

「你別胡說八道。」我說。但是這整個狀況讓我有點擔心，因此我站起來，不管三七二十一，拿著我的油燈四處走走，巡視一下睡夢中的人。我沒有看到任何人有異樣。我走回來跟死不了的男人說：「別鬧了，今天晚上我不跟你多說，我不打算聽信一個醉漢的醫療提示。」

「喔、不，醫師先生，」他說，這下聽起來充滿歉意，「我沒醉，我已經四十年沒有喝醉酒。我今天早上大吵大鬧、不肯離開，所以他們把我關在這裡。」我沒有問他爲什麼大吵大鬧，但我在洞口徘徊，沒有走開，於是他告訴我：「我這幾天在這裡賣咖啡，今天我跟那個咳嗽的男人說他會死。」

忽然之間，我意識到我見過他——我見過他，卻視而不見，因爲過去三、四天裡，聖水附近有個傢伙販賣咖啡，那人身穿傳統土耳其服飾，在瀑布附近賣咖啡給大家。我從來沒有注意看看他，這會兒我才想到，說不定那人就是死不了的男人，只不過他的容貌肯定隨著歲月而改變，所以我不曉得。我眞是不敢相信，我對自己說，我眞是不敢相信有人居然假裝販賣咖啡，跟大家開這種可怕的玩笑。

「你絕對不能這麼做。」我對他說。「來這裡的人病得很重，他們來這裡禱告，你絕對不能像這樣嚇他們。」

「但是你也來到此地，這表示你也不太相信他們的禱告會得到應允。」

「但我還是讓他們禱告。」這下我非常生氣。「你絕對不能再這麼做。他們病得很重，他們需要安寧。」

「但這正是我的用意。」死不了的男人說。「我帶給他們安寧，這就是我的工作。」

「你到底是誰？」我說。「說眞的，你在這裡做什麼？」

「我來這裡贖罪。」

「你爲了聖母馬利亞而來？」

「不，我爲了我叔叔而來。」

「你叔叔。無論如何總是扯上你那個該死的叔叔。你向你叔叔贖罪贖得還不夠嗎？」

「我已經虧欠他幾乎四十年。」

又來了，我心想。我跟他說：「你欠他的這筆債肯定相當可觀。」

死不了的男人變得非常安靜，過了幾分鐘之後，他說：「啊，我想起來了，醫師先生，你也欠我東西。」

他講話的語氣，讓整個室內似乎瞬間停滯。我直接讓他想起多年之前我們在橋上打賭之事，但我也覺得他耍了我一道，說不定是他把我引入這個話題。我確定他知道我沒有忘記。萬一我忘了，他也不介意幫個忙，做出提醒：「那本書，醫師先生，你用那本書作爲賭注。」

「我知道我用什麼作爲賭注。」

「當然、當然。」他說。我聽得出來他相信我。

「但是我可沒有承認你贏了。」我說，我好氣他自以爲有權擁有一切，也生自己的氣。我翻開大衣，搜尋書本，而我發現書還在那裡。

「我確實贏了，醫師先生。」

「我們打賭證據，蓋夫朗，而你沒有提出任何證據。」我說。「你做的一切都可能是騙人的把戲。」

「你知道不是如此，醫師先生。」他說。「你說你願意打賭，條件相當公平。」

「當時非常晚，」我說：「我也幾乎不記得。你大可藉由數千種方式待在水底那麼久。」

「我可沒有。」他說，口氣頭一次聽來慌張。「你對我開槍也沒關係，」他說：「但我被困在牆裡。」

而你他媽的最好待在那裡，你這個瘋子。我心想，明天早上把他從醉漢拘留所放出來的時候，我們最好請精神病院派個人過來等候。我們必須找個人幫助他，這樣一來，他才不會四處晃蕩，把大家嚇得半死。大夥終究會稱他爲魔鬼——他們會說魔鬼來到聖水瀑布，然後將是一片驚慌。我發現自己想要羞辱他，我想叫他把後腦勺貼在牆壁上，好讓我摸摸上次見面時、他腦袋上的子彈彈孔——但是我沒有這麼做。我心裡多少也覺得羞愧，因爲我沒有忘記打賭一事，我也沒有忘記當初他信心滿滿地請我對他開槍——他也不是頭一次對我提出這種要求——那副模樣讓我不禁懷疑自己。既然現在時間已晚，況且除了跟他講話之外，這裡也沒有其他事情可做，我就繼續跟他聊聊吧。

「好吧。」我說。

「什麼好吧？」死不了的男人說。

「我們姑且假設你說的是眞話。」

「眞的，我們姑且假設。」

「你跟我解釋一下這種可能性。既然你沒辦法跟我證明，你最起碼跟我做個解釋。我們姑且這麼說吧——你怎麼可能死不了？你生來如此嗎？你一出生，而你的神父說——嗯，這人死不了。這怎麼可能？」

「這不是某種與生俱來的天賦，而是一種懲罰。」

「我猜大部分的人都不會這麼想。」

「喔，那你就錯囉。」他說。

「最起碼這個房裡的每個人都不會認爲那是一種懲罰。」

「他們會停留在目前這種狀況。死不了並不表示沒有病痛。」

「這麼說來——這事怎麼發生的？」

「嗯。」他慢慢道來。「讓我從我叔叔開始說起。」

「老天爺喔——又是你叔叔。好吧，跟我說說你叔叔。」

「我們姑且假設我叔叔是死神。」他這種口氣好像是說我叔叔是札里科、我叔叔是弗拉基米爾。

他稍作停頓，讓我好好想一想這話，當他沒聽到我的回應時，他說：「我們可以這麼假設嗎？」

「好吧。」我終於說。「好吧，我們姑且假設你叔叔是死神。這怎麼可能？」

「他是我爸爸的兄弟。」他自然而然說出口。**該隱是亞伯的兄弟；羅穆盧斯是瑞摩斯的兄弟；睡神是死神的兄弟；死神是我爸爸的兄弟。**[3]

「但是怎麼可能？」

「那不重要，」死不了的男人說：「重要的是我們在做假設。」

「好吧，我們姑且繼續假設。你身爲死神的侄兒，那麼我想你生來就死不了囉？」

「完全不對。」

「這我就想不通了。」

「不管怎樣，事情就是如此。死神不止我一個侄兒，那些比我大的親戚並非死不了。」

「好吧。」

「好，我們姑且假設我這個叔叔讓我享有某些特權。比方說我滿十六歲的時候，我叔叔對我說：『如今你已成年，我要送你一件大禮。』」

「我以爲那是一種懲罰。」

「沒錯。但他提到的那份禮物不是死不了。死不了是之後的事情。他對我說：『你要什麼都可以。』我費盡思量，想了三天三夜，然後過去找我叔叔，跟他說：『我想我要成爲一個偉大的醫生。』」

我覺得這話聽來不太可信，你怎能請求死神讓你變成一個良醫？我也這麼跟他說。「你那一行會毀了他這一行。」我說。

「我叔叔覺得無所謂。」死不了的男人說。「因為即使我醫好每一個上門求診的患者，世間所有的臨終之言依然隸屬於他。他跟我說：『很好，我給你這份禮物——你會成為一個良醫。你有能力馬上判定這人會不會死，憑著這一點，你就會成為一個很棒的醫生。』」

「這下你成了頭一個。」我說。「我的意思是說，頭一個能夠有效推測自己會不會失去患者的醫生。而且啊，在你之後，果真再也沒有其他人辦得到。」我對自己這番話感到得意洋洋。

「你若繼續講些俏皮話打斷我，我們談不出任何結果。」死不了的男人說。「你請我跟你說一些關於我自己的事情，這會兒你卻嘲笑我。」

「對不起。」我說，因為我很少聽到他如此不耐煩。「拜託，請繼續。」

我聽到他移動的聲音，他顯然換個比較舒適的姿勢，準備講述他的故事。「好吧，我叔叔給我一個杯子，他跟我說：『人們的生命在這個杯子裡來來去去，你用這個杯子請人喝咖啡，他喝了之後，你會看出他生命的軌跡，不管他活不活得下去，你都看得出來。如果他病了，但是不會死，咖啡杯裡的軌跡將會靜止不變，然後你必須請他打破杯子，你也必須請他繼續前進。但是如果他不久於人世，軌跡將會指向偏離他的一方，若是如此，杯子必須保持完整，直到他碰到我為止。』」

「但我們都會死。」我說。「向來如此。」

3 羅穆盧斯和瑞摩斯是孿生兄弟，同為羅馬神話的戰神之子，兩人都喝母狼的奶水長大，後來哥哥羅穆盧斯殺死了弟弟瑞摩斯。

「我就不會。」他笑笑說。「但話說回來，只有我一個人根本沒有在杯裡留下任何痕跡。」

「但是，說眞的——每個活人的軌跡不都是朝向你的死神叔叔嗎？每個人不也難逃性命垂危嗎？」

「醫師先生，你眞的想讓我看起來一點用都沒有，是嗎？」他說。「如果死神正在快步接近，人們在杯裡就會留下軌跡。這就像是一個人踏進房間之後，他就看不到自己走進來的那扇門，因而無法離開。他絕對已經患病；他的軌跡也已固定。」

「但是你怎麼還有杯子？」我說。「你不是說如果病人沒事，你就得打破杯子嗎？」

「啊，」他說：「我很高興你問到這一點。病人一打破杯子，我的大衣口袋裡馬上出現一個新的取而代之。」

「還眞方便。」我略微憤怒地說。「你這會兒躲在牆後面跟我講起這事，而且不能示範你那些取之不盡、用之不竭的杯子。」

「就算做出示範，我也不能跟你證明什麼，醫師先生。」他說。「你只會說我在變魔術、耍了另一套把戲，我這就知道接下來會如何：你會把杯子猛丟到地上，我從大衣口袋掏出一個新的杯子給你，直到你想不出任何惡劣的形容詞罵我，最後到處都是瓷杯的碎片。除此之外，」蓋夫朗・蓋列不急不徐說出最後這句話：「你怎麼知道你今天晚上幸運到可以打破杯子？」

雖然我不相信他，娜塔莉亞，我仍然覺得渾身發冷。接下來一片沉默，過了一會兒，他說：「我對天發誓，我眞的想要喝點水。」我跟他說這一點我幫不上忙，他說：「沒關係、沒關係。好吧，我憑著手中的杯子，成了一個傑出的醫生。我可以告訴大家誰會活下來、誰會離開人間，我跟你說啊，當年這可是一件了不起的大事。起先上門的是一些鄉下人，他們毛病不大，心中卻非常恐懼，因爲每一件他們不了解的事情都讓他們害怕。有些人辭世，有些人活了下來；但是最令大家驚訝的是，其他醫生告訴一些人說他們絕對活不了，我卻獨排眾議，擔保他們活得下去。他們大驚小怪，緊張萬分，他們跟我說，我從來沒有感覺這麼糟，怎麼可能活得下去？但是他們總是慢慢康復，然後向我致謝。在這方面，我當然從來不會出錯。很快地，那些將會康復的人百分之百信任我，對他們而言，這種心態本身就是某種良藥。」

「確定性。」我說。

「沒錯，確定性。」蓋夫朗．蓋列說。「隨著時間演進，就連那些注定病逝的人也稱我爲奇蹟創造者。他們跟我說，你救了我姐姐，你救了我爸爸，如果你幫不了我，那麼我知道我注定得走。雖然我年紀相當輕，但已遠近馳名。忽然之間，工匠們上門求醫，然後是藝術工作者——畫家、作家、樂師——接下來是商人，鄉鎮市長和軍師們也跟著前來，最後領主和公爵也上門，我甚至幫國王殿下看了一次病。『如果你幫不了我，』他說，『那麼我知道我注定得走。』六天之後，他們將他下葬，而他帶著笑容走進墳墓。雖然尙未領悟，但我已經意識到只要提及我叔叔，無論哪個人都會害怕，而且他們的懼意都相當嚇人。」

有個睡著的人開始咳嗽，然後又安靜下來，張著嘴巴輕聲呼吸。

「但是最嚴重的恐懼出自未知。」蓋夫朗．蓋列說。「他們當然不確定跟我叔叔碰面之後將會如何。但是他們最不確定的是自己的無爲與怠惰：他們已經做得夠多了嗎？他們是否及早發現自己的疾病？他們是否已經找了最値得求助的醫生、吃了最好的藥、說了最適切的禱詞？」

我說：「那就是爲什麼他們來到此地。」

但是死不了的男人沒有注意聽：「在此同時，由於他們的恐懼，我的聲譽日漸卓著，愈來愈得到尊崇，全國上下都知道我是個醫療師，一個若是無法扭轉情況就不收錢的誠實大夫。」

「我從來沒有聽說過你。」我說。

「那是好多年前的事情。」他說，聽來毫不驚慌，實在令人稱奇。

「好吧，這個了不起的事業怎麼出了問題？」

「當然是我犯了錯。」

「該不會是跟一個女人有所牽扯吧？」

「沒錯——你怎麼知道？」

「我想我聽過諸如此類的事情。」

「你不會聽過這種事情，不，你不會的。」他愉悅地對我說。「這次是眞的。這次我說的是實情。沒錯，那是一名年輕女子：她是一位絲綢富商的女兒，生了重病，醫生們都說她已經無藥可救。他們說她突然之間生病，不可能好起來。她發高燒，脖子和後腦勺劇痛。」

「她患了什麼病？」我說。

「當年疾病的名稱尙未普及。」蓋夫朗．蓋列說。「有時你講不出病名，僅僅說是死於死神之手。這個年輕的女孩深受大家喜愛，而且快要結婚。我看得出來她爸爸請我過來，這樣一來，他說不定就能聽天由命、告訴自己已經盡了全力。年輕女孩病得很重，非常害怕。但她沒有放棄希望。雖然她周圍的人希望我告訴他們沒關係、放棄了也無所謂，但她尙未放棄。她對我毫無所求，只是希望我了解她還沒做好離開人間的準備。」

我什麼都沒說。

死不了的男人繼續說：「我請她喝咖啡，我看看杯裡，眼前赫然出現一道生命的軌跡。咖啡渣凝聚成一條細線，指向偏離她的一方，而且她病得很重，身體非常虛弱。但她不放棄，即使我跟她說出我的診斷、告訴她我從來不會出錯，她依然不放棄。她沒有出手打我，或是叫我滾出去；連著三個晚上，她反而這麼緊抓著自己的堅持，不肯鬆手，而我只能盡量減輕她的痛苦。」他沉默了一會兒，然後繼續說：「我花不到三天就愛上她——其實我頭一天就墜入愛河。但是到了第三天，我依然守在她身旁，在此同時，她靠著怒氣支撐下去，我看了愈來愈絕望，也愈來愈愛她。我請她打破杯子，她的身體虛弱到我必須握住她的手腕，幫助她動手，即使如此，她的動作依然笨重遲緩，她把杯子在床邊敲了三次才打破。」

他沉默了一會兒，他一語不發，只是坐在牆後，悄悄動一動。我說：「在那之後，我想你叔叔肯定很生氣。」

「生氣，沒錯。」死不了的男人說。「但是比起後來，他那時的憤怒不算什麼。他警告我：『你的行爲眞是可鄙，而且背叛了我。但你是個年輕人，而且談戀愛談昏了頭，因此，這次我不予追究，但是下不爲例。』」

「聽起來很大方。」

「大方極了。但是後來我們發現，我心愛的人不只是患病，而是眞的生了重病。我們一起逃走，共同創造我們的生活，同樣的情況卻再度發生。她臥病在床，我請她喝咖啡，眼前又出現那道軌跡，軌跡像是一張車票、或是銀行的協議書一樣明晰。但我依舊幫她打破杯子。少了她，我活下去還有什麼意義？然後我叔叔找上門。他說：『你是個大笨蛋，你不是我兄弟的小孩。我縱容你一次，但我不會再度放任。從今天起，我再也不需要你，也不要跟你有所牽扯。你永遠不會死，終其一生，你將天天尋求死期，而且永遠找不到。』」講到這裡，死不了的男人笑笑，我的腦海中充斥著一股可怕的靜默。「你瞧，醫師先生，」他說：「在那一刻，我叔叔終究帶走了我心愛的女人。接下來好幾年，我照常過日子，心中堅信我叔叔說得沒錯，我永遠再也找不到她，也永遠碰不到一個像她的女子。但是過了六、七年，我注意到我的臉龐、雙手和頭髮都沒有改變，那時我才開始懷疑究竟是怎麼回事，然後我得到證實。」

「怎樣？」我慢慢說。「你怎樣得到證實？」

「我從拿波里的一處懸崖跳下去。」他說，口氣相當淡然。「跳到崖底時，死神並沒有在那裡等著我。」

「懸崖多高？」我說，但他沒有作答。

「但我依然擁有杯子。於是我繼續過日子，說服自己我叔叔終究會原諒我。一年年過去，我忽然發現自己再也不把杯子交給那些我希望他們活下去的人，反倒把杯子交給那些我確定會死的人。」

「爲什麼？」我說。

「我發現自己尋求垂死之人的陪伴。」他說：「因爲我感覺我可以在他們之間找到我叔叔，但是他始終避不見面。儘管如此，我連著好多天都可以看到剛剛死去的人，我花了好久才意識到他們是什麼，因爲啊，身爲醫生，我知道自己看不到死去的人，但是我想我叔叔故意讓我看到他們。我看到他們孤獨地站在田野、墓園附近和交叉路口，等待他們的四十天喪期期滿。」

「爲什麼是交叉路口？」我說。

他對我的無知感到有點訝異。「生命的軌跡在交叉路口相會，生命也在此發生變化。以他們的情況而言，生命的路途在此轉向死亡。四十天期滿之後，我叔叔就在這裡等著他們。」

「墓園呢？」

「有時他們感到困惑，不確定何去何從，自然而然慢慢飄向自己的肉體。當他們飄向墓園時，我動手召集他們。」

「如何召集？」我說。

「一次招攬幾個。」他跟我說。「我在他們聚集之處，一次招攬幾個。比方說醫院、教堂、坍塌之時的礦坑。我把他們招攬過來，把他們留在我身邊四十天，然後帶著他們走到交叉路口，把他們留給我叔叔。」

「這會兒你招攬了幾位啊？」我說。

「我是說眞的，醫師先生。」他聽來有點失望。

我拿死者開玩笑，自己覺得有點慚愧。我說：「如果他們遲早會走向你叔叔，你爲什麼要招攬他們？」

「因爲他如果知道他們平安無事，而且正朝著他走來，」死不了的男人說：「他會感覺事情變得容易一點。有時候他們四處晃蕩，找不到路再度回家，四十天期滿之後迷失了方向。你很難找到他們，他們心中開始充斥著惡意與恐懼，而這股惡意擴展到生者身上，影響到他們心愛的人。」說到這裡，他的口氣變得憂傷，好像談到失落的孩童。「然後生者就會自己想辦法。他們挖出屍體，爲屍體賜福；他們埋葬死者的私人物品，幫死者準備金錢。有些時候，死者的靈魂因而被召回，然後跟著我到交叉路口，即便靈魂已經流浪了好多年。」他接著說：「我也必須坦承，我自始至終希望我叔叔會原諒我。」

這下我心想，如果這是眞的——而我相信不是——他還眞會講故事，讓故事中的他聽起來慷慨大方，帶來希望，其實最終而言，他似乎只是爲了自己才幫助別人。我當然沒有這麼說。

我反而說：「你爲什麼知會那些快要死的人？」

「這樣他們才可以準備，」他馬上說：「這樣也讓事情變得容易一點。你曉得吧，人們總會掙扎。但是如果他們知道——如果他們曾經想一想——有時候心中就不會如此掙扎。」

「但是，」我說：「嚇唬垂死之人似乎不公平，你不應該專挑他們、懲罰他們。」

「但是垂死並非懲罰。」他說。

「只有你覺得不是，」我說，忽然之間感到生氣，「只因爲你失去了這種權利。」

「我們還是不了解彼此。」他說。他曾經對我這麼說，而當他這麼說的時候，他總是好有耐性。「死者值得頌揚，死者受到愛戴，他們給予生者一些東西。你一旦把某樣東西埋進地底下，醫師先生，你永遠知道哪裡可以找得到它。」

我想跟他說，**生者也值得頌揚，而且被愛**。但這個話題已經持續夠久，他似乎也有同感。

「好吧，醫師先生。」死不了的男人說，聽起來好像正準備坐起來吃飯。「我必須請你放我出去。」

「我辦不到。」我說。

「你一定得放我出去，我需要水。」

「這不可能。」我說。「如果我有鑰匙放你出來，難道我不會早就拿水給你喝了嗎？」但我稍微想了一下，如果我有鑰匙，我會不會放他出來呢？我沒有跟他說其實我很高興他沒辦法出來，也無法從我手中拿走那本書，即便我依然不相信自己賭輸了，他若把書拿走，我認爲那是不公平的。我接著說：「假設我相信你——而我眞的不信——我也不確定自己能否負起責任，放走一個來到此處、把我的患者集中起來送進墳墓的人。」

死不了的男人聽了大笑。「不管我在裡面或是外面，他們都難逃一死。」他說。「我無法引導生死的軌跡——我只是讓事情變得容易一點。請你記得，醫師先生：那個咳嗽的男人、那個患了肝癌的男人，以及那個看起來好像消化不良的男人。」

我們好像用垂死之人玩起猜戰艦遊戲。我跟他講，希望他會笑兩聲，但他只跟我說：「醫師先生，下次你依然欠我一項賭注。」

我在那扇門邊坐了好久，然後我相信他睡著了。我起身繼續巡視，但是，娜塔莉亞——我老實跟妳說——那天晚上他們一個接著一個走了：先是那個咳嗽的男人，然後是那個患了肝癌的男人，最後是那個看起來好像消化不良的男人。他們照著那個順序過世，但等到我們失去最後那個患者時，修士們已經回來幫我，他們主持儀式、闔上死者的雙眼、交叉死者的雙臂，周遭所有垂死之人全都傷心悲痛，驚慌不已，他們一邊觸探自己全身、一邊問我：**還沒輪到我吧，醫生，對不對？**

等到我過去看看死不了的男人時，修士們已經打開地窖，把醉漢們趕入晨光之中，而他早已不見蹤影。

第七章 屠夫

當路卡和喬沃帶著羅難鐵匠的步槍從山中回到村裡的時候——他們對鐵匠之死撒了漫天大謊，而且極度誇大鐵匠臨死之前的時刻，以至於戰爭結束很久之後，鄰近的村落依然傳誦鐵匠的槍法和勇氣——外公看到獵殺行動敗北，心裡鬆了口氣。獵人們上山的那個漫長午後和夜晚，他思索著自己和老虎在燻肉房的相遇。女孩爲什麼在那裡？她從頭到尾都在那裡嗎？她在做什麼？

他確定她絕對無意傷害老虎。當老虎顯然逃脫時，他也確定她對他心照不宣地笑笑。外公思索下次碰面時跟女孩說些什麼，他知道她無法回答，他該如何請問女孩看到了什麼，以及老虎是什麼模樣？這下老虎成了他們兩人共有的祕密。

外公確定他們會在鐵匠的追思會上碰面。星期天下午，他站在懸掛著白布、令人窒息的教堂後方，審視教區民眾一張張凍得發紅的臉龐，但他沒有看到她。追思會結束之後，他在外面沒有看到她，當週星期三的市集也不見她的蹤影。

外公不知道除了步槍之外，路卡還從山上帶回其他東西：那塊獵人們在林間空地撞見老虎時，老虎口中嚼食的豬肩肉。外公不知道獵人們回到村裡的那個下午，路卡走進他那位於田邊的安靜家中，慢慢把鐵匠的槍擺在門口，猛然把豬肩肉甩在聾啞女孩的臉上，而聾啞女孩早就伸出雙手懷抱腹部，跪在屋裡的角落。外公不知道路卡把聾啞女孩打得肩膀脫臼，而且抓著她的頭髮把她拖進廚房，強將她的雙手貼在爐子上。

外公一點都不知道這些事情，但是其他村民不說也知道路卡打太太。當她一連好幾天不見人影、鼻子冒出一道道血跡、眼裡出現凝滯而久不消散的血塊，大家看在眼裡，心知肚明，猜都猜得出來路卡家裡發生了什麼事。

我不難簡化這個狀況，說不定更可以大剌剌地說：「路卡打太太，所以他罪有應得，值得承擔接下來發生在他身上的事情。」但是如今我試圖了解外公不曉得的一些往事，我想我非得這麼說不可：「路卡毆打妻子，而這就是爲什麼。」

村裡幾乎每個人都在蓋里納出生，路卡也不例外，他出生在那棟他一直住到死的家宅之中，終其一生，他都認得出斧頭、屠夫的砧板，以及秋天屠宰動物的濕黏氣味。即使在那離家十年、滿懷壯志的期間，市集廣場上的羊鈴聲依然激起一股莫名的激盪，那種情緒複雜交錯，令人痲痺，不可能只是單純的鄉愁。

路卡的爸爸排行老七，他自己排行老六，只差一點就蒙主寵召，而這個勉強的福分終其一生都是個負擔。他的爸爸柯丘爾體型龐大、一臉鬍鬚、兩排大牙，家中似乎始終只有柯丘爾開懷大笑，而且惹他發笑的總是一些古怪的事情。柯丘爾年輕的時候曾在「軍中」待了大約十五年——別人問起此事時，他總是說「軍中」，因爲他不想公開表明其實自己志願加入幾個不同的部隊，只要看得到土耳其的細長三角旗在遠方的前導陣線飄揚，他不太在乎加入哪個盟軍，或是幫哪一方打仗。多年以來，他收集了相當可觀的鄂圖曼帝國戰爭器物，星期天早上，你會看到他在村裡山坡上的小酒館裡，一手拿著咖啡，一手拿著水果白蘭地，跟其他老兵交換故事，而且他總是熱切展示子彈、矛尖，或是利刃的碎片，告訴大家他在哪場戰役留下這些傷疤。早在路卡出生之前，大家就已盛傳柯丘爾的收藏品包括一些年代超過任何人記憶的東西——頭盔，箭頭，盔甲的鐵環——大家也盛傳這位屠夫空閒之時掠奪墳墓，而且挖掘古代的戰場，搜尋那些過世數百年的士兵的衣物和武器，藉此增加自己的收藏。這種行徑無論怎麼說都不可原諒，無異是招致詛咒的罪行。後來大家說，這就是爲什麼柯丘爾存活的孩兒當中，沒有半個傳下子嗣。

也是因爲如此，所以遠遠評判屠夫家中狀況的村民，想不透柯丘爾和路卡的媽媽莉迪雅怎麼會是夫妻。莉迪雅身材圓滾，目光從容，儀態沉靜，爲人有禮公正，她是薩洛波爾一個商人的女兒，年輕的時候享受奢華的游牧生活，後來由於父親經商失敗，家道中落。她非常疼愛子女，但是始終最寵愛老么——路卡僅僅三年享受這種特權，家中頭一個、也是唯一的一個女孩出生之後，他就被降級。他有五個哥哥，大哥大他十歲，路卡看著哥哥們承襲柯丘爾接受的家庭教養，一個接著一個循例成爲男子漢，在此同時，他卻發現自己牢牢記取奠定他母親人生基石的事情，比方說她年輕時的旅遊經歷、她對教育的堅持、她對歷史的重視，以及她對書寫文字的尊崇。

因此，成長過程中，路卡始終感覺外面有個比他所知更遼闊的世界。隨著他對自己的了解日深，他慢慢領悟到他爸爸——那個令人害怕、廣受敬重、但是大字不識的男人——一點都不曉得外面遼闊的世界，而且毫不打算幫助他的子女在那個世界規畫未來。他跟在他爸爸身邊，隨同哥哥們學習怎樣成爲一個屠夫，學習之時，他領悟到他爸爸的知識僅限於不同部位的豬牛羊、不同種類的刀刃、畜生病了的警訊、肉品壞掉的味道，以及正確的剝皮技術。儘管生意蒸蒸日上，但是路卡覺得柯丘爾的無知令人氣惱。他憎惡柯丘爾除了戰利品之外，對於外面遼闊的世界不感興趣，他也愈來愈看不起柯丘爾經常忘記清洗連身圍裙，或是用沾滿血跡的暗紅手指抓麵包吃。當他哥哥們手執臨時湊合的棍棒、假裝猛打彼此的頭時，路卡經常埋頭閱讀歷史書籍和文學作品。

儘管全力抗拒，路卡依然逃脫不了家傳的成年儀式。到了十歲之時，他已經屠宰羊隻，當他滿十四歲時，他爸爸遵循家中世代相傳的傳統，給他一把切麵包的刀子，把他跟一隻鼻子裡噴了胡椒粉的年輕公牛關在穀倉裡。大家期望路卡跟哥哥們一樣拿起刀子刺進公牛的頭蓋骨，一刀制伏公牛，送上西天。路卡花了大半輩子擔心這個儀式——儀式不但暴力，而且沒有意義——但是他也發現自己抱持希望。儘管他非常瘦弱，手無縛雞之力，他依然希望自己說不定奇蹟似地冒出力氣，讓他趕快了結這樁苦差事，甚至獲得意想不到的勝利。但是公牛從馬廄後方猛然衝出來，當著屠夫、屠夫其他五個兒子，以及過來看熱鬧的二、三十位村民的面，衝過泥土地，襲擊路卡。一位當時親眼目睹的村民告訴我，那個場面就像是一輛坦克車撞爛一根燈桿。（我那時就推測，這位村民最起碼過了十年才想出如此意象豐富的比喻，因爲這樁事件過後至少十年，他說不定才有機會看到生平第一部坦克車。）路卡抓住公牛的頭，腋下緊緊夾住牛角，公牛或許察覺勝利唾手可得，跪到路卡身上，猛然把他壓到地上，拖著他跑過泥土地，一頭衝進木箱、馬槽和乾草堆，最後一位遠自戈契沃而來的醫生終於爬進穀倉，拿起斧頭砍進公牛拱起的背部。路卡腦震盪，肋骨斷了三根。幾天之後，他爸爸在盛怒之下還打斷了他的左手臂。

在那之後，路卡從一個吉普賽小販手中買了一把舊獨弦琴，到田裡幫附近幾個需要助手的家庭牧羊。這些說不定多半都是日後的誤傳，但是大家說他的舉止過度溫呑，他的聲音太柔和，他晚上靜靜彈奏獨弦琴，彈到思緒過於懶散。大家也說他太急著脫光全身的衣服，跟隨其他年輕男子在牧草草原之上的湖泊一起洗澡——奇怪的是，始終沒有人指控那些年輕男子急著跟路卡一起沐浴。這或許因爲跟路卡同一輩的年輕男子後來當了爸爸，而講述這些故事的村民們正是他們的孩兒。

姑且不管這些，路卡後來坐在夏天的樹下撰寫情歌，因而聲名大噪。即使他自己似乎從未墜入愛河，他的音樂天賦也始終不及作詞的能力，但不止一個人跟我說路卡在作詞方面具有超自然的才華。有些人宣稱，不管誰聽到路卡彈奏獨弦琴，即使只是沒有歌詞的旋律，依然馬上感動得落淚。有個春天——而這一點就像出自粉絲們的口中一樣，說不定不是眞的——一隻野狼到牧草地獵食，路卡非但沒有丟擲石頭、或是呼叫家中的狗犬，反而用音樂制伏了牠。

當我想到年少的路卡時，我腦海中有時浮現一個削瘦、蒼白的男孩，男孩有雙大眼睛，嘴唇也大大的，就像那種你說不定在田園畫中看到的男孩，畫中的男孩光著雙腳坐著，懷裡抱著一隻綿羊。當你聽到村民談到他的歌曲，以及他的音樂是多麼深沉穩重，你自然會想像他是那副模樣。在大家早年的印象中，他是廣受愛戴的蓋里納之子。說不定大家寧願記得他溫和的模樣，而不是日後那個因爲自己的生命無足輕重而憤憤不平的青少年，甚至是那個穿著血紅連身圍裙、毒打一個聾啞新娘的男人。

可以確定的是：路卡夠憤慨、意志夠堅定、才華夠出眾，促使他十六歲就有辦法離開蓋里納，懷著成爲獨弦琴師的夢想，自行前往河港城市薩洛波爾。

那時薩洛波爾的琴師是一群來自鄰近省城的年輕人，大家因緣際會聚在一起，每天晚上聚集在格拉瓦河畔吟唱民謠。路卡最先聽到他媽媽提起這群年輕人，根據她的描述，他們是藝術家、哲學家，以及熱愛音樂的人，多年以來，路卡始終確信自己會加入他們的行列。他爸爸沒有出言反對——自從公牛事件之後，他爸爸就幾乎不跟他講話——路卡步行四百八十公里，來到他們身旁。在他的想像中，這些男人一臉嚴肅圍著碼頭而坐，雙腳浸在碼頭下面耀眼的河水之中，一起吟唱愛情、飢荒，以及先人們哀傷而漫長的過往，先人知識淵博，卻沒有淵博到足以欺騙死神，而那個黑心肝的惡魔對所有凡人都一視同仁。路卡相信他只能這樣過日子，而這種生活方式肯定讓他更上一層樓，說不定甚至領著他進入京城。

在薩洛波爾的頭一個禮拜，路卡在鎮東一座倉庫的頂樓租了一間屋頂單薄的小房間，在此同時，他習知河畔所有音樂活動都有一套嚴格的階級順序。樂師們不像他所預期的隨性相聚，一起在歡樂喧鬧的氣氛中分享歌曲和音樂；樂師們也不是正牌的獨弦琴師。他不但沒有看到一群性喜獨居的樂師彈奏自己衷心喜愛的獨弦琴，反而發現兩派人數相當、互相仇視的人馬——一派偏好傳自西方的黃銅樂聲，一派保留遠溯自鄂圖曼帝國時代的狂亂撥弦指法。每天晚上，兩派人馬召集二十多名樂師，各踞河岸一方開始彈奏；時間愈來愈晚，嬉鬧的人群陶醉在芬芳的河水和濡濕的水氣之中，紛紛湧到街上，兩派樂師也慢慢走向橋邊。樂師們一首歌接著一首歌、一支舞接著一支舞，沿著鋪著圓石的拱橋慢慢前進。哪一邊吸引較多聽眾、哪一邊較多聽眾感動起舞、哪一邊較多路人感受到歡樂的氣氛、停下腳步加入狂歡的行列，那一派的樂師們才緩緩前行。那些歌曲跟路卡希望聽到的不一樣，歌曲無關嚴肅的哲學省思，也不探討善變的愛情，以及蘇丹王朝的艱困時光；它們反而是輕浮嬉鬧、飲酒作樂的歌曲，比方說〈我們最後一個孩兒完蛋了〉，或是〈風雪已經過去（我們是否應該重建村莊？）〉。

至於那些樂師，他們比路卡原本的預期來得複雜，也比他想像中稍微低下、混亂、缺乏秩序，而且更常喝醉酒。他們多半是雲遊四方的流浪漢，而且流動率極高，因爲每隔六個月左右，有人戀愛結婚，有人死於梅毒或是肺結核，最起碼有個人會犯下某些小罪遭到逮捕，結果被吊死在鎮上的廣場，以示警戒。

路卡和大夥日漸熟稔——夜復一夜，他加入撥弦樂師的行列，跟大夥群聚一堂，他手中的獨弦琴沉靜無聲，只有兩、三次聽到某首歌曲之時，他才彈奏幾個音符——他也慢慢結識那些經常出現的樂師。這些人已經在橋上逗留多年，其中有個敲打埃及鼓的土耳其人，這人的頭髮上了油亮亮的髮蠟，據說在富家千金之間頗爲轟動。還有一個髮色淡黃的小夥子，從來沒有人能夠正確念出他的名字，他曾經犯下某樁神祕的案件，結果舌頭被割掉，但是他非常會打小手鼓。格里卡力卡專擅手風琴，每次一有豐滿的女士停下來聽他彈奏，他的牙齒就不由自主地格格作響，形成有趣的伴奏。至於小提琴手，大家只叫他「修士」，有人說多年之前，他原本是本篤會的修士，後來他認爲天主在音樂中召喚他，而非沉默冥思，所以離開本篤會，大家因而稱他爲修士。其實這個綽號來自修士極不尋常的髮型：這人三十歲，但是從額頭到耳際全都光禿禿，包括眉毛在內，這是喝醉酒的悲慘下場：他喝得醉醺醺，認爲壁爐的火不會延燒到爐臺邊，於是有人爬到屋頂上把燃油順著煙囪往下倒，他自己則在底下點燃柴火。

他們沒有半個人精通歷史或藝術，也不太熱衷追求更美好的生活。他們全都不太在乎傳統獨弦琴，或是獨弦琴在史詩之中所占的地位；但是他們覺得獨弦琴爲這群業餘者群聚的小團體添加一種有趣的聲音。路卡緊跟在修士旁邊，隨同大家表演了好幾個月，直到他們逐漸意識到他哪裡也不想去；

直到他受到核心樂師們歡迎，毫無疑問地成爲其中一分子；直到他成爲一個酒伴、一個知己、一個大家認可的文學才子。人們經常在家中念誦他寫的歌，還在市場上輕輕哼唱，他們丟錢在他的帽子裡，好讓自己聽他再唱一曲。

日子像這樣一天天過去，路卡自始至終沒有放棄他對獨弦琴的執著，依然渴望爬升到一個讓自己享有特殊名聲的地位。到了某個階段，他不得不承認薩洛波爾的人開始對他熱愛的哀傷歌曲感到厭煩，但他依然堅信其他地方需要這些歌曲。慵懶的午後，其他樂師躺在小酒館地下室、前廊紗門的陰影下，或是那些他們不曉得姓名的女子的蒼白手臂裡睡午覺，路卡則計劃造訪眞正的獨弦琴師。這些瘦弱的老人家早已不碰獨弦琴，而且一而再、再而三把他趕出門。但他不停登門求教，最後他們終於讓步。幾杯水果白蘭地下肚之後，老人家聽著河水的聲音，看著商船沿著蜿蜒青綠的河岸緩緩入港，不禁想起過去的歲月，於是他們伸手拿起路卡的獨弦琴，開始彈奏。

他們的雙手輕快舞動，他們的雙腳輕輕敲打節拍，他們顫動的悲嚎伴隨著記憶之中，或是自創的往事飄揚起伏，令他深深陶醉其中。他跟隨他們的時間愈久，心裡愈確定自己就要像這樣活著、像這樣死去；他們愈讚美他琴藝日漸高超，他愈能容忍自己卑微而不幸的出生，也愈能接受自己心中的落差：雖然他的歌曲讚頌愛情，但他對於女孩子卻沒什麼興趣，不管是戴著面紗、在橋上對他微微一笑的女孩，或是當他跟其他樂師坐在小酒館時、試圖想要擠到他腳踝邊的妓女，他都不感興趣。

他始終沒有足夠的金錢上路，所以他留在薩洛波爾；先是一年，然後是兩年，接著是三年，在婚禮上演奏，撰寫情歌，在橋上爭取一席之地。

彈奏了獨弦琴十年之後，他遇見一位將會毀了他一生的女子。這個女孩名叫亞瑪娜，父親是土耳其絲綢富商哈珊．艾菲迪。亞瑪娜天性聰穎、脾氣暴躁、相當迷人，她十歲的時候就發誓永保處女之身，誓言一輩子學習音樂、詩歌，和油畫（這些畫作據說不太高明，但是鑒於她對藝術的堅持，畫作依然有其價值），因此，她在鎮上已經算是某種傳奇人物。大家知道很多關於亞瑪娜的私事，這大多是因爲哈珊．艾菲迪非常喜歡抱怨，每天到茶館喝茶時，他總是吐露——說不定加油添醋——亞瑪娜又搞出哪些新花樣，結果她成了眾人在市場上嚼舌根的主角。她以傲慢、慧黠、迷人著稱，大家都知道她容易患上哪些病，也知道每次她爸爸一提出新的追求者，她就表現出超凡的意志力和原創性，威脅著要自殺；大家都知道她經常不戴面紗、偷偷溜出她爸爸的家，跑到橋上加入飲酒狂歡的人潮，唯獨哈珊．艾菲迪毫不知情。

路卡曾在不同場合遠遠看過她——他認得她是一個雙眼明亮、綁個辮子、笑意盈人的女孩——但是如果不是她對他的樂器愈來愈好奇，他說不定永遠都沒有機會跟她交談。有天晚上，樂團精彩演奏了一曲〈那是你的血嗎？〉，表演圓滿結束之後，路卡手執獨弦琴抬頭一看，看到她高高站在他身旁。她一隻手插在臀部，另一隻手拿著一個金幣，正想把金幣丟進他腳旁的舊帽子裡。

「小夥子，你們怎麼稱呼那個東西？」她大聲說，即便她已經知道答案。她伸出一隻穿了涼鞋的腳，輕輕碰了一下他獨弦琴的底部。

「這是古斯爾獨弦琴。」他說，而且發現自己咧嘴一笑。

「可憐的小小提琴啊，」亞瑪娜說，她的語調讓那些原本站起來掏錢給他的人暫時住手，在她身後徘徊，「它只有一根弦。」

路卡說：「就算有人明天給我一把較大的提琴，我依然不會放棄我的獨弦琴。」

「爲什麼？你這把琴能做什麼？」

一時之間，路卡感覺自己的臉發燙。然後他說：「五十根弦唱得出一首歌曲，但是這把獨弦琴通曉一千個故事。」

然後亞瑪娜把金幣丟進他的帽子裡，站在他身旁動也不動地說：「好吧，獨弦琴師，彈一曲給我聽聽看。」

路卡拿起琴弓，依言照辦。接下來的十分鐘，他一個人獨奏，橋上一片靜默。我聽說他彈了〈劊子手之女〉，但是路卡自己始終不記得他彈了什麼；多年之後，他只記得琴弦激起一股貫穿胸腑的震撼、他自己奇怪的嗓音，以及亞瑪娜一隻手擱在臀部上的側影。

人們開始議論：路卡和亞瑪娜天亮的時候一起坐在橋上，路卡和亞瑪娜在小酒館裡、頭靠頭檢視一片紙張。

他們絕對相愛。但是那段愛情的本質卻不像人們想像的單純。路卡找到了一個崇拜他音樂的人，這人願意聆聽每一首他彈奏的歌曲，通曉詩詞和談話的藝術，欣賞那些他爲了與其他樂師爲伍、早已放棄的精緻事物。亞瑪娜敬仰路卡的野心和智慧，深深佩服他走過的路，以及他依然希望踏上的旅程。問題是她早已決定不要跟男人有所牽扯；他沒有費勁勸她改變心意，因爲他早已意識到自己不想跟女人有所牽扯。亞瑪娜決心至死維持處女之身；到了此時，路卡也已發現自己一看到鎭上的年輕人夏天躍入河中，心裡就興起一股慾望，也已接受這代表著什麼意思。他若毅然決然跨出最後一步，等於是宣示自己在世上一敗塗地，而這個世界已經虧欠他太多；但是我們只能希望，儘管日後他跟老虎的妻子發生了那些事情，路卡在那些他從來不提的白天與夜晚當中，確實尋獲某種快樂。

一年以來，他和亞瑪娜分享歌曲和故事，爭辯哲學議題，針對詩詞和歷史進行無謂的爭論，兩人的友情逐漸滋長。悶熱的夏夜裡，你可以看到他們一起出現在橋上，自成一國，與既有的兩派樂團保持一段距離：路卡的獨弦琴擱在肚子上，引吭高歌。亞瑪娜坐在他後面的一張破椅子上，下巴靠在他的肩膀上，高聲演唱他寫的歌曲，歌曲聽來更加動人。若是各自分開，他們的歌藝不算驚人；但是合在一起，他們的聲音融爲一股低沉、令人訝異的哀傷。聽到這種砰然的弦音，就連最樂觀開朗的群眾，也會拋下橋上跺腳嬉鬧的傳統樂團。

在亞瑪娜的協助下，路卡順利邁向多年之前他爲自己規劃的人生。他開始自己作詞譜曲——有時甚至在橋上即興創作——幾位年紀較輕的獨弦琴師也開始追隨他的腳步。但是他依然沒錢遷往京城；就算他得到經濟支援，他也不願拋下亞瑪娜，除非他能夠提供某些回報，否則他不能向亞瑪娜求婚。就在這時，一位講話溫和、一臉鬍鬚的學者巫克來到薩洛波爾，根據鎮上的傳言，將近十年以來，巫克行走於各個鄉鎮之間，聆聽記錄他所聽到的歌曲和故事。

「他是盜取音樂的小偷。」那些在橋上拒絕跟巫克講話的人說。「如果他過來找你，你就叫他滾到地獄。」

有天晚上，學者在酒館裡攔下路卡，跟他說明京城最近批准設立音樂學院。爲了博取更多支持和民眾的好感，學院已經開始跟政府合作：若是同意呈交作品以供錄音，所有京城之外的傳統樂師，都可以得到一筆小小的酬勞。學者巫克告訴路卡，他希望跟路卡爲薩洛波爾而唱；路卡和他那位迷人的年輕小姐將代表薩洛波爾引吭高歌，即便依據傳統，女性向來不參與獨弦琴彈唱。

那年初春，路卡頭一次看到收音機；如今他又在酒館碰見巫克，更是激起他的夢想。他不曉得自己和亞瑪娜要如何前往京城——光是此行的目地，他就想不出合適的理由。一個禮拜之後，他收到他妹妹的一封信，恰好幫他解決了問題。從表面上看來，她來信告知她最近結婚了，新郎的爸爸在柏林有家汽車工廠，但她眞正的目的在於委婉轉達壞消息，他們的母親已經過世，她也希望跟他打個商量，請他看在他爸爸的面子上，暫且回返蓋里納。她在信中表示，媽媽過世之後，爸爸發現自己孤單無助，他們的大哥，也就是他們唯一倖存的手足，去年冬天罹患肺炎過世。其餘四個男丁，兩個投效德皇旗下，早就死在戰場上，老四爲了一個女人跟人打架，剛剛在離家兩個縣鎮的小酒館外遭到殺害；沒有人曉得最後一個男丁的下落，但是有些人說他愛上一個吉普賽女孩，多年之前跟著她去法國。她說他們的爸爸已經一隻腳進了棺材，姑且不論多年之前的公牛事件，也不管這些年來大家說了哪些無謂的閒話，現在輪到路卡承續家中的香火和事業。**娶個品性善良的女人，他妹妹在信中明說，一個能幫你生很多孩子的老婆。**

多年以來，路卡始終抗拒自己的過去，如今卻忽然發現自己仔細盤算，把返回蓋里納視爲一種策略。他爸爸上了年紀，滿心悲傷。他知道自己回家之後，他們父子之間不會有什麼感情；但是他也知道爸爸不久於人世，爸爸過世之後，原本應該劃分爲六份的遺產，這下將由路卡獨得。他若犧牲兩年的時間——等著老頭子過世的兩年之間，他可以待在蓋里納，讓自己的歌藝更上一層樓——他可以利用柯丘爾的財富，藉著這個帶給他痛苦的男人的金錢創造自己的未來。確實有此可能，而且是唾手可得，但他感覺機會似乎稍縱即逝。

連著好幾天，他幾乎沒跟任何人說話。然後，天剛黑之後，他攀爬窗格上去亞瑪娜的房間，跟她求婚。

「嗯，我知道你很瘋狂，」她說，在床上坐直身子，「但我不曉得你是個傻瓜。」

然後他對她解釋一切，詳述關於他爸爸和家產之事，跟她說京城的廣播電臺等著他們創作的歌曲——而他們將一起吟唱那些歌曲，因為少了她，他覺得自己不可能追求這個夢想。說完之後，他最後補上一句：「亞瑪娜，我們這些年來一直是好朋友。」他在她床邊跪了下來。「總有一天，妳爸爸無論如何都會把妳許配給某個人——妳難道寧願讓某個陌生人對妳霸王硬上弓，而不願跟我在一起嗎？我保證我不會碰妳，我也保證自己至死都會愛著妳。除了我之外，絕對沒有其他男人會來到這個房裡跟妳提出這種保證，而且確定遵守承諾。」

這是他頭一次說出最像告白的一番話，雖然亞瑪娜早就曉得路卡的祕密，但她依然伸手摸摸他的臉。

他們開始計劃婚禮。亞瑪娜同意把自己關在家裡，以免危及他們的好事；連著兩個月，路卡每天晚上穿著體面，到亞瑪娜家跟哈珊．艾菲迪吃飯喝酒。兩人一起抽水菸袋，彈奏音樂，直到黎明時分。哈珊．艾菲迪很快就察覺路卡即將提出婚事，他也勉強接受與其有個倔強的老姑婆女兒，不如有個有進取心的屠夫當女婿，因此，他耐著性子，盡量讓路卡花時間懇求自己，以便婚約受到各方認同。

如果路卡比較懂得看人——如果他看得出來哈珊．艾菲迪過了一個半月就被說服，如果他立刻請求與亞瑪娜成親——這個故事的結局說不定會相當不同。但是當兩人遵循社會禮俗、每天晚上在哈珊．艾菲迪的陽臺上胡亂彈奏、交換意見之時，他們卻把亞瑪娜排除在外，放任她自行其是，讓她在一旁等待。她等了又等，想像自己成了路卡的妻子，期待兩人終於搬到京城。想著想著，她慢慢意識到這些年來，自己曾在多種場合公開矢誓一輩子保持童貞，如今她總算獲得擔保，得以過著自己想過的生活。她的目標已經達成。她擔心了一輩子，生怕面對一個支配慾強的魯鈍夫婿、新婚之夜的酷刑、婚姻的束縛、生產的劇痛，如今僅靠著一個決定，種種令她懼怕的前景全都煙消雲散。她再也不必面對這些狀況，她起先感到愉悅，而後卻開始回想過去的歲月。以往她始終想像自己面對種種恐懼，以及它們所引發的衝突，感覺漫長而艱辛；如今她慢慢意識到真正的抗爭，遠遠不及她用來武裝自己的心牆，最重要的是，既然抗爭已不復存，另外一個隱而不宣的可能性也隨之消失，換句話說，她已經不可能改變心意。忽然之間，她覺得自己這輩子似乎已經過完了。

婚禮兩星期之前，亞瑪娜發燒病倒在床上。全鎮盛傳她病得不輕，大家說她房間的窗簾必須緊閉，她緊抓著睡衣，一邊冒汗一邊咆哮，光是點個頭就讓她痛得要命。

路卡不是朋友、不是家人、甚至還不是正式的未婚夫。他在市場和橋上聽詢關於她健康狀況的傳言，據此得知醫生們一個接著一個進出哈珊．艾菲迪家中，但是他心愛的女孩依然沒有起色。他從哈珊．艾菲迪口中只探聽出樂觀的消息——她很好、那只是輕微的秋咳、她很快就會好起來——但是他在街角聽說情況變得相當急迫、草藥師卡辛．亞咖已經寫信給一位居住在國內另一頭的醫生，大家都知道這位醫生具有創造奇蹟的聲譽。

鎮上沒有人看到這位奇蹟創造者的到來；沒有人可能在街上認出他。大家都曉得奇蹟創造者接連三天三夜站在亞瑪娜的床邊、握著她的手腕、擦拭她的額頭。另一件顯然易見的事實是，這位奇蹟創造者一、兩回熱切的注視，再加上他那雙拿著冰涼海綿不停擦拭她頸部的雙手，促使亞瑪娜忘卻先前對於禁慾，以及保持童貞的堅持。她花了一輩子設想的計畫，以及她對路卡和音樂的奉獻，也全部都被拋在腦後。身體一開始復元，她就悄悄溜出房間跟這位救了她一命的醫生相會，就像她以前偷溜出去跟獨弦琴師們一起彈奏——只不過這會兒她在手腕和肚臍眼塗抹香水，偷溜到廢棄的磨坊和穀倉附近。

路卡聽到她已經康復的消息，雖然還是不准過去探望，但是他一點都沒有察覺到不對勁。他不知道當哈珊·艾菲迪說他已經同意她嫁給路卡時，亞瑪娜親吻爸爸的雙手，然後走到樓上自己的臥房，拉起窗簾布上吊。路卡不知道若非老虎的妻子剛好及時走進房間、發現她姐姐四肢一攤躺在床上、哀怨啜泣窗簾布不夠細、綁不住她的脖子，讓她沒辦法自盡，這個故事說不定就此畫下句點。他永遠不會知道老虎的妻子讓亞瑪娜的頭倚在自己的大腿上，直到亞瑪娜想出一個比較理想的點子：隔天早上，老虎的妻子將幫亞瑪娜傳送一封迫切的書信給醫生。隔天晚上，當亞瑪娜爬下窗格時，老虎的妻子在旁守望；婚禮當天的早上，老虎的妻子也在亞瑪娜的臥房裡，把亞瑪娜的告別信交給她們的媽媽。

哈珊·艾菲迪高高站在他生命中僅存的兩位女子身旁，赫然說出自己從來想不到亞瑪娜會逼得他脫口而出的話：「這個賤女人讓我丟臉，去死吧。」他太太聽了啜泣不已，在那一刻，他當場決定利用機會擺脫一個他覺得會讓自己花大錢的孩子：他叫聾啞女孩穿上她姐姐的婚紗，由她取代亞瑪娜。

因此，沉醉在婚姻的喜悅中、想像著自己和亞瑪娜在京城生活的路卡，不曉得他對他爸爸財產的所有規畫、他希望撰寫的歌曲、他眼中看見的種種自由，全都化爲烏有，甚至在他許下婚姻的誓言之時就已煙消雲散。

直到在婚禮當中頭一次掀開新娘面紗、看到一個陌生女孩的臉龐，他才發現自己受到哈珊·艾菲迪的欺騙。他怎麼笨到這種地步？婚禮之後，當男人們跟新郎敬酒時，哈珊・艾菲迪只跟他說：「不管怎樣，根據禮俗，她已經是你的新娘。她是你未婚妻的妹妹，我有權利要求你娶她。你如果不要她，等於是讓自己丟臉。」因此，路卡發現自己娶了一個十三歲的聾啞女孩。女孩在喜宴當中張著一雙充滿恐懼的大眼睛，偶爾朝著他的方向微笑，她的母親則一邊哭泣、一邊親吻她的額頭。

那天晚上，他看著一臉恐懼、赤身裸體的她，他一邊叫她把頭轉開、一邊脫下自己的衣服，兩人都巴望著什麼。隔天他們坐上馬車，屠夫的兒子帶著他的娃娃新娘返回蓋里納。未來再也沒有笑聲、沒有友情、也沒有希望。這趟旅程花了五天，到了第二天的時候，他意識到自己雖然或許聽過她叫什麼，但是他已經忘了她的名字。

「他們叫妳什麼？」他跟她說。她沒有回答，他拉起她的手，輕輕搖一搖。「妳的名字——妳的名字是什麼？」但她只是微笑。

更糟的是，他的家中——那個路卡記憶中充滿噪音、大夥跑來跑去、小孩大聲哭喊、爐子上總有兩個鍋子煮炒東西的老家——寂靜無聲。路卡的爸爸受到歲月的摧殘，已經成了一個彎腰駝背、行動不便、自個兒坐在微暗壁爐旁邊的老傢伙。當新娘跨進家門檻時，他看了新娘一眼，然後連個招呼都不打就對他僅存的兒子說：「你只有辦法娶到某個穆罕默德賤貨嗎？」路卡沒有精力告訴他爸爸，他確實曾有機會過得更好，等到老傢伙過世，他總會想出辦法補救一切。

這個微薄的希望在路卡心中慢慢滋長，因此，路卡勉強暫且接受他的生活。即使少了亞瑪娜，他還是可能為獨弦琴、他的歌曲，以及音樂學院制定一套計畫。在此同時，他生命之中只有聾啞女孩、便祕的老傢伙、羊群在燻肉房裡永無止盡的死亡哀鳴，以及他心中對於種種不公平的憤恨。

最令他驚訝的是，他居然很快就接受了他的妻子。她一雙大眼睛，儀態沉靜，他注視著她的時候，有時看到了亞瑪娜的身影，甚至有一兩、次叫她亞瑪娜。她需要一些指引——他必須教她怎樣燒熱爐子、儲水槽在哪裡，也必須帶她一起到村裡走幾趟，跟她解釋怎麼買東西——但他發現一旦她學會怎麼做事，她就接手自己來，發展出自己一套做事的固定程序。他四處都看得到她：她在燻肉房幫忙，她洗他的衣服，她幫他爸爸更換沾了泥土的長褲。她每天從水井挑水回家，攙扶老人家走下前庭的階梯，毫無怨言，也從來沒發出任何聲響。有時他甚至覺得晚上回家、看到有人跟他微笑，心中相當舒坦。

克服了先前之事所造成的驚嚇之後，路卡可不可以把她跟老傢伙留在蓋里納？他可不可以取出一些他爸爸藏在地板下面的私房錢、自己前往京城、找個人取代亞瑪娜？幾乎絕對可行。他起先跟著聾啞女孩到鎮上，幫她驅散那些聚集在她背後扮鬼臉的孩童，孩童們對著她漸漸遠去的身影，大喊一些從他們爸媽那裡學來的髒話。跟了幾次之後，他發現自己把她帶到蓋里納，結果只讓情況更糟。他也發現大家開始議論。你看看那個女孩，大家說，**看看那個他帶回家的聾啞女孩——他在哪裡娶到她？他試圖隱瞞什麼？**大家的關注把他逼得驚惶失措，讓他比以往更加堅定想要逃離此地；但若是一走了之，他將陷入更惱人的困境；他必須鬆開生命的種種枷鎖，才能再度揚棄他的人生。

而後有天下午，他回家發現她和老傢伙在閣樓裡：他爸爸佯裝慈愛，取出裝著戰爭紀念物的盒子，路卡上樓，看到聾啞女孩盤起雙腿坐在地上，盒子擱放在大腿上，老傢伙跪在她身後，一隻手已經擺在她的乳房上。

「她是個孩子！」路卡把柯丘爾推到牆邊，不停大喊。「她是個孩子！她是個孩子！」

「她是個孩子！」柯丘爾也對他大喊，淫淫一笑。接著又說：「如果你不努力傳宗接代，我就自己來。」

他明瞭他不能把她留在那裡，因爲不管她是不是回教徒，也不管她是不是娃娃新娘，柯丘爾終究打算強暴她。說不定他已經動手——說不定他已經趁路卡不在家的時候，把她強壓在自己身下——而她無力阻止。

因此，路卡留了下來，而他留得愈久，那個熾熱的夢想似乎愈遙遠；柯丘爾愈來愈常羞辱他，村民到肉店問起愈多關於他太太的問題，他也慢慢認爲就是因爲她，所以他哪裡也去不成。在那些時刻，女孩的靜默令他心慌。他充滿驚慌，因爲他百分之百確定，她看得到每一個飄過他腦海的念頭。他覺得她像隻小動物，好像貓頭鷹一樣沉默善妒。更糟的是，儘管他相信自己有權愛想什麼，就想什麼——畢竟他上了當才娶她，更何況他一輩子飽嚐命運的不公，這個女孩還能對他有何要求？——他發現自己想要跟她解釋。他想要跟她說，家中靜默不是她的錯，他倆的婚事不是他的錯，柯丘爾吃她豆腐也不是他的錯。他更想跟她解釋這一切也不是他的錯，但他連自己都說服不了。

事情終於爆發的那一天正值盛夏，天氣極爲炎熱，路卡逃脫不了暑氣，女孩在廚房角落搓洗衣服，他爸爸躺在家裡其中一間空蕩蕩的臥室，發出黏呼呼的鼾聲。路卡回來午休，等著白天最熾熱的時刻過去，然後再回去肉店。果園裡的李子已經成熟，他帶了三顆回家，動手在空盪盪的桌上切李子。他邊切邊打開收音機，就這樣，他認出修士帶著鼻音的歌聲。歌聲比原本的譜曲高了一個音階，但正是路卡撰寫的歌曲之一，儼然是個可怕的玩笑。他的肉體似乎漸漸從身邊脫離。

那首歌的曲名是〈迷人的女子〉，歌曲的主角是亞瑪娜，也由他和亞瑪娜共同撰寫。歌曲原本由獨弦琴彈奏，節奏緩慢，這會兒卻被改成一首節奏狂亂、頌揚酒色的歌賦。他多多少少希望自己過了一會兒之後醒來，發現自己因爲昨晚喝得太多而醉倒——但是他沒有，他只是坐在廚房的椅子上，他一直坐、一直坐，那首歌一直播、一直播，直到全曲播送完畢，收音機傳出另一首曲調。他的歌曲也拋下他往前走，逕自走向音樂學院。

他抬頭一看，看到女孩高高站在他身邊，他一件潮濕的襯衫像是皮膚似地垂掛在她肩上。「妳聽。」他對她說，他先碰碰他的耳朵，然後碰碰收音機。他輕輕撫過收音機的桃花心木頂部。她站在原地對他微笑。在那一刻，他還是他自己。然後她擺出一個姿勢，有點像是聳聳肩，她身子微微一傾，從他刀下拿了一片李子放到舌頭下，轉身走出屋外。他還不曉得自己在做什麼就站了起來，用力把桌子推到她身上，狠狠把她壓到桌子下。她砰地一聲摔到地上，整張臉貼在地面，那種聲音迴盪在他的腦海之中，久不散去。然後他居高臨下站在她旁邊，猛踢她的肋骨和頭部，直到她的耳中流出鮮血。

頭一次的每個細節都讓他吃驚。他自己那股難以言喻的震怒，他的靴子踢在她身上發出的沉重砰砰聲，她那張口結舌、發不出聲音的嘴巴，她那緊閉的雙眼。他意識到自己原本只想打她兩下，結果一打卻停不下來，因爲他始終等著聽到她發出恐懼或是痛苦的哭喊。事後當他扶她站起來時，他意識到自己的好奇心已經得到滿足，她確實發得出聲音；這會兒好奇心得到滿足，他卻比先前更加震怒：他氣他自己，也氣當他拿水過來擦掉她臉上的鮮血時，她看起來是如此訝異、悽苦和認命。

他告訴自己下不爲例。但是他當然再度動手。某種情緒在他心中釋出，而他沒辦法再將之關閉。事情發生在他爸爸葬禮的那一晚，當時家裡只有路卡和女孩，四下寂靜無聲。他心想，**我死了之**

後，家裡再也不會有小孩，沒有半個人留下來。他滾到她身上。他必須試一試，他告訴自己，試著幹她——他必須試一試。但是他上次硬起來已是好幾個月以前的事情。他感覺她在他的身下，瘦小而緊張的軀體跟死人一樣僵硬，他就是沒辦法。他甚至沒辦法用那種方式傷害她。打她也沒用——但是動手打人確實讓他覺得自己做了一些事情，最起碼干擾她的審視與評斷。他曉得她在評斷他，但他卻無法逼她說出口，這是多麼不公平啊。他無法逼她說出口，他也無法逼她將之捐棄。

到了最後，當他走了進來，她的眼中只有恐懼。當她正在擦地板、感覺他的腳步跨過地板，她的雙肩馬上往後一縮。她看他的眼神，一眼望穿他那令自己訝異的一面，光是這一點就夠了。有時他把東西丟在她身上：水果、碗盤、一鍋滾燙的熱水，熱水濺到她腰上，浸濕她的衣服，她痛苦地喘息，圓碌碌的雙眼中充滿驚恐。有次他把她整個人壓向牆壁，用他的額頭猛撞她的臉，直到她的鮮血慢慢滲入他的雙眼之中。

如今，蓋里納的居民對於屠夫和老虎的妻子的婚姻提出千百種解釋。有人說她是一位惡名昭彰賭徒的私生女，賭徒強迫路卡娶她，藉此抵銷一筆金額龐大的賭債，路卡在土耳其待了好些年之後返鄉，這個不光彩的祕密跟著他回到了蓋里納。根據另外一些人的說法，路卡從一個伊斯坦堡的小偷手中買下她，小偷在市場上販賣女奴，而她靜靜站在一排香料，以及一堆水果之間，直到路卡發現她。

不管路卡的理由是什麼，一般咸認女孩之所以出現在他的生命中，原因在於他打算隱瞞某些事情，因爲一個又聾又啞的女孩沒辦法吐露他離家十年當中、眾人假設他做過的種種壞事，比方說賭博、召妓、偏好男子。從某些層面而言，這麼說或許沒錯：或許他說服自己，他已經找到某人，把自己和村民隔離起來，就算不是因爲她的殘疾，有她在場，大家或許比較不敢跟他有所接觸——她會讓大家想起最後那場戰爭、上一輩的恐懼，以及那些遭到蘇丹王殺害的兒孫——在此同時，他可以離群索居，計劃追尋他那始終無法達成的夢想。算了吧，村民們心想，最起碼他找到一個絕對無法對他提出要求、絕對不會罵他喝醉酒、絕對不會跟他要錢的太太。

但是，路卡把她留在身邊，卻也讓自己碰到一個始料未及的棘手狀況。他低估了她神祕的色彩多麼具有吸引力、村民對她感到多麼好奇，結果大家反而更常談論到她。他原本打算以她作爲屏障，讓自己保有一些隱私，但是她的神祕反而讓他的生活成爲眾所矚目的焦點。這會兒他聽到大家竊竊私語，說東道西，紛紛猜測、乾脆謊稱她從哪裡來、他怎麼找到她。眾人互相詢問**她手臂上爲什麼出現那些瘀青、她爲什麼還沒有幫他生下一兒半女**——每個可能的答案只是引來更多問題和羞辱。他們結婚頭一年的冬天，聖誕節之時，他帶她一起上教堂，做完禮拜之後，整個教區民眾紛紛耳語：他把她帶來這裡是什麼意思？隔年聖誕節，他沒有帶她上教堂，眾人依然紛紛議論：**他把她留在家裡是什麼意思？**但是目前的狀況比先前更加棘手。

這會兒大家講起燻肉房。老虎在村裡現身兩天之後，耳語流散到四處。**她在那裡做什麼？**大家站在門口問道，**她怎麼跟那隻老虎在燻肉房裡？路卡沒辦法讓她待在他的床上嗎？**大家都想知道，**這些究竟是什麼意思？**

好幾個禮拜以來，他已經懷疑燻肉房裡短少肉品，但是他不太相信自己的判斷，拒絕相信她膽敢從他手裡偷東西。後來他看到老虎，也看到老虎口中那塊豬肩肉，不禁大感震懾——那個小吉普賽人，他心想，那個穆罕默德賤貨，居然偷溜出去，把他的燻肉拿給魔鬼。她讓他看起來像個大白癡。

獵殺歸來的那個晚上，他把她帶到屋外，把她綁在燻肉房裡。他跟自己說他只想處罰她，但是當他吃晚餐、準備上床睡覺時，他曉得自己多多少少希望老虎會回來找她。老虎將在夜深人靜之時到來，把她撕裂成碎片。隔天早上醒來之時，路卡會發現一切都已消失無蹤。

如今你若造訪蓋里納，問起路卡失蹤之事，你會聽到種種不同說法。根據其中一個版本，村裡的樵夫從夢中醒來，夢中他太太忘了把派放進烤箱，送上一盤生冷的派，樵夫望向窗外，看到路卡穿著睡衣沿路慢慢晃蕩，他那件紅色的屠夫連身圍裙垂掛在肩膀上，一條白色絲巾繫在他的下巴上，連同綁住剩下的頭顱，這樣一來，已經死去的他才不會嘴巴大張。在那個版本中，路卡的臉跟木偶的臉一樣鬆散，雙眼綻放出明亮的光芒。樵夫站在窗簾微微拉開的窗邊，兩隻腳因爲恐懼和睡眠不足而僵硬，他看著路卡在細雪之中慢慢前進，隨風飄揚的雪花掃過屠夫光裸的雙腳。

其他人會跟你說糕餅師傅的大女兒一大早起來熱烤箱，她打開窗戶讓冬天的冷空氣飄進來，感受一下室外的清涼，她看到一隻老鷹好像某件古董似地棲息在她花園的雪地上，老鷹的肩膀漆黑，帶著血跡。聽到她打開窗戶時，老鷹轉身，一雙黃眼直直盯著她。她問老鷹：「小兄弟，你沒事吧？——還是有什麼毛病？」老鷹回答說：「不好。」然後消失無蹤。

不管細節如何，大家的共識是村民馬上察覺到路卡失蹤，村民也馬上認爲是老虎的妻子在幕後指使——但是跟你說起這事的許多人，事發時根本還沒出生，而後他們顯然也告訴彼此不同的版本。

絕對沒有人會跟你說，過了四、五天，大家才開始起疑。村民不喜歡路卡——他們從未造訪他家，他一臉溫順站在白晃晃的肉店裡，脖子上掛著一副眼鏡，大家看了全都感到不自在。其實啊，即使糕餅師傅的女兒過來買肉、發現肉店的百葉窗拉下、燈光全都熄滅，依然沒有人察覺到異狀，過了好幾天才又有人上門，大家也才開始意識到這個冬天說不定沒肉可吃。

大家很可能認為路卡離開家裡了——他可能為了冬天的盛宴，出門捕抓兔子，或是決定放棄蓋里納，趁著德軍才剛占領京城，冒險穿越白雪覆蓋的山口，設法前往京城。其實啊，沒有人察覺到整個情況特別奇怪，直到大約兩個禮拜之後，聾啞女孩出現在鎮上，她容光煥發，面帶笑容，展露某種嶄新的神采。

外公花了一早上搬運柴火，他在門前的臺階跺跺腳，甩掉靴子上的白雪，這時，他看到她從路的那一頭走過來，身上裹著路卡的毛皮大衣。那是一個晴空萬里的冬天下午，村民倚在自家門邊，起先只有幾個人看到她，但等她接近廣場時，全村的人都從門邊和窗口窺視，看著她慢慢走進布料店。大家透過櫥窗，看到她隨性在店裡徘徊，指指懸掛在牆上的土耳其絲綢。店主幫她把絲綢攤開在櫃檯上，她伸出雙手，充滿憐愛地輕輕撫過一塊塊布料。幾分鐘之後，外公看到她夾著一匹絲綢走過廣場，一小群村裡的女人跟在她的後面，女人們雖然保持距離，但依然好奇到無法假裝無動於衷。

誰幫她取了那個名字？我不曉得——我始終找不出答案。直到路卡失蹤的那一刻，大家都叫她「聾啞女孩」或是「回教徒」。而後忽然之間，基於某些村民不確定的理由，大家再也不把路卡跟女孩聯想在一起。即使在她頭一次走進村裡之後，即使她把土耳其絲綢裹在頭上、對著布料店的鏡子攬鏡自顧，即使路卡顯然絕對不會回來、她再也不必怕他，她依然沒有被稱爲「路卡的寡婦」。大家叫她「老虎的妻子」——而這個名稱一直流傳。她出現在鎮上，面帶笑容，毫無瘀青，大家看了不禁猜測路卡可能出了什麼事。眾人津津樂道那種不可挽回的下場，即使七十年之後，蓋里納的居民依然講個不停。

如果事情有些不同的結果，如果那個冬天的各種災禍依照不同的時序發生——如果某個晚上糕餅師傅沒有半夜從床上坐起，看到（或是以爲自己看到）他岳母的鬼魂站在門口，被自己的迷信嚇得動彈不得；如果補鞋匠的姑媽烤出來的派餅柔軟蓬鬆，令她心情大好——各方關於老虎之妻的傳言說不定會有所不同。大家說不定會講些比較實際、比較籠統的事情，老虎的妻子說不定會被視爲「威拉」，也就是某種受到全村敬重的人物。雖然大家嘴裡不說，但是她把村民和山上的紅毛魔鬼阻隔起來，已被大家視爲護佑的神明。但是那個冬天是大家記憶中最漫長的冬日，而且充滿了成千上百的小小不便、成千上百的無謂爭執，以及成千上百的個人恥辱，因此，村民把倒楣的事情全都怪在老虎之妻的頭上。

因此，大家持續不斷、毫不停歇、肆無忌憚地談論她，外公口袋裡擺著《森林王子》在旁聆聽，他們在村裡每個角落、每戶人家的門口臺階上談論她，進出薇拉婆婆的大門時，他可以聽到大家說些什麼。眞話、半眞半假、純屬無稽之談的話語好像鬼影一樣飄進他無意偷聽的談話當中。

「我今天看到她。」布家寡婦說，她的下巴微微顫動，像是細細的項鍊一樣懸掛，外公則站在雜貨店的櫃檯前，等著購買醃黃瓜的鹽巴。

「老虎的妻子？」

「我看到她又從屋子裡走出來，自個兒一人高興得很。」

「她把他逼走，不是嗎？路卡絕對不會回來的。」

「把他逼走！想得美喔。像路卡這麼一個男人被一個聾啞小孩逼走。我們的路卡！路卡生吃山羊的頭耶。」

「不然是怎麼回事？」

「嗯，事情很明顯，不是嗎？老虎逮了他。他被老虎抓走，這下她自個兒一人，沒人煩她，除了老虎之外，沒人招惹她。」

「我可不敢說我覺得難過。我才不難過呢，最起碼不為路卡感到遺憾。」

「嗯，我確實為他感到難過。沒有人值得受到那種處置。」

「哪種處置？」

「嗯，事情不是很明顯嗎？她跟那隻老虎立下盟約，不是嗎？她說不定自己先把路卡殺了，夜裡砍掉他的頭，然後把屍體留在外面給老虎吃。」

「那個小傢伙？她的個頭比小孩子大不了多少。」

「我跟你說啊，事情就是那樣。魔鬼給了她力量下手，現在她成了牠老婆。」

外公聽在耳裡，並不盡信——他心懷戒慎，帶著有所保留的好奇心，隱隱感覺這些談話有點低下，而且跟他的想像不太搭調。他了解從某些層面而言，老虎當然像是跛腳虎謝利。他也了解如果跛腳虎謝利性喜屠殺，那麼這隻老虎也會具有某些屠殺的天性。但他原本就同情跛腳虎謝利，而這隻老虎——既非跛腳，也不打算報復——不是爲了屠殺村民或是牛隻來到村裡。他在燻肉房碰到的那個東西體型龐大、動作遲緩、鼻息熾熱——但是對他而言，那東西有顆慈善的心，而且外公和老虎之間流竄著一股村民似乎感受不到的默契與共識。村民不像他一樣意識到老虎是個具體、寂寞、不同的生物，因此，他不相信他們口中那些關於老虎之妻的事情。當他們竊竊私語說她該爲路卡之死負責，或是當他們把老虎稱爲魔鬼時，他不相信他們的話語。她在布料店現身幾個禮拜之後，大家開始說她起了變化，他也不予採信。他們說她的身體正在改變。她愈來愈強壯，而且愈來愈嚇人。外公在店裡和廣場上聽大家說，力氣或是怒氣把她撐大了，後來他們的判定錯了，日漸壯大的不是她的精氣，而是她的肚皮。沒錯，她的肚皮愈來愈大，大家都曉得這代表什麼意思。

「妳們該不會覺得這是意外吧？」美麗的史薇塔拉娜在井邊跟她的朋友們說。「那個女孩啊，她曉得會發生什麼事，而路卡向來不太聰明。話是這麼說，但是你若從那個鬼地方娶了一個回教婆娘，就會落得這種下場。那個女孩像個吉普賽人。說不定她把他串在他自己的肉叉上，把他留在那裡給老虎吃。」

「不可能吧。」

「嗯，信不信由妳。但我跟妳們說，不管路卡出了什麼事，絕對不是意外。那個小嬰孩——那也不是意外。」

「那才不是嬰孩。她吃多了——路卡讓她餓了好多年，這會兒她愛吃什麼，就吃什麼。」

「妳們沒看見她嗎？妳們沒有看到她來到鎮上、走得好慢、身上的袍子一天比一天突起嗎？那個女孩的肚子挺到這裡，妳們沒長眼睛嗎？」

「她才沒有肚子呢。」

「喔，她有——我再跟妳們說點別的：那不是路卡的小孩。」

外公從來沒想過認同其他人的想法——也就是說，他不相信嬰孩是老虎的種。對外公而言，嬰孩是個意外。他不想也知道，正如我也這麼猜想，八成是路卡喝得不曉得自己在做什麼，或是村裡哪個不知名的男人霸王硬上弓，結果才有這個嬰孩，而且早在老虎來到蓋里納之前，女孩已經懷了身孕。

但是，大家都無法否認老虎的妻子日漸改變。不管什麼因素促成她的轉變，不管大家有何觀感，外公曉得老虎是唯一眞正的見證。老虎眼中的女孩，恰如女孩眼中的老虎：他們不帶主觀判定，心中也毫無畏懼，不知怎麼地，他們連一句話都不必說就了解彼此。外公那天晚上闖入燻肉房，無意之間目睹了那種默契，如今他好想成爲其中的一分子。從最單純的層面而言，他的渴求僅是針對老虎。他是一個小村莊的男孩，當時又正値可怕的寒冬，他好想、好想、好想看看老虎。其實或許不僅於此。外公坐在薇拉婆婆家中的壁爐前，在爐灰裡畫出老虎的輪廓，思索著眼中所見和心中所知——雖然沒有親眼看見，大家卻知道路卡死了、老虎是魔鬼、女孩懷著老虎的嬰孩。他不知道大家對於其他事情，爲什麼不能抱持同樣心態——雖然沒有親眼看見，大家爲什麼不能和他一樣確知老虎無意傷人，大家爲什麼也不了解那個屋裡發生的事情跟路卡無關，甚至跟村子或是嬰孩都沒關係。夜幕低垂，沉靜許久，而後老虎有如靜謐的河流一樣，悄悄從山上而下，身後飄散著那股腥臭、濃重的氣味，雙耳和背上沾滿朵朵雪花。然後，老虎接連好幾個鐘頭在火邊歇息，感覺溫暖而舒適——女孩靠在牠的一側，梳去牠皮毛裡的芒刺和樹脂，老虎則懶洋洋地仰臥在地，發出咕嚕咕嚕的聲響，伸出鮮紅的舌頭舔去虎爪上的寒意。

外公確知這一切，但他想要親眼看看。如今路卡已經走了，他沒有理由避開。因此，有天他看到老虎的妻子從雜貨店走回家、兩隻手臂抱著重重的果醬和乾果，他發現自己鼓足勇氣抬頭對她咧嘴一笑，而且帶著快活和體恤的神情拍拍他自己的肚子。他不確定此舉是讚許她挑選的果醬不錯，或是因為他想讓她知道他不在乎嬰孩之事。她從看到他穿過廣場的那一刻就露出微笑，當他停下來跟她致意時——他肯定自己是好幾個禮拜以來、頭一個跟她致意的人——她把四罐麵粉堆到他彎起的臂膀裡，兩人一起慢慢沿著街道往前走，穿過牧草地，行經空蕩蕩的燻肉房，以及在寒風之中搖搖擺擺的柵門。

製作蠟燭的女人們在教堂裡嚼舌根：「她有時間跟那個小寶寶在一起，而且身邊只有老虎這種丈夫。我跟妳們說啊，我想了就起雞皮疙瘩。他們應該把她趕走。她將來會把我們的小孩餵給老虎吃。」

「她不會傷人。」

「不會傷人！妳問問路卡看她會不會傷人。他會跟妳說她多麼會傷人——假設他可以告訴妳的話。」

「嗯，我確定她對路卡有些抱怨，假設她可以告訴妳的話。聖母娘娘啊，如果她眞的動手，我很高興她殺了他。他打斷了那個女孩多少根骨頭喔。我希望她好好地、慢慢地把他餵給那隻老虎吃，從他的腳開始。」

「我聽說就是如此。我聽說她在燻肉房裡把他大卸八塊，然後老虎過來吃晚餐，她把她死掉的丈夫一塊塊餵給老虎吃，好像過年節似地。」

「很好。」

「嗯，妳看不出來她爲什麼這麼做嗎？她不是爲了自己才這麼做，她是爲了保護那個嬰兒，對不對？」

「妳這話什麼意思？」

「她肚子裡那個小孩是老虎的種。妳想像一下寶寶出生之後會發生什麼事情——以路卡的性子，妳能想像他看到自己的太太生下老虎的小孩，會做出什麼反應嗎？他會乾脆把她殺了，對不對？說不定更糟。」

「更糟，妳這話是什麼意思？」

「嗯，他會像一隻狼一樣。」

「像一隻狼怎樣？」

「妳不知道嗎？一隻狼來到狼群之中的時候，牠會殺了另一隻狼的狼寶寶。有時牠甚至連同懷了幼狼的母狼一起殺掉。妳什麼都不知道嗎？」

「我不知道有這種事。」

「嗯，這就是爲什麼她把他殺了，不是嗎？這樣一來，他就不會像狼一樣發瘋，當那個惡魔小孩出世的時候，他才不會殺了孩子。」

「聽來相當有理。她爲了挪出空間給老虎，所以殺了路卡。即使如此，路卡依然是個大壞蛋。妳認爲那個嬰孩會是什麼模樣？」

「我不知道，我也確定我不想知道。我希望他們把她趕走。我這輩子從來沒看過惡魔——我活了五十年囉，一個都沒看過，我可不想從這會兒開始跟魔鬼打照面。我希望她有自知之明，把那個小孩關在家裡，不要帶出來讓我的孩子們看見。」

「我得說說一件事，我說啊：我不是薇拉。我才不會讓我的小孩跟著那個惡魔的婆娘跑來跑去。」

薇拉婆婆已經逮到外公從屠夫家中回來：頭一回黎明時分、他回到家裡的時候，她已經站在前廊的臺階上等著他，他穿過田裡偷溜回來，一看到她，他羞愧地把頭低下，等著受到責罵。但是出乎意料地，她什麼都沒說，只是仔細打量他，把他拉進屋裡。聽了大家對她的閒言閒語之後，薇拉婆婆親自裝了一籃子的派餅、果醬和醃黃瓜，還在籃裡擺了幾件衣服和一束迷迭香，當天下午，她在整個村子的注視下，派遣外公把籃子送交老虎的妻子，自己則站在門口大聲叫他動作快一點。外公提著籃子貼靠臀部，對著旁觀的村民乖巧地笑笑，舉步維艱地跨過積雪。走到田地中央時，他的背後傳來薇拉婆婆的聲音：「你們這些笨蛋看什麼看？」

整整一個月，外公送食物和毯子給老虎的妻子。冬天逗留在蓋里納的山脊，大地靜止，了無生氣，當冬季遲遲不肯離去之時，外公幫她把水和柴火送過去，而且幫薇拉婆婆新織的毛帽量一量女孩額頭的尺寸。老婆婆坐在前廊，面帶挑釁，當眾編織毛帽，這樣一來，村民才看得到她裹著五、六條毯子，雙手凍得發青。她絕對不會穿過田地跟老虎的妻子致意，但她不時把織到一半、黃黑毛線糾纏成一團的帽子交給外公，他好像捧著一個鳥巢似地、輕手輕腳拿起毛帽，握著帽子穿越街道，爬上前廊的階梯，小心翼翼把毛線針移到一旁，把老虎的妻子閃亮的髮絲塞進帽子裡，然後遙望他自己的家，等著薇拉婆婆揮揮手表示稱許。

因爲天黑之後外公就不准在女孩家裡逗留，所以他依然沒有看到老虎。但他尚未放棄希望。大部分的下午，他在女孩家裡的壁爐前鋪上毛毯，扶她坐下，然後掏出《森林王子》。他花了幾天才判定她不識字；起先他在她旁邊坐下，他把書擱在他大腿上，以爲兩人可以一起靜靜看書，但是後來他注意到她經常不耐煩地把書翻到有圖畫的部分，這下他就了解了。因此，他動手爲她畫出毛克利和跛腳虎謝利的故事。爐灰上出現一個個老虎、黑豹、熊等等不成比例、雜七雜八的人物，他畫出母狼和乳臭未乾的幼獸，他還畫出狐狼塔巴奇——或說最起碼他想像中的塔巴奇，因爲吉卜林根本沒有畫出狐狼，而外公筆下的塔巴奇有點像是一隻松鼠，松鼠有對大耳朵、長相奇怪，小心謹愼徘徊水壩附近，成了跛腳虎謝利的獵物。他畫出狼群和議會岩，在層層爐灰中秀出巴魯如何教導毛克利叢林法則。他畫出一隻青蛙，藉此解釋毛克利的名字代表什麼意義，而他筆下的青蛙看起來笨笨的、但是乖乖的。

他總是以跛腳虎謝利作爲開端，也以跛腳虎謝利作爲結束，因爲即使他畫出來的老虎鼻子扁平，軟弱無力，身上的斑紋看起來像是傷疤，她看了總是開懷一笑。老虎的妻子也不時伸手修正他畫的圖，而外公覺得自己愈畫愈像。

外公坐在藥師店門邊的板凳上，等著領取薇拉婆婆的護手油膏。兩位太太——外公不認識她們的先生——站在一旁看著藥師調配草藥，邊看邊說：「神父說如果惡魔嬰孩誕生在這個鎮上，我們全都完蛋。」

「如果惡魔已經在此，惡魔嬰孩出不出生都無所謂。」

「妳這話是什麼意思？」

「我說的是那隻老虎。我看到牠在月光下穿過牧草田，牠跟一隻馬一樣高大，頭上那對狂野的眼睛，我跟妳說啊，跟人眼一模一樣。我當場就愣在那裡。」

「妳那麼晚出去做什麼？」

「那不是重點。重點是老虎大老遠走到路卡家門口，然後牠站起來脫掉虎皮，把虎皮留在臺階上，進屋看看牠懷孕的老婆。」

「想想那副模樣喔。」

「我不必想，我看過了。」

「妳當然看過。至於我嘛，我一直想著那個嬰孩。」

然後外公說：「我覺得她很好看。」

女人們轉頭看著他。她們的臉凍得發紅，嘴唇乾裂，外公在板凳上動一動，開口說道：「那個女孩，我覺得她很好看。」

藥師看著他的研缽和研杵，頭都不抬地說：「懷了身孕的女人最好看。」

在那之後，兩位太太把背轉向外公，一語不發地站著，外公則耳朵發燙。她們沉默地付了草藥的錢，慢條斯理戴上手套，她們離開之後，藥師的店裡充滿了令人不悅、出乎意料的空虛，朱鷺站在櫃檯旁邊的籠子裡，一隻腳塞進紅燦燦的羽衣裡。

藥師從排列在店裡後方的架上取下一瓶瓶油膏，打開錫罐和廣口瓶的瓶蓋，在一個大碗裡混製白色的膏藥。他輕聲說：「大家都怕跛腳虎謝利。」

「但是我在村裡沒看到跛腳虎謝利——你呢？」外公說。藥師仔細打量我外公，然後繼續用一支扭曲的木匙混製白色的膏藥。外公接著說：「你害怕嗎？」

「我怕的不是跛腳虎謝利。」藥師說。

一天早上，外公提著一籃送給老虎之妻的麵包穿過廣場，走著走著聽到有人說：「又是他。」

「誰？」

「那個小男孩——薇拉的孫子。他又幫那個賤女孩送一籃東西過去。你們看看他多害怕——靴子裡的兩隻腳都在發抖。派遣一個小孩到惡魔家中，實在是不對。」

「我不明白的是——我們的藥師怎麼可能看著那個孩子來來回回、又去又返，卻始終沒說半句話？他從來沒說：**老太太啊，妳看看妳，別讓妳的孩子接近惡魔家門口**。」

「那個藥師不曉得。他不是我們這裡的人，他不知道怎麼講。」

「但他有權。他應該講幾句。如果他不說，誰會開口？」

「我跟你說啊，當那個小孩被吃了，我可不會乖乖住嘴。」

「我覺得你想錯了。那個女孩不會傷害他。」

「如果薇拉繼續這麼做，她說不定不會。你知道這是她這個禮拜送過去的第三籃東西嗎？她送些什麼東西過去？」

「老天保佑，她送的是聖水。」

「她爲什麼送東西過去？」

「說不定她感到抱歉。」

「爲了什麼抱歉？誰會爲了一個懷有惡魔小孩的女人感到抱歉？」

「我不知道。薇拉曾經是個產婆。我猜她覺得她非得幫忙不可，好像那個女孩不該獨自承受這一切。她送食物過去。那個男孩把籃子掉到地上、撿拾東西時，我看過一、兩次，籃裡始終有麵包，也有湯。」

「你想想喔，我們其他人沒肉吃，她卻餵養那個女孩。村裡沒肉，她卻餵養那個老虎的妻子，而那個女孩肯定把食物全都留給老虎。」

外公跟老虎的妻子說起猴子班迪洛和白海豹科蒂克——但是每當他快要講到跛腳虎謝利的下場，他總是不忍心告訴她眞正的結局。他發現自己經常躲在峽谷的溝渠中，毛克利一聲令下，拉瑪和水牛群爭相奔竄，爐灰之中出現模模糊糊的黑影，但是不知怎麼地，他始終無法透露毛克利如何奪走老虎的性命。他沒辦法容許自己畫出跛腳虎謝利倒臥在塵土中，或是謝利的虎皮披在議會岩上，虎皮揚起，有如船帆一樣軟趴趴。他反而每天畫出不同的故事，有時拉瑪跌了一跤，放棄任務，有時跛腳虎謝利和水牛打鬥，他用手指在爐灰裡畫出牛虎大戰，指尖劃穿各個灰白的動物圖樣，爐灰狂亂飛舞，直到他想出某種方式讓跛腳虎在大戰中全身而退。有時他甚至沒有講到拉瑪——有時毛克利用火擊退跛腳虎謝利，或是狼群突襲，趕走老虎。雙方的爭鬥偶爾陷入僵局，結果達成水岸盟約，而巴希拉對於這種暫時的和平假象，日漸感到忌妒。

誰知道老虎的妻子是否了解外公的故事，或是他爲什麼幫她說故事。我們不難猜到，他頭幾次改變了結局之後，她已明瞭他對她隱瞞了某些深沉的悲劇。她感激他的幫助與陪伴，也感激這個活潑的小男孩不斷上門，在爐灰裡畫出種種故事。說不定她心中浮現的謝意，比得上她對老虎的感激。不管原因何在，熊人達瑞薩來到村裡之前的幾天，外公從她手中得到一個小紙袋。紙袋用繩子綁著，幾乎跟一個裝扣子的袋子差不多大小。那天夜裡稍晚，他在自己家裡摸黑打開紙袋，起先摸不到什麼，袋裡似乎空空如也，然後他摸到一簇粗糙生硬的短毛，燻肉房裡那股淡淡、活生生的氣味也颳入他的指間。

第八章
心臟

從札垂科夫回來的路上，我在柯拉克停下來幫孩子們買糖果。加油站便利商店的收銀員正要關門打烊，我及時將她攔下，但我手邊沒有現鈔，我跟她糾纏了二十分鐘，最後終於說服她收下我國的鈔票，我還得支付兩倍的價錢，藉此補償她明天早上前往銀行換鈔的費用。她幫我把兩盒當地的巧克力搬到車上，然後開著一部又小又破的掀背式汽車離去。她開車上路時，汽車吐出一陣陣黑煙。

乏人問津的汽油幫浦旁邊有具公共電話，我用身上僅存的四個銅板打電話給外婆。藍色的袋子折成一半，擺在我的背包裡，停屍間的寒氣令我震懾。離開札垂科夫之後，我就沒有碰過袋子。

外婆忙了一天安排葬禮，她問我是否已經準備回家，我跟她說我去了一趟札垂科夫和榮民診所，也跟她說診所的人多麼慇勤、多麼體恤。她靜靜聽我說，我意識到她不明白我爲什麼去了一趟札垂科夫，正如我不明白外公爲什麼走了，這一切都只是通訊不良的吱擦聲。她得知札垂科夫車程不遠，似乎稍感寬慰，因爲從某個層面而言，這下重新證實他的確過來找我。她可以諒解溝通不良，但無法接受彌天大謊。駛離半島的路上，我一直想著死不了的男人、外公又是如何得知兩個男孩誤闖地雷區。老兵的村落，那些死者離去之後、依然與生活奮鬥的殘兵，這些我都瞞著外婆。

「他們失望嗎？」她說。「他們以爲沒有人會過去討回他的東西嗎？」她腦海中已經浮現一個可鄙的畫面：我走進醫院，赫然發現外公的東西全都分給了工作人員，工友頭上戴著他的帽子，接待人員手上戴著他的手錶。

「他們那裡非常忙。」我說。「他們很抱歉造成這種混淆。」我不忍心跟她說那是哪一種地方，他們找得到我們，簡直是我們的運氣。外公沒有淪落到陳屍在診所後方、面對大海的斜坡之上，也算他好運。「妳要不要我跟妳說袋子裡有些什麼？」

線路另一端沉默了許久。電話卡嗒一聲，外婆終於說：「妳打開了嗎？」

「還沒有。」

「那就別打開，」她跟我說：「絕對不要動手。甚至連想都不要想。」她又開始講到四十天喪期、打擾了靈魂是多麼不智等等。袋子受到天主佑護，誰都碰不得，我怎能奢想打開？講到這裡，她已經大聲喊叫：「娜塔莉亞，我還剩下什麼可以讓我祭拜？我哪知道他患病？妳知道，卻根本沒有跟我講？」

電話嗶嗶響了兩聲，然後沒有聲音。我的呼叫器幾乎馬上響起，開回布列耶維納的路上，呼叫器也響個不停，但我身邊已經沒有錢。下午漸漸轉變爲夜晚，外婆終於放棄，我把四個車窗全部搖下，行進之時，窗外吹進來的風令我保持清醒。

等我回到修道院，大門已經關閉。我從路旁的高窗可以看到夕陽低垂的倒影，但是花園裡空空蕩蕩。海濱步道的商店全都拉下百葉窗，一片漆黑，擺設明信片的架子和一疊疊潛水用具堆放在鐵門後面。前進了數百碼之後，我開到運河邊，布列耶維納的民眾和觀光客喧鬧地站在這裡，一群被太陽曬得紅通通的人靠在車上抽菸，慢慢走在兩排尤加利樹之間，朝向葡萄園的圍籬前進。我把車停在溝渠裡，把車留在那裡。我抱著背包走上斜坡，袋子依然擱在背包裡。熱氣凝滯在海面之上，而且慢慢襲向陸地，萬物隨之凝滯，甚至包括葡萄園。我從柵門可以看到挖掘工已經更加深入葡萄藤之間，雙耳像是鍋子把手的度瑞像個稻草人似地站在那裡，整個人往前彎下，臀部翹了起來。那個體格魁梧的男人也站在那裡，他正在喝可樂，脖子被太陽曬得通紅。早上那幾個男孩靠著放在葡萄藤之間、沾滿泥土的手推車坐著；那個年輕女子不見蹤影，也看不到那個小女孩。

亞騰修士從葡萄園的柵門看到我，他一語不發地幫我開門，我說聲抱歉，跟他說交通狀況不佳、買糖果等等，但我確定他看得出來我在說謊。他長袍下的身軀冒汗，眼鏡蒙上一層霧氣，耳朵後面冒出一簇簇細細的捲髮。

我從山丘上可以看到海面上的夕陽正緩緩下沉，一艘艘渡輪從離岸的小島回返，伊凡叔叔屋後已經蒙上陰影。人們沿著葡萄園的圍籬排排站，一直延伸到屋子後面的雜草叢。娜達站在一樓的露臺上跟其他六、七個女人一起抽菸，其中幾位是寡婦，個個一身黑衣，好像小鳥一樣弓著背，還有幾位中年婦人披著飛魚濺水圖案的毛巾，剛從海灘走上來。娜達已經把食物擺在橄欖樹下的一張長桌上，每隔幾分鐘，她就端一盤東西遞給下面擠在圍籬旁邊的人。

卓拉站在挖掘工後面的燃燒油桶旁邊，對著鞋底的某樣東西皺眉頭。當她挺直身子看到我時，她對我露出那種專爲「鐵手套」和校方註冊處文件記錄職員保留的表情。她帶著消毒用具和幾公升清水過來，心裡約略知道接下來會發生什麼事情，她打算趁機搶先一步預防病情蔓延，挽救一下當地民眾對我們的信心。她不要我的幫忙。

度瑞站在葡萄藤之間，手裡拿著一塊濕布對著某樣東西彎下身子。他慢慢擦拭，從一頭擦到另一頭，顯然不想讓東西移動得太厲害。那東西看似一個老式的手提箱，漆皮龜裂，把手磨損灰白。我意識到這就是為什麼度瑞始終確知遺體終究會出現，也始終願意罔顧野狗和洪水等現況；他已經把表親塞進手提箱裡，確保遺體的安全——而我先前卻想像遺體被埋在淺淺的墳穴裡。度瑞謹慎小心，慢慢擦拭手提箱周邊，臉上的神情輕鬆許多，顯然因為找到手提箱而大大鬆了口氣。十二年來，他始終背負著丟棄家人的惡名，承受著無法找回遺體的指責。他的忠貞受到質疑，眾人懷疑他是否拋棄一個垂死的人？或是殺了他、丟棄遺體？眾人肯定擅自作出結論，而他一再解釋，不停為自己辯護，現在又加上疾病，當他的太太和孩子們開始生病、一個接著一個倒下，他肯定馬上想到那具遺體。他的思緒肯定繞著心中的罪惡感打轉，他求助於村裡的老妖婆，肯定隱約提到心中的愧疚，最後老妖婆終於聽了出來，跟他說了他想聽的話，指出他行為莽撞，處理遺體失當，她證實他應該負起責任，藉此饒恕他的罪過。

夜晚在祈福之中揭開序幕。祈福之語草草寫在一張亮綠色的紙上，筆跡想必難以辨識；度瑞慢慢大聲念誦，字字句句念得結結巴巴，聖靈之名也念得不清不楚，幾句禱文讓他完全摸不出頭緒，他甚至不得不求助於其他挖掘工。當他們百思不得其解、無法解讀紙上的指示時，我想像那個把他們送到這裡的老婆婆，獨自坐在村中高處的一個寒冷的小屋之中，雙眼迷濛、手腳軟趴趴、好像一隻蟾蜍，她使盡全身之力，想要寫出這則她通曉在心的禱文，卻始終寫不出來。她敦促挖掘工們大聲哀嘆，但是大夥猶豫不決，使得嘆息聲聽起來不太誠懇。裹著披肩、彎腰駝背的老婆婆說不定會為儀式添增一絲尊嚴，她或許會發出一聲長而空洞、無窮無盡的哀鳴，驅散沿著葡萄園圍籬站立的群眾。但是挖掘工們嘈雜的吼叫反而讓大家更加騷動，幾個最爛醉的酒徒率先呼喊：「清洗骨頭，取來屍體，留下心臟」，群眾很快跟著齊聲吟誦，「清洗骨頭，取來屍體，留下心臟」傳遍隊伍前後方。

體型魁梧的男人沒有被嚇到，他從油桶旁邊走開，對著每個人大喊：「幹你娘的！」

「你他媽的別鬧了。」度瑞跟他說，然後忘了自己念到哪裡。「不是這裡。」他轉身對亞騰修士說。「我該從頭開始嗎？」

「我眞的不知道。」修士說。

亞騰修士點了香，度瑞繼續念誦，亞騰修士手執焚香，一臉無助地在手提箱上前後揮動，挖掘工們一邊咳嗽，一邊在胸前畫十字。小女孩依然不見蹤影。

白天的熱氣，再加上今天一大早就來到葡萄園，終於把我逼得發昏。我感覺自己已經期待多時，等著遺體被人發掘，即便我今晨才頭一次聽說此事——不知怎麼地，札垂科夫之行改變了一切，我再也不知道自己有何期盼。我的背包擱在大腿上，外公的遺物摺好擺在背包裡。我心想，少了外公，這些東西看起來會是什麼模樣：他的手錶，他的皮夾，他的帽子，這些東西全都因爲他的逝去，淪爲一些你在跳蚤市場、某人閣樓上看得到的物品。

眾人先用一個挖掘工草藥瓶裡的聖水幫手提箱施行洗禮，然後打開箱子。亞騰修士親自潑灑聖水，度瑞接著試試拉鍊——箱子在地底下埋了十幾年，拉鍊動也不動，倒也不足爲奇。最後眾人同意切開手提箱，有人跑進屋裡拿刀，娜達從露臺把刀遞了下來。挖掘工們愼重思考從哪裡剪起，度瑞拿起刀子，往前一揮，旁觀的群眾屏息以待，刀子直直切入，箱子悶聲斷裂，幾乎馬上飄出一股腐屍的臭氣。遺體發出呻吟。這個有如小提琴般緊繃的聲響迴盪在火光和圍籬之間，後面有人輕輕呼喚天主，一雙雙手臂隨之擺動；圍籬前前後後，大家都在胸前畫出十字架。

在此同時，卓拉始終站在一旁圍觀，整個人好像鋼琴琴弦一樣緊繃。我後來才曉得，眾人動手之前，她詢問度瑞是否眞的期望在手提箱裡找到一顆心臟，而他說：「你以爲我是哪種人？某個白癡嗎？」卓拉聽了居然沒有回嘴，著實是個奇蹟。但是這會兒手提箱裡的呻吟聲把整個鎮上的人嚇得同聲默禱，她再也按捺不住。「那只是氣體減壓的聲音。」她大聲說，對象倒是不特定。

但是挖掘工們不爲所動，大夥念誦得更起勁，哀嘆得更大聲。亞騰修士拒絕碰觸草藥瓶，他拒絕接受他們的聖水，但依然耐著性子拿著焚香在手提箱上面揮動，香罐捕捉了夕陽的餘光。卓拉等待機會再度發表意見，但是等了又等，機會依然沒有到來。她慢慢退到我這邊的葡萄園，一邊伸手拍拍外套上的塵土、一邊走上斜坡，站到我身邊。我擠到岩石邊緣，讓個位子給她。

「我得傳個話給妳。」她說。她把她的外套遞給我，然後脫下毛衣。她把毛衣鋪在我旁邊的地上，在毛衣上坐下，拿回外套擱在她的大腿上。「妳外婆說：妳若打開袋子，妳就別想回家。」卓拉說出這話，看都不看我一眼。她剛才站得太近火邊，喉嚨上凝聚了一顆顆汗珠。「她相當強調這一點。」

卓拉兩個月前開始擦香水，而我尚未習慣那股味道——但是她坐在那裡，頭髮冒出煙燻味，身上散發出白天的熱氣，她帶著一股蔭酒和肥皀味，外套上了漿，聞得出她媽媽洗潔精的味道，金屬耳環沾上汗珠的水氣，我所熟悉的卓拉再度完整呈現。她一語不發，任憑我原本打算訴說的一切緩緩飄落兩人之間，我忘了先前準備的回答。

度瑞用草藥瓶裡的水沾濕一條乾淨的破布，現正一塊骨頭接著一塊骨頭，慢條斯理從手提箱裡移出表親。他用破布輕輕擦拭發黃的腿骨，把骨頭放在地上一塊乾淨的被單上。其他的挖掘工在他身邊走來走去，嘴裡叼著香菸，背對著圍籬。他們已經圍攏上來，現正輕聲說話，動作也變小，要嘛遵照村裡老妖婆的指示，要嘛基於旁觀者熱烈的反應，行動稍爲收斂——旁觀者猜到儀式中最精采的部分已經結束，開始慢慢失去興趣。

「妳會怎麼做？」我說。

「不一定。」卓拉說。「妳外公會怎麼說？」

「他會叫我遷就外婆，不要打開袋子。」過了一會兒我又說：「他也會叫妳出庭作證。」

「我們禮拜六之前絕對回不去，」卓拉跟我說：「但妳已經知道這一點。」她拉起我的手擱在她的膝上，什麼都沒說。

潮濕的破布從一隻手傳到另一隻手，大家把破布的水擠到慘白龜裂的頭蓋骨上，擦拭空洞的眼眶和牙齒之間的歪斜空隙。脊柱在被單上逐漸成形，椎間盤看起來好像玩具。好多隻手伸入手提箱裡，以至於很難看出什麼人移走了什麼東西。但是某人一絲不苟，有條有理，在被單上把骨頭分類，關節擺在這裡，指頭擺在那裡，即便整具遺體稍後又得再度散開。他們接著分解大腿骨，拿起菜刀一刀砍斷，這樣一來，死者就不會化爲殭屍，把疾病帶給生者。度瑞把破布捲成一團，緊緊纏繞在自己的拳頭上，將之稱爲「心臟」——我先前居然沒有想到他說的可能是一顆象徵性的心臟，甚至質疑那個不管身在何方的老妖婆，想了覺得自己眞笨。

度瑞再一次弄濕破布，在這顆剛剛接受洗禮的心臟上灑三次水，緊緊捲成一團的破布濕淋淋地擺在他的手掌上。體格魁梧的男人拿出一個黃銅小鍋，度瑞小心翼翼把破布放進鍋裡，倒些油在上面，點火焚燒。小銅鍋矗立在地面上，眾人傾身圍觀，一看看了好久，等待一切告一段落，我心裡只想著死不了的男人和他的咖啡杯。

大家把水倒入銅鍋，鍋子這會兒已經冒煙，然後把鍋子放在油桶取出的煤炭上面。度瑞用草藥瓶裡剩下的水幫火苗和骨頭施行洗禮，然後把瓶子扔在一旁。沿著圍籬的旁觀人潮漸漸疏散，大家原本指望看看好戲，如今全都大失所望。兩個小男孩沿著葡萄園的圍籬踢足球。

水已沸騰，度瑞從火上移開銅鍋，銅鍋在男士們之間傳來傳去，大夥默不作聲，面無表情，毅然決然喝下一口，試圖不要灑出鍋中的香灰水。有些男士傳遞鍋子的時候脫下帽子；有些根本懶得熄滅香菸。亞騰修士帶著他的香罐朝我們走過來，他站在這裡看著眾人慢慢傳遞銅鍋，注視著那些已經喝下香灰水的男人。

「小女孩在哪裡？」我問他。

「在屋裡睡覺。」亞騰修士說。「她今天下午發燒，他們還把她帶到戶外，我媽媽威脅說如果他們再把她帶到外面，她就要報警。」

天色愈來愈暗。太陽已經沒入半島一側，西方的天空很快將與大海融為一色。我們觀看之時，葬禮人群當中的一個小男孩戴上帽子，匆匆走過我們身邊。卓拉已經對他遞出清水和消毒用品，但他推開她向前走，穿過葡萄園盡頭的柵門。整樁事件隨著他的離去告一段落，手提箱之中的最高機密已經公諸於世。其中一個男人擦擦嘴巴，因為某件事情而大笑。

「接下來呢？」卓拉說。

「接下來是追悼會。」亞騰修士告訴她。

「那個小孩上哪裡去？」她說。

「他出去找個非家族成員的外人把香灰埋在山丘上。」

「他爲什麼不能自己埋？」

「他是家族成員。」亞騰修士說。「他不行。」

「你呢？」

「嗯，我不願意。」他低頭透過眼鏡盯著我們，看起來像是一隻巨大的蜻蜓。「屍體出土之後，他很難找到願意上去交叉路口的志願者。」

「交叉路口？」

「爲了我們的魔拉，」亞騰修士笑笑說：「也就是那個過來迎接死者的神靈。」

我開口：「我去。」甚至還沒想清楚他的話中可能代表什麼意義。

「別傻了。」卓拉看著我說。亞騰修士咬嚙指甲，讓我們兩人自己說清楚。

我說：「你告訴度瑞和他的家人，如果他們同意明天早上把母親和那些小孩送到診所，我就代表他們上去交叉路口。」

第九章
熊人

儘管蓋里納的村民不太願意談到老虎和他的妻子，大家倒是始終樂意跟你說說故事的配角人物。

你若問起某位蓋里納的仁兄，熊人達瑞薩是何許人也，你們的對話將從一個虛假的故事揭開序幕：達瑞薩是被熊養大的——或說，他只吃熊肉。根據某些版本，他花了二十年追捕一隻大黑熊，黑熊已經逃過其他獵人的追捕，把獵人逼得發狂，其中甚至包括獵殺柯洛瓦克神狼的巫克．西威克。支持這個版本的人說，大黑熊終於被達瑞薩追得筋疲力竭，結果大黑熊夜裡來到達瑞薩的營區，躺下來等死，黑熊這樣躺在雪地裡死去之時，達瑞薩不停跟牠說話，直到牠的精氣在第一道天光升起之時潛入達瑞薩心中。但我最喜歡的版本是，達瑞薩之所以是個絕佳的獵人，原因在於狩獵之時，他眞的變成一隻大熊——他不像大家一樣使用刀、槍，或是毒藥，而是用他的牙齒和爪子，他猛烈撕扯血肉，白森森的巨大熊牙深深卡進對手的喉頭，發出震破山嶽的巨響。

但是這些版本都點出一個事實：達瑞薩是前朝最偉大的獵熊者。最起碼這是實情，而且有照片爲證。這些照片是在老虎之妻的意外事故之前拍攝——照片中的達瑞薩一臉冷峻，眼睛閃閃發光，居高臨下站在一堆剝了皮的大熊旁邊，張張照片之中幾乎都有某位雙腳細瘦的權貴子弟，權貴子弟們咧嘴而笑，其實只爲了掩飾雙膝依然因爲狩獵而顫抖。在這些照片裡，達瑞薩正正經經，一臉嚴肅，跟塊煤炭一樣呆板單調，他怎麼有辦法讓蓋里納村民對他如此死忠，著實令人費解。這些照片裡的熊則是死傷過多，述說著一個不同的故事——但是話說回來，從來沒有人向熊群徵詢解答。

每年聖誕節的盛宴剛剛結束，達瑞薩就來到蓋里納，盡情享受村民的熱情款待，順便賣些毛皮，因應日漸寒冷的凜冬。他的到來不出所料，但是相當突然：大家從來沒有看見他抵達，只是醒來之後忽然發現他已經到了。他的馬匹已被拴好，拉車的公牛也已解下繩索，貨品攤開散放在一張褪色的藍地毯上。達瑞薩個頭矮小，一臉鬍鬚，你若走過他身邊，說不定會以爲他是個乞丐；但是他舉止從容，任憑孩子們對他做出種種誇張的遐想，而且似乎帶來一個更粗獷、更令人欣羨的世界。他也帶來外界的消息，偶爾說說野獸橫行的荒野傳奇，蓋里納的村民把他的到來視爲鴻運當頭，象徵安穩的好年冬。

直到那個特別的冬天之前，外公跟村裡其他人一樣熱烈期待熊人達瑞薩的年度造訪；但是老虎和老虎的妻子讓他分心，他根本忘了達瑞薩。其他村民可沒忘；大家的腦海中反而一直想著達瑞薩必定造訪，他一定會來，只不過大家都不說，以免這股期望之情妨礙他的到來。因此，一月底的早晨，當眾人從家裡出來、看到達瑞薩站在那裡，熊人黃褐骯髒，有如一個令人歡迎的承諾，大家的心情莫不隨之飛揚。

換作其他時候，外公肯定率先跑到眾人之前，沿著褪色的藍地毯走來走去，盯著張牙舞爪的熊頭，熊頭雙眼矇矓呆滯，或是根本缺了眼睛。這時他卻望向窗外，滿心不快地意識到接下來將發生什麼事情。廣場另一頭，老虎的妻子說不定也往外看著達瑞薩，但她不曉得村民爲什麼如此歡欣鼓舞，陣陣騷動又將引發什麼嚴重的後果。她猜想不到——外公卻肯定已經料到——神父張開手臂、衝向達瑞薩之時，他不單只是打招呼，同時也說道：「感謝天主，你平安抵達——你一定要幫我們解決這個披著鮮豔外皮的惡魔。」

外公自始至終盼望奇蹟出現，卻也等著災禍降臨。雖然年僅九歲，但是自從在燻肉房的偶遇之後，他就曉得老虎、老虎的妻子和自己已被困在節節敗退的一方。他不了解敵方；他也不想了解。薇拉婆婆出其不意伸手援助，可說是一絲希望，但他不知道希望將指向何方。現在獵人現身，外公馬上意識到老虎的勝算極低。好久以來，熊人達瑞薩是個廣受崇敬、碰觸不得的人物，這會兒他將成為一個叛徒、一個謀殺犯、一個屠殺老虎的劊子手、一個揮舞屠刀、布設陷阱的殺人工具，而眾人卻將他視為聖人。外公確定，只要給他足夠時間，達瑞薩將會得逞。

熊人達瑞薩跟大多數獵人不同，他不是為了獵殺的那一刻而活，而是期待打獵之後的諸事。他選就這個讓自己聞名的行業，這樣一來，他才得以從事真正帶給他快樂的工作，全心準備剝製標本。對達瑞薩而言，這包括剝皮、刮擦，以及凝油的味道，他也有辦法讓曠野重新呈現在自己家中，保留狩獵的回憶。這就是真正的達瑞薩：他打心眼裡就是一個動物標本師傅。

為了了解這一點，你必須回溯他的童年，追憶那些村民都沒有聽過的往事。請你來到京城高級住宅區的一棟紅磚瓦房，房子坐落在油燈照明的大道上，俯瞰王室精心雕琢的公園；請你看看達瑞薩的父親，他是一位知名的奧地利工程師，兩度喪偶，大部分時間都在國外；也請你看看達瑞薩的姐姐麥格達莉娜，他們的父親經常遠赴埃及，監督博物館和宮殿的工程，一去就是好幾年，麥格達莉娜一輩子疾病纏身，不但無法跟著他們的父親遠行，也促使姐弟兩人相依爲命，憑空想像父親書信之中描繪的風景。

麥格達莉娜患有癲癇，因此，她的行動受限，只能享受一些小小的快樂。既然沒辦法上學，她就盡其所能跟隨家庭教師學習，而且自修繪畫。達瑞薩比她小七歲，他非常溺愛姐姐，姐姐喜歡什麼，他就喜歡什麼，而且他自小就意識到姐姐的幸福是他的責任與義務。他站在家裡走廊上，看著挑夫把父親的手提箱搬到外面等候的馬車上，看著看著，他緊緊抓著父親的衣領，而他父親說道：「你年紀很小，但我打算把你培養成一個紳士。你知道一個小男孩要如何成爲一個紳士嗎？」

「怎麼樣？」達瑞薩問，即便他已經知道答案。

「你必須有個差事。」他父親說。「你必須爲其他人擔起責任。我應該給你一個差事嗎？」

「是的，請說。」

「幫我想想。我出門的時候，你是家中唯一的紳士，你覺得哪件事情最需要注意？」

「麥格達莉娜需要照顧。」

「你會幫我照顧她嗎？」

接下來的幾個月，他忙著幫她做些自己能力所及的事情。他規畫出一套生活秩序，規模雖然微小，卻是鉅細靡遺。他們有個幫忙燒飯和清掃屋子的管家——但是達瑞薩把早點餐盤送到姐姐房裡，他幫姐姐挑選繫在髮上的緞帶，還幫姐姐取來罩衫和襪子，姐姐更衣之時，他站在門外守候，這樣一來，如果姐姐頭暈、大聲呼叫，他才聽得到她的叫喚。達瑞薩幫姐姐綁鞋帶、寄信、拿東西，兩人在公園散步的時候，他還牽著她的手；他陪姐姐上鋼琴課，好像一隻魚似地繃著臉，如果老師過於嚴厲，他就出面干涉；他幫姐姐擺設一籃籃水果、一杯杯美酒和一塊塊起司，好讓她素描靜物；他在姐姐的床邊小桌上擺了無數本書刊和遊記，這樣一來，他們臨睡之前才可以一起閱讀。至於麥格達莉娜，他高興怎麼做，她就隨他怎麼做。他幫了她很多忙，她也很快就看出一點：藉由照顧她，他也學會照顧自己。麥格達莉娜始終在信裡一開頭就提到他的努力：**親愛的父親，您應該看看我們的達瑞薩怎樣照顧我喔**。

八歲的時候，他頭一次目睹她癲癇症發作。他溜進她的房間，跟她說他做了惡夢。他發現她在床上扭成一團，身體痙攣緊繃，脖子和肩膀沾滿汗水和某種白色黏液。他看著她，突然覺得受到襲擊，先前打開房門時，某樣東西悄悄跟著溜了進來，把他嚇得不知所措。他把她留在房裡。他沒穿外套，沒穿鞋子，套著睡衣衝到街上。他赤裸的雙腳噗噗踏過潮濕的人行道，一路直奔鎮上另一頭的醫生家。他覺得周遭一片空虛，有如大船一樣寬廣沉重。街上沒人，父親不在身邊，他也不確定自己回到家裡之後、麥格達莉娜是否還活著。他只哭了一會兒，稍後在醫生的馬車裡，他一滴眼淚都沒流。

「我們不要跟父親提起此事，好不好？」過了兩天，麥格達莉娜說，而他依然拒絕離開她的床邊。「你眞是一個勇敢的小男子漢，我英勇的小紳士——但是我們別告訴他，別讓他擔心。」

在那之後，達瑞薩獲知夜晚是多麼可怕——不僅因爲他發現黑暗本身很嚇人，或是因爲他害怕被某種詭異醜惡的東西抓走，而是因爲他忽然意識到自己是多麼無助。長著羽翼、靜默無聲的死神已經跟他同在屋裡。死神徘徊在活人和物品之間，飄盪在他的床鋪和他的油燈之間，遊走於他和麥格達莉娜的臥房之間——死神始終在各個房間飄來飄去，特別是當他暫時想著其他事情，或是沉沉入睡之時。他決定自己必須先聲奪人，搶先死神一步。他養成白天先睡兩小時的習慣，睡醒之後在屋裡晃蕩，悄悄潛入麥格達莉娜的臥房，他躡聲躡氣，站在她的床邊，伸出一隻手貼在她的肚子上，好像她是個小寶寶似地，靜靜等著她的肋骨晃動。有時他整夜坐在她的臥房裡，但他大多把她的房門開著，自個兒走過家中其他地方，一個房間接著一個房間尋找死神，試圖把死神從藏身之處趕出來。他搜尋玄關的櫥櫃和餐具櫃，還有藏放一箱箱舊報紙和圖表的大木櫃。他搜尋始終空空蕩蕩的父親臥房，還有他父親存放舊軍裝的衣櫃、床鋪下方、浴室門後。他前前後後在家中走來走去，明知無用，依然一臉決然把窗戶開了又關，關了又開。他以爲自己往烤箱裡一瞧，隨時都會發現死神蹲踞在內——而死神只是一個從容不迫的男人，身上長了一對翅膀，雙眼像是竊賊似地動也不動。

達瑞薩打算說：「我找到你了，現在你給我滾出去。」但是如果死神拒絕離開，他還沒想到應該採取什麼行動。

艾敏帕夏的冬宮開放之時，達瑞薩已經搜尋死神好幾個月。多年以來，京城的官員始終爭辯該如何處置帕夏的冬宮。這座宮殿是鄂圖曼帝國時代的遺跡，已經多年無人使用。維也納的長官無法挪爲私用，也不願意交由京城全權處置，因此，長官把冬宮稱爲博物館，交由皇室的子民享用，那些子民已是藝術的贊助人，也經常造訪國家歌劇院、皇家圖書館、國王花園之類的場所。

神奇而宏偉，金紅的海報張貼在達瑞薩住家附近的每一根油燈桿上。一探耀眼的天堂之界。

宮殿上方的樓層是爲了紳士們設立的雪茄俱樂部，另外設有打牌室、吧檯、圖書館和馬術博物館，館中展示帕夏騎兵隊的駿馬，一匹匹軍馬標本配戴鍍金馬勒，王朝專用的遊行馬鞍叮噹作響，馬車吱吱嘎嘎，車輪擦得光可鑑人，一排又一排的三角旗畫上帝國的半月圖案和星星。下方的樓層有個中庭花園，園中一座座茉莉花和棕櫚樹的藤架，拱廊鋪著靠枕，方便戶外閱讀，園中還有一個池塘，池塘裡有隻非常稀有的白蛙，白蛙據說寄居在一個蓮葉下面的頭蓋骨之中，據聞某個殺手把頭蓋骨塞在蓮葉底下，隱藏受害人的身分。宮中還有一座座廊廳，廊廳懸掛一幅幅華麗的油畫和一盞盞黃銅油燈，還有描繪盛宴和戰爭的宮廷織錦畫，年輕仕女們可以在旁邊的小圖書館閱讀，帕夏的瓷器、食譜，以及咖啡杯組則陳列在茶室之中。

麥格達莉娜趁機馬上帶著小弟前往參觀。十六歲的她非常了解自己的病情，她曉得自己從來沒有造訪任何地方，她也知道因為她的病，使得達瑞薩離群索居（他卻從來沒有抱怨），而且每天晚上不停巡視（他也不願放棄），她愈想愈難過。她在報上讀到宮中有個「帕夏鏡廳」，她帶他去參觀，因為她想讓達瑞薩知道，除了他們家附近的大道、公園以及家中四面牆壁之外，世上別有風情。

進入帕夏鏡廳之前，你必須先穿過花園，走下一個通往小平臺的階梯，平臺看似墳墓的門檻。半圓形的門楣上刻著飛天巨龍，一個吉普賽人帶著一頭幼獅坐在小箱子上，如果你拒絕花錢聽從她的指示，她就發出威脅，詛咒你寸步難行。這大多是為了孩童耍出的噱頭，因為吉普賽人和幼獅受雇於博物館。你把一枚銀幣放在她的帽子裡，她對你說聲「自己小心」，然後把你推進去，關上大門。家庭醫生擔心麥格達莉娜的狀況，事先警告她不要進去，所以達瑞薩獨自入內。

剛進去迷宮還好，只是一排排哈哈鏡，鏡中的你身材膨脹，身子被砍了一半，頭顱看起來像個齊柏林飛船，但是走過哈哈鏡之後，你忽然感覺自己上下左右顛倒，天花板和地上鋪著雕有椰樹樹梢的金色磁磚，鏡子經過特殊擺設，以至於你每跨一步就好像踏入一個小亭，亭中充滿九千、一萬、二十萬個自己的影像。你一寸一寸慢慢往前走，地上的磁磚不停移動，千變萬化，鏡子的角度虛虛實實，在此同時，你雙手摸著玻璃、玻璃、更多玻璃，直到萬萬想不到之時，眼前赫然開展。你走過看不見的轉角處，偶爾撞見彩繪的綠洲，或是一隻孔雀標本，孔雀看起來似乎在遠方，其實矗立在你身後某處。然後你會看到一個印度舞蛇人的活動木偶，竹籃裡還冒出一隻木雕的響尾蛇。達瑞薩慢慢走過迷宮，感覺自己的心臟隨時可能停止跳動。往前走的時候雖然到處都看到自己，但是他不知道哪一個才是眞的。他猶豫不決，擔心迷路，生怕永遠脫離不了這團迷霧，行動因而變得遲緩，儘管麥格達莉娜立意頗佳，但是他開始感覺心中一片空虛，就像置身家中漆黑臥房裡的感受。他每走幾步就撞上鏡子，在玻璃鏡上留下灰白的印漬。等到走到帕夏的綠洲時，他已經哭了起來。綠洲位居中庭，四周圍上布簾，六、七隻活孔雀在綠色的噴泉附近漫步，走過中庭，你就看到通往獵物室的大門。

獵物室是一條狹長的走廊，牆上貼著藍色的壁紙，整條走廊鋪上綴著纓邊的土耳其地毯。羚羊和野羊的頭蓋骨、水牛和麋鹿的大角三三兩兩固定在南面的牆上，閃閃發光；甲蟲和蝴蝶以圖釘固定，陳列在展示盒中；老鷹和貓頭鷹睜開死氣沉沉的雙眼，站在雕刻精美的高架上瞪著下方；一對象牙交叉擺設，軍刀似的象牙旁邊有個展示櫃，裡面只有一顆歪曲的北極角鯨鯨齒；一隻巨大的天鵝靜靜張開翅膀，像個風箏似地懸掛在繩線上；走廊盡頭有個雌雄同體的怪羊標本，牆上掛著幾張怪羊在帕夏動物園裡的生活照，藉此證明怪羊確實曾經存在，而非死後假造。

對面的牆邊則是一個個巨大的玻璃櫃，油燈的燈光從地上斜斜照進櫃裡，世界各地的野生動物帶著令人不安的沉默矗立其中。每個櫃子都是世上某個角落，亦即帕夏或兒子們曾經狩獵之處。一個櫃子以彩繪的黃色草地，以及參差不齊的樹梢作爲背景，櫃裡陳設一隻獅子和牠的幼獅、一隻鴕鳥、一隻紫色的疣豬，以及一隻躲在荊棘叢裡的小瞪羚。漆黑的樹木和瀑布油畫，山洞洞口若隱若現，一隻熊直挺挺地站立，熊掌合起，眼睛朝上，耳朵往前；一隻紅眼的白色野兔站在熊的後面，牆上釘著一隻展翅高飛的雉雞。一條蠟筆彩繪的河流，河畔擠滿低頭飲水的斑馬、條紋羚羊，和野生羚羊，羊角斜斜抬起，耳朵忽左忽右，聆聽沉默之聲。一幅生動的夜間即景：竹林彎曲搖曳，有如夏日般青綠，一隻老虎站在叢林之中，老虎怒火熊熊，抬頭咆哮，雙眼直視，望穿玻璃櫃。

年輕男孩都會迷上動物，但對達瑞薩而言，金色迷宮的迷離幻境，再加上沉靜莊嚴的獵物室，引發的感覺單純多了：空虛，孤寂，最終而言，死亡。死神化爲千百種型態，坦蕩蕩、大剌剌地站在那個走廊裡——死神有了尺寸、顏色和形狀，也帶著紋理和優雅，隱隱之中具體成形。在那個廳室裡，死神一掃而過，來了又走，留下生命的幻象——他明瞭自己說不定能夠在死亡之中尋獲生命。

達瑞薩不太了解那種忽然湧上心頭的感覺。他只知道長久以來，他始終懼怕空虛，如今眼前出現實實在在的形體。但是他意識到這或許跟保存靈氣有些關係，也就是說，留下那個你最心愛、最懼怕，或是最尊敬的影像。後來他經常一個人造訪鏡廳，獨自在獵物室徘徊，欣賞上了蠟的鼻孔、固定的姿態、起伏的肌腱和肌肉、牡鹿和公羊臉上的青筋。

早在麥格達莉娜過世之前，達瑞薩就成了波格丹．丹柯夫的學徒。波格丹先生是「丹柯夫與斯洛克」的店主之一，這位老師傅有天過來修補狐狸標本，讓狐狸的毛髮重新豎立，達瑞薩剛好在宮中碰到他。鎮上最出名的動物標本皆出自波格丹先生之手，對十二歲的達瑞薩而言，波格丹先生是最了不起的藝術家。他的主顧都是爵爺和將軍，他們居住在達瑞薩父親信中提到的那些地方，也曾在那些地方打獵。達瑞薩發現自己愈來愈常造訪波格丹在鎮南的工作室，等待知名之士的僕人們早上送來獸皮、頭蓋骨、獸角和獸頭。當然有些惱人之處——送上門的斗篷散發出某種淡淡的怪味，死氣沉沉的獸皮亂七八糟堆成一團，看起來相當奇怪。但是準備工作就是最好的酬賞，他看著波格丹先生繪製標本草圖，幾星期之後，老師傅架起木頭框架，採用灰泥和油蠟製作雛型，刻出肌肉和黏合在獸皮之下的組織線條，選擇眼睛，拉開獸皮，繞著軀體縫住獸皮，直到膝蓋、耳朵、尾巴各個部位全都裹上獸皮，再度呈現完整的模樣。接下來則是爲鼻子上釉、幫粗糙之處上漆、磨平鹿角。

爲了練習，達瑞薩在父親的酒窖裡設立一個小工作室，而這剛好爲他睡不著的老毛病，提供一個絕佳、永久的解決之道。他依然扮演家中守護者的角色，他經常看書看到麥格達莉娜和管家上床休息，然後下去他的工作室，取出冰盒裡的獸皮，動手讓死去的動物復活。從某個層面而言，他肯定推論如果死神已在家中，必將受到他的舉動吸引。顛倒生死的神技會讓死神大感興趣，死神說不定想不通軟趴趴的獸皮怎麼披掛在新的肩膀、腰腹和脖子上。如果死神因而心不在焉，站定不動，跟他一起待在酒窖裡左思右想，那麼死神就不會在屋裡閒蕩。他起先利用從垃圾桶拾來的小動物練習，這些都是喪身在車輪下的貓咪，然後他在花園後方布設陷阱，用粗製濫造的誘獸欄捕抓松鼠。麥格達莉娜的翠鳥死了之後，他把翠鳥標本拿給波格丹先生鑑賞，因而獲准在家製作一些狐狸、獾和松貂之類的小型標本。不管成品帶給他什麼成就感，他都不予承認，無論對象是他自己，或是寂靜無聲、空空蕩蕩的房間。

他這樣持續了好多年，即使麥格達莉娜癲癇症發作、病逝多年之後，他依舊如此。麥格達莉娜在一個晴朗的三月天發病，情況恰如他的意料，當時他們在公園裡，他放開她的手幫自己繫鞋帶，她一陣痙攣，忽然倒地，一頭撞到地上，她在醫院躺了好久，生命慢慢流逝，甚至沒有醒過來，也沒有再跟他說句話。在那之後，他周遭的一切漸漸崩潰——先是王朝瓦解，舊王朝歷經戰爭統合爲一個新的國家，他的父親因爲戰爭而破產，結果在一座他自己監工建造的大橋上吊自殺，大橋橫跨尼羅河，位處遙遠的埃及。達瑞薩身無分文，孤家寡人，沒有工作，他搬進波格丹先生的地下室，繼續研習這個死亡行業。最起碼，他告訴自己，我懂得這一行。他愈來愈常造訪鏡廳觀察琢磨，手藝日臻完美，最後他終於獲准修補帕夏最著名的野豬標本之一，過了很久之後，這隻野豬被放置在元帥的辦公處，但是達瑞薩永遠無從而知。他計劃自己開業，或是等到波格丹先生退休之後，他可以接下老師傅的生意。但是後來發生大戰，景氣蕭條了好多年，他原本希望從有錢人的口袋裡掙得一些銀兩，但是有錢人死的死、逃的逃，要不就是破產、變換身分、遷往其他國家，家產漸漸虛空。

二十歲之時，達瑞薩老老實實把波格丹先生的遺產，全數均分給老師傅合法和私生的眾多子孫，這樣一來，他才可以把地下室留給自己。他急需工作，結果發現自己幫一個他討厭的酒館老闆跑腿，這個臉色枯黃的老傢伙名叫卡朗，是個吉普賽人，而且堅持付給他舊制的紙鈔。破爛的酒館只有一個房間，因此，室內始終沒有足夠的空間讓大家坐，酒客反而慢慢湧到廣場上，而卡朗也已利用箱子和活動木桶占下空間。盛裝奶油的舊紙箱、醃漬黃瓜的破桶子，任何他找得到或是無人使用的東西都可能被他拿來當作桌子。

酒館之所以受人歡迎——特別是對孩童們而言——部分歸功於蘿拉。蘿拉是一隻會跳舞的母熊，也是卡朗的最愛。多年以來，這隻上了年紀、鼻口柔軟、眼光溫和的母熊跟著主人環遊世界，在街頭、馬戲團、戲院、皇宮慶典獻藝，甚至曾在已經逝世的大公爵面前演出——卡朗有照片為證，酒館裡只有這張照片裱框，驕傲地陳列在烤肉架上方。牠已經老到不需要被鍊條綁住，而且心滿意足地躺在酒館外面的橡樹樹蔭下安享餘年。附近的孩童爬到牠身上，盯著牠鼻孔觀望，牠也不在意。牠已經很少跳舞，當牠翩翩起舞的時候，牠跳得虎虎生風，自然優雅，依然可見昔日的神采。

達瑞薩從來沒有見過活生生的熊，擦桌子，或是處理早上送過來鮮肉的空檔，他就到外面陪蘿拉。歲月已經侵蝕牠的視力和嗅覺，牠經常只有力氣站起來，從樹蔭下的一邊移動到另一邊；但是牠的表情依然流露出野獸的天性。當牠想要一樣牠不該要的東西時（比方說偶爾有機會享用的上好肉排，或是水果白蘭地），牠的雙眼自然而然隱隱露出獸性的凶光。牠一聽到卡朗的聲音，鼻口之間馬上露出滿足的神情；但是當牠勉強聽到遠方的狗叫聲時，牠臉上的肌肉會猛然往上抽動，餵食之時，牠也忽然拉下臉來，表情深沉而專注。

那年冬天蘿拉終於辭世，卡朗傷心欲絕。他拉下酒館大門，拿一條巨大的毯子裹住蘿拉，把蘿拉擺在飯廳裡擺了四天，最後終於同意讓達瑞薩把牠移走。達瑞薩在波格丹先生的地下室慢慢動手，一天只進行一點點。他謹記如何操作刀子和針線，盡其所能穩穩操刀，在此同時，他專心想像蘿拉在金色迷宮之中會是什麼模樣。一個月之後，他把蘿拉帶回來獻給卡朗，老吉普賽人無法言語。達瑞薩讓蘿拉站著，身子半轉，耳朵機警地豎起，好像翩翩起舞，也好像往後仔細端詳獵物；牠的熊掌往外伸張，毛皮梳得整整齊齊，雙眼大張，專注於遠方的某樣東西。達瑞薩找到了平衡點，巧妙融合牠溫順的性情，以及牠早已失落的獸性尊嚴；卡朗馬上幫他加薪，而且把蘿拉擺到牠生前最喜歡的橡樹樹下，讓牠銀白的鼻口貼在牠那巨大的後掌下。

蘿拉像這樣在酒館外面待了好幾個月，春天來臨時，架設陷阱捕抓動物的獵人，行獵一個冬天之後下山。他們讚嘆蘿拉栩栩如生，堅持要跟這個熟悉蘿拉習性的年輕人見個面。獵人們滿臉風霜，長相醜陋，無論哪方面都不雅觀，但是他們酒喝得愈多，也就愈不醜惡，而他們那天晚上喝得非常多，請達瑞薩喝了一輪又一輪。他們告訴他，製作動物標本在京城裡沒有賺頭；但是遙遠的地方有些森林，森林隸屬國王和爵爺，甚至不屬於任何人。這些森林之中到處都是熊、狼和山貓，京城之中有些人，想要在輪不到他們加入的社交圈之中嶄露頭角，對於那些人而言，動物的獸皮可是價值連城。在這個世界裡，獵人們告訴達瑞薩，貴族已因無謂的追求而一敗塗地，你再也不能指望他們提供工作。相反地，你必須自己出去尋找猛獸，自己花時間，運用自己的技巧獵捕。如果一個有錢的笨蛋剛好跟著一同前往，更是好上加好；但是你愈來愈難碰到有錢的笨蛋，即使他們表示有興趣，依然是可遇不可求，你不能花一輩子等著他們上門。

接下來的春日和夏季，達瑞薩在酒館裡拖地，但當秋天來臨時，他跟著獵人們入山。狩獵，他已說服自己，不過是另一種死亡行業，而且不管怎樣，狩獵能夠幫他再度站穩腳步，重回他眞正喜歡的一行。他將親自帶回獸皮，重振波格丹先生工作室；他將親手屠熊，醫生和政客會在市場攤位購買這些熊皮，退休的將領雖未親眼目睹野熊之死，但也將在爐火旁邊加油添醋地描述。

第一個年頭，達瑞薩追隨一個又一個獵人，自己也成了其中之一。他們說他手到擒來，好像天生是個打獵的料子；但是說不定這是因爲他的生命又有了目的，促使他如此義無反顧、全心全意接納了新生活。他學會紮營和修護武器；架設篷帳，接連好幾小時動也不動坐在裡面；在黑暗之中和雨中讀取獵物的足跡。他謹記鹿群橫越山區的行進路線，這樣一來，他才可以等待那些追殺迷路小鹿的野熊上門。他學會在晚秋之際行獵，這個時節野熊行動遲緩、吃得肥肥胖胖，牠們趁著冬眠之前的最後幾個月獵食，性子最爲兇狠。如果其他獵人願意傳授，他就盡力吸收；如果他們已經無法傳授，他就自己摸出竅門。他用陷阱、槍支，和沾了毒藥的肉獵捕，他逐漸習慣熊死亡之時發出的巨響和惡臭，也慢慢接受熊皮剝離的模樣。熊皮笨重，沾滿了鮮血，但是你的刀法若是正確，熊皮會跟洋裝紙樣一樣容易剪裁。他學會享受孤寂。他偶爾撞見其他獵人，或是碰巧來到某些荒蕪的農莊，農莊之中似乎總是不見男丁，而且農莊上的女人總是格外高興見到他。但大多時候，他始終孤單一人。他曉得只要花七個月打獵，他就可以在波格丹先生的地下室快快樂樂工作三個月，一個人躲在世界之外，爲他帶回來的獸皮重新塑型。

他也學會容忍、了解這群他非得接受不可的笨蛋——這一小群年輕人竭盡全力，試圖固守這項他們父親和祖父那一輩尊貴的傳承。到了他狩獵的第三年，這些年輕人經常跟隨他穿越樹叢，他們張惶失措，大聲喧嘩，完全捉摸不定，跟一頭小鹿一樣不牢靠。他們是那種裝備過多、卻準備不周的人，一碰到緊要關頭，他們的牙齒就格格打顫，手臂也不聽使喚。其中一人偶爾莫名其妙應付自如，抓對時機，摸對角度，打出驚天動地的致命一槍；這些久久才出現一位的男孩子，一輩子始終無法完全擺脫頭一次殺戮的震懾，其後好幾個禮拜，或是打獵的照片中，他們的臉上露出恍惚的微笑，除此之外看不出什麼。

但是隨著時局愈變愈差，達瑞薩發現自己愈來愈常獵殺某些特別棘手的野熊。他身手高超，遠近馳名，探子們經常穿梭林間，尋覓他的下落：札拉提卡，有隻大黑熊叼走了某人的小孩；垂弗諾，有隻來無影、去無蹤的惡魔野熊走進農莊，屠殺田裡的馬匹。耶賽尼卡，有隻跟馬一樣龐大的紅色母豬，牠的小豬喪生在一隻公熊的手下，結果牠妒恨地守護小豬喪生的玉米田，攻擊收割作物的農民；普列立夫，有隻灰色的老野豬在穀倉裡自行做了一個獸穴，而且在那裡冬眠。

他一隻接著一隻全都尋獲；獵殺之後，他把牠們的獸皮帶到下一個村落。村民歡迎他，接待他到家中，送上食物和衣服，購買那些他不打算留下的獸皮；輪到他出手相助之時，村民沿著街道列隊而站，一臉敬畏地看著他離開，走向遠處的森林。不管達瑞薩是否事先把武器埋藏在林間某處，這些都無所謂，這麼說吧，五呎七吋的他，手無寸鐵地邁入林中，一張大熊的熊皮在他肩上晃動，這幅景象著實令人印象深刻。

熊人達瑞薩。回顧過去，金色迷宮傳授種種情事，邁步未來，金色迷宮正在某處等候。在此同時，他一無所有，只有一頭頭熊。

如今，一隻老虎。據稱達瑞薩一聽村民碰上倒楣的事情，馬上表示願意為大家出面。這當然是根據傳言，事實上，達瑞薩對於凜冬之際獵殺老虎，感到興趣缺缺。到了那時，他已年屆五十，不太願意介入不熟悉的狀況；除此之外，他知道戰爭的腳步正逐漸逼近。他沿途聽了不少事情，從中感覺到這一點。軍隊正快速越過山腳，大地一透露出春天的氣息，軍隊馬上攀山越嶺，他才不願在這種時候被迫留在山區這一帶。雖然他堅決婉拒神父的請求，但是藥師終於說服他留下來。藥師打動了達瑞薩的同情心——但可不是透過講道理、或是苦苦哀求，甚至不是因為這種獵物相當新奇。

達瑞薩待在村裡的期間，大家都知道他喜歡坐在廣場上，一邊磨刀，一邊偷聽女人們在井邊竊竊私語；他也喜歡在市場上逗逗那些站在攤位後面、雙手交握在胸前、眼神中帶著警戒的女士。達瑞薩喜愛女性，連帶也無法忍受任何傷害、或是侮辱女性的事情，比方說大聲喧嘩的男人、粗魯無理的舉動、不受歡迎的輕薄之舉。我不確定這種心態是否出於當年他對麥格達莉娜的照拂；但是不管他行經何處，他經常把無禮醉鬼的肩膀拉得脫臼，鄰里的男孩若是對著剛從田裡回來的女孩吹口哨，他也拉扯他們的耳朵。他在這些方面可是惡名昭彰。

因此，天亮之時，藥師藉稱讓他看看老虎的足跡，把他帶到森林邊緣。「最起碼看看我們處於什麼狀況，」他說：「跟我說一說你的想法。」

他們兩人跪下來看看昨晚留下的掌印。達瑞薩驚嘆掌印的尺寸，強勁、穩當的足跡一路攀上山嶺，深入林間。達瑞薩爬進蕨叢之中尋找尿液和夾在低垂樹枝上的虎毛，他回來之後，他追隨老虎的足跡回到村裡，一路直通牧草地，越過籬笆。足跡當然把他們帶到屠夫的家，老虎的妻子來到門口，看著他們走過。她顯然已經大腹便便，但是基於某個因素——或許是懷孕本身，或許是路卡消失了，或許根本是另外因素——她看起來優雅自在。

看到她的時候，達瑞薩脫下他的帽子，他把帽子折起來放在手裡，老虎的妻子則淡然打量他。藥師拉拉達瑞薩的手臂。「那隻老虎似乎喜歡上她，」他說：「這點令我擔心。她自己一個人住。」他沒有稱她為「老虎的妻子」，他也沒有提到她自己似乎也喜歡上老虎。

「那不是屠夫的老婆嗎？」達瑞薩問。

「他的寡妻，」藥師告訴他：「新寡的太太。」

故事當中並未顯示達瑞薩對於女孩做出其他反應；但是因為那天下午稍後，他同意在村裡待一陣子，看看如何對付那隻老虎。因此，大家說他有點愛上她。他懷著一絲愛意走在山腳下的森林裡，研究老虎在雪地上的足跡；他懷著一絲愛意沿著老虎經常走過的籬笆設下捕熊陷阱，逐一扳開陷阱的鋸齒；隔天早上，他懷著一絲愛意過去檢查陷阱，發現鋸齒閉合，陷阱之中空空如也，只有啪地一聲捕捉到凝滯的空氣；他懷著一絲愛意對整個村子宣布他需要每個人的合作，同時警告孩童絕對不要再靠近陷阱，因爲他們下次可能不會如此幸運，說不定會被鋼鐵鋸齒夾斷一隻手臂或一隻腳。謠言在村裡如火如荼地散布——這套新的魔法是怎麼回事？既然沒有東西觸動陷阱，陷阱怎麼可能自己閉合？——沒有人膽敢告訴達瑞薩他們心中真正的想法：她自己動手，老虎的妻子搞了鬼。對村民而言，有了達瑞薩在場，大家心中的恐懼似乎減緩，大家也不好意思跟達瑞薩多說什麼，因此，大家坐視女孩的魔咒飄過牧草地、村莊，甚至整座山頭；什麼都無法消除魔咒。

那天下午稍後，薇拉婆婆揪著外公的耳朵，質問他說：「小子，你動手了嗎？你昨天晚上過去陷阱那邊嗎？」

「我沒有。」他馬上說。

他確實沒有。但他在爐灰中跟老虎的妻子解釋達瑞薩的用意，而且一夜無眠，一邊祈禱老虎不會誤入陷阱，一邊跑到窗邊往外看看月光下空空蕩蕩的街道。薇拉婆婆雖然全力阻止，但他依然利用達瑞薩對孩童的寬容，熊人工作之時，他跟在後面跑來跑去，達瑞薩準備畜體作爲誘餌時，他也一臉天眞地坐在附近的樹墩上，詢問千百個關於打獵的問題；他還跟著達瑞薩走到牧草地——過了幾天，他甚至跟到森林邊緣，以及林間最低矮的地區——對著空空如也的陷阱苦思。

當牧草地上再也看不到足跡時，藥師知道達瑞薩之所以空手而返，多多少少跟老虎的妻子有關。思及至此，藥師竭盡所能地暗示達瑞薩，讓他不要跟外公提到太多他的計畫。

「他當然不希望你殺了牠。」有天晚上藥師對熊人說。

「殺了牠之後，我會讓牠保留一顆虎牙。」達瑞薩笑笑說。「這個法子總是有用。」

老虎似乎從村裡消失。達瑞薩不得不愈來愈深入林中行獵；在那之後，有些事情變得無法解釋。

大家說他的陷阱總是抓到烏鴉——烏鴉已經死去，翅膀僵硬地垂在兩側，誘餌卻原封不動。達瑞薩廣設陷阱，地點也相當隱密，她卻有辦法全都找出來，一個晚上接著一個晚上在陷阱裡擺滿死鳥。她如此瘦小，而且挺個大肚子，怎麼可能每天晚上跑出去，掩飾了自己和老虎的足跡？她怎麼可能埋藏每一塊達瑞薩留在戶外、上了毒藥的畜體——那可不是兔子或是松鼠的殘骸，而是鹿、羊和野豬——以至於隔天早上什麼都找不到？當日漸挫折的達瑞薩在結冰的河床上布下陷坑，她怎麼可能自行破壞，而且在鋪著小樹枝和繩索之處，用力蓋上一條破毯子，遮住矛槍的槍尖？她怎麼可能做出這些事情，而且身上沒有瘀青、沒有受傷、眼神充滿天眞無邪、眼睜睜看著村民假裝不曉得動手的人正是她？

這一切我都無法解釋——但是糕餅師傅的女兒認爲她可以。有天晚上，她控制不了自己，在街上攔下達瑞薩，拉著他的手臂跟他說出鐵匠、路卡和小寶寶的事。

「大家都看在眼裡，」她說，眼中充滿淚水，「老虎是她先生。牠每天晚上走進她的屋裡，卸下獸皮。那個藥師——他曉得，但是他沒跟你說。他不是我們這裡的人。」

我不敢說達瑞薩是否採信這番話；但他是個實際的人，他也知道如何利用自己的聲譽，掌控迷信的村民。村民已經自行搞出一套理論，他聽了倒是不太訝異。但是他意識到自己受到藥師利用；藥師誘導他保護女孩，讓她免受其他村民的威脅，卻沒有告訴他，女孩或許根本不想接受這種保護。他早已懷疑有人故意破壞陷阱，而他忽略了種種跡象，眞是愚笨。那天晚上，達瑞薩發了好大脾氣。「你騙我。」他大喊。「你說服我相信這事，其實卻複雜多了。」

「我爲什麼要跟你說村民編出的故事？」藥師質問他，穩穩地站在達瑞薩和籠中的朱鷺之間。「這些故事不都只是迷信嗎？你聽了這些胡言亂語，對你有何幫助？」儘管如此，那天晚上達瑞薩坐在店裡的窗邊，不管是好是壞，藥師被迫陪著他。他們靜靜地坐了好幾個小時，看著村裡的街道，以及屠夫家中微微透出的一方光影。雖然達瑞薩已行獵多年，也已熬過無數次守夜，但他卻發現自己慢慢墜入沒什麼道理的夢境——在夢中，他站在老虎之妻的屋前，看著她先生回來。達瑞薩看見老虎，老虎肩膀寬闊，紅色的毛皮在月光下一閃一閃，老虎越過廣場，沿著街道往前走，夜色好像洋裝裙襬似地拖曳在牠身後。屠夫家的大門敞開，透過窗戶，達瑞薩可以看見老虎挺起身子，擁抱女孩，然後兩人坐在桌邊吃東西——他們總是吞食頭顱，先是牛頭、羊頭、鹿頭，然後再吃下帕夏獵物廳裡那隻雌雄同體怪羊的頭顱。

隔天早上，達瑞薩啓程離開，村民倒是不訝異，他們出來站在雪地中，默默不語、一臉蒼白地看著他準備上路。達瑞薩捲起地毯，把剩下的獸皮堆到推車上，看都不看村民一眼。大家並不驚訝，但是感到憤怒；他是他們最信賴的守護者，也是他們對抗老虎的最後一道可靠的防線，但是女孩的魔咒終究太強，甚至連熊人都抵擋不住。這下他們落單，永遠都得孤零零地面對老虎和牠的妻子。

老虎已在廢棄修道院上方的矮樹叢待了好幾天。牠豎起耳朵聆聽獵人沿著山腳布設陷阱，聲響微弱，聽得有點疲累。如今牠已經認得出陷阱的聲音和味道，但牠沒有靠得近到足以判定陷阱的用途何在。她把牠帶到這裡，她一隻手搭在牠肩膀之間，耐心地跟牠一起前進，她大衣裡的某一處，藏放著她幫牠帶過來的肉。牠已經一個禮拜沒有感覺到村莊的溫暖，以及她髮間的燻肉房氣味，即便牠已不時發現空氣中隱隱傳來她的味道，而且幾乎總是在夜裡。牠曾經過去找她一、兩次，牠在陰暗的樹林間追隨著她，但她總是把牠帶回這裡。因此，當雪花靜靜飄過祭壇上方凹陷的屋頂之際，牠躺臥在聖丹尼諾修道院的廢墟之間，看著鳥兒沿著金色的拱形祭壇擠成一團。

牠不怕獵人，因爲牠不知道有什麼好怕，或是爲什麼應該害怕。牠只知道附著在這個男人身上的味道不一樣——種種味道糾結在一起，隱隱帶著泥土和爛臭的氣息，而且多次抹上死亡之味——牠發現自己不太喜歡那股味道。當牠從山脊的空地看著獵人時，那股味道不討喜，當牠沿著昨天走過的小徑、在牠以前的藏身之處聞到那股味道時，牠也不太喜歡。但是那天把牠引出聖丹尼諾修道院的並不是獵人的味道，而是一隻貝吉獾。冬天的貝吉獾睡得迷迷糊糊，氣息溫暖，牠跟著那股味道下山，撞見藏在松林之中的牛車。

老虎從牛車後方的逆風之處過來，牛車的形狀令人訝異，光是體積就很嚇人。驚嚇之餘，老虎放低身子，肚子貼著地面。牠蹲在牛車後面，隱隱看到車輪陷入蕨叢那一側的雪地裡，牠也看見幾頭公牛站在那裡，毛髮遮住牛的眼睛，幾乎擋住牠們的視線。公牛腹部貼著腹部擠在一起取暖，呼出一圈圈白茫茫的鼻息。到處都是獵人的味道。

老虎在牛車後面的黑暗樹叢裡躺了好久。牠靜靜等候，等著一種他不太了解的情況到來。然後風向轉變，公牛們聞到牠的味道，開始緊張地移動。公牛的鞍具鏗鏘作響，牛軛的鍊條叮叮噹噹，閃晃動。牠聽了稍微往前，只是稍稍跨出蕨叢。公牛們睜著吊梢眼看到牠，拔腿狂奔，牛車隨之向前傾倒。老虎發現自己野性大發，飛躍奔騰，當牠衝過牛車、奔向右邊那隻公牛的後腿和臀部時，滿腔熱血已經在牠胸中沸騰。牠暫且逮住了牠——虎爪撕扯、深陷臀部之中，牙齒咬住厚厚的牛尾根部——但是現場還有鞍具、牛車和其他公牛，混亂之中，某樣東西刺進牠的肋骨之間，牠放開公牛，往後一退，留在原地看著牛車搖搖晃晃前進，直到停在空地的另一邊。

四下皆無獵人的蹤跡。

達瑞薩走了，外公應該安心。但是那天晚上他連著好幾個鐘頭睡得極不安穩。他在黑暗之中醒來，感覺自己血脈沸騰，幾近歇斯底里。他坐在床上，擺脫不了那種某些事情已經起了變化的感覺。他原本已經慢慢地、小心地拉近自己、老虎，以及老虎的妻子之間的距離，但是現在某種感覺慢慢潛入，他和他們的距離又回復爲似乎不可超越。光是想到過去她家，他就感到筋疲力盡。

空中沒有雲朵，月光在他床邊投下黑影。爐火已經熄滅，爐床裡的餘燼一閃一閃。他站起來，悄悄套上靴子和外套。他就這樣只穿睡衣、沒戴帽子走了出去。他跑過村裡，寒風刺進他的臉頰和五指。

村裡一片漆黑。新雪覆蓋了他周圍的牧草地，閃爍著銀白的光芒。有隻狗在他身後某處吠叫，另一隻狗齊聲回應，兩隻狗的叫聲在黑暗中此起彼落。下午落下的白雪壓在屋頂上，屋頂兩側的積雪隨之滑落，樹籬上面堆了一層厚厚、參差不齊的白雪。外公站在門廊的階梯底，抬頭瞪著黑色的屋角和漆黑的窗戶。屋子看來奇怪，感覺陌生，他記不得自己曾跟老虎的妻子一起待在屋裡。他看得出某樣東西已經爬上階梯、走過門廊、留下一道道白色的痕跡。他試圖告訴自己說不定老虎回家了；但是腳印太小，看來是兩條腿的動物，而且朝著門外延伸。他考慮是否爬上階梯，自己開門進去，在壁爐前面等她。但是屋子空空蕩蕩，他得自個兒待在裡面。

外公跑到牧草地的盡頭，鑽過籬笆，跟隨足跡。田裡的雪愈來愈厚，足跡也愈來愈深。他整個冬天都不曾跑得這麼遠，這會兒他踏著吱吱嘎嘎的積雪，盲目地往前跑。他呼吸急促，一團團白白的霧氣在他周圍散開，雙眼凍得流淚。他跑到田邊，路面一路傾斜到河床上，到處都是結了冰的岩石，他暫且寸步難行，然後路面急速攀升，穿過低矮的樹叢，通往森林的邊緣。

這裡的足跡充滿猶豫。她的大衣和頭髮被勾住，逼著她猛然轉身，幫自己脫困，說不定她的眼前突然冒出一棵棵大樹，她腳步一滑，顛顛簸簸，留下深淺不一的足跡。外公把頭低著，伸手抓取小樹的樹枝，藉此拉抬自己。雖已筋疲力竭，但他依然催促自己繼續往前。白雪堆積在靜默高聳的松樹樹梢，行進之時，積雪猛然甩落在他身上。他雙手光裸，心中充滿恐懼，走也走不快。他滿心急切，不敢相信發生了什麼事，再再令他喘不過氣來。說不定屋子將永遠漆黑。說不定她永遠一走了之。他跌倒一次、兩次，每次一跌到雪中，積雪就似乎變得愈來愈深。當他站起來的時候，他的鼻孔裡都是白雪，他也必須伸手揉去眼中的刺痛。

他不知道自己該走多遠。說不定老虎的妻子幾個小時之前就已離開。說不定她已在林中深處與老虎相遇，他們也已攜手離去，拋下他走向冬林。如果大家說的不像他先前所想的那麼荒謬、那麼不眞實呢——如果老虎憑藉把自己變成一個男人的魔法，也把女孩變成一隻老虎呢？如果外公不巧碰到他們兩個，她卻不記得他，這下如何是好？外公揮舞著手臂前進，心臟在肋骨之間笨拙地跳動。他不停聽尋聲音——老虎的聲音，或是除了他自己腳步和呼吸之外的聲響。他拉抬自己，一直拉抬、一直拉抬，直到小樹的樹根在一處看似山腳的地方畫出一道彎線。然後他站到空地上，看到了他們。

森林在此暫且傾斜，直下山側的一處凹地，老虎的妻子在此現身，她還是她自己，依然是個女孩。她的頭髮披在肩上，跪在一堆肉的旁邊。老虎不見蹤影，但是她身後二十五或是三十公尺之處，還有一個人站在空地上。外公一認出那個意想不到的人影，原本那股找到女孩的輕鬆之情馬上煙消雲散——在他眼前忽隱忽現的人影，正是熊人達瑞薩。龐大、直挺挺的影子一下子清晰，一下子迷濛，手臂上挽著一把槍慢慢穿過雪地前進。

外公想要大聲警告，但是他反而跌跌撞撞往前衝。他跑得上氣不接下氣，高舉雙臂把自己從雪地裡拉抬上來。老虎的妻子什麼都沒聽見，她靜靜跪在空地上挖東西。熊人達瑞薩撲向她。外公看到他抓住老虎的妻子，把她拉到地上，她好像一隻被陷阱套住頭部的小動物劇烈顫抖；達瑞薩抓住她的肩膀，她弓起身子試圖脫離他的掌握，伸出可以活動的手臂在頭上揮舞，想要抓傷他的臉頰和頭髮。她從頭到尾都發出嘶啞、刺耳的聲音，好像一聲聲咳嗽，外公可以聽到她的牙齒猛烈地格格打顫。

她身懷六甲，行動笨拙。然後達瑞薩往前一顛，把她推進積雪之中。她跌了下去，不見蹤跡。黑暗之中，外公看不到她，但他繼續往前跑。達瑞薩站了起來，外公雙手一攤，大聲喊叫——一聲漫長、無盡的嚎叫之中，帶著恐懼、絕望與恨意——然後整個人撞上達瑞薩的肩膀，咬住他的耳朵。

達瑞薩的反應不像你想像中那麼快，這或許是因爲，一時之間，他說不定以爲老虎撲向他。接著他肯定意識到個頭矮小的某人正在咬嚙他的耳朵，他往後一抓，外公始終不放手，最後達瑞薩終於抓住外公的外套，單憑一隻手臂把他拉下來甩到地上。外公躺著，滿心震懾。他頭頂上的樹木高聳而尖長，沒入漆黑的夜空，周遭的聲響全都消失在白雪之中。熊人達瑞薩震怒的臉孔忽然冒了出來，粗黑的脖子血脈賁張，外公感覺有個東西重重壓在胸前——可能是達瑞薩的膝蓋或是手肘——然後，在還不曉得怎麼回事的情況下，外公緊緊抓住雪地上一個冷冷、堅硬的東西，直接刺向達瑞薩的鼻子。劈啪一聲，鮮血忽然噴出，然後達瑞薩往前倒在我外公身上，動也不動。

外公沒有起身。他躺在那裡，嘴裡都是達瑞薩大衣的粗硬毛皮。他聽著悶悶的心跳聲，不確定是自己，還是達瑞薩的心跳。然後，老虎的妻子伸出沾了鮮血、黏膩烏黑的雙手推開達瑞薩，拉著外公站起來。她臉色慘白，眼下的肌膚因爲恐懼而灰白緊繃。她把他的頭轉來轉去，徒勞無功地試圖幫他穿上外套。

然後外公又開始奔跑。老虎的妻子跟著跑，她緊緊抓著他的手，好像快要跌倒似地。她的呼吸沉重而急促，小小的聲音困在她的喉頭。外公希望她說不定想出了法子呼喚老虎，但他不知道她怎麼辦得到，他也不知道自己是否應該握住她的手，或是她該不該牽著他的手。他確定自己可以跑得快一點，但是老虎之妻的一隻手臂抱住腹部，因此，他跟隨她的腳步，隨同她那層層衣物包裹的身軀和光裸裸的雙腳前進，一路緊緊握住她的手指。

第十章
交叉路口

「不，」度瑞跟亞騰修士說：「不，我不要她。幫我另外找個人。」

但是沿著圍籬的群眾已經逐漸減少，露營營地燈光亮起，海濱大道上的餐廳又開始營業。先前離開找尋志願者的男孩尚未歸來，度瑞想要等他回來，但是夜色漸濃，過了幾分鐘，仍然沒有更佳人選，因此，他不得不查閱手中那張綠色紙片，看看其中有無任何規定，明確禁止我把破布心臟帶上交叉路口。

「老天爺啊，」他終於開口，臉色一沉，「你們家最起碼供奉一位守衛聖徒吧？」

「哪裡提到這一點？」我邊說、邊試圖看看紙片。

「沒妳的事。」度瑞說。「哪一位是妳的守衛聖徒？」

「拉撒路。」我不太有把握地說，努力想起那個掛在外婆縫紉抽屜把手上的聖像。度瑞似乎認為這樣就夠了，作出讓步。

「明天，」他說：「我明天送男孩們過去。」

「今晚就把他們全都送過來，」卓拉說：「還有那個小女孩。」

即使在他把罐子遞給我之前，我已經對自己坦承，我之所以想要幫他的家人埋葬心臟，其實無關誠信、行醫濟世，或是任何形式的宗教援助，而是因為魔拉，也就是那個在暗夜之中出來挖出罐子的男人。他說不定只是某個惡作劇的村民——但是他的確在距離我外公過世六十公里的交叉路口召喚靈魂，正如他在距離薩洛波爾三小時之處，或是搭乘渡輪即可到達的聖水之島發出召喚。我非得這麼做不可，尤其是我整個下午都想著這些事情，而且背包裡擱著外公的私人物品。我當然已有心理準備，我說不定會碰到一個愛搞怪的人，或者逮到三個挖出罐子、從中竊取銅板的青少年，小夥子們說不定還在廣受尊崇的心臟香灰裡按熄香菸，情況可能相當尷尬。說不定根本沒人出現——其實不僅是說不定，而是極有可能，機率相當高——我將整晚在交叉路口等候，看著夜風橫掃鄰近葡萄園傾斜的青綠山坡。疲累之中，我說不定會睡著，或是產生幻覺。說不定我會看到死不了的男人，他個頭高大，披著外套，面帶微笑——他總是面帶微笑——越過一片高高的野草，一步步邁向鎮上。我會屏住氣息，坐在某個樹叢裡、或是某棵樹下，在此同時，他會挖出罐子，說不定對著自己吹口哨。當他把罐子拿在手裡之時，我會走出來，請問他關於外公的事情。

夕陽已經西下，夜空隨之低垂，雲朵也漸漸沒入地平線的角落，夕陽的餘暉隱隱照耀著地平線，潮水忽然湧起，一朵朵巨大灰白的浪花，急急湧向山腳下的海岸。亞騰修士主動提議帶我走到交叉路口，我們從葡萄園的小徑往上走，來到一處村鎮和山嶺之間的空地，然後沿著山脊往南前進，穿過一片田野，田野之中一簇簇紫色和紅色的花叢，我們行進之時，緊密的花叢之中跳出一隻隻漆黑閃亮的蚱蜢，好像小小的弓箭。亞騰修士走在我前面，他一語不發，說不定在思索如何提起我為什麼整個下午不見人影。我跟在後面，口袋裡擺了一支種花的鏟子，雙手捧著小小的陶罐。我好怕自己把陶罐摔到地上，或是罐子倒向一邊、自己被潑了一身香灰水。我把背包甩在肩頭，背包晃來晃去，我隱隱可以聽到那個從札垂科夫取回的藍色袋子啪啪作響。我們經過一個趕羊的男孩身邊，男孩正帶著六隻臉灰灰的公羊走下山——我們還沒看到他們就聽到聲音，他們離開了好久之後，我們的耳邊依然持續傳來公羊鈴鐺的鏗鏘聲。

「妳願意這麼做，實在是太好了。」亞騰修士忽然說，他轉頭看看我，我搖搖頭。

「最起碼這下他們會過來求醫。」我說，我想到卓拉在山下的葡萄園耐心等候，準備動手幫大家擦拭嘴巴，遞送清水。

「我確定妳有其他更重要的事情要做。」他說，一時之間，我以為他在責備我，但他又轉頭對我微笑，我也對他笑笑，繼續往前走。

「你照顧六十名孩童，修士，」我終於說：「我只是把一個罐子埋起來。」亞騰修士拉起長袍的下襬，我可以看到長袍下面的涼鞋和褪色的牛仔褲。「鎮上很多張你那隻狗的畫像。」我說。「修道院和你媽媽家裡都有。」

「畢斯不是我的狗。」他說。「畢斯是亞洛的狗——我弟弟亞洛。」

「娜達家裡那些圖畫出自你弟弟之手嗎？」

「有些是的，」他說：「但是很多人戰後也開始畫畫。」

「孩子們似乎非常喜歡他。」我說，這下一切看來似乎都有道理。「亞洛把狗帶過來陪他們玩嗎？」

「我弟弟過世了。」他直接了當地說。我們已經走上一段稍稍傾斜的上坡路，小徑在此穿過草地，轉個方向，直上山丘，但是亞騰修士直接走到田裡，田間黏膩、尖細的稻草葉片相互摩擦。我依然跟在他後面，我想說幾句話回應，而不單只是**我很遺憾**。這時，他忽然停下腳步，轉過身來。「我媽媽很難接受。」我點點頭，亞騰修士伸手搔搔頸背。「戰爭開打之前，亞洛十五歲，他跟一些在我們家度假的男孩交上朋友，有一天，他們一起前往波格莫卡露營，大約只是五、六個小孩，待一、兩個晚上。幾個晚上過去了——妳曉得的，他是個十五歲的男孩，我們以為他鬧性子、耍大牌、故意不回家。那時離開始打仗有好幾個月，我們沒有出去找他，他離家一個禮拜之後，我爸爸下去我們的車道倒垃圾，發現他在垃圾堆裡。」

我說：「我很遺憾。」話一出口，我馬上感到後悔，因為我不假思索，脫口而出，字字接二連三冒出來，卻發生不了任何實際作用。

「總而言之，」他說，聽都沒聽我說些什麼，「他離家之後的整個禮拜，畢斯一直坐在垃圾堆旁邊，動都不動。我們以為他坐在路邊等亞洛回來，但是我們不知道自己想錯了——他等著我們發現亞洛。」亞騰修士拿下眼鏡，在長袍上擦擦。「所以啊——我們過了幾年才曉得，那些跟他一起露營的男孩在邊境的副軍事部隊服役。如今，大家都拿起畫筆畫畢斯。」

他把雙手插進長袍袖內，又說了一次他媽媽很難接受，我想說我了解，但我不知道如何開口。他大可說**你們那邊的副軍事部隊**，但是他沒有。我一直等著他這麼說，但是他沒有，然後我任憑他靜默無聲，我自己也什麼都沒說。接下來他告訴我：「快到了。」我們一直並肩而行，走上田中一處稍微隆起的高地，然後又走了下來，此處的山區已經籠罩在低垂的夜霧之中。我們下方的斜坡坡底有條泥土小徑，小徑一路直上，通往山坡最陡峭之處，此處的矮樹叢緊密相連，一片漆黑。穿過矮樹叢之後，我們踏上另一條小徑，我們沿著小徑走出田野，進入一塊塊錯綜複雜的葡萄園地。

抵達交叉路口時，亞騰修士指給我看看聖母祠。交叉路口的草地上有塊面海的大圓石，石內鑿出一個架子，聖母像靠著石架而立。木雕的聖母像曾經遭水侵蝕，雕像邊緣一圈黑色的水漬，一束束花朵整齊疊放在圓石周圍，花朵漆黑，有如紙張一樣乾枯。幾公尺之外的草地上都是閃閃發光的啤酒罐和菸蒂，亞騰修士動手收拾之時，我跪下來，拿出我的鏟子，用力把鏟尖插進土裡。泥土密實堅硬，與其說是挖掘，倒不如說是只把泥土刮開。我不時轉頭看看亞騰修士，他正忙著把啤酒罐、空瓶和食物的包裝紙堆在他長袍前擺臨時的圍兜裡。收拾好了之後，他在聖母祠前面點上蠟燭，我把罐子擺進自己刮出的洞裡，然後丟了三枚銅板進去。我遵照亞騰修士的指示封起洞口，把泥土密密壓在罐子上，然後挺直身子，拍去手上的泥土。我問他萬一我非得在天亮之前回去，摸黑走回鎮上會不會相當困難。

他一臉驚訝地看著我。「妳不會想要留下來吧？」

「我說我會的。」

「從來沒有人留下來。」亞騰修士說，而且口氣相當嚴肅。「患了狂犬病的狐狸在這一帶出沒，醫生——而且顯然有人上來這裡喝酒。我不能讓妳待下來。」

「我不會有事的。」我說。

亞騰修士再度試圖說服我。「醫生，在這裡喝得醉醺醺的男人喔。」他看起來好像正在考慮如何強迫我跟他一起回去。「我百分之百堅持。」他說。

「我今天稍早去了一趟札垂科夫。」我說，這話的用意在於讓他安心，用不著過度擔心我決定留下來，但他拿下眼鏡，兩隻手腕非常緩慢地碰觸雙眼。

「醫生。」他又說。

「我會留在這裡。」我說。我接著又說：「就算是慈善服務吧。」這不盡然是個謊言，他不能跟我爭辯，而我不能跟他說眞話。

他四下看看，然後說：「好吧，我必須請妳待在葡萄園裡，妳也必須保證天亮之前絕不離開。」

「爲什麼？」

「他們說葡萄藤是神聖的，」他說：「耶穌基督的血。」他緊張地推推眼鏡，然後拉著我的手臂，我們走到離開小徑三十公尺之處，進入頭一排葡萄藤裡。我意識到他把我推進去，盡量拉著我走向葡萄藤深處。他牽著我的手，不停仰頭看看山嶺，然後低頭望向海面，一邊穿梭在葡萄藤之間，一邊拉著我跟他往前走。「當然無所謂。」一挑好地點，他馬上說。「不會眞的有人過來，醫生。妳知道的，妳一定知道的。」我用力點點頭。「但是一想到妳人不在小徑上，我就放心一點。」他笑笑。「我們都難免有些迷信。」

我看著他轉身穿過葡萄藤離去。一走出葡萄園，他對我揮揮手，我幾乎看不到他，但我也對他揮揮手，然後待在原處看著，他頭也不回、慢慢穿過田野。我看到他沒有回頭，這下開始擔心自己落單。他兜在長袍裡的啤酒罐鏗鏘作響，身影起起落落，消失在通往下方墓園的小路上，許久之後，我依然聽到啤酒罐的聲響。

時間已經很晚，但是僅存的日光依然緩緩落在海面上，離島的山頂後方隱隱出現圓錐形的光影。十一點時分，天色已晚，夜空清朗無雲，月亮慢慢浮現在布列耶維納山的山頂，月光在山前撒下一張閃爍的網，光網逐漸爬升，地面隨之出現新的陰影。我沒有地方可坐，只好站在搖搖蕩蕩的藤葉之間，直到站累了，然後蹲在泥地上，透過葡萄藤的木頭支架看著聖母祠的燭光一閃一閃。我把背包擺在面前，稍微打開，好讓自己看看藍色的袋子，但在逐漸黯淡的光線中，背包跟周遭所有東西一樣變得灰撲撲。

頭兩個鐘頭，沒有半個人過來，我可能睡著了，因爲我不記得時間如何流逝。然後我猜時間已經晚到夜間小動物開始出來活動，一隻貓頭鷹從我身後某處冒出來，貓頭鷹停駐在田裡，頭部迴旋轉動，環繞在頭部的白色羽毛直直豎起，聽尋某些我聽不到的聲音。貓頭鷹跟我一起坐了好久，牠張大眼睛，靜默無聲，動來動去，稍後當我站起來伸展筋骨的時候，牠已不見蹤影。葡萄園裡有些老鼠，老鼠急急奔跑，腳步匆忙。田野隱隱傳來一波波的蟬鳴，忽而單調呆板，忽而慷慨激昂。兩點半左右，我覺得自己聽到腳步聲，我站起來，試圖看看聖母祠，但只看到一隻頭大大的褐色驢子，一臉無趣地從山上走下來。驢子的眼神有點害羞，牠從比我低一點的地方走進葡萄園，我可以聽到牠在藤葉之間移動，邊走邊發出斷斷的呼吸聲，行經之處留下溫暖、甜膩的氣味。

我曉得外公會因爲我留下來而大聲責罵，但是我沒有想過，如果有人上來，他們說不定也會經過葡萄園，我們說不定會把彼此嚇一大跳，我也可能在這種情況下遭到槍殺、刺殺，或是更糟。

三點十五分，一隻狐狸憑空衝了出來。我只在葡萄園的一角活動，哪裡也沒去，狐狸尖叫一聲跑了出來，叫聲從我後面傳來，把我嚇呆了。叫聲聽起來像是小孩尖叫，我還沒站起來就四處張望，但我看到狐狸，或說最起碼是狐狸圓滾滾的雙眼，接下來則是銀白色的尾巴一閃褪入黑暗之中。我心想：去他媽的。

我的雙腳發麻。我如坐針氈地等待，慢慢走到葡萄園邊緣，然後我看到聖母祠的燭光已經不知怎麼地滅了。

有人已經在那裡。

從我站立之處，我可以看到一個人影對著大圓石旁邊的地面彎下腰。我一看，馬上迅速退回葡萄園裡，繼續躲在藤葉之間觀望。我不知道那個男人打哪裡來，我也不了解先前爲什麼沒有聽見他走過來。

他在挖東西；他有條不紊、慢調斯理地用兩隻手丟出一團團黑色的泥土，他的影子好像一對翅膀似地橫跨在白色的大圓石上。然後他找到罐子。我聽到他的手抓住銅板——一個、兩個、三個。先前我百分之百確定絕對不會有人上來，現在卻碰到這種局面。我發現自己幾乎站不穩，更別提走出去、用一種讓人信得過我、願意答覆我的聲音說：**你是那個死不了的男人嗎？你是嗎？**

他拿到罐子，轉身離開聖母祠。他沒有沿著通往布列耶維納的小路往下走，反而慢慢爬上山。我耐心等候，直到林木線底下頭一次冒出他的身影，我才開始跟蹤。

第十一章

砲轟

蓋夫朗·蓋列

外公過世之前的幾年，京城遭到砲轟。開戰多年之後，戰局面臨最後崩盤，戰爭的腳步終於向我們逼近。砲彈從天而降，墜落在政府機關、銀行，和戰犯的家中——但也墜落在圖書館、公車，以及跨越兩條河流的一座座橋上。砲彈來得令人訝異，尤其是因爲砲轟的起頭絲毫不具戲劇性。大家剛開始聽到廣播，過了一個鐘頭之後，空襲警報的笛聲大作。不知怎麼地，這一切都從戶外開始，就連砲彈落下的聲音也從敞開的窗戶傳進來，即使你人在戶外，你也可以告訴自己，這只是某個建築工地發生意外，即使一輛汽車騰空飛越二百二十公尺，直接衝入一棟磚房的外牆，你也可以告訴自己，這不過是某種可怕的惡作劇。

砲彈從天而降，整個京城陷入停滯。剛開始的三天，大家不知道如何因應——人們大多歇斯底里，急著疏散或是試圖疏散，但是兩條河流全都籠罩在砲彈墜落的範圍，大家無處可逃。留在京城的人確信砲轟頂多持續一個禮拜，大家也認爲砲轟所費不貲，而且成效有限，敵軍很快就會放棄。除了堅持忍耐，大家什麼也不能做。到了砲轟第四天，儘管情況特殊——說不定正是因爲情況特殊——大家覺得非得尋求某種形式的自由不可，於是民眾又開始上咖啡館。即使空襲警報的笛聲響起，大家依然坐在外面的露臺上喝酒抽菸。大家覺得待在外面比較安全——如果人在戶外，大家推測，你成了一個動來動去的目標，而且比較不明顯，但你若坐在自己家裡，你只是乾等敵機錯過真正瞄準的目標，結果反倒打中你。咖啡館通宵營業，店裡燈光昏暗，電視機在後方嘶嘶作響，大夥端著啤酒和冰茶，靜靜看著山丘上高射砲發射出無用的紅色光芒。

砲轟期間，外公不願閱讀這方面的消息，也不予談論，甚至連跟媽媽都不談，而砲轟的頭三天，媽媽成了那種對著電視機大喊的人，甚至連上床睡覺都把電視機開著——她似乎認爲只要讓電視開著，不知怎麼地，她就可以不管外面隆隆的砲聲，好像只要我們的京城出現在畫面上，不知怎麼地，我們就可以掌控狀況，讓戰爭變得合情合理、遙不可及、不太重要。

我當時二十二歲，在軍醫學院實習。在我的眼中，外公之所以遵守過去的生活儀式，意味著他一成不變，固守成規，食古不化。我不曉得儀式本身起了變化，也沒有意識到讓人心安的舊日儀式，以及生命走到盡頭之時的防禦儀式，兩者之間有所不同。他依然外出，好像他有滿滿一張出診名單似地，但是跟了他一輩子的病人一個個過世，即使有他在身邊，他們也慢慢屈服於各種老年疾病。他依然每天出去運動，但那些都是老人家隨便做做的活動：蒼白的晨光中，他面向客廳的窗戶，睡褲的褲管往上拉，鬆垮垮地垂掛在襪子上方，兩隻手在背後扣緊，一臉漠然，踮著腳板往前一傾，然後重心移到腳後跟，一前一後，砰砰作響，聲音響徹整個家中。他每天都這麼做，毫無偏差，即使空襲警笛聲在隔街急急呼嘯也不例外。

二十年來，我們固定一起收看每天下午四點播出的英國喜劇《阿洛、阿洛》。如今，他下午打起瞌睡。他坐著睡覺，頭低低的，兩隻腳往前伸，整個人的重心靠著厚底鞋的鞋後跟支撐。他雙手合攏，擱在肚子上，而他的肚子老是咕咕叫，因爲如今所有食物都讓他皺眉頭，甚至包括外婆燒的菜。這可是史無前例，我記得他以前總是吃得興高采烈，心滿意足地輕輕嘆口氣，打破晚餐時刻的沉靜，現在他對著肉餅、匈牙利燉雞、鑲肉青椒等外婆爲我們烹調的食物皺眉頭。這種情況趁我沒有察覺的時候悄悄發生，後來外婆另外幫他準備餐飯，因爲外公現在每天吃兩次白煮青菜，晚餐則是白水煮肉，他只吃這些，絲毫不肯妥協，而外婆不忍心讓我們其他人跟著受罪。

早在京城受到砲轟、被迫關閉動物園之前，他就不再造訪動物園。關於關閉動物園一事，各方諸多傳言——大家同感憤怒，而不單只是外公。民眾覺得此舉等於放棄，同聲譴責京城以砲轟爲由屠殺動物，藉此節省資源。政府氣憤之餘推出每週專欄，刊登動物的照片，同時報導動物的近況、新生的幼獸，以及空襲之後準備改建動物園的計畫。

外公開始收集關於動物園的新聞剪報。值完夜班、一大早回家時，我經常看到他一個人吃早飯，取下報紙後面幾版，憤怒地仔細閱讀。動物園裡發生了大災禍，他經常對我說。

「這事對我們非常不利。」他邊說邊稍稍抬頭透過雙焦距眼鏡讀報，他面前托盤上的葵花子和堅果吃了一半，玻璃水杯被高纖維飲品染成橘黃色。

報上的消息關於老虎，而且只提到老虎，因爲儘管發生了這些事情，老虎還有希望。報上沒提到母獅流產，狼群性情大變，一隻接著一隻吃下他們的小狼，小狼則激憤哀嚎，試圖逃竄。報上也沒提到貓頭鷹把他們尚未孵化的鳥蛋摔成兩半，從鳥蛋的中央拉出黏稠血紅的蛋黃，蛋黃之中的幼鳥幾乎已經成形。報上更沒提到那隻得獎的北極狐挖出他配偶的腸子，然後在母狐的遺體旁邊滾來滾去，直到自己的心臟在夜晚急促的空襲警告燈光之中停止跳動。

他們反而提到老虎開始啃食自己的腿，先是一隻，然後是另外一隻，有條有理地從肉吃到骨頭。報上有張老虎札波岡的照片——上了年紀的札波岡是那些我小時候看到的老虎的後代——牠身子一攤躺在籠子裡，四隻腳跟木板一樣僵硬，好像火腿似地被綑綁起來。你可以看到牠腳踝上原本有肉的部分，如今浸泡在碘酒之中，而且布滿漆黑的齒印。報上還說牠們無法遏制那股特別的衝動——他們已經試了鎮定劑、鐵鍊，以及浸泡在奎寧裡的綁帶。他們改造狗兒配戴的塑膠頸套，將之黏貼在老虎的脖子上，但在夜間空襲的一個晚上，牠咬破頸套，而且吃了自己兩隻腳趾。

老虎的消息見報兩天之後，砲彈擊中橫跨南河的大橋，大橋崩塌的兩小時之內，砲彈還擊中動物園旁邊的廢棄汽車廠，園中飼養的非洲象索雅——這隻小眼睛的母象是廣受喜愛的動物園吉祥物，也是園中象群的女家長，最喜歡花生和孩童——當場倒地而亡。

幾個禮拜以來，京城的民眾始終試圖接受戰爭忽然來臨、戰爭真的到來的事實，大家都把這種狀況視為短暫而不尋常；但是那次空襲之後，某些事情起了變化。上次戰爭結束之後，大家心中漸漸湧起一股憤慨和自我道德感，如今這些情緒派上用場。空襲之後的每天晚上，民眾遊行數公里，並肩站在碉堡門口。在此同時，另外一些人情緒激昂地擠在城中剩下的幾座拱形石橋上。你非得喝醉了酒，否則不會自願充當橋梁衛兵，因為橋樑中彈的機率比較高。橋樑中彈之後，你死亡的機率更高，因為就算你站在橋的兩端，橋中央若被擊中，你還是一樣墜入河中。

卓拉比我認識的任何人都勇敢，她的守衛行程也擴及各處——她晚上和數千名民眾聚集在柯丘卡河河東，跟隨大家頭戴圓頂帽，站在元帥駿馬的石像旁邊，共同守護動物園。她可以告訴你第一國家銀行遭到砲轟的故事：她是怎麼看著飛彈擊中那棟河岸對面的老舊磚瓦建築物，藍色的光束從天而降，空蕩蕩的聲響隨之穿過屋頂直直落下，然後震破窗戶、大門、木頭百葉窗、銀行的黃銅招牌，以及紀念死者的匾額——煙霧散盡之後，大家發現儘管承受了驚天動地的攻擊，建築物居然沒有倒塌，而是像個缺了牙齒的頭蓋骨似地矗立。大家興高采烈，相擁親吻，結果誠如媒體日後指出，造就了戰後的嬰兒潮。

戰爭期間，我已哀求外公不要每天晚上出門看診，放棄那些讓他覺得自己還能做些事情的老習慣；現在我卻違逆他的心意——他用比較帶有色彩的字眼表達他的看法，而那些字眼連我十四歲的時候都說不出口——趁著沒有值班的晚上守護動物園。那裡的群眾不太一樣，年紀較大。大家經常七點左右陸續到達，剛好趕上最後一批販賣爆米花的推車。然後我們三兩成群，站在圍繞碉堡城牆的人行道上，身上配戴我們自己選擇的動物標誌。獅子女士戴著一簇黃色假髮站在那裡。一個男人把衣架繞在頭上，然後在衣架上擺上白色襪子當作耳朵，前來守護我們心愛的威爾斯巨兔尼古達瑪斯。幾位仁兄以捲筒衛生紙充當突出的鼻子，表示他們是一群狼；一名女子只有小時候到過動物園一次，這會兒她打扮成記憶中頭一次、也是唯一一次見過的長頸鹿：她一身鮮黃，還有兩隻粗短的角。我不忍心跟她說她忘了大斑點。我當然是爲了老虎而來，但我所能做的也只是從地下室的紙箱裡拿出拓荒者大衛式樣的運動帽，在帽子上漆上橘黃和黑色的條紋，我就這麼站在那裡，身後垂著一條非常可笑的浣熊假尾巴。狐狸先生是個身穿紅色西裝、打領結、戴眼鏡的男士。動物園裡從來沒有熊貓，但是我們有六、七隻熊貓站在城牆門口守候，人人的長褲裡冒出絲瓜般的胖尾巴。河馬先生身穿紫色毛衣，毛衣底下塞了一個枕頭。

大家還在動物園的牆上用粉筆和噴漆書寫，幾個禮拜之後，大家開始帶著告示牌前來。告示牌的口號多半溫和，不像那些高舉在橋上各處、一致寫著幹你娘的標語。一天晚上，一個一身灰衣、頭上裹著粉紅色毛巾的男人出現在動物園門口，手中的告示牌寫著：瞄準這裡，我是一隻大象。另外一個有名的傢伙來自達拉加下城，那裡的水塔已被砲彈擊中，他原本扮成一隻鴨子，但是棉花工廠遭到砲轟之後的第二天，他拿著告示牌出現在人行道上，牌上寫著：這下我沒有乾淨的內衣褲。在那之後，報上到處都是他高舉告示牌的照片，牌上字字血紅，他那雙起了毛邊的灰色手套緊緊抓著厚紙板。一、兩個禮拜之後，他再度出現，手中的告示牌寫著：內衣褲全都沒了。旁邊另外有人舉了一個牌子，牌上寫著：我的也沒了。

卓拉和我在醫院包紮傷者的頭部、手臂和雙腳，幫忙移出空間，協助產科病房，監督分發鎮定劑。我們也趁著值班的時候交換經歷。從聖亞摩醫院三樓辦公室的窗戶，你可以看到砲轟現場開過來的卡車，石砌的中庭鋪上一塊塊油布，油布上面排滿遺體的屍塊。這些屍塊跟我們在大體解剖課堂上看到的不一樣，課堂上的屍塊血肉鮮活，依然連接在相關肢體之上，或是依然說得出它們的功用。現在屍塊卻不具意義，血紅的屍塊周邊燒得焦黑，血肉模糊地疊成一堆，你只能勉強猜出它們可能是大腿、手臂、或是頭顱。人們從戰壕、樹上和建築物的廢墟之中揀出屍塊，那些建築物遭到砲轟，死者都被砲彈炸得飛了出去。人們希望藉由屍塊辨識死者，但是你幾乎分辨不出它們是什麼，更別提把它們視爲你心愛之人的軀體、臉孔，以及你心愛的人。

有天回家之時，我看到外公穿上那件大鈕扣的大衣、戴著帽子，站在走廊上。他仔細繫好腰帶、把《森林王子》塞進大衣內裡口袋之際，我剛好走進來，小狗坐在旁邊的腳凳上，他用他那種聲音跟小狗說話，小狗已經繫上狗鍊，耐心等候。

我親親他，開口說道：「你要去哪裡？」

「我們一直在等。」他說，他說的是小狗和他自己。「今天晚上，我們跟妳一起去。」

那是我們最後一次一起前往碉堡，而且我們整路慢慢走。那是一個明亮清朗的秋天傍晚，我們沿著我們那條街往前走，一直走到革命大道，然後轉向上城，沿著與電車平行的圓石道路前進。陳舊的電車悄悄駛過，車內跟街上一樣空空蕩蕩，鐵道沾了午後的雨絲，閃閃發亮。一陣寒風吹向大道，柔柔地朝著我們吹過來，樹葉和報紙被風吹得撲上我們的雙腳，也撲上小狗的臉。小狗張著嘴巴、邁開肥肥短短的小腿，在我們之間小跑步。我已經在小狗脖子上繫上一個黃色的領結，藉此紀念老虎，先前我問過外公要不要戴我的浣熊帽，外公看看我說：「拜託，讓我留點尊嚴吧。」

根據預測，那天晚上不會有空襲，因此，動物園的人行道上幾乎沒人。獅子女士在那裡，靠在一根路燈柱上，我們彼此打聲招呼，然後她繼續看她的報紙。一個我見過一、兩次的傢伙坐在動物園的牆上，調轉手提收音機的頻道。我們在公車站的長椅上坐下，外公把小狗沾了泥巴的胖腿擱在自己的膝上，接下來的二十分鐘，我們看著十字路口一片混淆，路口的交通號誌已經故障將近一個月，卻始終沒有人過來修理。然後市區另一端傳來空襲警報聲，接著又是一聲，感覺距離較近，兩分鐘之後，我們看到頭一批砲彈擊中河流對岸的市區西南邊，敵軍正由此處開始轟炸財政部的舊址。我記得我看到小狗無動於衷地坐在那裡，心中甚感訝異，在此同時，聖帕沃洛醫院的救護車點亮車燈，一部接著一部駛出車庫，沿著街道前進。我安慰外公說老虎沒事，我告訴他美國人如何照料瘸腳的貓狗，他們製作一張小輪椅，把輪椅繫掛在貓狗的一側。腰間套上一把小小的寵物輪椅之後，貓狗就可以推著自己在家裡走來走去，過著完全正常的生活。

「牠們會自行調適。」我說。

外公好久都沒說話。他從口袋裡掏出零食餵小狗，小狗大聲地囫圇吞下，嗅聞外公的雙手，想再多吃一點。

戰爭期間，外公自始至終生活在希望之中。砲轟一年之前，卓拉半是威脅、半是請求，終於說服他懇請「全國醫師協會」重建過去的關係，恢復新邊境兩方的醫學交流。但是現在國家瀕臨崩潰，他看得出來，正如我心裡也很清楚，停火協定只不過提供一切正常的假象，終究不是眞正的和平。當你爲了某種目的而戰——比方說讓自己免於承受某些苦難，或是爲了無辜人士而出手干預——戰爭總有結束的一天。戰爭若是爲了做出某些澄清——當戰爭攸關你叫做什麼、你的家族來自哪裡、你的名字和某些地標或是事件有何關連——你所面對的只是仇恨，以及慢慢滋生的人群，這群人從戰爭中得到滋養，也在前輩的精心策劃之下被送入戰爭的大嘴。然後戰爭變得永無止盡，戰事一波未平，一波又起，總是有辦法讓那些抱持反戰念頭的人感到意外。

我們一起在動物園中守候之後的一年多，我們發現他患病，他偷偷到腫瘤科醫生那裡看病，我們祖孫也最後一次同一個鼻孔出氣。但是身體了解自己的狀況，當他求助於我、最後一次跟我提起那個死不了的男人時，他肯定多少已經察覺何事已見端倪。

有些人受了傷。

*

外公揉揉他的膝蓋說：

薩洛波爾圍城事件。我們從來沒有談論此事。那時情況相當糟，但是還有機會改善，說不定不會馬上完全陷入絕境。我到海邊參加研討會，正要開車回家的時候，接到一通電話，對方告訴我馬拉漢有些人受了傷。

我過去馬拉漢，到處都是帳篷和民眾，幾公里之外的路上發生小衝突，一些人在衝突之中中槍。我幫他們包紮、等待醫療救援隊抵達之時，他們跟我說他們到此攻占馬拉漢河谷的飛機工廠，他們打算先採用強大的武裝攻擊，然後派遣士兵上場。攻占飛機工廠之後，他們說，接下來將圍攻薩洛波爾。薩洛波爾——妳能想像嗎？妳外婆出生的薩洛波爾。於是我找到將軍，我問他說：**這究竟是怎麼回事？妳知道他跟我說了什麼嗎？**

他說：「回教徒想要接近海邊，所以我們就把他們一個個推向河口，送進大海。」

我能跟妳說什麼？有什麼好說的？我在教堂裡迎娶妳外婆，但是如果她家人叫我請一位回教長老主婚，我還是照樣娶她。每年跟她說一聲開齋節快樂，對我會造成什麼傷害？——尤其是她絕對不會介意在教堂裡點支蠟燭紀念我的逝世。我生長在東正教家庭；按照習慣，我大可讓妳媽媽受洗，成為天主教徒，免得她整個人被浸泡在他們保留在洗禮蓋碗的那些髒水裡。其實啊，我根本沒有讓她受洗。我的名字，妳的名字，她的名字。最終而言，你要的只是等到你入土為安之時，有個人會惦念著你。

我離開馬拉漢，但我沒有回家。妳在家，妳媽媽和妳外婆也在家，但我沒有回去。醫療救援隊來了，有個年輕的醫生，我不記得他的長相，他來了，我說聲再見，轉身離開，然後我上路，走了一整個下午，最後來到薩洛波爾。亞莫瓦卡爾卡河谷的氣溫高達攝氏五十度，天乾物燥，四下一片慘綠，而且非常安靜，只聽到砲轟的聲音，這會兒他們已經開始轟炸馬拉漢。妳要曉得，那是十三年前，戰爭幾乎尚未成形。那時鎮外上方還有一片廣大的橄欖樹樹林，妳或許不記得他們砲轟回教徒社區之前、薩洛波爾是什麼模樣，他們炸毀回教徒居住的地方，讓那座老橋像棵大樹似地坍塌在河裡，好像一切都沒什麼大不了。

我走進薩洛波爾，鎮上空空蕩蕩。夜晚的腳步慢慢逼近，你從土耳其廣場各處都可以聽到我們的人砲轟馬拉漢河谷的工廠，你也可以看到山丘上的火光。你看得出來接下來會如何，你知道接下來會發生什麼事。大家都知道，因此，戶外沒有半個人，窗戶之中也沒有透出燈光。空氣中飄散著煮飯的味道——人們在黑暗中坐下吃晚餐。那股濃濃的晚餐香味，讓我想到一個人走到生命盡頭之前，心中突然冒出一股荒謬的渴求——與其留下食物因應圍城，大家反而在沿著河岸的家中大吃大喝，餐桌上擺了羊肉、馬鈴薯和優格。那股香味也讓我想到我們住在薩洛波爾時、妳外婆燒飯的模樣，她總是站在窗邊，窗外有棵高大的柳樹。

土耳其廣場的街道狹長，沿著回教徒社區的河流伸展，街上有些門窗緊閉的土耳其咖啡館和餐廳，你在那些餐廳可以買到全世界最美味的肉餅，街上還有販賣水菸菸管的商店、玻璃師傅的工作室，以及一座座花園，如今花園都被挖開充當墓地。你沿著街走到河畔，一路上都可以看到遠方的老橋，以及那些閃閃發亮的圓形守護塔。每隔幾步，你就會經過土耳其噴泉。那些噴泉啊——那就是薩洛波爾的聲響，薩洛波爾聽起來總是好像一股流動的清水，有如澄淨的好水從河裡流到儲水塔。還有那座古老的清眞寺，孤獨的尖塔好像貝殼一樣泛出光芒。

我越過老橋，走向亞莫瓦卡爾卡旅館，我跟妳外婆找到公寓住下之前，就是在這家旅館度蜜月。外國使節和大使造訪薩洛波爾時，也是下榻此處。馬拉漢飛機工廠的廠長——也就是我們正在砲轟的那家工廠——有時在這裡住了好幾個月。旅館矗立在河岸的岩層上，兩岸種滿橄欖樹和棕櫚樹，俯瞰一座巨大的瀑布。旅館的窗戶搭配白色的窗簾，陽臺延伸到水面之上，石砌欄杆的紋理看起來像是女人的裙襬。陽臺上一盞盞黃銅的土耳其燈籠，你從老橋可以看到陽臺，如果晚上從旅館出去散步，你可以站在橋上，低頭看看大瀑布和陽臺上的餐廳，餐廳裡有個四人樂團，樂師們在餐桌之間走動，演奏情歌。

旅館裡一座座木製屛風和漆了紅白兩色的拱門。每一面牆上都掛著帕夏的織錦，大廳裡有座壁爐和陳舊的高背椅。我走進去，裡面空空蕩蕩，沒有半個人。我走過大廳，沒看到任何人，甚至連櫃檯都沒人。我沿著長長的走廊往前走，然後發現自己來到陽臺餐廳的前庭。

那裡有位侍者，只有一位。他的頭髮非常稀疏，全都花白，往前一梳，蓋過頭頂，而且額頭上有個紫黑的瘀青，瘀青非常明顯，你在任何一個虔誠回教徒的額頭上都看得到這類瘀青。他已經套上西裝，打好領帶，一條白手巾對摺，擱放在他的手臂上。他看著我走進來，整個人振奮了起來，好像非常高興看到我，好像我的光臨是一天當中最讓他開心的事情。他問我是否想吃晚餐，講話的神情似乎鼓勵我留下來，即便四下沒有半個人在進餐。我說是的、當然、我想吃晚餐。我想到我的蜜月，我想到菜單上有龍蝦，也有他們從海上抓來的各式海產。

「請問先生想坐哪裡？」他對我說，伸手指指裡面。餐廳天花板高聳，顏色澄黃，畫上戰場的景象。黃銅燈籠和紅色布簾從天花板垂掛而下，整個餐廳跟旅館其他地方一樣空無一人。

「我想坐在陽臺上。」我說。他帶著我走到陽臺上，請我坐在全餐廳最好的桌位旁，桌位爲了兩人擺設，他取走另外一副刀叉、餐巾和盤子。

「對不起，先生。」他對我說。他的聲音沙啞刺耳，即便我從他的雙手和牙齒看得出來他一生之中沒有抽過半支菸。「我們今天晚上只有店酒。」

「沒關係，那就很好了。」我說。

「我們只有論瓶販售，先生。」他說。我請他幫我端一瓶酒過來，如果他在櫃檯找得到人，我晚上也想住在這裡。我知道妳覺得這樣不妥，我知道妳心裡想著，那些砲轟山丘的人，隔天早上就準備進犯薩洛波爾。但是我當時想要住下來，於是我就這麼跟他說，或許也是出於善意。他年紀非常大。妳不曉得我們以前的侍者多麼專業。他們接受訓練，以便在老牌餐廳服務，他們到學校受訓，而且是我們京城最佳的餐飲學校。他們精研餐飲服務與禮儀，人人幾乎都是廚師，他們閉著眼睛就能辨識酒名，刀工也是一把罩，他們可以告訴你哪一種魚在哪裡游水、吃了哪些東西，獲准爲客人服務之前，他們對於香料已有相當的了解。他就是這麼一個侍者，而且是個回教徒，這整件事情讓我想到妳外婆。我看著他過去幫我拿酒，心裡忽然感到不自在。

我往後一靠，聽著馬拉漢河谷的聲音。每隔幾分鐘，河谷周圍的山丘頂就冒出炫目的藍色火光，幾秒鐘之後傳來劈劈啪啪的槍砲聲。一陣南風飄過河谷向我吹來，風中夾帶一股火藥的焦味。我可以隱隱看到河上的老橋，一個男人正從橋的另一邊走上去，邊走邊用老式的方法點亮燈柱——那種從我小時候沿用至今的老方法。河水拍打河岸的岩層，聲聲有如吟唱。我微微一傾，透過陽臺欄杆上的雕花往下一看，下方的河水一片漆黑，映著河岸上白晃晃的圓石。當我再往後一靠時，我聞到附近傳來菸味，我四下張望，啊，對面角落的桌旁坐著另外一個客人，著實令我訝異。他的手肘靠在陽臺的石雕欄杆上，穿著西裝，打著領帶，他正在看書，而且把書舉高，以至於我看不到他的臉。他面前的桌子空無一物，只有一個咖啡杯，我看了以爲他已經吃完晚餐，暗自慶幸他很快就會喝完咖啡離開。他似乎完全沒有注意到砲火點燃夜空——彷彿是個慶典，好像正在山丘上施放煙火，慶典即將開始。然後我發現自己心想——**說不定對他而言，這就是個慶典，說不定他今天晚上過河，就是抱著幸災樂禍的心態過來看看回教徒的舊宮殿。說不定對他而言，這事顯得滑稽，從今之後的好多年，每當朋友們問起把回教徒推向河口，他就會跟大家提到今晚**。

這時，老侍者帶著我的酒回來。我現在記起來了。那是一九八八年分的薩里麥克紅酒，再過不久，這個著名的酒莊將被劃入我們這邊的國境。他奉上紅酒，好像這瓶酒對他不具任何意義——此時此刻，酒莊莊主說不定正在屠殺自己在飛機工廠的兒子，但我感覺侍者決心竭盡全力，擺出一副這一切對他絲毫不造成影響的模樣，照常爲我奉酒。他剝下酒瓶封口的錫箔，當著我的面扭開軟木塞。他把我的酒杯翻轉過來，幫我倒一點點酒，我淺嚐一口時，他對我眨眨眼睛。然後他幫我倒滿一杯酒，把酒留在桌上。他消失了一會兒，然後推著一個小車子走回來，車上一葉葉生菜、一串串葡萄，和一片片檸檬，中間擺著各種海魚，魚身結實，魚眼明亮，但是看起來帶點馬戲團的味道。

侍者對我說：「嗯，先生，今晚我們有龍利魚、鰻魚、墨魚和海魴。我可以跟您推薦海魴嗎？今天早上剛抓的。」

魚的數目不多，沒有很多條——說不定五、六條，但是排列得非常整齊，兩條鰻魚環繞在最外一圈。海魴側躺，好像一張帶刺的紙張，魚尾上的斑點像隻眼睛一樣往上瞪視。車上所有的海魚當中，只有海魴看起來眞像隻魚，也只有牠沒有發出淡淡的死魚味。我喜歡海魴，但是今晚我想吃龍蝦，我問了問，問他有沒有龍蝦。老侍者對我鞠躬致歉，跟我說他們剛剛賣完。

我跟他說我需要一點時間想想，他把菜單留給我，轉身退下。我跟妳說啊，我坐在那裡，看著菜單上那些魚類的菜餚，好生失望龍蝦已經賣完。菜單上當然列出數種方法烹調的馬鈴薯、大蒜沙拉，以及四、五種搭配魚類的醬汁，但我從頭到尾一直想著龍蝦、怎麼可能剛好賣完。然後我心想：老天**爺啊，若是這個幸災樂禍、坐在那邊看書的男人剛好點了龍蝦，那不是太糟糕了嗎？我可不是來這裡看熱鬧，龍蝦應該歸我才對。**

就在那一刻、當我思索著此事之時，老侍者再度出現，在男人的桌旁鞠躬。

「嗯，先生，」我聽到侍者對男人說：「您有機會想想嗎？我還能爲您送上什麼飲品嗎？」

「是的，謝謝。」男人說。「請給我水。」

我放下菜單，看看他。他已經把書放低，好跟侍者說話，我馬上認出他是誰。侍者離開幫他拿水，蓋夫朗．蓋列沒有再度舉高書本；他反而凝視著河流，然後看看陽臺四周，最後終於把目光凝聚在我身上，正如他當年從棺材裡瞪著我的模樣——同樣的雙眼，同樣的臉孔，一模一樣，毫無改變。當年在聖水馬利亞教堂，我雖然沒有機會看見他，但是那天晚上被關在酒鬼監禁室的他，肯定也是同一副模樣。

死不了的男人對我微笑，我對他說：「是你啊。」

他叫了一聲醫師先生，然後站起來拍去外套上的灰塵，走過來跟我握手。我站起來，手裡握著我的餐巾，我們像這樣靜靜地握手時，我忽然領悟他爲什麼在這裡，但是我並不訝異見到他。不，我意識到自己一點都不訝異。他來到此處，其實只代表一個意義，而他跟我們大家一樣很清楚接下來會發生什麼事。死不了的男人啊，他來這裡接人。

「眞巧啊，」他對我說：「眞是一個意想不到的巧合。」

「你在這裡待了多久？」我說。

「好幾天了。」他告訴我。

我累了，我一本正經地對他說：「我確信你最近忙著請很多人喝咖啡。」

他聽了倒是沒有笑笑，但也沒有發出指責。他沒有證實，也沒有否認。他只是站在那裡。我忽然發現他看起來從來沒有如此疲倦、如此憔悴。我堅持請他跟我一起用餐，他也高高興興地應允。他過去拿他的書和咖啡杯，侍者幫我們取來另一副餐具。

「兩位先生確定想吃什麼嗎？」侍者問。

「還不知道。」我朋友告訴他。「但是我們打算抽抽水袋菸。」

我等到老侍者離開幫我們拿菸袋，然後開口：「我在這裡吃過生平最棒的一餐。」死不了的男人讚許地對我點點頭。「當時我在度蜜月。」我說。「你從來沒有見過我太太。我太太和我在這裡度蜜月，我們點了龍蝦。在那之前的兩年，你我頭一次在那個小村莊碰面——你記得嗎？」

「我記得。」他說。

「當時我年紀很輕，」我說：「蜜月非常愉快。整整一個禮拜，除了龍蝦之外，我什麼都不吃。

我現在依然吃得下龍蝦。」

「那麼你就該點龍蝦。」

「他們今晚沒有龍蝦。」

「眞是可惜。」

「該不是你點了最後一隻吧？」我說。

「你也看得出來，」他對我說：「我還沒用餐呢。」

我們沉默地坐了一會兒，他沒有問我爲什麼來這裡。這時，我想到他說不定知道某些我不知道的事情——說不定他不是爲了其他人而來，反倒是過來見我。他說不定專程過來找我。一時之間，我滿腦子都是這個念頭。我跟妳說啊，相不相信是一回事，可不可能又是另一回事，我不知道是因爲砲轟、或是夜色、或是河面上的老橋，但我坐在那裡，餐巾擱在大腿上，腦子裡就是這麼想——我正在考慮可不可能。

「你最近很忙？」我問他。

「還好。」他對我說，他想要多說，但是這時老侍者拿著水菸袋慢慢走過來，他幫我們清理菸嘴，裝上菸草，還把杜巴菸草放在小碟子裡。他料理好了之後，菸管之中傳來一陣蜂蜜和玫瑰的甜香，他拿出鉛筆和一張紙片，準備寫下我們點了什麼菜。

「你打算跟這位站在我們身邊的侍者怎麼說？」死不了的男人問我。

「我非常喜歡海魴，」我說：「既然龍蝦已經沒了。」

「我們試試海魴好嗎？」

「好，我們就點海魴。」

「我們試試海魴。」死不了的男人說，同時抬頭看看侍者，對他微笑。侍者微微彎腰鞠躬，好像我們做出一個極佳的選擇。而我們確實做了一個非常好的選擇，因爲那說不定是餐廳最後一次送上海魴佳餚。

「我可以慫恿兩位先生點些開胃小菜嗎？」老侍者說。「我們有非常美味的巴爾幹甜椒醬配上大蒜，也有墨魚沙拉。白菜捲也非常可口，還有起司和橄欖。」

「我覺得必須放縱一下。」死不了的男人說。「今天晚上非得奢侈一番不可。全部都來一份，喔，請給我們一份蒜菜和水煮馬鈴薯，搭配海魴料理。」

「好極了，先生。」侍者邊說、邊拿一支粗短的鉛筆記下我們點的菜。

「喔，當然還得來一份洋香菜醬汁。」

「當然，先生。」侍者說。

他又幫我們倒滿酒，轉身離開，我坐在那裡看著死不了的男人平靜而微笑的臉孔，暗暗自問爲什麼今晚非得奢侈一番不可。死不了的男人拿起水菸袋，慢慢抽了一口，一團濃濃的白煙從他鼻孔和嘴巴冒了出來，他坐在那裡，看起來非常滿足，遠方傳來砲擊的聲響，爆炸聲震動了馬拉漢河谷的村落。

我八成被這些嚇得發呆，因爲他問我：「哪裡不對嗎？」我搖搖頭，他微微一笑。「別擔心價錢，醫師先生，今晚我請客，我們非得好好享受這些令人愉快的東西，這點非常重要。」

老天爺啊，我對自己說，**終於走到這個地步。我的最後一餐，而且由一個死不了的男人作陪。**

「我生平最棒的一餐，」他忽然冒出這句話，好像我們繼續聊著那個話題，「大概是六十年前在大野豬餐館吃的那頓飯。」我不知道這下怎麼回事，但我發現自己也沒有脫口說出：怎麼可能？你的臉孔看起來才三十歲，甚至不到三十歲，怎麼可能吃了那頓飯？他說：「大野豬是國王狩獵公園裡的一家很棒的小酒館，你自己獵殺禽鳥，然後廚師用獨門手法幫你烹調。我跟你提過的那個女人——那個後來去世的女人——當年我們從這裡逃跑之後，曾經去過一次。」

「我不曉得她是薩洛波爾人。」我說。

「每個人都有家鄉，醫師先生。她以前在那邊彈奏獨弦琴——」他邊說、邊指指老橋，「就在那邊。」

甜椒醬、墨魚沙拉和白菜捲上桌，侍者把開胃小菜擺好，死不了的男人馬上吃了起來。每道菜都香氣四溢，他把白菜捲和甜椒醬舀到盤中，油汁相互匯流，粉紫色的墨魚魚鬚沾上油汁，閃閃發亮，我也舀了一些放在盤中，跟著吃了起來，但我吃得很慢，因爲誰知道呢，說不定菜裡下了毒，說不定老侍者跟一個復仇者串通，說不定正因如此，所以死不了的男人才在這裡。但是馬拉漢河谷的砲火熊熊，讓人似乎非吃東西不可，而且這會兒蓋夫朗．蓋列不停談論我們正在享用的晚餐，一刻都不肯住嘴。每次侍者一走過來，蓋沃就大聲稱讚味道多麼鮮美、油汁多麼爽口——的確沒錯，食物非常可口，但我覺得他似乎火上加油，一直提醒這是我的最後一餐，我心想：**老天爺啊，我到底來這裡做什麼？**

侍者端上海魴，看起來漂亮極了。魚皮烤得焦黑香脆，而且是整隻魚炙烤。他拿起魚叉慢慢切開，一刀下去，柔軟的魚肉有如羽毛般化開。他把魚肉送到我們的盤中，然後拿起勺子舀出蒜菜和馬鈴薯。金黃色的馬鈴薯熱氣騰騰，青綠的荼菜沾在馬鈴薯上，死不了的男人吃了一口又一口，邊吃邊說食物多麼美味——他說得沒錯，這餐確實棒極了，即使你聽得到馬拉漢的砲聲，坐在陽臺上享用晚餐，還有河流和老橋相伴，感覺依然不錯。

我非得知道不可，因此，晚餐進行到某個時候，我說：「你是不是來這裡跟我說我快死了？」

他一臉驚訝地看著我。「你說什麼？」他說。

「這頓飯，」我說：「不得不奢侈一番。如果你來這裡讓我享用我的最後一餐，那麼我會想要知道。我會想要打電話給我太太、女兒和孫女。」

「既然你心平氣和地問我這個問題，我就姑且相信你已經承認我是什麼人——醫師先生，這是否表示你準備償還你的賭注呢？」

「當然不是。」我說。

「依然想要更多證據？」

「我們甚至還沒喝咖啡。」

蓋夫朗·蓋列從桌角拿起他的餐巾，用餐巾輕輕擦一擦嘴巴。

「我可以看看嗎？」

「看什麼？」

「你的賭注，醫師先生。那本書。讓我看看。」

「不行。」我說，而且感到擔心。

「拜託喔，醫師先生，我只是想要看一看。」

「我可沒有要求看看你的杯子。」我說。但是他不放棄，他沒有拿起刀叉，只是坐在那裡。過了一會兒，我取出我的《森林王子》，遞過去給他。他擦擦指尖，然後從我手裡接下書，手指輕輕摸過封面。

「喔，沒錯。」他說，好像他記得很清楚，好像他記得那個故事。他把書翻開，翻過書中的畫片和詩句，我好怕他會把書拿走，但我也害怕他若知道我不信任他，心裡會不高興。

「Rikki Tikki Tavi。」他邊對我說、邊把書隔著桌子遞過來。「我記得他，我最喜歡他。」

「眞是令人訝異啊，」我說：「你居然喜歡那隻鼬鼠。」他聽在耳裡，卻沒有指責我，即便我們都知道我這話粗魯而且不正確：Rikki Tikki當然不是鼬鼠，而是貓鼬。

蓋夫朗．蓋列看著我把書放回口袋裡。他對我笑笑，身子一傾橫跨桌面，輕聲說道：「我來這裡是爲了他。」他對著侍者點點頭。他沒說他來這裡不是爲了我，我好累，但是我忽然爲了那個矮小的老侍者感到抱歉。

「他知道嗎？」

「他怎麼會知道？」

「你以前都會告訴他們。」

「沒錯，但我也學到了一些教訓，不是嗎？我學到教訓的時候，醫師先生，你也在場。我如果告訴他，他會拿烤肉串刺我，而我肯定很難康復，這樣可不行，因爲啊——正如你所言——我接下來會很忙。」他往後一靠，用餐巾擦擦嘴。「除此之外，知道了對他又有何好處？他很開心，戰爭前夕，他幫兩位和藹可親的先生送上豐盛的餐點。讓他開開心吧。」

「開心？」我愣住了。「他可以回家——他可以跟他的家人在一起。」

「我們高高興興享受大餐，何不也讓他開開心心呢？」死不了的男人說。「這傢伙深以他的專業為傲——而他正送上美味可口、令人難忘的盛宴。今天晚上，他會回到他的家人身邊，暢談自己為亞莫瓦卡爾卡旅館的最後一餐上菜，當他明天辭世之後，他身後的親朋好友還有這事可聊。戰爭結束之後，大家依然津津樂道。你了解嗎？」

侍者回來收拾碗盤，他收走盛放海魴的大盤子，小小銀白的魚骨全都剔得乾乾淨淨。他把所有碗盤穩穩當當擱在一隻手臂上，那條摺好的白色餐巾依然掛在空著的另一隻手臂上，我滿腦子都是這頓令人難忘、我卻因為恐懼而未能好好享用的餐點。

「我可以慫恿兩位先生點杯飯後酒嗎？」老侍者問，「或是甜點？」

「全都來一份。」我忽然冒出一句。我說：「我們要一份酥皮甜甜圈、蜂糖堅果派和蘋果餅，還要一份蜂蜜絲線麵餅，謝謝。」

「再加一杯溫椁白蘭地。」死不了的男人說。老侍者離開之後，他跟我說他很高興我漸漸融入歡樂的氣氛。

我們沒有說話，因為我正考慮如何說服死不了的男人知會侍者，或說，我怎麼樣在死不了的男人沒有注意到的情況下，自己跟侍者說。侍者端了一個盛放甜點的大銀盤走過來，他把盤子放好。金黃色的酥皮甜甜圈蜜汁四溢，蜂糖堅果派香味刺鼻，沾了核桃的香烤蘋果香甜可口，叉子一碰就融化，所有甜點搭配一瓶溫椁白蘭地送了上來，醇酒灼辣，喝上一口喉嚨就發燙。這會兒我有點醉了，我看著馬拉漢上方熊熊的火光，我真想念妳外婆燒的菜，因為她做的甜點比這些更好吃。

吃完之後，蓋夫朗．蓋列把椅子往後一推說：「太棒了。」他把雙手擱在肚子上，他的臉上帶著某種神情，讓我看了有點難過。

「你明天也會死嗎？」我說。「你就是因此而來嗎？」這個問題很愚蠢，我一問就意識到這一點。

「當然不是。」他告訴我。他用手指頭輕輕敲打肚皮，像個小男孩似地。「你呢？」他問。

我沒笑，即便我知道他在開玩笑。「即使在這座城市被夷爲平地之後——而我確信就是明天——你依然認爲他不准你死？」我說。

「他當然不准。」蓋沃用餐巾擦擦嘴，舉手招來侍者。侍者過來收拾盤子，他還沒問，死不了的男人就說：「好，現在我們來杯咖啡。」

這下我心想：他當眞了。他又拿起水菸袋，開始抽菸，他每抽幾口就問我要不要來一口，我搖頭婉拒。他的菸草帶著木頭和刺鼻的玫瑰香味，煙霧裊裊，緩緩沒入低垂夜霧之中，橋上的燈火也已蒙上霧氣。侍者端著我們的咖啡回來，他放下咖啡杯，動手擺設杯盤，但是死不了的男人說：「不，我們合用這一個。」然後他掏出那個鑲了金邊的白色小咖啡杯。

我最後再試一次，趁著侍者聽得見我們交談的時候說：「嗯，難不成你也打算請這位先生跟我們合喝咖啡？」我故意說得無禮，這樣一來，侍者就會走開，而且不會用這個杯子喝咖啡。

但是死不了的男人說：「不、不，就我們兩個。我和這位先生下午已經喝過咖啡了——對不對？」老侍者笑笑，低下光頭鞠個躬。我心中充滿傷痛，忽然爲這個老先生感到難過。「不，我的好友啊，這杯咖啡是幫我們兩人泡的。」死不了的男人說。侍者離開之後，蓋沃把熱咖啡倒進杯中遞給我，往後一靠，等著咖啡變得夠涼。咖啡花了好一會兒才變涼，但我終於喝光杯中的咖啡，蓋沃面帶微笑地看著我。

「嗯，我們瞧瞧。」他說，從我手中拿走咖啡杯。陽臺上一片漆黑，他仔細看看杯裡，我往前一傾，他臉色冷硬。

「看看這裡，」他忽然說：「你為什麼來薩洛波爾？你是那一邊的人。」

「拜託你不要這麼說。」我告訴他。「我求求你不要大聲這麼說。你想讓那位老先生聽到嗎？」蓋沃手裡依然握著我的杯子，我說：「我不是那一邊的人，我不屬於任何一邊，哪一邊都無所謂。」

「但從你的名字可看不出來。」他說。

「我太太在這裡出生。」我告訴他，手指輕輕敲打桌面。「我女兒也是。我們在這裡一直住到我女兒六歲。」

「但你似乎知道明天會發生什麼事。我的問題是：你為什麼來這裡？沒有人叫你來。你也不是回來拿取任何有價值的東西。你來這裡吃晚餐——為什麼？」

「對我而言，這頓飯就有價值。」我說。「那個可憐的老先生顯然也認為如此，而你甚至不肯給他一個機會，讓他跟他的家人道別。」

「醫師先生，今天晚上回家之後，他就會跟家人在一起。」死不了的男人說，他依然耐著性子，我眞不敢相信他怎麼有耐心。「我為什麼非得跟他說他明天會死？難不成這樣一來，他跟家人相處的最後一晚，他才可以為自己傷心哀悼？」

「那麼你為什麼花功夫警告其他人？」

「什麼其他人？」

「其他人——那個淹死你的男人，那個聖水馬利亞教堂裡咳嗽的男人。你爲什麼不警告他？其他那些人不久於人世，眞的會死。這個男人救得了自己，他可以離開。」

「你也可以。」他說。

「我正有此意。」

「是嗎？」他說。

「是的。」我說。「把那個杯子給我，你這個笑臉混蛋——杯裡沒有爲我留下什麼。」

但是他不肯把杯子交給我，而且對我說：「剛才我問你爲什麼來到薩洛波爾，醫師先生，你還沒有回答我的問題。」

我很快喝乾我的酒，然後說：「因爲我一輩子都鍾愛這個地方。這裡有我最美好的回憶——我的太太，我的小孩。這一切明天都將毀於一旦。」

「但是你也曉得你來這裡，很可能跟著一切遭到毀滅。他們可能這會兒發射一枚飛彈，射中這棟建築物。」

「會嗎？」我說。這下我氣得不管三七二十一。

「可能會，也可能不會。」他說。

「這麼說來，你也不打算警告我？」

「不，醫師先生——我在說另一碼子事。」他耐著性子說。「我說的不是疾病，也不是慢慢淪落到某種境界。我說的是『突然』。請聽我說，我之所以不想警告那個男人，原因在於他會在悲傷之中走向人生的盡頭。他沒有必要知道，因爲若是不知，他就不會受苦。」

「突然？」我說。

「突然。」他對我說。「他的一生，他過的日子——他滿心歡喜，跟家人朋友高高興興過日子——然後砰的一聲，全都沒了。請相信我，醫師先生，如果你是突然過世，你會很高興自己說走就走，如果你不是一下子就走，你會但願自己是的。醫師先生，你會想要說走就走。」

「我不會，」我說：「我做事情不像你所謂的突然。我會預先準備，盤算思考，提出解釋。」

「沒錯，」他說：「運用這些方式處理事情，算是相當有效——但這件事是個例外。」他指指咖啡杯裡，我心想：**沒錯，他也是爲了我而來**。「突然過世。」他說。「你不準備，你不解釋，你不道歉。突然之間，你就走了。所有冥想、所有攸關你過世的省思也跟著你一起消失。大家不必承受你即將過世之苦，你也不會害得大家在你過世之前爲你傷心。」他看著我，我看著他，侍者帶著帳單過來。侍者肯定覺得我們之間發生了什麼可怕的私人糾紛，因爲他很快就走開。

「醫師先生，你爲什麼流淚呢？」死不了的男人問。

我擦擦眼睛，跟他說我沒有意識到自己哭了。

「接下來幾年，醫師先生，世上會有許多『突然』。」蓋夫朗．蓋列說。「那幾個年頭將會非常、非常漫長——這點絕對錯不了。但那些年頭會過去，終究會告一段落。所以啊，你必須跟我說你爲什麼來薩洛波爾，醫師先生，你在這裡的每一分鐘都是冒險，即便你曉得這場戰爭總會結束。」

「這場戰爭永遠不會結束。」我說。「我還是小孩子的時候就在打仗，到了我小孩的小孩那一代，戰爭還是不會結束。我之所以來薩洛波爾，原因在於我想在自己過世之前再看看這個地方。我不想讓薩洛波爾如同你所形容的一樣，突然消失在我眼前。」我剛才把桌巾捲成一團，這會兒慢慢將之撫平。死不了的男人把乾淨的新鈔擺在帳單旁邊，而到了早上，這一張張嶄新的鈔票都將成爲廢紙。我接著說：「請告訴我，蓋夫朗．蓋列——咖啡杯有沒有說今天晚上我會突然加入你的行列？」

他聳聳肩，然後對我微笑。他的笑容不帶憤怒，沒有一絲惡意。「醫師先生，你要我怎麼說呢？」

「我要你說不會。」

「那麼請你打破杯子。」他對我說。「離開這裡。」

*

數月之後，砲轟已經終止了好幾個禮拜，老虎札波岡依然咬囓自己的腳。牠乖乖聽從動物園管理員的話，對待自己卻是相當殘酷。管理員們經常跟牠坐在獸欄裡，輕拍牠方正的虎頭，牠卻低頭咬囓自己的殘肢。傷口受到細菌感染，腫脹發黑。

最後，他們在牠獸欄的大石板上，開槍打死了那隻沒有腿的老虎，而報上隻字未提。那個撫養老虎長大的男人——男人照顧牠、幫牠量體重、幫牠洗澡，把牠放在包包裡背著牠在動物園走來走去，男人的雙手也出現在老虎自小拍攝的每一張照片之中——按下了扳機。他們說隔年春天，老虎的伴侶吃了一隻牠自己的虎寶寶。對母老虎而言，那個季節代表著火紅的光芒和熱氣，有如尖叫的砲聲起起落落；因此，管理員們把剩下的幾隻虎寶寶從牠身邊帶開，在自己的住家之中把虎寶寶跟自己的小孩、自己的寵物一起養大。那些連著好幾個禮拜沒水沒電的住家。那些養著老虎的住家。

第十二章
藥師

發現熊人達瑞薩身亡的那個男人，現今依然住在蓋里納。他叫做馬爾柯．帕洛維奇，七十五歲，已經當了曾祖父。他的孫子最近剛幫他買了一部新割草機，他自己操作這部古怪的機器，這個個子不高、戴著帽子、雙臂黃褐的老先生，不知怎麼地依然有辦法架著橘色割草機直直劃過他的草坪。他到了晚上就不談熊人達瑞薩，如果沒有幾杯水果白蘭地下肚，他也不會提起。

當他果眞提起時，他說出以下這個故事：

曙光初現之前的一小時，熊人達瑞薩走走停停，在沾了鮮血的雪地上醒來。他坐起，環顧四周，看到老虎正在吃他的心臟。那個黃眼的惡魔坐在蓋里納漆黑的森林之中，虎牙深深陷入達瑞薩濡濕的心臟。達瑞薩摸摸自己的肋骨，感覺肋骨之間空空蕩蕩，他起先大爲驚慌，而後鼓起自己僅存的力量——那些多年以來、心臟在他手下停止跳動的野熊所賜予的力量。他的一顆心不見了，達瑞薩趴倒在地，背部像山丘一樣隆起，眼神一片黯淡。他的牙齒像玻璃似地從上下顎掉落，原本牙齒所在之處長出一顆顆黃色的熊牙。他縱身一站，高高站在老虎身旁，月光下的脊背漆黑油亮，整座山林隨著他的怒吼而震動。

直到今日，在某某夜晚，當風從東方而來、吹過蓋里納的樹梢時，你依然可以聽見他們打鬥的聲音。熊人達瑞薩將自己龐大的熊身撞向老虎的一側，黃眼惡魔把虎爪深深按入達瑞薩的肩膀，他們兩個掌掌相扣，滾過雪地，掃光地上的石頭。

到了早上，那場可怕的戰鬥沒有留下任何痕跡，唯獨只有熊人達瑞薩空扁扁的皮，以及沾抹了鮮血的田野，田野至今依然長不出任何花朵。

天亮之後的幾個鐘頭——先前外公確定自己根本睡不著，但不知怎麼地，天一亮他才發現自己屈服在疲勞和酷寒之下，他已把老虎的妻子平安帶回家中，心情一放鬆，體力也跟著不支——他一醒來，發現外界已經知道熊人達瑞薩死了。馬爾柯．帕洛維奇到山腳下檢查抓鴿子的陷阱時，剛好看到一張沾了血的皮，他拖著那張皮跑回村裡，邊跑邊呼叫天主。

等到外公爬下床、走到門口時，廣場已經擠了一大群人，頭上裹著碎花條紋頭巾的女人們已經放聲尖叫：

「達瑞薩死了。天主拋棄了我們。」

外公站在薇拉婆婆旁邊，看著愈來愈多人聚集在階梯底。他看到雜貨店老闆喬沃和修理犁具的奈文先生；他也看到神父和隔壁的老姑婆姐妹，神父的黑色長袍上沾了塵土，老姑婆姐妹穿著拖鞋跑了出來。其他六個人背對著他。馬爾柯．帕洛維奇帶回的消息已經引發一陣驚慌，這會兒外公看著這些他認識了一輩子的男男女女露出不可置信的表情：糕餅師傅面色凝重，滿臉通紅，五指揉麵糰揉得發麻；糕餅師傅的女兒肩膀顫動，不停喘氣，雙手扭絞髮絲，好像參加葬禮似地。藥師站在稍微遠一點的地方，他把外套披在肩上，靜靜低頭看著形狀不明、浸滿鮮血的毛皮，熊人達瑞薩只剩下一堆毛皮，毛皮攤在眾人腳邊，好像達瑞薩始終不是活生生的一個人。

藥師蹲下去，從尾端拾起毛皮。毛皮半舉在空中，看起來像是一張毛茸茸、濕淋淋的翅膀。

「可憐喔。」外公聽到一個女人說。

「眞是可悲。」

「我們必須向他致意。我們必須辦個葬禮。」

「你們瞧瞧，老天爺喔——我們能夠埋葬什麼？」

「大家聽好，」外公聽到藥師說：「你非常確定他沒有留下足跡嗎？」

「先生，」馬爾柯．帕洛維奇雙手一攤說：「雪地上只有打鬥的痕跡。」

眾人一陣驚呼，低聲讚嘆，開始在胸前畫十字。村民原本同感失望，不滿達瑞薩拋棄他們，不到兩個鐘頭之前，他們還不停咒罵他這個人——這些全都因爲他的死訊而被拋在一旁。

村裡一隻獵犬剛好挑了這個時候檢視攤開的毛皮，而且對著毛皮抬起一隻腳；眾人發出憤怒的叫喊，六、七隻手同時伸向毛皮，某人的靴子把狗踢到一邊。見過老虎一次、至今依然驚魂未定的牧人瓦拉狄薩，砰地一聲昏倒在地上。

「天主助我，我們把它帶到教堂裡吧。」神父說。幾位嚇慌了的村民抬著毛皮走向教堂之時，藥師把牧人瓦拉狄薩扶起來靠在階梯上，頭一次看著站在門口的外公。

「拿水過來。」藥師說，外公跑到廚房水桶旁邊，依言照辦。當他回來的時候，他察覺到村裡女人們的目光好像黑影一樣緊盯著他，但外公只看著藥師，藥師聞起來帶著肥皀的清香與溫暖，外公把水桶遞過去，藥師對他笑了笑。

女人們接著爭相發言。

「這麼說來，就是你囉，對不對？」糕餅師傅的女兒擺出陣勢對他大喊。外公往後一退，站上前廊臺階，低頭瞪著她。「你別進去，你乖乖待在這裡露個臉，你瞧瞧，你瞧瞧發生了什麼事情。」薇拉婆婆出來站在外公旁邊，糕餅師傅的女兒說：「你不感到羞恥嗎？你跟那個惡魔的賤人交朋友、讓她覺得在這裡受到歡迎，結果付出了什麼代價？你不感到羞恥嗎？」

「妳少管閒事。」薇拉婆婆說。

糕餅師傅的女兒說：「現在每個人都有權干涉。」

外公什麼都沒說。現在已經天亮，他也睡了幾小時，昨晚那趟旅程似乎是幾千年前的事情。他說不出個所以然。他猜想沒有人眞正曉得發生了什麼事——即便糕餅師傅的女兒正指控他出手干預。但是某些人依然可能站出來說話，宣稱他們看到他昨天晚上溜出村子；更糟的是，某些人可能宣稱親眼看到他跟女孩一起回來，眼睜睜看著他受到女孩指使潛入雪地之中；說不定半夜飄落的雪花來不及蓋住他的蹤跡，某些人發現他的腳印。

他躺在小床上，雙腳冰冷，不停抽搐，他試圖鎮定下來，控制自己抽搐的手腳，他的心臟撲撲跳，直竄髮梢和肌膚，薇拉婆婆肯定聽得到他強烈的心跳聲。外公先前說服了自己，任憑自己相信他們已經逃過某種劫難，但是現在他不能不想達瑞薩——雖然外公年紀還小，無法完全了解熊人怎麼了，但他覺得自己多少應該負責，終其一生，這種感覺始終縈繞在他心頭。但是當年他年僅九歲，而且滿心驚慌，他能做的也只是站在門口，看著村民在恐慌之中失去僅存的理智。

「這太過分了，」樵夫說：「她會把我們一個接著一個送交出去。」

「我們必須馬上離開，每個人都得走。」

「我們必須趕走那個賤人，」喬沃說：「而且留下來。」

由眾人的行動之中，外公看出一股新的使命感。大家尚未彼此協調，但是已經快要做出某些決定。他感覺大難即將臨頭，躲也躲不了，這種感覺好像河流一樣流竄過心頭，他卻逆水而行，完全無能爲力。

他只確定一點：她比先前任何時候都需要他。昨天晚上，當他們駐足在山勢比較低矮的一處空地時，他已意識到這一點，他們暫且停下腳步，老虎的妻子跪在雪地裡，他高高站在她身旁，看著她的嘴裡冒出一串串細長的白霧，他緊緊握住她的手，怎樣都無法放開。不管何種因素促使她長大成人、冷靜自持、挺著一個跟月亮一樣圓滾滾的大肚子，他感覺這些因素全都隨著先前的驚恐而消逝，結果她孤單一人，只剩下他一個人跟她相伴。那種感覺好像他們失去了老虎，或說老虎拋棄了他們，如今只剩下他們兩個：外公和老虎的妻子。

昨天晚上他扶她走上階梯，即使她聽不到他說話，他依然跟她說他早上會過來。他會帶著熱茶和開水過來，也會帶些稀飯當她的早餐。他會陪著她。他會照顧她。但是這會兒他知道不可能。他若離開家裡，他若在眾目睽睽之下走過廣場、穿過牧草地、走進她家，肯定會引發某些事端，絕對沒完沒了。他不能這麼做；他無足輕重，抵禦不了外界的震驚和大人的憤怒，而大人終究是大人。老虎的妻子身邊沒有半個人。這個想法比其他任何事情更令他喘不過氣來。

薇拉婆婆強迫他進屋時，他想要跟她解釋。他想要告訴她昨晚的事，讓她曉得女孩是多麼冰冷、多麼害怕。但他找不出方法幫自己解釋。然後他忽然想到她准許他好好睡一覺；天亮的時候，她沒有叫他起來做家事，八點鐘的時候，她也沒有叫他起來吃早餐；馬爾柯．帕洛維奇跌跌撞撞從牧草地跑出來、雙手捧著血淋淋的毛皮跑向屠夫家中、放聲大哭之時，她也忘了叫他起來。她察覺到他需要休息，所以她讓他好好睡一覺。他沒有必要跟她多說什麼。她已經了然在心。然而不管基於什麼因素，她決定置身事外，他從她的眼神中得知，她感覺自己在這場爭執之中，已經不再占有任何地位。

外公絕望地站在窗邊往外看。昨晚飄落的白雪已經開始融化，地上出現一圈薄薄的爛泥；村裡髒兮兮、亂蓬蓬的狗犬們四處晃蕩；柵欄的柱子和家家戶戶敞開的大門感覺淒冷潮濕，再過去就是屠夫那棟小屋，小屋坐落在牧草地的邊緣，煙囪冒著白煙，如今似乎遠在天邊。當藥師把瓦拉狄薩扶起來、邁步走向他的店裡時，外公跑到外面，跟隨在他身後。

說到蓋里納的藥師，大家很少提起他的容貌。我從馬爾柯．帕洛維奇口中得知，這一點是有原因的。「莊重威嚴，」他邊說、邊伸手抹過臉龐，「但是非常醜。」

這句話背後的意思是，不管他的五官擺在一起多麼難看——或說，正是因爲他的長相相當抱歉——藥師看來值得信賴，從容自在，正是那種大家都會向他徵詢意見的人。

我們比較不容易想像藥師來到蓋里納之前的種種境遇。十歲的時候，藥師頭一次出現在其他人講述的故事之中，一群哈吉度盜匪發現他在聖派塔修道院焦黑的廢墟裡晃蕩，盜匪一行十二人，騎著骯髒的老馬而來，到達修道院的時候已經太晚，來不及阻止鄂圖曼騎兵的突襲。修道院的修士被控窩藏一位叛徒，幾個星期之前，叛徒在酒館的打鬥中殺死騎兵隊長的外甥——隊長親自負起報仇之職，一來爲了報復外甥之死，更重要的是，也爲了報復這個年輕人被冠上酒鬼的惡名。兵團圍攻了四天，然後不分青黃皂白大肆屠殺；盜匪花了一早上從搖搖欲墜的小教堂餘燼之中拖出一具具屍體，他們眼見藥師從南牆牆邊一臺翻覆的手推車底下爬出來，莫不感覺天主親自賜予贖罪的機會。天主爲他們留下一個孩兒；他們不曉得他是誰，也猜想不到他是修道院裡的孤兒。他們絕對不會知道當他失去耐心禱告、衝出去一個人面對土耳其騎兵時，他是多麼害怕、憎惡、莽撞。一個騎兵很快就抓住他的肋骨，他躺在那裡，朝陽已經沾染了煙霧。他大口喘氣，隊長邁賀曼・亞咖朝他彎下腰，質問他叫什麼名字，這樣一來，他才知道何許人即將死在他的刀下。藥師沒有告訴盜匪——蓋里納也絕對沒有人知道——他之所以保住性命，並不是因爲亞咖敬佩他的勇氣，而是因爲他的名字「凱辛」。一來到修道院門口，他就摒棄自己的姓名「凱辛・蘇萊瑪諾維克」，這時，他最後一次說出自己的眞實姓名，亞咖隊長忽然受到心中神明的感召，放手讓他溜進燒得焦黑的廢墟。他的名字已經救了他一次，藥師不指望再度因爲名字而獲救。當盜匪幫他包紮、問他叫做什麼時，他回答說他不記得。

然後盜匪們幫他取了一個新名字——聶納德，意即「天外蹦出來的幸運兒」——但對於藥師而言，新名字不具任何意義：既然他已改過一次，他大可一再改名換姓。但是他的舊名及其所代表的意義將追隨著他，有生之年都無法擺脫。

他跟著盜匪們一起生活，心不甘情不願地跟著搶劫，直到他滿十八歲爲止。那些年裡，「凱辛・蘇萊瑪諾維克」始終追隨著他，那個姓名引發一種變幻無常的感覺，他察覺姓名可能洩漏他的身分，引發某種背叛，而他也始終等著結果。那個姓名像是禿鷹一樣穩穩坐在他的肩頭，讓他置身事外，這樣一來，他才可以看清盜匪們種種可笑的錯誤：他們決心劫富濟貧，卻毫無限量地慷慨解囊，沒有幫自己留下任何資金，結果經常捉襟見肘，嚴重損及掠奪義行；他們渴望勝利，卻一再失敗，因爲挫敗更爲榮耀、更能塑造個性、更讓人樂於緬懷；他們應該悄悄行動，卻經常放聲高歌，一看到遠遠有個小酒館，眾人就唱起頌揚自己義行的歌曲。藥師置身他們之中——他幫他們燒飯、磨劍、照顧傷者——他沒有說出心中的猶豫，也無法坦承他認爲他們的努力終究是一場空，因此，他們的行徑終究是愚蠢、無知、而且危險。他看得出來盜匪們有個共同傾向，人人任性地自斷後路。

當盜匪們的營地落入一群爲了賞金而追捕犯人的馬札爾人之手時，那個姓名也跟隨著他。姓名跟著他從營地的廢墟之中拖出唯一倖存的同夥瞎子歐洛，一起逃入林中；姓名跟著他包紮歐洛破裂的頭蓋骨，接上被子彈打中的腓骨，骨頭後來受到感染，歐洛的右腿腫得兩倍大，細菌在血液之中轟轟流竄了數星期。那年冬天酷寒，藥師在自己承受得了的範圍之內，盡量讓老歐洛待在戶外，他幫歐洛的腿塗上膏藥，保持腿部冰涼，生怕自己哪天早上醒來，赫然發現腿部已經在夜裡變得烏黑。

瞎子歐洛痊癒之後，藥師大可一走了之，追尋另一種生活。但他覺得自己對這位瞎了眼的同伴責無旁貸，於是他留了下來；這或許只是一個藉口，讓他免於面對一個他不確定如何立足的世界。他的前半生受到修士們的保護，過去十年又得到盜匪們的護衛，因此，他不知道如何捨棄兄弟情誼，一個人面對充滿未知的世界。少了忠誠的友伴們，他肯定無能爲力。

他陪在瞎子歐洛的身旁，學會一套終究令他憎惡的欺騙手法。多年以來，他跟著瞎子歐洛走過一個又一個村落，詐騙迷信無知、生活單純、容易受人擺布的村民。他們在每個村子都耍同一套把戲：瞎眼的算命仙和他那長相抱歉的同伴。從表面上看來，瞎子歐洛解讀茶葉、骨頭、骰子、內臟，以及燕子的移動，而他的狀況增加了他的可信度。但是他所謊稱的直覺，全都來自藥師悄悄打出的信號。藥師已經學會從信徒的嘴邊、眼神、額頭、雙手的細微舉動、聲調的差異、不知不覺的姿態之中，看出他們的企盼和恐懼，然後瞎子歐洛說出他們想聽的話。

「你的作物將會豐收。」他會告訴一個手掌長了老繭的農夫。

「妳心裡想著隔壁村子的英俊男孩，」他會對一個處女說，女孩隔著一堆顏色粉嫩、她自己帶過來的鵪腸瞪著他，「別擔心，他也想著妳。」

藥師權充瞎子歐洛的眼睛，因而學會解讀無辜的謊言。他知道如何辨識地下情侶偷偷交換的眼神，藉此預測兩人即將成親；他能夠從爐邊的談話之中聽出家族的舊恨，藉此預知衝突、打鬥、甚至謀殺。他也習知人們碰到生命的極端狀況、心中感到不知所措——不管狀況是好是壞——通常先靠著迷信尋求意義，試圖把不相干的事件拼湊在一起，藉此了解怎麼回事。他獲悉不管祕密多麼嚴重、保持緘默又是多麼重要，始終有人非得做出告白，失控的祕密也帶有可怕的殺傷力。

藥師就這麼學會了欺瞞，在此同時，他也偶然發現自己超凡的醫學才華。這事純屬意外，他起先只是為算命提供附加價值，比方說醫治頭痛的草藥、多子多孫的咒語、專治陽萎的藥茶等等。但是不久之後，他就幫人接合斷骨，他檢查脾臟，伸出手指按摩流感病人腫脹的淋巴結。有次他幫一位治安官取出一顆深深陷入肩膀的子彈，在這之前甚至沒有受過任何醫學訓練。不管他走到哪裡，人們都說他具有天賦；大家都說從來沒見過這麼一個冷靜、可靠、慈悲的年輕人。他們將之視為一種天賦，對藥師而言，這更是老天爺的贈與：身為一位療癒者，他提供了解答，克服了恐懼，重建了秩序和安定。沒錯，瞎子歐洛憑藉謊言和手腕獲致權力；但他慢慢了解，眞正的權力有賴實質的證據和具體的行爲，你必須有憑有據，做出推測，你宣稱救得了哪個人，他就得活下去，你宣稱哪個人會死，他就絕對會撒手西歸。

藥師和瞎子歐洛當然都無法解釋兩人的投機事業充滿多少變數，他們也料想不到人們是多麼不可靠，他們疏忽了某些細節，引發截然不同的結果，而他們事先根本不可能摸清楚狀況。那或許不是他們最嚴重的失算，卻是唯一一個他們還沒離開就出現的錯誤，他們也因而付出相當代價。小鎮斯帕森有位富商徵詢他們的意見，富商打算拓展生意，也考慮雇用一位年輕的門生，門生頗有野心，但富商對他抱持相當的懷疑。

「給男孩子一個職位吧，」瞎子歐洛說：「小夥子可以重振人心。」

他和藥師當然都猜想不到，小夥子重振的卻是富商太太的心。他們也猜想不到富商有天晚上回家，發現家中的女主人已經跟著年輕門生一起私奔，而且帶走富商私藏在祠堂洗禮臺下方的一罐銀兩。富商抱著酒桶，連喝了三天三夜，當然喝得爛醉如泥，一天晚上，藥師和瞎子歐洛在磨坊主人家中吃了晚餐之後，醉醺醺的富商一槍打死了瞎子歐洛。

過了幾個禮拜，僥倖逃過一劫的藥師得知那個被太太拋棄的富商先生意志相當堅決：他指控藥師詐欺，而且懸賞緝殺藥師，賞金不算豐厚，但算是吸引人，迫使藥師不得不上路。藥師爲死去的同伴哀悼，只有瞎子歐洛知曉他的前半生，但是到了那時，藥師已經確定自己想要什麼：他渴望安定、法治，以及歸屬感。多年之後，他在北方山間一個遙遠的小村落之中，找到了他所渴求的一切。他行經小村落之時，一位四個小孩的母親病了，他暫且留下來照顧她，從此再也沒有離開。

藥師在蓋里納開業，他一步一步慢慢來，卻穩紮穩打，當時馬爾柯·帕洛維奇還沒出生——但他說起藥師來到蓋里納的往事，那副口吻好像他親眼看到似地：馬車裝載了一些不知名小玩意，一箱又一箱的玻璃瓶慢慢搬進補鞋匠以前的店裡，村裡年輕人幫忙建造櫃檯，大夥看著籠裡的朱鷺，莫不嘖嘖驚嘆。多年以來，村裡的孩子始終沉迷於教朱鷺說話；藥師只是滿心歡喜，總是不忍糾正他們。多年以來，他索取的費用僅是壁爐的柴火；只要獻上一塊柴火堆的木頭，你就得以坐上店裡擦得亮晶晶的木頭椅子，跟他傾訴頭痛、惡夢、吃壞了肚子、房事不合等種種惱人的祕密，藥師好像時間多得不得了，專心傾聽、點頭、做紀錄、扳開你的嘴巴、檢查你的雙眼、摸摸你的脊椎骨、推薦各種草藥。

藥師終於贏得村民的信任，他們的信賴帶給他安全感，他有辦法醫治小毛病，減輕痛苦，暫緩死神的腳步，村民莫不深感著迷，他也因而享有威權。馬爾柯．帕洛維奇不曉得藥師的過去，因此，他沒辦法告訴我，那些無憂無慮的年頭裡，藥師心裡有什麼感受。他一輩子生活在暴力的陰影下，這會兒卻發現自己置身一個僅有一把槍的小村莊，協調瑣碎的土地糾紛，充當大家的和事佬，他的心情想必輕鬆極了。馬爾柯．帕洛維奇當然也沒法告訴我，當路卡的聾啞新娘、那個跟他一樣是回教徒的女孩頭一次出現時，藥師心裡有些什麼感受。他看到女孩遭受的待遇，肯定更加堅信他必須守住自己的祕密。他疏於替她出面，仗義相助，心中肯定感到羞愧，但他必須繼續迷惑眾生，別讓大家起疑。

他幾乎不記得路卡小時候的模樣，但是那個屠夫之子一回來，他就起了戒心：路卡見過世面；路卡性情殘忍，卻不愚蠢，兩者混而爲一，令人無法忽視；更別說兩個秋天之前的一個深夜，儘管兩人不信任彼此，路卡依然來到店裡，他一臉慘白，雙眼通紅，聲音哽咽。「你最好過來看看——我覺得她死了。」

在路卡家中，他數月以來的猜疑終於得到證實：女孩扭成一團，縮在角落的一張桌子下，桌子已被摔向牆壁，砸得破爛。他無法想像桌子怎麼摔到角落，女孩又是怎麼縮在桌下。他鼓不起勇氣把她拉出來。她的脖子看起來鬆垮，好像已經斷了，如果她還活著，他一搬動，她說不定會喪命。因此，他把桌子拉到房間另一頭，在此同時，路卡坐在廚房地上，握著拳頭啜泣。女孩的臉孔沾滿凝結的血塊，難以辨識，整個人披頭散髮，鮮血從頭皮滴到地上。她的鼻樑斷裂——他碰都不碰就曉得。他雙手壓在地上，把臉湊過去仔細瞧瞧，他這樣跪了好久，最後終於發現她一息尚存，雙唇之間吐出一團濃濃的血泡，夾雜著微弱的氣息。

他研判一下傷勢：膝蓋骨斷裂；某種瓷器的碎片刺入頭皮之間；左手被扭到背後，手腕上方的骨頭突起，皮膚迸裂，整隻手嚴重損傷。起先他以爲她缺了三顆門牙——但是後來他把手指伸進她嘴裡，找到了牙齒，他用力把門牙塞回上顎顎底，拿支湯匙撐住牙齒，使勁往前一推，女孩輕聲哽咽，他的指尖可以感覺到一陣陣微微的顫動，門牙始終無法好好咬合，但是最起碼她不至於失去門牙。他用海綿拭去她臉上的血跡，包紮她的頭部，盡其所能幫她接合斷骨，用木板固定。他用消毒紗布捆紮她的下巴，闔上下顎；他好像抬屍體一樣把她架起來，而她看起來確實像具屍體。她在客廳的小床上躺了四天，最後終於張開沒被打傷的那隻眼睛。藥師每天兩次過去路卡家裡冰敷她的臉頰，幫她頭上的傷口塗抹膏藥，而他始終堅信她會在他沒有過去探望的時候撒手西歸，每次她看著他，他總是感到震驚。

最後一次過去看看她時，藥師對路卡說：「如果再發生這種事情，我會把你趕走。」

他確有此意；當時他在村裡也夠分量，說得到就做得到；但是後來一場傳染病奪走了村裡孩童的性命，爲外公送上夾竹桃樹葉的蜜瑞卡，以及外公的朋友達夏都難逃一劫。在漫長而可怕的纏鬥中，藥師看著孩子們的性命一個接著一個從他手中溜走。在那之後，他的門口不再大排長龍；患者們只過來兩、三趟，確定自己正在復元，詢問他幫他們開了哪些草藥。他的威權——直至那時為止，他甚至比神父更有權力，儼然是位最後的仲裁者——忽然面臨剃刀邊緣。他曾是、也始終是個外來者，眾人不再需要他的時候，他感覺自己在村裡的地位漸漸消失。他確實曾經決心保衛女孩；但是如今他面對自己的挫敗，那個他大多只對自己許下的承諾屈居次位，他必須努力重新贏得村民的信任，重建他們對他的信賴，重新讓他們屈服在他之下。然而他卻意識到這番努力顯然也已落空。

村裡的男人已在廣場上升起一小堆營火，營火吐出一陣陣漆黑的煙霧，緩緩飄向街尾。其中一些男人已經穿過牧草地，走進山麓搜尋達瑞薩的營地、馬車和私人物品，而他們多多少少希望這些東西跟著達瑞薩消失無蹤。幾個男人已在屠夫家門口停下腳步，沒有再往前走；喬沃大膽到跑上階梯，看看窗戶裡面，但他什麼也沒看見。

外公穿著濕淋淋的靴子，站在藥師店裡的前廊上，看著大門上方的冰柱融化為點點水滴，水滴悄悄拍打欄杆和樹木，發出沉靜的旋律。藥師一開門，外公只說：「拜託。」然後他說了又說，直到藥師把他拉到屋裡，跟他一起跪在地上。藥師端來一杯溫水，盯著他慢慢喝下。

然後藥師拂去垂落在外公眼前的頭髮，開口說：「怎麼回事？」

她家的階梯鋪著層層細雪，藥師走上去，站在前廊上。他手裡握著一個瓶子，瓶中裝著他為待產媽媽們調製的飲品，而飲品的成分通常是白堊粉、糖和水。他用手指敲敲門，起先輕輕敲一下，這樣一來，聲音才不會傳過牧草地；當她沒有應門時，他敲得用力一點，直到他想起來她耳聾，然後他站在原地，覺得自己真笨。他試著推門，門一推就開。他想起那支槍，暫且停下腳步。自從路卡把它帶回村裡之後，那支鐵匠的步槍再也沒有出現過，藥師猜想女孩是不是依然把槍留在身邊，他自己又該如何報上姓名。他把門推開，四下觀望，然後他再推開一點，踏進門口。

老虎的妻子坐在壁爐旁邊的地上，正用手指在爐灰裡畫東畫西。火光熊熊映在她的臉上，她的頭髮遮住眼睛，因此他沒辦法好好看看她。當他走進來、隨手關上大門時，她沒有抬頭。她坐在那裡，身上裹著土耳其絲綢，紫色、金黃和紅色的絲綢好像流水似地垂落在她的肩頭，兩隻光裸細瘦雙腿盤在圓滾滾的大肚子下。最讓他訝異的是屋裡多麼簡陋；只有一張桌子，以及桌面上幾個鍋子和碗。沒有槍的蹤影。

她還沒看到他，他不想嚇到她，但他不知道怎樣才不會嚇到她。他向前走一步，然後再走一步，她忽然轉身看到他，他抬高雙手，對她表示自己手無寸鐵，無意傷人。

「別怕。」他說。然後他微微一鞠躬，手指輕點自己的嘴唇和額頭。他幾乎已經四十年沒有做出這個手勢。

她一下子站了起來，起身之時，肩頭的絲綢紛紛滑落。她站在那裡，臉色凝重而憤怒，藥師依然微微鞠躬，沒有移動。她個子很小，肩膀瘦弱，細長脖子沾滿一串串帶著鹹味的汗珠。她的肚子非常大，腹部圓挺緊繃，她瘦小的身軀幾乎支撐不住，整個人都往前靠，似乎不太平衡。

「小寶寶。」他指指她說。他捧住自己大衣裡的腹部，輕輕晃一下，然後舉起瓶子。「給小寶寶的。」

但她已經認出他，他看得出來——她記得他是誰、記得他家、記得他曾把她送回路卡家裡——這會兒她臉上漸漸布滿極度厭惡的表情。她整個人都在發抖。

藥師試圖解釋。他又搖搖瓶子，笑著把它舉高，好讓她看見。瓶裡的水一片混濁。

「給小寶寶的。」他再說一次，再指指她的肚子。他伸出手臂做出一個抱孩子的手勢，指指他自己。但是直到他朝著她走一步，她的表情才起了變化。

他預期他們之間的情勢將有所轉移。在如此短暫的時間裡，她已經成功地把村民嚇得心存敬畏。對此，他忌妒她，也不由自主地羨慕。他猜想她是否看得出來。她毫不費力、無意之間就震懾眾人；即便是現在，他懷疑她根本不曉得自己已經辦到。

老虎的妻子一定看出他臉上的猶豫，因爲在那一刻，她拉高上唇，露出白森森的牙齒，她的鼻子朝著眼睛往上一皺，從鼻孔對他發出輕蔑的嘶嘶聲。那個聲音——那個他唯一聽過她發出的聲音，以前就算她被打斷了骨頭、瘀青像是陸地版圖似地蔓延全身，她也悶不吭聲——好像槍砲一樣貫穿他全身，逼得他愣愣地站在原地。她全身赤裸，一臉憤恨，他忽然了解她模仿一個不是人類的臉孔，學會了發出那種聲音。他帶著瓶子離開，他沒有轉身背對她，而是慢慢後退摸索大門，當他把門打開時，他甚至感覺不到從外面吹進來的冷空氣。他走回店裡，屠夫家中的熱氣始終像是記號似地跟隨著他。

牧草地過去一點，溪水已經開始隱隱在冰層下方流動，藥師看到喬沃等著他。「回去你自己家裡。」藥師說。

「她在那裡嗎？」喬沃邊說，邊往前走一點。

藥師停下腳步，轉過身子。「回家吧。」他說，然後一直等到喬沃消失。

外公一直跟朱鷺一起等著藥師回來。

「她還好嗎？」外公說。

藥師一語不發地看著外公，一看看了好久。藥師出門之前——外公已跟藥師說出所有事情，藥師也已答應幫忙女孩——外公看著藥師點亮櫃檯的油燈，從架上取下瓶瓶罐罐、湯匙和空玻璃瓶。外公流了鼻涕站在那裡，看著藥師那雙大手拿著研缽和研杵配藥。藥師把玻璃瓶裡擦拭乾淨，拿出金色的量秤，測量藥粉的重量。外公看著藥師把溫水倒進瓶子裡，然後放糖、白堊，和薄荷葉片。他也看著藥師伸出手掌蓋住玻璃瓶、輕輕搖晃，瓶中隨之變得混濁，然後藥師拿塊布擦擦瓶子，把手洗乾淨。

這會兒藥師回來了，那個瓶子依舊滿滿的。他對外公說：「她不認識我。」他把瓶子遞過去。「來，你必須跑一趟，親自把瓶子交給她。她需要這個。」

「大家都會看到我。」外公說。

「大家都走了。」

因此，外公帶著混濁的玻璃瓶穿越廣場，邊跑邊回頭看看空無一人的廣場；外公面帶微笑，跑進屠夫家中；老虎的妻子把玻璃瓶湊到嘴邊之時，外公握住她的手；外公還幫她擦了擦下巴。

在那之後，過不了太久就一切搞定。

外公的村外有棵大樹，大樹矗立在溪畔，小溪源自蓋里尼卡河，緩緩流下。冬天的時候，紅色的大樹枝從樹幹向上彎曲，樹枝好像髖骨一樣光裸，宛如合掌禱告的雙手一樣。大樹附近有個籬笆，交錯的玉米田由此開始延展。馬爾柯．帕洛維奇告訴我，蓋里納的人對於這棵大樹避之唯恐不及；他說大樹的樹枝投下一張網，捕捉正在升往天堂的靈魂，他還說棲息在樹上的大烏鴉撿食靈魂，好像從樹皮之間捕食小蟲似地。

大約六十年前，馬爾柯．帕洛維奇就是在此目睹蓋里納藥師之死。馬爾柯把我帶到村邊秀給我看，他用手杖輕敲樹幹、退後一步、指指大樹，好讓我了解怎麼回事：請你想像那個執行絞刑的劊子手，劊子手是一個綠眼的小夥子，來自南方的鄰村，橫行於低地的部隊招攬他入伍，部隊從一個村莊進犯到下一個村莊之時，他受託——而非被迫——執行死刑。他們派遣一個個隊長，也就是那些煽動造反和抵抗的民眾，或者僅是擁有一群忠心嘍囉的頭目——藥師也曾擁有這麼一群追隨者，尤其是大家心知肚明，提都沒提就知道他從她手中解救了大家、她也死在他手下，因此追隨者更是再度湧向藥師身旁。

藥師——「他長得眞醜，」馬爾柯邊說邊伸出一隻手抹過臉頰，「好醜，但是好偉大。」——脖子上套著一個繩結，站在玉米田的籬笆上，心裡想著他們何不開槍把他打死，暗自希望他們會的。來到村裡的六十個人當中，馬爾柯告訴我，德國人占十二位，而這十二個人不是爲了絞刑而來。他們在酒館裡喝酒，把香菸按熄在白雪融化之後、一塊塊光禿禿的土地上，就是因爲白雪漸融，他們才來到此地。那天下午，大樹旁邊站了一群人，他們說的話，馬爾柯．帕洛維奇聽得懂，他們的恨意，藥師更是能夠了解。他們召集整村的人，讓大家目睹藥師像隻遭到開膛剖腹的動物一樣翻滾扭動，這只是頭一遭，其後還有更多無意義的行刑示眾。

馬爾柯不記得外公出現在絞刑現場看熱鬧的群眾之中，即便他說不定也在那裡，張大眼睛，滿心絕望地觀看。他已經猜出自己遭到背叛，那天早上他最後一次造訪她之後，大家發現她陳屍在自家的前廊，在那之後，外公幾乎什麼話都不說。那天，他嚎啕痛哭了好幾個鐘頭，當他尋求援助與寬恕時，他看見一張和藹卻堅定的臉龐。薇拉婆婆說：「木已成舟，做都做了，一切就交給老天爺吧。」等到戰爭結束吧，她跟他發誓，而這個誓言支撐他活了下去。戰爭結束之後，他們將離開村裡，前往他方，從頭開始。薇拉婆婆過世的那個夏天，外公已經如願以償，成為一位醫生。

但是馬爾柯的確記得行刑者從籬笆上踢下藥師之前，藥師整個人動也不動，充滿了張力。藥師的眼光沉穩而無奈，內心所有爭鬥已因某些緣故而平息，在場眾人不太了解哪些緣故，但是大家後來都將之歸因於責任感，以及自我犧牲的慈悲之心。

「他們甚至沒有把他埋在墓園裡。」馬爾柯說，他靠在自己的手杖上，空著的手朝著教堂的方向揮一揮。「戰爭結束之後，我們得自己把他埋在那裡。」

「那個女孩埋在哪裡？」我忽然想起，問他一句。

「什麼女孩？」他說。

「那個女孩，」我說：「老虎的妻子。」

「她跟這些事情有什麼關係？」他說。

第十三章
河流

走到半山腰的時候，那個人影停下來休息，我也停步，躲到路邊一棵矮樹之下、矮樹朝著路面生長，被風吹得長不高，一陣陣薰衣草和鼠尾草的味道刺激著我的鼻孔。他站在路中央，一邊搖晃身子，一邊四下張望，我清楚感覺到他正回頭看我、他知道我在那裡、他正試圖決定拿我怎麼辦。我還沒想到如果他轉身、走過來與我對質，我打算怎麼辦。我也頭一次後悔身上依然披著這件白袍，背包還在我肩頭颼颼作響。我直挺挺地站在原地，在此同時，那個男人東搖西晃，動作緩慢而遲疑，他把重心從一隻腳移到另一隻腳，肩膀往前一縮，肋骨在黑暗中扭曲隆起，我發現自己心裡想著魔拉，暗暗一笑置之。

然後月亮升起，月光之下，大樹陰影重重，沿著路旁延伸的石頭也拂上一層暗影，整個山丘的地勢似乎突然高出一層。我看到那個男人又開始移動。他慢慢往前走，緩緩走上山丘。我等著他消失在彎角，然後動身跟蹤他。從剛才到現在，我一直覺得整個人往後傾斜，山勢陡峻，我愈往上爬，愈是感覺險峻的山路向我迎面撲來，這會兒我繞過山路的彎角，小路右彎，眼前聽起來、也感覺像是一個淺淺而幾乎空蕩的河床，河床從鎮上延伸至此，橫跨山丘平坦、被風吹得寸草不生的一側。下方出現濛濛的海岸線，冰淇淋商家和餐廳露臺的燈光投射在海灘上，閃閃發光。港口的燈火隱隱沒入海中，修道院周圍一片漆黑，只見亞騰修士的花園孤零零地矗立其中。

男人沿著河床一步步往前走，他步伐穩定，穿過淺淺的河道，走向一處樹木叢生的高地，山勢在此忽然開展，我跟在他後面行走，周圍一覽無遺，我希望他不會再度轉過頭來找我，因爲這會兒我再也無法躲藏，我們幾乎是並肩越過山丘。風勢已停，蟬叫聲似乎也歇止，河床在我腳下發出輕微的喀喀聲，我背包的扣環叮叮噹噹，偶爾有隻小動物颼地一聲跑過草叢，除此之外，四下寂靜無聲。

男人走在遠遠的前方，涉水前進，腳步不太平衡。從後面看來，他的身影顯得有點奇怪，他身子往前傾，一雙大腳靜靜踏在地面上，頭轉來轉去。他看來令人不快，跟著他往前走，絕對不是一個好主意。我停下來一次，雙腳全都濕透，

站在原地看了他幾分鐘，他慢慢往前走，離我愈來愈遠，我愼重考慮是否應該掉頭。

男人在前頭忽然停下來，他一下子彎下腰，然後又挺直身子，繼續前進。他離我更遠，我瞇著眼睛，努力注視黑暗的前方。那裡出現某個東西，有個東西阻止了男人前進，我愈走愈近，它也慢慢從黑暗中向我逼近。我意識到那是一條鏽跡斑斑的鐵鍊，鐵鍊橫跨河床，垂掛在河床兩側的兩棵大樹之間。鐵鍊稍微嘎嘎作響，走近之時，我看到兩個鍊圈之間懸掛著一個熟悉的紅色三角形牌子：地雷。我心中所有的懷疑——外公的故事是否眞實，我自己的精神是否正常，我幹嘛在黑暗的林中漫無目標亂走——全都煙消雲散，我確定自己正在跟蹤死不了的男人，我也確定見到他會使人陷入瘋狂，在這股瘋狂之中，外公才會在一個人的身上綁上磚塊、把他推到池塘裡，這股瘋狂也逼得我把背包甩到鐵鍊另一邊、整個人趴下來匍匐爬進地雷區、站起來繼續前進。

男人接著進入樹林，我暫且停步，不確定該不該跟著進去。我曉得他大可躲在某棵樹的後面，看

著我在黑暗中胡亂摸索，等到我在交叉路口踩到某個覺得無害的東西、整個人被炸得血肉紛飛之時，他才冒出來接我。或者，我可能在林中迷路，在裡面被困到天亮。但我已經跟了這麼遠，因此，我走了進去。林中伸手不見五指，一片死寂，粗大的松樹比鄰而立，針葉有如剪刀般尖銳。我意識到自己重重喘氣，因為坡度已經爬升了一陣子，河水也阻礙行進。我努力放緩呼吸，這樣一來，我們在林間之時，男人才聽不到我跟隨在後。河床穿過松林，蜿蜒而上，潮濕的岩石，以及堆積在石頭上的松葉讓我雙腳打滑，我的鞋尖不停踏到松果，松果嘰嘰嘎嘎，發出太多噪音。我試圖看出自己朝哪裡前進，心中不停盼望自己抬頭一看，忽然撞上那名男子，或是他忽然停下來等我。黑暗之中，我什麼也看不見，但是他的模樣卻清楚浮現在我腦海中：他手裡拿著他的帽子和那個小罐子，不耐煩地等候，他的臉頰歪斜，鼻子又尖又高，大大的雙眼流露出冷峻的目光，他看著我，臉上始終帶著外公曾經告訴我的那種微笑。

走出樹林時，我失去了他的蹤影。河床已經變成一條乾枯、空蕩、雜草叢生的小徑，小徑沿著山勢急速攀升，我伸出雙手保持平衡，強迫自己往上爬。爬到頂端時，地面逐漸平坦，擴展為某種田野，小溪上方有座低矮的石橋，我走到岸邊，越過石橋。我從橋頂可以隱隱看到一棟棟房屋的側影，遭人棄置的房屋矗立在乾枯的河床兩側，偶爾受到濃密的樹梢所遮掩。一棵棵大樹颼颼作響，大樹樹種不同，跟那片我剛剛穿越的樹林完全不一樣。我忽然想到這裡肯定是亞騰修士先前提到的舊村莊，二次大戰之後，大家偏好住得離海邊近一點，因而拋棄了這個村莊。我碰到的第一棟房子在我的左邊，跟其他房屋保持一段距離。房子的外觀呈圓弧形，缺了屋頂，屋子上面樓層的窗戶有道小裂縫，窗戶的玻璃全都被打得粉碎，只剩下窗框，野草從田野一路延伸過來，高度足以觸及依然垂掛在窗框上的三、四扇百葉窗。我一路跟蹤的男人可能已經進屋，也可能透過漆黑空蕩的窗戶看著我。我根本看不到屋內，我慢慢走過這個第一棟房子，邊走邊回頭看看。房角的牆壁已經部分崩落，裡面有個鋪了碎石的區域，看起來似乎通往某個類似花園之處。死不了的男人也可能在那裡，我心想，但是如果他在那裡，我可不想找到他。

接下來碰到的屋子在我的右邊，屋子坐落在大樹樹蔭下，我曉得那曾是一棟兩層樓的旅館，一道寬闊的石砌階梯呈之字形橫跨屋前，懸掛在樓梯扶手上面的鮮花框盒現已空空如也。二樓長長的陽臺曾經有座爬滿葡萄藤的棚架，現在只剩下兩根鏽跡斑斑、長短不齊的桿子，桿子直直挺立，逐漸消失在坍塌了一半的屋頂中。

其他的房屋沿著河床三三兩兩擠在一起，屋門大張，暗影重重。我斜著走，先朝向河岸的一側，然後再朝向另一側，我走過一扇扇破落的拱門和一堆堆毀損的百葉窗，行經一疊疊床墊和一處處庭院，庭院荒蕪，水桶和園藝工具散置其間，廢棄的工具布滿鐵鏽，重重擱放在地上，周圍覆滿雜草。我走過一個看似餐廳的露天陽臺，陽臺夾在兩棟屋子的屋角之間，石砌地板上散置著幾張桌椅，還有一張塑膠椅子，一隻大胖貓窩在椅子上睡覺，寂靜無聲，動也不動，我看了有點驚訝。

我努力想起那些關於山中神鬼的故事——其實那時我最好不要多想這類事情——比方說田裡和林間住著鬼魂，鬼魂唯一的樂趣是誤導愚笨的旅人。外婆曾經告訴我，薩洛波爾有個男人跟著他的羊群走入山間，男人發現自己跟一屋子死人一起吃飯，他跟蹤一個頭戴白色小圓帽的小女孩，最後終於找到出路，結果他卻發現那人根本不是個小女孩，而是某個惡毒、令人難以忘記的東西，那個東西改變了他，一直糾纏到他過世爲止。

眼前的河床緩緩下滑，併入一個陡峻的斜坡，逼出一條直通下方山谷的蜿蜒小徑。小徑轉角處、路面再度被野草吞沒之前，最後幾棟房屋群聚在此，我側著身子沿著小徑走下來，以免滑倒，走著走著，我看到那幾棟房屋之中有個石砌的小石屋，石屋的門檻隆起，綠色的大門非常迷你，整座村落之中，只剩下這扇門依然附著在門框上。我看到大門和地面之間透出燈光。

換作其他任何一個晚上，我可能轉身循著原路回去。但是換作其他任何一個晚上，我可能根本不會上山。我跟蹤的那個男人，我對自己說，除非他已經站在我正後方，或是從我走進村裡就一直看著我，否則他肯定已經走進這個屋裡。光是憑著這個念頭，就足以讓我爬上龜裂的石頭階梯。我花了一點時間才打開大門，但我最終還是把門推開，我也確實走了進去。

你是蓋夫朗．蓋列，我正要開口。不管接下來會如何，該發生的就會發生。

＊

「哈囉，醫師。」

「是你。」

「當然是我。醫師，請進、請進。妳在這裡做什麼？進來——把門關上。請坐，醫師。這樣可不行，妳可能受傷，或是迷路。我不曉得妳在跟蹤我。」

「我在葡萄園裡看到你。」

「嗯，我沒有注意到。我不曉得——我大可阻止妳，叫妳轉身回去。過來爐火旁邊吧，坐下，我空個位子出來。」

「沒關係，我站著就好。」

「妳一定累了。拜託，請坐——這裡、坐在這裡。我把這些移到一旁。我打算好好整理一下，但總是沒空，時間始終太遲。過來坐下。別管那些花，把它們全都推到這邊。來、請坐。」

「我不想打擾。」

「妳可以把花移近一點，醫師，移到離爐火近一點。爐火會加速花朵乾燥。」

「對不起？」

「花朵愈快變乾，愈聞不到味道。妳也看得出來，我沒有把花丟掉。醫師，妳冷嗎？」

「我該回去了。」

「絕對不行，妳得等等，我們必須把這裡的事情做個了結。」

「我犯了錯。」

「但是這下沒關係，以後也會沒事。妳人在這裡，平安無事。我們等一下一起走回去。來——幫我把這些銅板放進桶子裡。」

「我的天啊，這是多少錢？」

「以前更多。」

「我甚至認不出其中一些貨幣。」

「有些是戰爭之前的貨幣。有些甚至是更久以前。」

「這是什麼？」

「那是羅馬銅幣——附近山丘到處都是那種銅幣。妳或許覺得沒什麼意思，但是那些依然是付給死者的費用。」

「你打算如何運用這些銅錢？」

「捐出去。把死者的錢捐給生者，這可不太好。但是這些銅錢說不定派得上用場，把它們留在這裡，實在有點可惜。」

「你說不定得擴充規模。」

「妳踩到畫作，醫師——讓我把它們移開。」

「對不起。」

「我得另外找個地方擺這些畫，擺在某個遠離壁爐之處，以免圖畫著火。有些畫作的歷史相當久遠，這一幅——妳看看——那個把這幅畫留在這裡的男人，如今他自己也過世了。我從去年就動手把他墳地上的銅錢移到這裡。」

「你是魔拉。」

「倒不盡然。魔拉已經存在了上百年。然後發生戰爭，大家什麼都不信。我太太什麼都不信，我們的兒子出事之後，她再也無法相信任何事情。她經常從他的墳地回到家中，開口跟我說：大家擺在那裡的畫作被雨淋濕，顏料流得滿地都是，花枯了，變得髒兮兮，而且發出臭味。這些都是為了什麼？為了讓我心裡好過一點嗎？地上挖了個洞，而我兒子被埋在洞裡。水，醫師，拜託。」

「對不起？」

「水、妳後面的水。拜託。讓我洗洗手。有天晚上，我清理了墓地，把花和繪畫搬到這裡。沒人過來這裡。大部分的地雷都已清除，但是大家說這裡依然危險。我沒辦法丟掉我兒子墳地的那些東西。隔天晚上當我太太回家時，好像有人偷偷跟她講了一個祕密。她問我有沒有看到墳地——墳地乾淨清爽，她站在旁邊，感覺我們的兒子得到安息。動手清理墳地的不是村裡的人，她說，而是魔拉。她打心眼裡曉得這一點。然後她回去擺上銅板。除了把銅板帶到這裡，我還能怎麼辦？」

「但是這些銅板不只來自一個墓地。」

「沒錯。過了不久，大家開始把銅錢擺在他們心愛之人的墓地上，留下更多花朵和衣服，有時候還放了食物。他們要保障死者安全，讓死者有東西吃。他們要讓自己心安。有時候我帶著一袋袋東西上來，走得很辛苦。土地是神聖的，他們說。你幫死者留些東西在這裡，東西就會被送到死者手中。魔拉會幫他們送過去。」

「沒有人知道？」

「某人總會知道，醫師。但是如果只有妳知道、如果唯一知道的人是妳，那麼我心裡就會舒坦。」

「村裡沒有半個人曉得？你兒子也不知道？」

「就算有人知道，他們也不會講，因此，你很難判別哪些人眞的知道、哪些人覺得他們知道。到了現在，某些人肯定已經曉得。他們說不定不曉得是我——但是肯定知道。儘管如此，他們依然繼續放置東西，所以我一直把東西搬上來。醫師，妳不會告訴我太太吧？妳不會，是嗎？」

但是他不必問。好久以前已經有人教我，有些故事只能保存在自己心中。

那些提起外公之死的人，這會兒也提起札垂科夫的男孩們，地雷撕裂了他們的雙腳，炸碎了他們的身軀。我聽說在醫生們的午餐聚會上，上了年紀的老人家紛紛致敬，表達對外公的尊崇，憔悴、蒼白的外公，不畏自己羞於承認的病症，拋下一切，長途跋涉六百四十公里，解救男孩們的性命，著實令人敬佩。誠如我在電話裡提醒卓拉，那些男孩終究難逃一死——卓拉每次三更半夜驚惶失措地從蘇黎世的精神科學院打電話過來，我總是這麼跟她說，而她的兒子已經到了那種非得把東西藏在鼻子裡，才會了解那是什麼的年紀，因此，她也愈來愈常三更半夜打電話過來——但是大家的言談之中似乎都沒有提到這一點。

醫生們不知道的是，外公留下一個裝了私人物品的袋子，他們不知道葬禮過兩天，我把背包帶回家，交給外婆，他們也不知道背包在玄關桌子上擺了三十八天，好像外公的一部分依然跟我們住在一起，靜靜坐在玄關桌子上，只差沒有吩咐我們送上葵花子。不管我們對於他的過世做出什麼錯誤的估算，外婆都已做了防範，到了第四十天，外婆打開醫院的袋子——在那之後，她才從她身邊的枕頭下，取出他的絲綢睡衣，也才把他的厚底鞋收了起來。那天晚上我從醫院回家，頭一次看到她露出寡婦的神情——外公的寡婦。她靜靜坐在他那張綠色的扶手椅上，他的遺物分類排列在她膝上的餅乾盒裡。

我坐在她旁邊的板凳上，看著她逐項檢視。媽媽也在那裡。好久好久，沒有人說半句話，只見外婆的雙手、平滑的指關節，以及大大的戒指。然後外婆說：「我們喝杯咖啡吧。」媽媽站起來沖咖啡，刻意留點餘地讓外婆提出異議、糾正她沖咖啡的技術，指出明顯錯誤之處：「別把那個壺子放在那裡——老天爺喔，用塊板子。」

我當然從來沒有跟任何人提起那個廢棄村莊之中被爐火照亮的房間，我也沒有提過那張壞掉的桌子、裝滿銅板的桶子、滿地枯萎的花朵，以及一排排瓶瓶罐罐——有些是陶土和陶瓷，有些是玻璃和石頭，瓶塞、瓶蓋，或是上了油蠟的封口不是壞了，就是丟了——，瓶罐內空空如也，蜘蛛網黏在瓶口和罐口，已無獻給死者的祭品。火光在瓶罐之間投下圓圓胖胖的黑影，瓶瓶罐罐歌唱頌揚，畢斯的畫像好像紙草捲軸似地疊放在牆邊，我答應絕對不告訴任何人，卻也同時要求對方保密。我慢慢跪下，偷偷打開袋子，而這個在世上其他人眼中皆不存在的房間，赦免了我的罪過。

我在袋子裡找到外公的皮夾、帽子、手套，也找到他整齊對折的醫生袍。但我沒有找到《森林王子》，我找了又找，在布列耶維納山區那個悶熱的小房間裡為它致哀。我花了好長一段時間才接受它已經不見的事實，它已經從他口袋裡、我們家中、他辦公室抽屜裡、我們客廳的書櫃上消失，完全不見蹤影。

當我想到外公最後一次跟死不了的男人碰面時，我想像他們一起坐在札垂科夫那家酒吧的前廊間話家常，賭注《森林王子》闔起，擱在兩人之間的桌面上。外公穿著他那套最好的西裝，死不了的男人請他喝一杯，不是喝咖啡，而是喝啤酒，兩人談笑一番，然後踏上旅程，一起走向交叉路口。他們相識多年，只有這麼一次身邊圍滿了人，而大家沒有注意到他們，他們只是兩名男子，你若在街上看到他們，八成不會多看一眼。他們好像老朋友一樣自在，彷彿兩人已經認識了一輩子。對死不了的男人而言，他當然活了不只一輩子，但是你從他臉上絕對看不出來。根據外公的描述，他是一個九十五歲的年輕人，外公的四十天喪期過了好久之後，他依然是年輕人，說不定連我的喪期過了之後，他還是一樣年輕。

那幾位說不定曾經偷偷嘲笑外公口袋裡始終擱了一本書的醫生，或許猜測書丟了，或許在札垂科夫被偷，旅程之中，不久於人世的老人家或許把書誤置在某處。但是書不見了——不是丟了，也不是被偷，而是不見了——對我而言，這表示外公並沒有在他曾經跟我描述的心境下過世——他心中沒有恐懼，而是充滿希望，好像一個孩童；他知道他和死不了的男人將再度相逢，他也確定他將償清賭債。更重要的是，他知道我會前來找尋，也會發現他留給我的東西：在他醫生外袍的口袋裡，我會找到一張《森林王子》僅存的書頁，泛黃的書頁從封底撕下來，書頁摺成一半，緊緊夾住一簇剛硬、粗糙的毛髮。**蓋里納**，外公的字跡說道，字跡出現在老虎畫像的上方和下方，畫像出自孩童之手，畫中的老虎像是一把彎刀的刀刃橫跨書頁。**蓋里納**，字跡說道，我就是這麼再度找到他。在蓋里納，在那個他從未告訴我，卻說不定但願跟我說了的故事裡，我又找到了外公。

最終而言，我將知道夠多事情，足以告訴自己外公小時候的故事。但是老虎和牠的妻子之間發生了什麼事，我不會做出任何解釋。我想我說不定可以。若想推測老虎的愛慕，或許並非難事：只是半野生、半經馴養的牠，縱使無法講得明白，卻想念碉堡公園的同伴和規律生活。不管牠學到多少精良的謀生之術，牠的虎性從出生就蒙上汙點——說不定那股邪惡、強大、外公相信的惡虎謝利之火已被澆熄。現勢磨損了牠的稜角，對他而言，乖乖被人餵養，簡直是容易多了。你可以提出一些可以預測的天然災禍，簡化老虎對人類的依戀，把牠想成跟一隻推倒垃圾桶、胡亂翻找食物的熊一樣神祕——但那不是外公的老虎；外公不是因為那麼一隻老虎，所以有生之年天天都把《森林王子》擱在口袋裡；外公沒有把那麼一隻老虎留在身邊，陪伴他度過戰爭、求學，以及戰後與薇拉婆婆在京城奮鬥的漫長歲月；當他遇見外婆、在大學執教、碰見死不了的男人的時候，身邊並非有那麼一隻老虎；他帶著一同前往札垂科夫的老虎，也不是那麼一隻。

你也可以說女孩年輕不懂事，而且一度非常幸運。儘管可能性極為渺茫，但她很幸運碰到一隻不太像是老虎的老虎，初次碰見牠的時候，她很幸運地面對面地看著牠，而且不知怎麼地，她身上的氣味跟牠以前的馴獸師相同，喚醒牠某些失去的記憶。但是這種說法也過分簡化。說不定牠只是享受她撫摸牠兩眼之間的觸感。當她窩在牠身邊沉沉入睡時，她也喜歡牠體側聞起來的味道。或許這麼說就夠了。

最終而言，我沒辦法告訴你她是誰、她是哪種人。我甚至無法確定路卡出了什麼事，即便我傾向於採信那些蓋里納居民的說法。根據他們的說法，路卡把女孩綁在燻肉房獻給老虎之後，他醒了過來，發現她跪在他的床腳邊，她的手腕帶著一道道磨破的傷痕，手裡拿著鐵匠的步槍，對準他的嘴巴。

如果情況有所不同——如果蓋里納的居民稍加留意自己只是暫時受到孤立，如果他們稍微意識到戰爭的腳步遲早會向他們逼近——他們說不定不會對於老虎和牠的妻子投以高度關注。這種愛的故事，他們或許說道，不是很奇怪嗎？隨後就把注意力轉移到其他的閒話。但是他們把自己心中的焦慮與哀傷投注在女孩身上，這樣一來，他們就得以緊盯著她，不必多想即將發生什麼事情。她死了之後，大家記取與她相處的時光，終究成為大家共同的記憶。春天來臨，德軍開著卡車抵達村中，然後是村民幫忙興建的鐵路，最後是一輛輛火車，火車噴出濃煙，轟轟作響，驚醒睡夢中的村民（大家每次都想著：別停在這裡，別停下來）。村民對她的共同記憶，伴隨大家度過這段艱困的時光，甚至過了很久以後，大家依然記得她。

今天當你問問蓋里納的居民：「你們晚上為什麼不讓小孩子出去？」他們的回答總是模稜兩可，而且不太自在。他們說：天黑了幹嘛出去？你什麼也看不到——外面什麼都沒有，只有麻煩。早晨有事情要做，我們為什麼要讓他們在街角晃蕩、抽菸、玩骰子？其實說來，不管大家有沒有想到老虎，牠的身影始終存在。大家的行動、大家的話語、大家日常生活的防範措施，處處可見老虎的身影。當紅鹿狂奔衝下山腰、整個村子瀰漫著恐懼時，老虎的身影冒了出來；大家發現牡鹿的殘骸，屍身遭到開腸剖肚，血紅的肋骨一根根矗立，被咬嚙得乾乾淨淨，連皮都不剩，大家不願多說，老虎的身影卻也冒了出來。大家向來知曉，老虎始終沒有被發現，也沒有被殺。男人不會單獨出去砍柴；一般人也嚴格規定處女不得在月圓之夜穿越牧草地，即便沒有人眞正確定後果將會如何。

老虎已經死在山上，他們自行推論，牠死於自己的孤寂、死於行走在山脊之間、死於對她的等待。牠已經形銷骨毀，好像一張獸皮似地皺成一團，躺在某個地方，看著烏鴉等待他嚥下最後一口氣。但是大部分的夏日，年輕男孩爬上陡峭的山脊，暗自希望他們的鈴聲說不定誘使老虎走出藏身之處。當他們走到一處空地、某個看起來像是他們正在尋找的地方，他們用手掌心遮住耳朵，大聲呼喚牠，他們試圖發出比較像是動物的叫聲，而不是人類的呼喊，但是脫口而出的只是聲音，如此而已。

但是蓋里納有個地方——始終會有這麼一個地方。此處林木稀疏，空地寬闊，幼樹纏繞糾結，歪向一側，光線點點灑落，雪地起了斑紋。此處有個山洞，洞穴是塊平坦的大石頭，陽光始終照得進去。外公的老虎住在那裡，就在那處冬天不會遠離的空地上。牠獵殺牡鹿和野豬，牠和熊群打鬥，牠讓山貓摸不著頭緒，牠衷心仰慕鳥兒的顏彩。牠已經忘了碉堡、火光熊熊的夜晚、那段長途跋涉來到山裡的艱困旅程。一切都已在牠腦海之中逝去，唯獨剩下老虎之妻的身影。某些夜晚，牠現身呼喚她，叫聲悠長，再再飄落。聲聲孤單落寞，低沉凝重，再也沒有人聽見。

致謝

我對以下人士獻上永恆的謝意：

我的父母Maja 和Jovan，他們的信念無遠弗屆，屹立不搖；我的小弟Alex，他是最佳的繪者；我的奶奶Zahida，她是最佳靠山。

Maša Kovacević醫生——從小到大，她始終是我的旅行良伴——她容許我深夜致電，幫助我完成這本小說，功不可沒，她的幽默與睿智也幫助我重拾我的鄉土之根。

Alexi Zentner精力無窮，深深影響他所觸及的每一個人。我們兩個啊，我們已經攜手共行了好長一段路。

Parini Shroff，謝謝那份讓我重新上軌道的生日禮物，也謝謝那份持續振奮我心情的關愛。

我的師長Patty Seyburn，謝謝您對我的信心，支持我持續下去；Alison Lurie，謝謝您的親切；Stephanie Vaughn和Michael Koch，謝謝您們的慷慨；J. Robert Lennon，謝謝您的熱誠。

Ernesto Quiñonez，謝謝您堅持「問題不在能否，而在何時」，也謝謝陣陣歡笑和*Cosmos*。

我的經紀人Seth Fishman，謝謝您給我一個機會，提供所有解答、把我當個朋友。

我的編輯Noah Eaker，謝謝您過去兩年的指引，謝謝您容忍我那種「只要再花五分鐘就會有所不同」的心態；謝謝令人驚奇的Arzu Tahsin；Susan Kamil和Jynne Martin，謝謝兩位讓我在藍燈書屋感到輕鬆自在。

Branden Jacobs-Jenkins、Deborah Treisman、Rafil Kroll-Zaidi、C. Michael Curtis 諸位的支持和關愛令我感動得無以復加；也謝謝 Judy Barringer 以及 Constance Saltonstall Foundation 的每一個人。

親如家人的 Tricia，謝謝您從我十歲就開始閱讀我的作品。

從加州到紐約的每一位親朋好友：Jared，至今依然是我效法的榜樣；David，不管涉及多麼冷僻的話題，他始終知道我在說些什麼；扭轉現實的Danielle；Colleen，謝謝每一次都了解我的話語；Christine，至今依然是我認識的人當中、最慷慨的一位；Jay 永遠與我相伴；Yael 和了不起的 Zentner 一家——Laurie、Zoey和 Sabine——他們其實不是搖滾樂團，但聽起來很像。

少了您們任何一位，這一切都不可能實現。

推薦跋

續存的命運及其背反

連明偉（作家）

如果我們被引致這樣的信念：「在我們心靈中所發生的事，與基本的生命現象本身，並無實質性的或根本性的不同」，如果我們再進一步被引致「在其他所有生物（不只是動物，還包括植物）與人類之間，並沒有不能克服的鴻溝」這樣的體會的話，我們也許就會參悟到遠超過我們所能臆想得到的更豐富的智慧。

——李維史陀《神話與意義》

奔喪之行，日夜跋涉於夢境記憶。

蒂亞·歐布萊特的第一本書，以戰爭作爲背景，展現對於文明、自然與意志之深刻思考。整體結構，主要透過兩條支線細密綰結。一，來自第一人稱敘述者「我」，在一趟施打疫苗的醫療行程中思憶外公；二，接近全知觀點，描述外公的孩童時期，以及長久擔任醫生與教職的壯年時期。小說非以敘述者「我」作爲主軸，而是匯聚第一人稱（自我的敘事）與全知觀點（他者的敘事），具體顯影外公及其一代的生活面貌。

小說一方面通向個體追懷外公之傷逝，另一方面通向整個國家的長年戰爭及其遺緒，情感的激烈跌宕與文明的巨大瘋癲雙重疊合，形成貫穿全書的時刻悚懼。面對無法避免的死亡，個體之無能爲力，致使敘事推進斷裂隱晦，模糊前行路徑，刻意不以連貫串聯作爲書寫的最高原則，轉而採以搖晃、混沌與相互滲透的錯綜隱喻，曖昧支撐。

故事不爲邏輯鋪路，而爲隱喻留下詮釋空間。

來路去路的迷離溯返，無窮無盡的斑斕死亡，爲了尋回逝者，再三窮盡「我」之回顧，勉力記述，然而即便如此，仍然無法避免走至言語盡頭。是以，動用非我記憶，交錯完成補述，更多相互牽連、彼此指涉的故事，並非恣肆離題，用意無非指陳，對於死亡迂迴閃躲直截拒絕——更多角色，是爲續命。

命所懸念，指向至親，更指向歷經戰爭的一代一代。

以外公一生作爲主軸，往前追溯，是薇拉婆婆與尚是孩童的外公一代；往後開展，是外公與孫女一代。戰爭具體橫跨，兩段關係呈現的時代對照，鮮明凸顯「前現代」與「現代」之交混、併置及融合，一如李維史陀談論「神話的思維」與「科學的思維（更傾向「具體事物的邏輯 the logic of the concrete」）」，兩種思維各有所長，相互滲透，並無高下之分。在此，現代文明並非顯現積極樂觀的進步史觀，反以科技強化戰爭，展現力量，帶來巨大摧毀。所見俱滅，所存俱亡，荒涼之中百廢待舉，講究理性、邏輯與秩序的現代性，恍惚之間，成爲自身最大鬼魅。文明被自我廢黜，黯然退場，被遺忘的遙遠原始力量再次被重新「挖掘」，蒙塵出土，填補空隙，形構肌理，發揮關鍵性精神導引。現代文明不僅無法帶來解答，更暴露荒原，作爲無所依靠的個體，精神與信仰必然轉向，朝向看似蠻荒的前現代取經。

小說不斷援引吉卜林的《森林王子》，作爲另一參照座標。《森林王子》的內容，是人類之子毛克利在狼族養大的自然環境逐漸成長，遭遇困境，最終主動殺死惡虎謝利，同時因爲自身原始獸性而遭人類驅逐。此書挪引故事，演繹轉化，由一隻老虎深入人類的戰爭世界，意外導致老虎之妻的死亡，最終遭到人類再次驅逐。情境巧妙對調，老虎再生，死亡替換，兩則故事的倖存者註定以不被接納的姿態遺留於世——自然誕生文明，文明仰賴自然，雙向連結卻相互牴觸，存活因而成爲艱鉅難題。

藥師贈送此書，開啓外公接迎文字記載故事的世界，不再結繩記事，「他閱讀字母書，那是孩童學習的起步，也是我們接觸的第一套原理。」〈第四章 老虎〉外公胸前口袋一輩子擺放此書，即是提醒，必須記得文明科學的力量；此外，此書作爲賭注對賭不死的男人，亦可視爲文明科學與傳說神話難以消弭的衝突。

從前現代挖掘而出的力量，一爲「民間傳說」，一爲「自然野性」，兩者在原始思維中恆常相互指涉。

傳說故事的來源經由口述，跳脫理性思維，背離科學邏輯。講述傳說同時，一方面承繼上一代記憶，一方面以自身經驗轉化傳遞，小說鋪陳「前南斯拉夫」民間傳說，以此對抗戰爭所致的現世墳場，包含辭世後四十日靈魂之旅、死不了的男人、魔拉等，對於醫療的抗拒，看似迷信愚昧，卻再再指涉現世制度之不可信服。文明之傲慢與野蠻之活力，產生強烈拉扯，專業醫學對峙詭誕巫術，知識理性抗衡宗教信仰，文明凝視匹敵自然視野，作爲醫師的外公與孫女，代表除魅一方，次次受到挑戰，不斷進行自我校訂。然而，面對個體與集體的絕對性毀滅，倖存者束手無策，難以消融，藉由重新領受民間傳說的精神力量，消化災難，吸收養分努力存活，並以見證人身分(年輕醫師娜塔莉追憶奔喪，終而遇上外公口中那位死不了的男人)，再次立於生死關頭予以救助，繼續除魅。

男人之不死，是爲詛咒，卻同時轉爲祝福，成爲捎來死訊的報信者。其存在意義，在於口傳故事的魔力，在於孫女憶及外公的想望，更是戰爭期間的集體譫妄、錯亂與乞求。孫女娜塔莉眼中，解謎外公之死，一如解謎男人之不死，兩者併置，實爲最深切的生死辯證。立足必死之身，追逐「不死」，並非僅只作爲個人的情感投射，或是單純藉由故事避災，更以激發生機的民間傳說，完成不斷擴充的精神共匯，止步死亡面前，生氣勃勃，漸次臻至生命最高隱喻。

力量之擷取，除了言說不盡的故事，更在於自然野性的本身活力。

「外公曉得老虎是唯一眞正的見證。」〈第七章 屠夫〉小說以動物神「老虎」作爲主要意象，揮舉大纛，大批動物成群結隊呼朋引伴，包含大象、朱鷺、羊、熊、狼、長頸鹿、獅子、貓頭鷹、河馬、鹿等，除了生之百獸，更包含獵物室中的死亡奇觀標本。生死易位，人獸置換，老虎如人如神，世人墜入鬼道。必須要有老虎的威猛本性，才能在戰火砲彈中續存，步入已被摧毀的城市、山丘、田野、教堂、疊滿死屍的沼澤等，見證傷損，並以人人驚懼的「魔鬼」之姿重回人間。不受控制的落魄魔鬼，瀕死存活，沒有主動攻擊人類，反倒完成生殖續命：人虎之情，不在性愛，不在馴育，而在受難者對於另一受難者的深刻憐憫。

老虎的妻子，一位受盡折磨的聾啞女孩，故事最爲初始的敘述啓動源頭，無時無刻散發「聖母」熠熠形象，以其強悍的生孕本能，沉默對抗一連串折磨、欺侮與戰爭，包容所有，直到爲了保存孩子，不惜成爲一位殺戮者，取代丈夫進而成爲眞正的「屠夫」——小說並不直截揭露，而以暗示筆法勾勒。自然力量之生猛、狂暴與生生不息，展現神聖似的恐怖，光明似的黑暗，這份湧生且近乎永生的力量，從吉普賽人馬戲團之老虎，轉至人虎之情，再轉至老虎之妻，揭開人性獸性相互釋義的眞實本質：殺戮與生殖，始終一體兩面同步完成。

命運往往藉由抹滅自身，完成彰顯。

値得深思的是，作爲一位孺慕老虎之妻的男孩，卻在他者的謊言，陰錯陽差殺害所愛，善意與惡意如出同源，誕生無可抹滅的悲劇，自此，男孩/外公一生陷入罪之愧疚。

如何修正一切錯誤？無論外公，或是敘述者「我」，彷彿承繼無可抗拒的命運，一種對於戰爭的抵抗、贖罪與無可挽回，永無安寧，無時無刻扛負罪愆。戰爭不斷再現，他者之苦難，亦將被現存者以另一種方式經歷，再次重述，完成補救，正如義大利學者克羅齊所言：「一切歷史都是當代史。」已逝者終究盡其所能，秉持意志，行醫救援，發揮現代文明的力量，戮力翻轉不斷被戰火焚燒之重複命運。這終究是一則愛的故事，一則關於愛與罪的變形故事，這一切，並非因爲個體離場有所終止，肇因死亡逼迫，展開「我」與記憶再次商榷，宣告歷史未曾須臾離去，贖罪仍得持續，文明之原罪、無知與傲慢必須全面檢視深思熟慮。

薇拉婆婆對於外公之教養，正如外公對於孫女之教養，兩個生命時區準確記錄外公之「始終」。作家終究是在無可避免的死亡中，明確彰顯人之抉擇，薇拉婆婆對老虎之妻伸出援手，外公臨終前遠赴救助遭受地雷爆炸而失去雙腿的男孩們，娜塔莉前往孤兒院展開疫苗注射，戰火仍在迴旋，死亡恆常威脅，命運詭譎乖舛難以掌握，然而人仍擁有無可撼動的意志，能在暗暝失序中，擇選前行道路。

負罪而活，不負於活，從文明造就的廢墟再次歸返，帶著民間傳說與自然野性的力量，重新投入微不足道卻又無比珍貴的積極行動。

現代再度擁抱前現代，我們再次擁抱老虎，一如擁抱無窮無盡的故事。

藍小說 351

老虎的妻子

作　者─蒂亞．歐布萊特
譯　者─施清真
初版編輯─邱淑鈴
二版編輯─張瑋庭
美術設計─朱疋
總 編 輯─嘉世強
董 事 長─趙政岷
出 版 者─時報文化出版企業股份有限公司
108019臺北市和平西路三段二四〇號三樓
發行專線─（〇二）二三〇六─六八四二
讀者服務專線─〇八〇〇─二三一─七〇五．（〇二）二三〇四─七一〇三
讀者服務傳真─（〇二）二三〇四─六八五八
郵撥─一九三四四七二四時報文化出版公司
信箱─（一〇八九九）臺北華江橋郵局第九九信箱
時報悅讀網─http://www.readingtimes.com.tw
電子郵件信箱─liter@ readingtimes.com.tw
法律顧問─理律法律事務所　陳長文律師、李念祖律師
印　刷─勁達印刷有限公司
初版一刷─二〇一一年十二月三十日
二版一刷─二〇二四年三月八日
定　價─新臺幣三八〇元
（缺頁或破損的書，請寄回更換）

時報文化出版公司成立於一九七五年，
並於一九九九年股票上櫃公開發行，於二〇〇八年脫離中時集團非屬旺中，
以「尊重智慧與創意的文化事業」為信念。

老虎的妻子 / 蒂亞．歐布萊特著；施清真譯. -- 二版. -- 臺北市：時報文化, 2024.3
面；　公分. –（藍小說；351）
譯自：The tiger's wife
ISBN 978-626-374-911-5（平裝）

874.57　　113000794

ISBN 978-626-374-911-5
Printed in Taiwan